KB029688

런어웨이

런어웨이

장세아 장편소설

아프로스
미디어

1장 ~ 7p

2장 ~ 205p

3장 ~ 235p

작가의말 ~ 487p

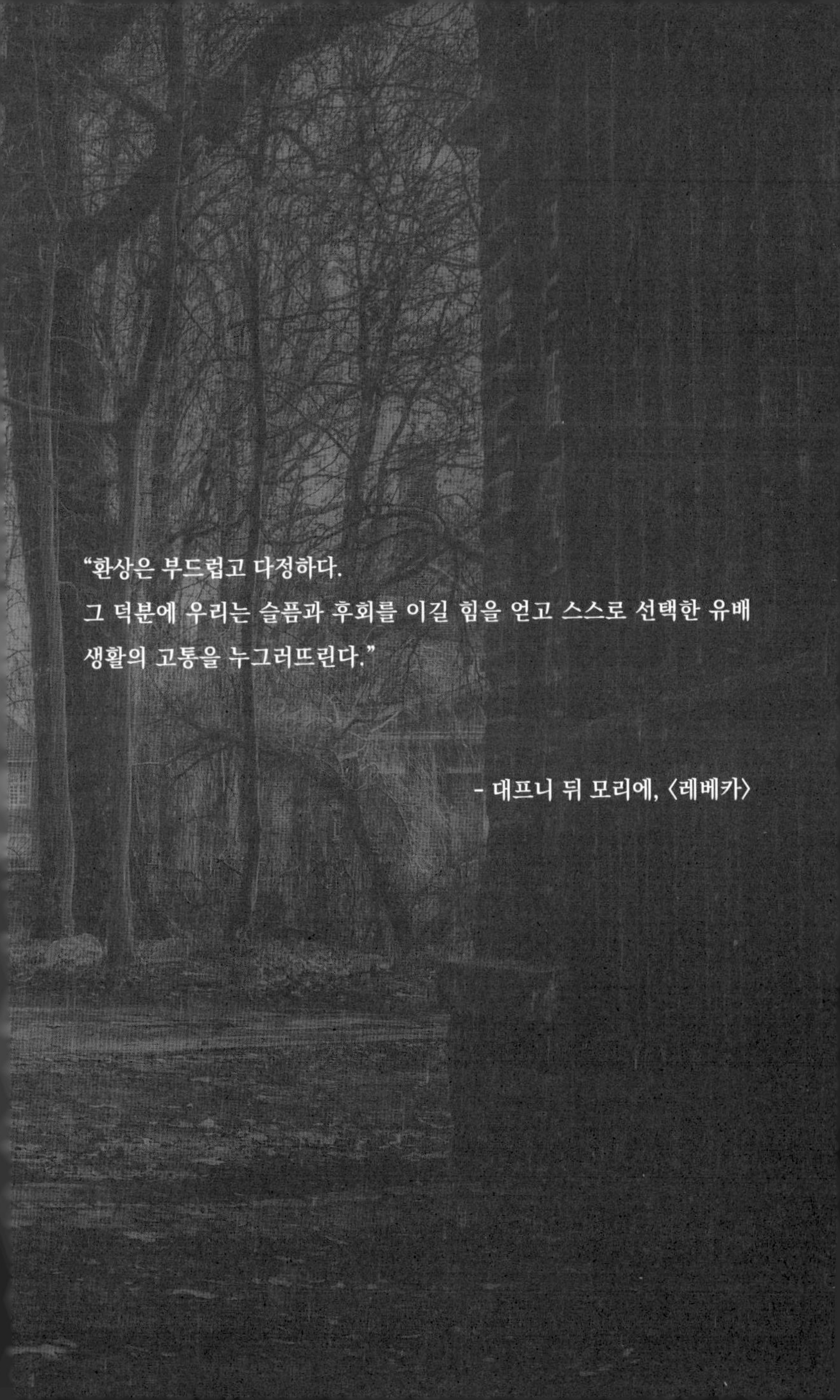

"환상은 부드럽고 다정하다.
그 덕분에 우리는 슬픔과 후회를 이길 힘을 얻고 스스로 선택한 유배 생활의 고통을 누그러뜨린다."

- 대프니 뒤 모리에, 〈레베카〉

1장

1

'인생을 리셋할 수 있을까?'

기계를 초기화시키는 것처럼 그렇게 완전히 새롭게 다시 쓸 수 있을까?

열차가 움직이기 시작했을 때, 나는 온통 그 생각뿐이었다.

안개 낀 일요일 아침의 첫차답게 내가 탄 칸에는 아직 아무도 없었다. 컴컴한 역 구석에 숨어서 벌벌 떨며 첫차 시간이 되기만을 기다렸는데 드디어 출발하게 되니 긴장이 확 풀렸다. 이런 평화를 얻기 위해 어떤 대가를 치러야 했는지는 아직 생각하고 싶지 않다. 그건 나중에 혼자 차분히 돌아볼 것이다. 모든 일이 다 지나가고 정말로 '혼자' 남게 되면 말이다.

의자 등받이에 몸을 편히 기대고 다리를 쭉 펴는데 갑자기 객차 문이 열렸다. 심장이 쿵 떨어지는 것 같았다. 재빨리 등받이 아래에 납작 숨어서 눈만 살짝 내밀고 뒤를 살폈다.

하지만 들어온 사람은 여자였다. 머리를 하나로 묶고, 아기를 안은 젊은 엄마였다. 어깨에 멘 큼직한 가방이 꽤 무거워 보였다. 여자는 통로를 지나 좀 더 안으로 들어가려다 나를 보더니 눈을 반짝였다. 이른 아침 텅 빈 객차에서 또래 여자를 발견하니 안심이 되는 모양이었다. 통로 건너편 자리에 멈춰 서더니 가방을 짐칸에 올리려고 애를 썼다. 되도록 조용히 있고 싶었지만 그냥 두고 볼 수는 없었다. 한 팔로 애를 안고 다른 팔로 열심히 가방을 밀어 올리려는 모습이 안쓰러웠기 때문이다. 나는 일어나서 가방을 들어 올려 주었다. 아기 엄마가 돌아보며 웃었다.

"어머, 고마워요. 애랑 가방이랑 둘 다 똑같이 무거워서 팔이 빠지는 줄 알았거든요!"

하지만 그 미소는 곧 사라졌다.

나는 여자의 시선을 느끼고 얼른 소매를 끌어 내렸다. 짐을 올리느라 소매가 팽팽하게 당겨 올라간 덕분에 손목 위의 멍이 드러난 게 보였다. 얇은 피부가 이미 보라색으로 변하기 시작했던 것이다. 나는 어색한 미소를 지으며 얼른 옆으로 비켜섰다. 자리로 돌아가며 흘끗 보니 품속의 아기는 깊이 잠들어 있었다. 시끄럽게 울어 댈 염려는 없으니 다행이다. 어디까지 갈지 아직 정하지도 못했는데, 가는 내내 애 울음소리에 시달리기는 싫으니까.

어쨌든 기차는 이미 출발했다. 이제 돌이킬 수 없다. 그러니 좀 더 여유를 가져도 괜찮아. 이렇게 작은 일에도 화들짝 놀라서야 괜한 의심만 살 뿐이야. 그러니까 다시 의자 등받이에 몸을 묻고 평범한 보통 승객들처럼 행동하는 거야.

아기 엄마도 이제 한숨 돌리고 안정을 찾았는지 어깨에 메고 있던 작은 손가방 속에서 젖병을 꺼냈다.

"급하게 나오느라 걱정했는데, 딱 알맞게 식었네요."

손목 안쪽에 우유를 살짝 뿌려서 온도를 확인하며 웃어 보인다. 쓸데없이 해맑은 미소와 친근한 태도를 보니 왠지 애가 아니라 이 여자가 걱정되기 시작했다.

"안 그래도 통통한 녀석이 먹기는 또 얼마나 잘 먹는지. 시간 맞춰 꼬박꼬박 대령해야지, 안 그러면 아주 시끄러워져요."

여자가 젖병을 입가에 갖다 댔지만 아기는 세상모르고 깊이 잠들어 있었다. 매끄러운 분홍색 피부와 통통한 볼, 긴 속눈썹이 꽤 귀여웠다.

"……몇 개월이에요?"

예의상 물어본 건데, 괜한 짓을 한 건 아닌지 살짝 걱정이 된다. 이 여자 입이 슬슬 트이기 시작하면 어쩌지?

"이제 3개월이에요. 12.12에 태어났거든요. 기억하기 쉽죠."

대책 없이 환한 미소에 홀려 나도 모르게 따라 웃었다. 화장기 없는 얼굴에는 아기 엄마 특유의 피곤함이 가득했지만 그만하면 예쁜 얼굴이었다. 흰 피부에 반짝이는 머릿결, 햇빛을 받으면 밝은 갈색으로 보이는 커다란 눈동자가 인상적이었다. 키와 몸집은 나와 비슷하지만, 분위기는 아마 낮과 밤만큼이나 달라 보일 것이다. 이런 사람은 곁에 있기만 해도 덩달아 기분이 좋아질 것 같다. 나도 조금 다른 길을 갔다면 이런 여자가 될 수 있었을지 모른다. 이렇게 환한 표정으로 주변 사람들까지 웃게 만드는 해맑은 애 엄마가 될 수 있었을지 모른다.

"첫차를 타려고 새벽부터 서둘렀더니 도련님이 영 정신을 못 차리네. 맘마는 포기해야겠어요."

아기 엄마가 할 수 없다는 듯 고개를 흔들며 젖병을 다시 잘 싸서 집어넣었다.

"올해는 봄이 늦게 오려나 봐요? 새벽엔 아직도 쌀쌀하네요."

아기를 감싼 작은 담요를 더 단단히 여미며 여자가 말을 이었다.

이쯤에서 날 좀 내버려 뒀으면 좋겠는데 도무지 그럴 기미가 보이지 않는다. 그렇다고 벌떡 일어나서 다른 칸으로 옮길 수도 없다. 거기에 누가 탔을지 모르니까. 어쩌면 여기서 저 여자와 태연한 척 이야기를 나누는 편이 더 안전할 수도 있어. 나중에 이런 알리바이가 필요할 수도 있잖아. 아니, 오히려 목격자가 생기면 더 위험하려나? 지금이라도 이 여자를 피해야 할까?

"어디까지 가세요? 서울?"

여러 가지 생각들을 이리저리 재고 있는데 여자가 먼저 물었다.

"아니에요, 음…… 거기까지는……."

"난 주영시까지요. 서울 근교 신도시 있잖아요."

주영시라……. 거긴 미처 생각해 보지 못했다. 그런 곳은 어떨까?

"거기 시댁이 있거든요."

여자가 수줍은 듯 고개를 숙이고 살짝 웃었다.

"아……."

달리 대답할 말이 없었다.

“사실…… 한 번도 뵌 적은 없어요. 그래도 핏줄이니까 내치시지는 않겠죠. 뭐, 그런 마음으로 무작정 찾아가는 거예요.”

“그러면…….”

“네, 아직 애도 보신 적이 없어요. 내가, 우리가…… 반대하는 결혼을 했거든요.”

처음으로 아기 엄마의 얼굴에 그늘이 보였다.

“아기 아빠는요?”

“아…….”

여자가 고개를 숙이고 포대기 밖으로 살짝 빠져나온 아기 발을 만지작거렸다.

“그이는…… 집을 나가 버렸어요. 다른 여자가…… 생겼대요. 처음에 연락이 끊어졌을 땐 사고라도 난 줄 알고 얼마나 걱정했다고요. 근데 그 여자랑 살겠다는 얘기를 들으니까 그딴 인간, 차라리 죽어 버리는 게 나았겠다 싶더라고요.”

“어머!”

이번에도 다른 말은 할 수 없었다. 갑자기 가슴이 답답해졌기 때문이다. 숨쉬기가 힘들었다. 진땀이 바짝바짝 나서 고개를 돌리고 심호흡을 했다. 어쩌다 툭 튀어나온 단어 하나에 이렇게 민감하게 반응하면 안 되는데. 갈 길이 아직 멀잖아.

눈앞의 여자는 20대 후반쯤? 어쩐지 내 또래일 것 같다. 그런데 벌써 반대하는 결혼으로 아이를 낳고, 이젠 남자에게 버림까지 받게 된 것이다. 확실히 세상에는 여러 종류의 인생이 있다. 누구든 저마다 구구절절 다양한 사연들을 갖고 있다. 해맑은 미소만으로는 아무것도 알아낼 수가 없다.

“둘만 있으면 아무도 필요 없다고 그렇게 요란법석을 떨었는데, 일이 이렇게 되고 보니 기댈 곳이 없더라고요. 저는 부모님이 아주 어릴 때 돌아가셨고, 일가친척도 없거든요. 혼자서도 노력하면 애 하나쯤은 건사할 수 있을 거라고들 하지만, 전 아무래도 자신이 없어요.”

여자가 한숨을 쉬었다.

“막상 찾아가면 뭐라고 하실지 모르겠어요. 애만 두고 나가라고 하실 수도 있고. 음, 남편 집이…… 좀 살거든요. 진짜 엄격해서 말도 안 통하는 부잣집 있잖아요. 남편이 그런 집 장남이에요.”

“그러면 그쪽 부모님들을 아예 처음 뵙는 거예요?”

“네, 아마 제 이름도, 얼굴도 모르실 거예요. 남편이 집을 등지고 나와서 살다가 저를 만났거든요. 아예 연락 자체를 끊고 산 지 한참 됐대요. 그러니 뭐 결혼 허락 같은 건 어림도 없겠더라고요. 왜, 좀 사는 사람들이 더 칼 같잖아요.”

애 엄마가 고개를 흔들었다.

“아들하고 아예 인연을 끊고 산다니! 어떻게 그럴 수 있는지 상상도 못 하겠어요. 이렇게 보고만 있어도 이쁜 내 새끼인데.

어디서 뭘 하든, 누구와 산다고 하든 그냥 다 용서될 것 같은데! 그런 사람들은 그게 또 아닌가 봐요."

아직 어둑한 새벽에 서둘러 집을 나와 기차역에 숨어 있을 때만 해도 이런 아침을 맞을 거라고는 상상도 못 했다. 그런데 어느새 기차에 앉아 낯선 여자의 은밀한 이야기를 듣고 있다니.

"좀 살 만할 때는 부모 등지고 둘이서 꽁냥대다가, 일이 이렇게 되고서야 머리 숙이고 찾아간다는 게 참 비겁하지만, 그래도 혼자 힘으로 애 키우기가 어디 그렇게 만만한가요."

"그야…… 그렇죠."

"그리고 애를 낳고 보니, 이것저것 해 주고 싶은 게 많아지더라고요."

여자가 또 한숨을 쉬었다.

"옷이나 신발 같은 그런 거 말고도요, 뭐든 최고로 좋은 것만 주고 싶어지거든요. 돈 많은 할아버지가 계신데 내 새끼가 초라하게 살아가야 할 이유가 없잖아요. 어차피 그 돈, 다 쓰지도 못하고 가실 텐데."

여자는 잠든 아기를 내려다봤다.

"그렇게 생각하니까 자존심이 뭐 대수냐 싶어졌어요. 나 하나 굽히면 그만인데요. 어르신들도 어쨌든 당신들 핏줄이니 막상 애를 보면 화가 좀 풀리지 않을까요? 서로 등지고 살아 봐야 뭐가 좋겠어요. 어차피 인생은 짧은데 말이에요. 누구도 언제 갈지 알 수 없잖아요?"

기분 탓일까?

그녀의 밝은 밤색 눈동자가 나를 가만히 쳐다보는 순간 오싹해졌다.

하지만 그 말에는 분명 일리가 있다. 누구도 언제 죽을지 알 수 없는 법이다.

2

아기 엄마가 가방을 뒤져서 두유 한 팩을 건네주기 전까지는 배고픈 것도 몰랐다. 그냥 지갑 하나 달랑 들고 정신없이 뛰쳐나왔기 때문이다.

첫 번째 역에 도착한다는 안내 방송이 나오기 시작하자 우리는 통로를 사이에 두고 서로 마주 보며 웃었다. 여자가 자기 사연을 솔직하게 들려준 덕분에 잠깐 사이 꽤 친해진 기분이었다. 물론 내 사정을 생각하면 어림도 없는 소리지만.

아마 다음 역부터 슬슬 사람들이 늘어나기 시작할 거고, 지금 같은 평화는 사라질 것이다. 서서히 대화가 줄어들고 우리는 다시 낯선 사람들이 되어 각자의 목적지로 사라지겠지. 이 여자를 다시 볼 일은 없을 거다.

"주영시까지는 아직 좀 남았죠?"

"네, 아마 1시간쯤 더 가야 할 거예요."

"사람들이 몰려들기 전에 화장실에나 좀 다녀와야겠네요."

아기 엄마가 내 목적지를 물어보기 전에 얼른 일어났다. 돌아보니 여자는 잠든 아기를 품에 안고 살살 흔들어 주고 있었다. 흰 피부와 풍성하게 긴 속눈썹이 아기와 똑 닮아 보였다.

문을 열고 통로로 나오자 답답하던 가슴이 좀 시원해졌다. 기차 화장실이 생각보다 훨씬 깨끗하고 쾌적해서 기분도 많이 나아졌다. 이렇게 시설이 잘 갖춰져 있을 줄은 몰랐다. 기차를 타고 놀러 가 본 적이 없기 때문이다. 그럴 형편이 안 됐으니까.

그는 좋은 곳에 데려다주겠다고 수없이 약속했지만 항상 말뿐이었다. 그래도 아마 약속할 때는 진심이었을 것이다. 그렇게 믿을 수밖에 없는 달콤한 말들이었다.

'서울 어때?'

'서울? 정말? 나 한 번도 안 가 봤어!'

'그럼 언제 같이 가 봐야겠네.'

'언제? 또 기다리라고? 당장 이번 주말은 안 돼?'

'그것도 좋지. 하지만 그 전에 먼저 솔직해져야 하지 않을까? 믿을 수 없는 상대랑 여행을 갈 순 없잖아.'

'솔직?'

그때부터 목소리가 달라지기 시작했다.

'나한테 뭐 할 말 없어?'

'무슨…… 말?'

애초에 답이 정해진 질문이었다. 원하는 답을 줘야 하는 질문.

그런데 나는 아무리 애를 써도 그가 원하는 답이 뭔지 알 수가 없었다. 그렇게 많이 당해 봤으니 이제 뭘 원하는지 알 수 있을 만도 한데, 딱 그가 바라는 정답을 예측할 수가 없었다.

'아까 너 샤워할 때 전화 왔더라?'

'누가?'

'니네 사장.'

'아아……!'

''아아'가 아니고, 진짜 뭐 할 말 없어?'

'직원 야유회 그거? 전부터 한번 가자, 가자 하고 말 나오던 거야. 그래도 매번 흐지부지되던 건데 이번에는 수정 언니 관두니까 진짜 꼭 한 번 가자고 해서 확실하게…….'

'야유회? 그런 것도 있었어?'

'……어?'

아! 이게 아닌가? 그가 놓아 둔 덫에 또 걸려 버린 건가?

'그거 말고, 너 다음 주에 오전 반차 쓰기로 한 거, 누구 다른 사람이랑 바꿔 주면 안 되는지 일정표 짜다가 물어보려고 전화했다던데?'

잘생긴 얼굴이 딱딱하게 굳어지는 걸 보며 숨도 쉴 수 없었다.

결국 전혀 다른 답이었다. 그러면서도 내가 자진해서 실토하기를, 그를 화나게 할 무언가를 직접 갖다 바치기를 기대하며 덫을 놓고 지켜본 것이다.

'반차는 또 뭐야? 그런 말 없었잖아?'

'그건…….'

'응?'

그가 한 걸음 앞으로 다가왔다. 나는 한 걸음 뒤로 물러났다. 우리가 함께 사는 반지하방은 너무 비좁아서 한 걸음만 뒤로 가면 곧바로 벽이었지만, 거기가 내 성소라도 되는 것처럼 등을 딱 붙이고 섰다.

'희, 희정이가 웨딩드레스 고르는 데 같이 가 주려고 시간 맞춘 거야.'

'뭐?'

'정말이야! 웨딩 숍에 전화해 봐! 희정이, 날 잡았잖아! 그래서…….'

'그건 또 언제 말하려고 했는데?'

그가 조금 더 앞으로 다가왔다.

183cm의 큰 키에 넓은 어깨, 긴 다리, 훤칠한 체격의 그가 내 앞에 서면 언제나 위압감을 느꼈다. 잘생긴 외모, 기분 좋은 냄새, 낮고 근사한 목소리까지.

모든 게 딱 내 타입이었다. 하지만 그가 이렇게 가까이 다가올 때면 언제나 팔뚝에 난 솜털이 바짝 일어서곤 했다.

'다, 다음 주잖아! 다음 주! 그러니까 주말에…… 아니, 빠르면 오늘 오후라도 말하려고 했어!'

'야유회는? 그건 또 언제 말하시게?'

그가 내 손목을 잡았다. 처음엔 부드럽게, 하지만 점점 힘이 들어갔다.

나는 그의 커다란 손에 잡힌 내 손목을 내려다봤다.

처음 사귀던 시절엔 그게 아주 흐뭇했다. 우리의 신체적인 차이가.

그는 건장했고 나는 자그마했다. 그의 옆에 서면 나는 부쩍 가냘프고 연약해진 느낌이었다. 잔뜩 사랑받고 자란 귀한 가문의 외동딸처럼 말이다. 그가 커다란 손으로 내 손을 덥석 잡으면 그 안에 폭 파묻힌 것처럼 사라지는 게 신기하고 기분 좋았다. 우리는 나쁜 마법사의 손에 붙잡힌 요정 같다고 간지러운 소리를 하면서 웃어 댔다.

하지만 그 커다란 손에 조금만 힘을 주면, 내 연약한 손목 같은 건 아주 쉽게 부러질 수 있었다. 그럴 때면 마치 연필심이 부러지는 것처럼 '똑!' 하고 경쾌한 소리가 났다. 오랫동안 앉아 있다가 갑자기 일어서면 무릎에서 소리가 나는 것처럼.

나는 깁스를 한 팔이 다 낫는 동안 서빙 일을 하지 못했다. 그래도 다들 가족처럼 일해 왔던 가게라 모두 배려해 준 덕분에 파트타임으로 카운터 업무를 보며 생계를 유지할 수 있었다. 그리고 동료들은 내게 '화장실에서 미끄러지지 않게 조심하라'고 걱정해 주었다.

모두 내 잘생기고 훤칠한 남자 친구를 부러워했다. '왕자님처럼 부티 나고 근사하게 생긴' 내 애인이 내 손목을 부러트렸을 거라고는 아무도 생각하지 못했다.

'내가 접때 퇴근할 때 봤는데, 재영이 남친이 재영이 허리를 아주 꺾어져라 부여잡고 요렇게! 응? 요렇게 뽀뽀를 하고 있던데?'

'우와, '바람과 함께 사라지다'처럼 막 열정적으로요?'

'응! 응! 그렇다니까? 이야아, 사랑이 흘러넘치다 못해 아주 용솟음치더라, 응?'

'좋을 때다. 나도 사랑이 좀 용솟음쳐 봤으면 좋겠다. 우리 신랑은 나이 먹더니 요즘 조준을 잘 못 해서 오줌 줄기가 아주 바닥에 용솟음을 친다.'

'아이구! 언니!! 더럽게시리!'

그리고 모두 깔깔대며 가게 문을 닫고 어둑한 거리를 나섰다.

나도 웃고 있었다. 변변한 가족도 없던 내 인생에서 그렇게 '열정적인 사랑'이란 걸 받아 본 적이 없었으니까. 하지만 그 '사랑'이 보이지 않는 곳에 얼마나 많은 멍을 만들고 있는지는 말하지 않았다. 밤마다 돌아누울 때면 옆구리가 아파서 제대로 숨을 쉴 수 없다는 것도, 언제나 입을 열기 전에 여러 번 고민하다가 말하는 버릇이 붙어 버렸다는 것도 절대 말할 수 없었다.

'야유회는 아직…… 결정도 못 했어. 갈지 말지 생각 중이야. 그러니까 이거 놔.'

'생각 중? 그걸 자기가 혼자 결정하는 거야?'

'그러니까, 내 말은……. 아야! 이거 놓고 말해.'

'명령하는 거야, 지금?'

'그런 뜻 아니잖아. 나는 그냥…….'

그의 얼굴을 보고 깨달았다. 다시 시작됐다는 걸.

그가 완전히 다른 사람으로 돌변하는 그 순간이 다가왔다는 걸.

그럴 때는 그를 전혀 제어할 수 없었다. 어떤 이성적인 말도 통하지 않았다.

그저 강하게 움켜쥐는 손과 눈앞을 하얗게 만드는 고통만 존재할 뿐이었다.

3

거울 속 창백한 얼굴에 물을 좀 뿌리니 희미하게 핏기가 도는 것 같았다.

한가하게 생각에 잠길 여유 같은 건 없어. 우선은 살아남아야지. 추억을 더듬는 건 나중에도 얼마든지 할 수 있다. 좀 더 나중에, 제대로 살아남기만 하면 말이다. 지금은 당장 어디로 갈지 그것부터 정해야 한다. 나처럼 연고가 없는 사람은 어디든 자유롭게 갈 수 있지만, 어디에도 완전히 숨을 수 없을 테니까.

이 기차의 종착지는 서울이다. 그렇게 넓고 큰 도시라면 쉽게 들키지는 않겠지만, 그런 곳에서 혼자 살아남을 수나 있을까? 그렇게 생각하니 다시 가슴이 답답해졌다.

그때 누군가 화장실 문을 두드렸다. 열차가 첫 번째 역에 정차한 모양이다. 밖에서 웅성거리는 사람들의 목소리도 들려왔다. 재빨리 젖은 손을 종이 타월로 닦고 문을 열었다. 나이 지긋한 할머니가 어지간히 급했는지 내가 채 빠져나오기도 전에 옆으로 밀치며 얼른 화장실 안으로 들어갔다. 이제 막 열차에 올라탄 사람들 때문에 객차 사이의 복도가 어수선했다.

날은 이제 완전히 밝아서 기차 안으로 햇빛이 가득 비쳐 들고 있었다. 어디선가 시끄럽게 울어 대는 아기 울음소리가 들려왔다. 고개를 푹 숙인 채 사람들 사이를 비집고 걸어가서 내가 있던 객차의 문을 열었다. 저쪽 문으로 들어온 몇몇 사람들이 맞은편 끝에서 자기 짐들을 선반 위에 올려놓고 있었다.

내가 문을 열고 들어서자 그중 한 명이 이쪽을 쳐다보더니 손을 흔들며 소리쳤다.

"아이고! 이제야 왔네. 아기 엄마! 애만 거기 놔두고 어디 가면 어떻게 해! 난 또 누가 일부러 버리고 간 줄 알고 가슴이 철렁했네! 빨리 가 봐요! 애 숨넘어가겠어!"

뭐라고?

열차가 다시 출발하는 바람에 약간 비틀거리며 내 자리로 얼른 걸어갔다.

마치 숨은그림찾기라도 하는 기분이다. 같은 자리, 달라진 모습.

없다? 그 여자가 없다!

내가 있던 자리에는 이제 햇살이 커다란 무늬를 만들고 있다. 통로 건너편 애 엄마가 있던 자리에는 작은 담요에 감싸인 아기만이 덩그러니 누워 있었다. 아까는 천사처럼 자고 있었는데 지금은 시뻘게진 얼굴로 맹렬하게 울어 대고 있다. 선반 위를 보니 짐은 그대로 있었다.

"아? 아니에요. 아기 엄마, 따로 있어요. 지금 잠깐 화장실에 간 모양인데."

중얼거리며 돌아봤지만, 그 사람들은 이미 왁자지껄 떠들며 자기들 자리에 앉아 버린 참이었다.

"에이 씨! 조용히 좀 가려고 했더니만 자리를 잘못 잡았네."

노인네가 멀리서 툴툴대는 소리가 들려왔다. 나는 우는 애를 얼른 안아 들고 사방을 돌아봤다. 텅 빈 객차 이쪽 끝에는 나와 아기가, 그리고 반대편 끝에는 방금 올라탄 노부부 외에는 대부분의 자리가 텅 비어 있었다. 혼자 탄 사람들 서너 명이 띄엄띄엄 앉아 있을 뿐이다.

화장실이 급했나? 내가 나올 때까지 기다릴 수도 없을 만큼? 어린애를 이렇게 혼자 놔두고 갈 만큼?

귓전에서 악을 쓰며 울어 대는 아기 소리에 귀가 먹먹했다. 배가 고픈 것 같은데 어떻게 해야 할지 도무지 알 수가 없다. 나는 TV에서 본 것처럼 어설프게 애를 안고 살살 흔들어 보았다. 눈을 감고 있을 땐 인형처럼 만만하게 보였는데, 이렇게 시끄럽게 울어 대니 벌겋게 달아오른 숯덩이를 안은 것처럼 정신이 하나도 없다.

아기를 어색하게 안고 통로에 서 있다가 열차가 갑자기 흔들리는 바람에 중심을 잃고 잠깐 기우뚱했다. 하마터면 애를 떨어뜨릴 뻔했다. 너무 놀라 심장이 뚝 떨어지는 것 같았다.

"저기, 이 칸에 있던 다른 사람은 못 보셨어요? 머리 묶은 젊은 여자분이요."

나는 계속 빽빽 울어 대는 아기를 안고 비틀거리며 반대편 끝으로 다가가 노부부에게 물었다.

"응? 아무도 없던데? 걔는 우리가 탈 때부터 저쪽에서 계속 시끄럽게 울고 있더라고. 아니, 애 엄마가 자리를 그렇게 함부로 비우면 어째! 애 보는 사람만 믿고 덜컥 맡겨 두면 안 돼! 요즘이 어떤 세상인데! 아유, 그리고 어떻게 좀 해 봐요. 기저귀라도 갈아 줘 보든가. 애 숨넘어가겠어!"

나이 든 여자가 짜증을 내며 이쪽을 흘겨봐서 일단 물러 나올 수밖에 없었다. 애 엄마가 갑자기 사라졌다고, 같이 역무원을 불러서 얘기라도 해 보자고 묻고 늘어지고 싶지만 지금 내 처지에 그럴 수는 없다. 일부러 역무원을 부르는 건 너무 위험하다. 시끄럽게 울어 대는 애를 그냥 내버려 뒀던 젊은 여자라면 누구든 확실하게 기억할 테니까. 애를 엉거주춤 서툴게 안고 안절부절 못하던 수상한 여자라면 절대 잊을 수 없겠지.

'애가 하도 시끄럽게 울어 대서 보니까 그 여자 어딘가 수상하더라고. 정신이 하나도 없어 보였다니까? 그런데 자기 애도 아니라는 거야, 글쎄.'

경찰 앞에서 신나게 떠들어 댈 노인들의 얼굴이 눈에 선했다.

지금은 사람들의 주목을 받아서 좋을 게 하나도 없다. 그래서 얼른 내 자리로 돌아왔다. 이제 너무 울어서 목이 쉬어 버렸는지 캑캑거리는 아기를 살짝 내려놓고 선반 위에 있는 그 여자의 짐을 꺼냈다.

꽤 묵직한 가방 속에는 기저귀와 아까 봤던 젖병, 여분의 아기 옷과 턱받이 같은 아기용품들이 들어 있었다. 젖병에 반쯤 찬 우유는 미지근하게 식어 있었다. 아기 엄마가 하던 대로 조심스럽게 젖병을 입가에 가져가 보았다. 목쉰 강아지처럼 캥캥거리던 아기는 처음엔 고집스럽게 입을 다물고만 있었다. 하지만 식은 우유를 한두 방울 입가에 떨어뜨리자 입술을 오물거리더니 마침내 힘차게 빨기 시작했다. 요란하던 울음소리가 뚝 그쳤다. 그제야 등줄기를 타고 흐르는 식은땀이 느껴졌다. 눈을 들어 보니 아까 그 노부부가 저만치 앞에서 등받이 너머로 이쪽을 흘끗거리는 것이 보였다. 나는 얼른 좌석 사이로 머리를 숙였다. 아기는 어지간히 배가 고팠는지 식어 버린 우유를 쭉쭉 빨고 있다. 새까만 눈동자와 매끄러운 피부, 젖병을 꼭 쥔 분홍빛 손이 제법 야무지게 보였다.

나는 아기에게 젖병을 대 주면서 다시 조심스럽게 사방을 돌아보았다. 차창 밖으로 보이는 풍경들이 이제 빠르게 흘러가고 있었다. 그 여자가 아까 그 역에서 작정하고 내린 게 아니라면 이 기차 안 어딘가에 아직 있을 것이다.

하지만 이쪽 화장실에서는 성급하게 나를 밀쳤던 할머니가 허리춤을 추스르며 나오는 참이었고, 저쪽 화장실에는 핸드폰을 든 중년 남자가 막 들어가는 뒷모습이 보인다. 그럼 이 객차의 양쪽 끝에 있는 화장실에는 그 여자가 없다는 얘기다. 아무리 볼일이 급하다지만, 이렇게 어린애를 그냥 놔두고 다른 객차에 있는 화장실까지 갈 수 있을까? 아기를 낳아 본 적도, 키워 본 적도 없지만 그게 말도 안 되는 소리라는 건 확실히 알겠다.

그럼 그 여자는 처음부터 애를 기차에 버릴 작정이었나? 그 여자가 했던 이야기들도 다 거짓말이고? 막장 드라마처럼 말도 안 되게 작위적인 얘기였지만, 그래도 사람은 멀쩡해 보였는데. 착하고 다정하고 성격도 좋아 보였는데. 애를 보는 눈에 사랑이

가득해 보였는데 그런 끔찍한 생각을 품고 있었다고?

하지만 세상에는 정말 겉보기와는 전혀 다른 인간들이 존재한다는 사실을 나는 잘 알고 있다. 멀끔한 얼굴로 죽을 만큼 사랑한다고 달콤하게 속삭이다가 별안간 정말 죽일 듯이 주먹을 쳐드는 사람이 있는 것처럼. 사랑이란 건 그렇게 '어디로 튈지 모르는' 위험한 감정이다. 나는 그걸 확실히 안다. 그렇다면 제 자식을 끔찍하게 아끼지만, 그 사랑이 너무 버거워서 감당하지 못하는 인간도 분명 있을 것이다.

아기가 맹렬하게 우유를 다 먹어 치우는 사이, 이 기차 어디에서도 애 엄마를 찾을 수 없을 거라는 느낌이 점점 강하게 밀려왔다. 그때 열린 가방 틈으로 삐죽 튀어나온 기저귀가 보였다. 애를 간신히 진정시켜 놨는데 다시 울어 대기 시작하면 곤란하다. 한 번도 기저귀를 갈아 본 적은 없지만 얼핏 보면 입는 생리대처럼 생겼으니까 어떻게든 해 볼 수도 있을 것 같다. 제발 똥 기저귀가 아니기만을 빌며 조심스럽게 아기 담요를 벌렸을 때, 작게 접은 종이쪽지가 나타났다.

4

초면에 정말 미안합니다. 우리 애를 저 대신 시댁에 좀 데려다주세요. 이럴 생각은 아니었는데 좋은 분 같아서 부탁드리고 싶어졌어요.

사실은 애 아빠도 없이 혼자 시댁에 찾아갈 용기가 없어요.

혼인 신고도 못 하고 살다가 버림받았지만 그래도 정말 좋아했던 사람이라 도저히 혼자 살아갈 자신도 없고요. 애를 데리고 나쁜 생각도 해 봤는데 아기 눈을 보니까 도저히 용기가 안 나서… 저같이 무책임한 엄마라면 그냥 아예 사라지는 편이 나을 거예요. 그러니까 꼭 좀 부탁드려요.

시댁 주소는 아래에 적었습니다. '정 회장님 댁'이라면 주영시에서 꽤 알려진 집이라니까 아마 쉽게 찾으실 거예요. 아기 이름은 '정승준'이고요. 이런저런 사정상 출생증명서는 아직 발급받지 못했지만 예방 접종도 했습니다. 젖을 막 떼서 분유도 잘 먹고요, 수면 교육을 잘 시켜서 통잠도 잘 자요. 많이 울거든 살살 흔들어 주세요. 금방 다시 잠드는 순한 아이랍니다. 다리 쪽에 살짝 아토피가 있어요. 가방에 들어 있는 로션을 발라 주세요.

어른들께는 그냥 면목 없다고만 전해 주세요.

꼭 좀 부탁드립니다. 복 받으실 거예요!

정신이 아득해졌다. 휘갈겨 쓴 글씨가 막 날아가는 걸 보면 충동적으로 내린 결정 같은데. 그렇다고 생판 남의 손에 어린애를 이렇게 덜컥 맡기다니! 이럴 사람 같지는 않았는데. 밝은 미소와 느릿한 말투가 아주 차분하고 무던해 보이는 여자였는데. 남편이 집을 나가는 바람에 이성을 잃어버린 모양이다.

'좋은 분 같아서…….'

당신이 뭘 알아? 내가 어떤 인간인지, 무슨 일을 저질렀는지 아무것도 모르잖아?

그러니까 우리는 둘 다 서로의 첫인상에 대해 한참 잘못 본 거다.

나는 쌔근쌔근 잠든 아기와 쪽지를 번갈아 가며 내려다봤다.

얠 어쩌지? 그냥 기차에 놔두고 갈까? 목이 터져라 울어 대든 말든? 나도 다음 정거장에서 그냥 내려 버리는 거야. 어차피 모르는 여자의 아이일 뿐이잖아. 내 코가 석 자인 마당에 이런 일에 발목 잡힐 수는 없지.

그러다 문득 생각이 떠올랐다.

마음이 급해서 이러고 있을 때가 아닌 것 같지만, 지금이야말로 '뻔하게' 행동하면 안 될 것 같다. 지금 같은 때일수록 누구나 할 법한 행동은 하지 말아야 한다. 원래 영화 속에서 미행을 따돌릴 때도 일부러 전혀 쓸데없는 장소를 빙빙 둘러 가잖아? 어쩌면 사람들이 가득한 대도시보다는 나도 잘 모르는 곳, 누구도 예측하기 힘든 낯선 곳이 의외의 피난처가 되어 줄지도 모른다.

나는 쪽지에 적힌 주소를 내려다보다가 얼른 접어서 주머니에 넣었다.

어쩌면 이 아기가 내 발목을 잡는 대신, 구명줄이 되어 줄지도 모른다.

5

"글쎄, 여기가 맞는다니까?"

우리를 데려다준 택시 기사가 우겼다.

"아무리 봐도 좀 이상한데…… 여기가 '사람 사는 집'이라고요?"

"나야 모르지, 알려 준 주소 따라서 내비가 시키는 대로 왔으니."

시내를 벗어나서 고급 타운 하우스들이 띄엄띄엄 늘어선 주택 단지를 지난 뒤에도 조금 더 달려서야 도착한 곳이었다. 근방에 다른 집들은 보이지 않았다.

폭이 넓은 오르막길을 따라 한참 올라온 막다른 길 끝에 거대한 철문이 있었다. 높고 육중한 철문 옆으로 길고 높은 담이 이어져 있었고, 단단히 잠긴 문 안쪽은 잔뜩 우거진 관목과 늘어진 나뭇가지들에 가려져 있었다. 가정집이라기보다는 거대한 공원의 정문처럼 보였다. 아무래도 잘못 찾아온 것 같다. 이런 곳에 사람이 살고 있을 리가 없다.

"그 주소라면 여기가 분명하니까 거기 어디 초인종이라도 숨어 있나 한번 자알 찾아봐요! 거 뭐 하는 곳인지 몰라도 엄청나네!"

기사는 혀를 내두르더니 교대 시간이 지났다며 차를 돌려서 휭하니 떠나 버렸다.

망연자실한 나와 잠든 아기, 그리고 발치에 툭 떨어진 기저귀 가방을 남겨 두고서.

아침까지만 해도 지갑 하나 달랑 든 맨몸이었는데, 이젠 별의별 짐이 다 생겼다. 어딘지 알 수 없는 목적지도.

애가 곤히 자고 있는 건 좋았지만 계속 안고 있자니 팔이 빠질 것 같았다. 그 여자가 준 두유 한 팩 말고는 먹은 게 없어서 속이 쓰린 데다 말도 안 되는 일을 줄줄이 겪는 바람에 정신이 하나도 없다. 이젠 이게 올바른 결정이었는지도 잘 모르겠다. 내 코가 석 자인 마당에 남의 애를 데려다주겠다고 낯선 대문 앞에서 무작정 기웃거리고 있다니.

철문 안쪽은 온통 녹색이었다. 자욱하게 우거진 관목과 길게 드리워진 식물들이 벽을 만들고 있었다. 마치 '비밀의 화원'처럼 그 너머에 있는 것이 무엇이든 확실하게 가려 주고 있는 것이다. 사방은 온통 고요한 적막에 휩싸여 있었다. 나는 철문을 잡고 몇 번 흔들어 보았다. 소리라도 쳐야 하나? 아니면 정말 여기 어딘가에 인터폰이나 무슨 버튼이라도…….

창살에 코를 바짝 갖다 대고 틈새를 이리저리 엿보고 있는데 갑자기 눈앞의 풀들이 마구 흔들렸다. 뭐지? 방금 풀숲 사이에서 분명히 뭔가가…….

눈앞에 늘어진 녹색 잎들이 흔들리더니 별안간 시커먼 얼굴이 불쑥 나타났다.

"엄마야!"

한 걸음 뒤로 물러서다가 발을 헛디뎌서 아기를 안고 땅바닥에 구를 뻔했다. 한 손으로 재빨리 창살을 붙잡고 버텼다.

"뭐요?"

거친 숨소리, 시커먼 얼굴, 탁한 눈동자.

쇠로 칠판을 긁는 것 같은 목소리가 대뜸 물었다. 자주색 입술 사이로 누렇고 들쑥날쑥한 치아가 언뜻 보였다.

"저는……."

목소리가 잘 나오지 않았다.

"저는 저기……."

"이 집에선 잡상인이나 포교 활동은 금지요. 걸리면 가만 안 두지. 돌아가요!"

시커먼 얼굴이 땅바닥에 침을 퉤 뱉더니 나뭇잎 사이로 사라져 버렸다.

"아니에요! 그런 게 아니에요!"

나는 다급하게 소리치며 앞으로 다가갔다. 이 기회를 놓치면 저 집에 영영 들어갈 수 없을지도 모른다.

"잠깐만요! 잠깐만요! 여기가 '정 회장님' 댁인가요? 그러면 애를 데려왔어요! 이것 좀 보세요!"

잠시 침묵. 사방이 너무 조용해서 내 심장이 쿵쿵 뛰는 소리가 들리는 것 같았다. 나는 마른침을 꿀꺽 삼켰다. 조금 뒤 잔가지

와 마른 잔디를 밟는 소리가 들리더니 수풀 사이에서 시커먼 얼굴이 다시 불쑥 나타났다.

"뭐라고?"

역한 땀 냄새가 훅 끼쳤다.

"당신 누구야? 그게 뭔 미친 소리야?"

"저기 기차에서…… 그러니까…… 저기……."

그제야 내가 아무것도, 정말 아무것도 없이 달랑 어린애 하나만 안고 찾아왔다는 걸 깨달았다. 무슨 증표 같은 것도 없이, 아기 엄마의 이름이나 그 여자의 남편 이름도 모르고 무작정 찾아온 것이다. 애초에 이 집이 '정 회장 집'이 맞는다고 해도 정말 그 여자의 시댁인지는 모를 일이다.

"이 집 손자를 데려왔다고요! 이름은 정승준이에요! 이 댁 핏줄이라고요! 집 나간 이 집 아드님이요!"

무작정 철문 앞으로 애를 들이밀었다. 누런 한 쌍의 눈이 나와 아기를 한참 번갈아 바라보았다. 그러더니 다시 사라졌다. 한마디 말도 없이 그냥 나뭇잎 사이로 빨려드는 것처럼 그렇게 가 버렸다.

온몸에 힘이 쭉 빠졌다. 애초에 미친 짓이었다. 애를 그냥 기차에 몰래 두고 내려 버릴걸. 내가 아니라도 누구든 그 쪽지를 발견한 사람이 애를 데려다줬을 텐데. 알지도 못하는 낯선 여자 일에 엮여서 괜한 짓은 하지 말았어야 했다.

이제 어쩌지? 애를 그냥 대문 앞에 놔두고 도망쳐 버릴까? 하지만 여기가 그 집이 아니라면? 잘못 찾아온 거라면? 그렇다고 짐짝을 달고 숨어 다닐 수는 없는 노릇이다. 그래도…….

수만 가지 생각과 싸우고 있을 때 갑자기 지잉 하는 소리와 함께 육중한 철문이 열렸다. 나는 잠시 눈앞을 가로막은 초록빛 세상을 노려보다가 천천히 문을 밀고 안으로 들어갔다. 몇 걸음 더 들어갔을 때 뒤에서 철컥하며 대문이 잠기는 소리가 들렸다.

6

철문 뒤에는 완전히 다른 세상이 숨어 있었다.

무성한 관목 사이로 난 오솔길을 따라 조금 걷다가 모퉁이를 도는 순간 눈앞이 탁 트이며 믿을 수 없는 풍경이 펼쳐졌다. 울창하게 늘어진 식물들은 이 모든 것을 보호하고 감추기 위한 장치였던 것이다.

한국에, 그것도 주영시 같은 지방 소도시에 이런 낙원이 있을 줄은 꿈에도 몰랐다.

넓게 펼쳐진 잔디밭, 그 앞으로 길게 뻗은 수영장, 가장자리에는 파라솔이 달린 느긋한 의자가 몇 개나 놓여 있었다. 수영장을 중심으로 사방에는 잘 손질된 식물들이 무성하게 자라고 있었다. 정원은 계단식으로 만들어져 있었다. 제일 낮은 아랫단에 수영장과 널따란 잔디밭이 자리하고, 잔디가 입혀진 높다란 계단 한쪽에는 예쁜 나무 벤치가 있었다. 그리고 잔디와 돌로 만들어진 계단을 몇 단 더 올라가면 이 모든 풍경을 굽어볼 수 있는 곳에 집이 우뚝 서 있는 것이다.

커다란 창문과 널찍한 테라스, 탄탄한 돌벽을 타고 빽빽하게 올라간 담쟁이까지. 그야말로 외국 영화 속에서나 봤던 것 같은 예쁘고 웅장한 서양식 저택이었다. 사람이 사는 집이라기보다는 작은 호텔이나 리조트처럼 보였다.

나는 잔디를 밟고 수영장을 지나서 천천히 좀 더 걸어 들어갔다. 돌계단 끄트머리에 서서 목을 한껏 뒤로 젖히고 거대한 저택을 올려다봤다. 이런 건 한 번도 본 적이 없다. 완전히 새로운 세상에 와 있는 느낌이었다. 녹색 식물의 벽 뒤에 숨어 있는 고풍스러운 저택이라니.

진땀을 흘리며 맨발에 슬리퍼를 끌고 여기 서 있는 나는 꿈처럼 비현실적인 장소에 너무 어울리지 않는 모습이다. 품에 잠든 아기는 돌덩이처럼 무거웠고, 어깨에 멘 가방은 팔꿈치까지 흘러 내려와 질질 끌릴 판이었다.

멍하니 입을 벌리고 집을 쳐다보는데 뒤에서 갑자기 불쑥 누군가 나타났다. 하마터면 주저앉을 뻔했다. 너무 놀라 비명도 나오지 않았다. 나는 이런 식으로 누가 소리 없이 뒤에서 다가오는 것을 아주 싫어한다. 항상 그런 행동 뒤에는 아픔과 고통이 뒤따랐기 때문이다.

가쁜 숨을 몰아쉬며 뒤돌아보니 아까 그 시커먼 얼굴의 남자가 서 있었다. 쉰은 확실히 넘어 보였지만, 아직 노인은 아니었다. 잔주름과 자잘한 흉터가 거미줄처럼 얼굴 전체에 가득 퍼져 있었다. 허름한 셔츠에 주머니가 많이 달린 통 넓은 바지 차림인 것을 보면 이 집에서 일하는 사람인 것 같았다.

"아가씨 이름이 뭐라고?"

남자가 다가왔지만 나는 한 걸음 물러났을 뿐, 대답하지 않았다. 남자는 당황한 것 같았다.

"이 댁 분들을 만나러 왔다니까요."

나는 애를 추슬러 안으며 목소리를 높였다.

"지금 다들 안 계시우."

남자가 다시 침을 뱉더니 말했다. 갈퀴로 목을 긁어내기라도 한 것처럼 끽끽거리는 쉰 소리였다.

"회장님 병원에들 가셨지. 이봐! 여긴 낯선 사람이 함부로 들어오는 만만한 데가 아니야."

"그런데 이미 저한테 문을 열어 주셨잖아요?"

나는 한 걸음 더 뒤로 물러섰다. 이미 발을 들였으니 절반은 이긴 셈이다.

남자가 절룩거리며 몇 걸음 더 다가왔다. 나는 얼른 높다란 계단을 한 단 더 올라갔다.

"이봐!"

남자가 소름 끼치는 쉰 소리로 말했다.

"그럼 다들 오실 때까지 기다릴게요. 애를 직접 보여 드려야 하니까."

어디서 그런 용기가 나왔는지 모르겠다. 지금 쫓겨나면 당장 갈 데가 없는 몸이기도 했지만, 이 근사한 집을 좀 더 보고 싶기도 했다.

"아니, 그럼……."

남자가 뭔가 더 말하려고 입을 열었을 때 계단 위쪽에서 문이 열리는 소리가 났다.

"아저씨! 무슨 일이에요?"

돌아보니 저택 문 앞에 앞치마를 걸친 나이 지긋한 여자가 서 있었다.

나는 얼른 계단을 더 올라갔다. 애도 무겁고 가방도 무거웠지만, 어디서 그런 힘이 솟아났는지 모르겠다. 어쨌든 지금이 기회라는 생각뿐이었다.

"이 댁 분들을 뵈러 왔어요! 이 집 손자를 데려왔다고요!"

내가 잠든 애를 불쑥 내밀자 여자가 화들짝 놀랐다.

"어머! 이게 무슨 일이야!"

여자는 내 허술한 차림을 훑어보더니 당황한 모양이었다.

"아저씨! 아니, 아무한테나 문을 막 덜컥 열어 주시면 어째요!"

이번에는 내 뒤에 선 남자를 보고 짜증을 냈다.

"다들 돌아오실 때까지 기다릴게요. 애를 보여 드려야……."

"그건 저희가 결정할 수 있는 문제가 아니에요. 지금은 아무도 안 계시니까 나중에 다시 오세요."

"거 혹시 모르잖나."

여자가 손을 내젓는데 뒤에서 소름 끼치게 꺽꺽대는 목소리가 말했다.

"혹시 알아? 그렇게 기다리시는데 함부로 돌려보냈다가 난리가 날지. 만에 하나 혹시라도……."

여자가 불안한 눈빛으로 나와 아기, 뒤에 선 남자를 번갈아 쳐다봤다.

한동안 침묵이 이어졌다. 그때 깨달았다. 이 은밀한 정원에선 새조차 울지 않는다는 걸. 사방이 정말 죽음처럼 고요했다.

"……20분쯤 있으면 이 댁 분들이 돌아오실 테니까 그때 직접 말씀드려 보세요."

마침내 여자가 입을 열었다.

"회장님은 허튼짓을 절대 용납하지 않는 분이니까 지금이라도 혹시 켕기는 게 있다면 그냥 돌아가시고요."

빠르고 걱정스러운 말투였다.

정말 그렇게 하는 게 나을까? 지금이라도 돌아서서 여길 나가는 게? 이건 잘한 짓이 아니라 일생일대의 허튼짓일지도 모른다.

하지만 지금의 내게는 다른 선택지가 없다. 달리 갈 곳도, 도움을 청할 곳도 없다.

지금쯤은, 아니, 언젠가는 내가 한 짓이 발견될 것이다. 사람들이 나를 찾을 것이다. 언젠가는 내가 한 일의 대가를 치러야 할지도 모른다.

하지만 지금은 아니다. 아직은 아니야!

"네, 그럼 기다리겠습니다."

나는 고개를 빳빳하게 쳐들었다. 난 이 집 손자를 데리고 온 몸이다. 무책임하게 도망쳐 버린 부모에게서 버림받은 가엾은 아기를 말이다. 어디까지나 좋은 마음으로 온 건데 이대로 물러날 이유가 없다. 일이 잘돼서 사례비라도 좀 받게 되면 며칠 몸을 숨기는 데 도움이 될지도 모른다.

여자가 문을 열고 한 걸음 물러나서 들어오라는 몸짓을 했다.

현관 앞에서 뒤돌아보니 충혈된 한 쌍의 눈이 이쪽을 가만히 쳐다보고 있었다.

내가 정말 이 집에 들어가는지 확인하려는 것처럼 보였다. 혹시나 도망가지 못하도록, 딴맘 먹지 못하도록 확실하게 감시하고 싶은 건지도 몰라. 문득 그런 터무니없는 생각이 들었다.

아니야, 그럴 리가!

나는 머리를 흔들어 잡생각을 털어 버리고 여자를 따라 조심스럽게 집 안으로 들어섰다.

등 뒤에서 육중한 문이 불길하게 삐걱거리더니 쾅 하고 닫혔다.

7

한동안 눈앞이 캄캄했다.

하지만 어두운 실내에 익숙해지고 나니 웅장한 계단이 제일 먼저 눈에 들어왔다.

바닥부터 천장까지 부드러운 곡선을 그리며 휘감아 올라가는 거대한 계단이 눈앞에 버티고 서 있었다. 터무니없이 높은 천장, 발을 옮길 때마다 삐걱거리는 오래된 마룻바닥, 묵직한 커튼이 드리워진 창문. 이 웅장한 집에서는 아주 사소한 소리도 메아리처럼 사방에 울려 퍼진다. 그리고 마치 딴 세상처럼 서늘하다. 등 뒤로 문이 닫히는 순간, 바깥의 따스한 햇볕이 완전히 차단되어 버리는 것이다. 안은 어둑어둑했고 오래된 집 특유의 해묵은 공기 냄새가 났다. 여기에 한번 갇힌 공기는 영원히 밖으로 빠져나갈 수 없는 걸까?

앞장선 여자를 따라 들어간 곳은 계단 오른쪽에 있는 커다란 방이었다. 내가 살던 비좁은 반지하 원룸을 두 개쯤 합친 것보다도 커 보였다. 부드러운 천으로 만든 소파와 크기가 다양한 의자가 여러 개 놓여 있었고, 장식장과 작은 탁자까지 있는 걸 보면 방이라기보다 거실처럼 쓰이는 공간인 듯했다. 천장부터 바닥까지 커다란 창이 나 있었지만 이런 환한 대낮에도 두꺼운 커튼이 무겁게 드리워져 있어서 몹시 어두웠다.

여자는 내게 앉으라고 말하고 잠든 아기를 흘끗 보더니 조용히 방을 나갔다. 슬리퍼를 신은 덕분인지 발소리도 내지 않고 미끄러지듯 움직이는 게 어쩐지 섬뜩했다.

혼자 남겨지자 그제야 한숨 돌릴 여유가 생겼다. 먼저 가방을 바닥에 내려놓고 아기를 고쳐 안으며 조심스럽게 방 안을 둘러보았다. 바닥에 깔린 두툼하고 푹신한 양탄자, 제각기 서로 다른 무늬와 모양이지만 한데 모아 두니 절묘하게 조화를 이루는 의자들, 육중하고 커다란 스탠드와 화병, 평범한 사람의 집에서는 보기 힘든 한 무더기의 생화까지.

넋 나간 듯 구경하며 조심스럽게 엉덩이부터 걸치고 앉는 순간, 푹신한 천이 확 꺼지며 몸 전체가 소파에 훅 빨려 들어갔다. 안고 있던 애가 깰까 봐 허둥지둥 중심을 잡았지만, 미동도 하지 않는 걸 보면 애 엄마 말대로 어지간히 순한 것 같다.

푹신한 소파 위에서 자세를 바로잡고 있는데 다시 문이 열리고 누군가 들어왔다. 이번에는 아까 봤던 사람보다 더 젊은 여자였다. 쟁반에 찻잔을 받쳐 들고 와서 탁자에 내려놓으며 나와 아기를 계속 흘끔거렸다. 아마도 30대쯤? 입은 가볍고 엉덩이는 무거울 것 같은데 저런 도우미 복장 같은 걸 입고 있으니 나이를 가늠하기가 어렵다. 요즘도 저렇게 젊은 나이에 이런 집에서 가사 도우미로 일하는 사람이 있나? 하지만 생각해 보면 이런 곳에서 일하는 것도 나쁘진 않을 것 같다. 깔끔하고 단정한 옷을 입고, 넓고 웅장한 저택을 관리하는 것이다. 웬만한 허드렛일보다 나을지도 모른다. 이 집 식구들이 어떤 사람들인지는 모르지만 진상들이야 어디에나 널려 있으니까. 이런 데서 일한다면 아무도 모르게 높다란 담장 안에 숨어서 안전하게 살 수 있을 것 같다.

여자가 우리를 계속 흘끔거리다가 빈 쟁반을 챙겨 나간 뒤, 찻잔을 들고 한 모금 마셔 보았다. 차 맛은 잘 모르지만, 찻잔이 엄청나게 비싸 보인다는 것만은 잘 알겠다. 얼른 한달음에 후루룩 마셔 버리고 뒤집어 보니 바닥에 '메이드 인 잉글랜드'가 떡하니 새겨져 있었다.

'시댁이 좀 산다'고 했었지. 사실 그런 말을 들어도 별생각은 없었다. 그저 근사하고 넓은 아파트에 살며 일요일마다 외제 차를 타고 교회에 나가는 깐깐한 노부부들이겠거니 생각했을 뿐이다.

하지만 이건…… 전혀 다르다. 이건 '좀 사는' 정도가 아니다. 차원이 전혀 다른, 상식을 뛰어넘는 어마어마한 수준이다. 이 방면에 아는 게 하나도 없는 나 같은 인간의 눈에도 확실히 보인다. 수영장과 정글 같은 정원이 딸려 있고, 정문에서 집까지 한참을 걸어 들어와야 하는 곳. 바닥부터 천장까지 높이가 5m는 넘어 보이고, 근사하게 휘어지는 계단이 눈길을 끄는 집? 정원사인지, 잡역부인지, 문지기인지 알 수 없는 남자가 깐깐하게 손님을 맞고, 가정부를 둘씩이나 부리는 집.

여긴 내가 평생 절대 들어와 볼 수 없는 그런 곳이다. 평범한 사람이라면 죽도록 노력해도 절대 손에 넣을 수 없을 엄청난 부가 가득한 곳이다.

이런 집에서 매일 저런 사람들의 시중을 받으며 사는 기분은 도대체 어떨까? 손가락 하나 까딱할 필요도 없겠지. 다음 달 월세를 걱정하며 한숨지을 일도 없을 것이다. 언제 주먹이 날아올지 몰라 벌벌 떨면서, 떠보는 말에 어떻게 대답해야 무사히 넘어갈지 잔머리 굴리며 고민할 필요 없는 삶이란 도대체 어떤 것인지 상상도 할 수 없다.

그 여자는 이런 근사한 집에 들어오는 길을 왜 홀랑 포기해 버렸을까? 이렇게 대단한 집 아들을 만나 대를 이을 손자까지 낳았으니 그냥 밀고 들어와서 버티면 이 모든 걸 가질 수도 있을 텐데. 뭐가 그렇게 두렵고 힘들었을까? 어차피 노인네들은 영원히 살 수 없지 않나? 그 어떤 대단한 부자도 이 모든 걸 관 속에 짊어지고 갈 수는 없는 법이다. 언젠가는 내려놔야 하고, 그러면 이건 전부 살아 있는 사람의 것이 된다.

노인들이 살아 있는 동안 잠깐의 수모와 구박만 견디면 됐을 텐데, 그게 그렇게 힘들었나? 자기 애를 낯선 사람 손에 덜컥 맡겨 버릴 만큼? 남자가 버리고 갔더라도 노인들이 자기들 핏줄을 모른 체하지는 않을 텐데. 아니, 어쩌면 집을 나가 버린 망나니 아들 대신 손자에게 더 큰 희망을 걸고 이것저것 지원해 줄지도 모른다. 어느 쪽이든 부딪쳐 볼 만한 일이었을 텐데 그 여자는 왜 그렇게 허무한 선택을 했을까?

그 여자가 남긴 쪽지의 애매한 문장이 떠올랐다.

'저같이 무책임한 엄마라면 그냥 아예 사라지는 편이 나을 거예요.'

그건 무슨 뜻일까? 그냥 아이 앞에 다시는 나타나지 않겠다는 의미일까, 아니면…….

도대체 얼마나 절절한 사랑이길래 애를 놔두고 죽을 결심까지 한 거야?

나는 아기를 안고 있는 내 손목에 드러난 멍을 바라보았다.

어떤 사랑도 결코 영원하지는 않다. 싸구려 광고 문구 같지만 정말 그렇다. 그보다 영원히 남는 것은…….

그때 바깥에서 현관문이 열리는 소리가 들렸다. 곧이어 오래된 마룻바닥이 삐걱거리는 소리, 사람들이 웅성거리는 소리가 들려왔다.

마침내 이 집 식구들이 돌아온 모양이었다. 가슴이 두근거리고 손끝이 싸늘해졌다. 드디어 내가 자초지종을 설명해야 할 시간이 된 것이다. 아까는 준비 없이 더듬거렸지만 이번엔 절대 안 돼. 기회는 한 번뿐이다. 그러니까 어떻게 이 아기가 내 품에 들어오게 되었는지 제대로 설명해야 한다.

바깥에서 탁탁거리는 소리가 들려왔다. 경쾌하게 뛰어오는 누군가의 발소리였다.

긴장해서 미처 자세를 바로잡을 사이도 없이 문이 벌컥 열렸다.

"저기, 혹시…… 형수님?"

8

제일 먼저 눈에 띈 것은 깔끔하고 세련된 옷차림이었다. 날렵하게 재단된 바지, 값비싼 허리띠, 바삭바삭한 셔츠를 집어넣은 납작한 아랫배, 거기에 어울리는 근사한 재킷까지.

훌쩍 큰 키를 따라 올라간 곳에는 싱그러운 얼굴이 있었다. 세상 근심이라고는 하나도 없는 듯 활짝 웃고 있는 갸름하고 하얀 얼굴. 분명 초면인데도 어쩐지 친근한 느낌.

생각지도 못한 등장에 놀라 벌떡 일어섰다.

"아니! 얘기 듣고 설마 했는데……."

남자가 성큼성큼 다가오더니 서슴없이 옆에 붙어서 내 품에 안긴 아기를 들여다보았다. 가까이 다가서자 우리의 키 차이가 더 두드러졌다. 나보다 머리 하나쯤은 더 컸지만, 해맑은 얼굴과 근심 없는 표정이 소년처럼 어려 보이는 남자였다.

"이 녀석이에요?"

"아, 저기……."

"와! 진짜 눈매가 딱 형이네!"

남자가 소리치다가 나를 쳐다봤다.

"아, 이런! 놀라게 해서 죄송합니다."

그는 한 걸음 뒤로 물러서더니 손을 내저으며 멋쩍게 웃었다.

"집에 다 왔을 때 와 계신다는 전화를 받고 정말 깜짝 놀랐거든요. 믿을 수가 없어서 진짜 한달음에 달려왔어요."

하지만 방 안을 잠깐 둘러보더니 반가운 미소가 천천히 사라졌다.

"그런데 결국 혼자…… 오셨나 보네요. 그렇죠? 형은 역시나……."

그때 문간이 소란스러워졌다. 남자가 뒤를 흘끔 돌아보더니 갑자기 가까이 바짝 붙어 서서 나지막이 소곤거렸다.

"저기, 되도록 형 얘긴 하지 마세요. 제가 볼 땐 가망이 별로 없는 것 같지만, 아버진 여전히 희망을 버리지 않으셨거든요."

이건 또 무슨 소리야? 뭘 알아야 얘기를 하지.

회오리바람에 휩쓸린 것처럼 정신이 하나도 없었다. 모든 일이 너무 빨리, 급하게, 정신없이 돌아가고 있어서 도무지 따라잡을 수가 없다.

"천천히 들어가세요, 천천히."

누군가 뒤에서 소리치는 것과 동시에 휠체어에 앉은 백발노인이 문간에 나타났다. 몸은 기묘하게 뒤틀리고 주름투성이 얼굴도 일그러져 있었지만 눈빛만은 형형했다. 비틀리며 살짝 올라간 한쪽 입꼬리가 묘하게 비웃는 것 같은 인상이었다.

노인의 휠체어를 따라 덩치 좋은 남자가 나타났다. 짧게 친 머리에 간편한 복장과 편안한 실내화 차림, 적당히 부푼 팔뚝의 근육을 보면 이 집 식구가 아니라 노인을 돌보는 치료사나 수행원 같은 느낌이었다.

"아버지!"

젊은 남자가 뒤를 돌아보고 들뜬 목소리로 외쳤다.

"좀 보세요! 얘가 제 조카래요! 형수님이 데려왔어요! 완전 형 판박인데요?"

"아니, 저기요……."

그렇게 갑자기 다짜고짜 '형수님'이라니?

이제 와 변명하는 건 우습지만, 나도 그냥 가만히만 있었던 건 아니다. 어떻게든 잘못된 정보를 바로잡으려고 노력해 봤지만 소란스러운 분위기에 묻혀 버렸다. 갑작스러운 소동에 가사 도우미들까지 나타나서 방 안을 기웃거리기 시작했던 것이다.

"간밤 꿈이 참 희한하다 싶었는데 오늘이 진짜 무슨 날인가 봐요! 형 소식을 다 듣네요!"

남자의 눈가가 살짝 촉촉해졌다. 조금 충혈된 것도 같았다.

"저기요, 아니, 그러니까……."

내가 좀 더 크게 목소리를 높였을 때, 갑자기 방 안이 조용해졌다. 노인의 전동 휠체어가 사람들을 헤치고 곧장 이쪽으로 다가왔던 것이다. 순간 머릿속에서 경고음이 울렸다. 갑자기 주먹이 날아오거나 말다툼이 시작될 때마다 내게 조심하라고 알려주던 경보기였다. 그 촉이 지금 이 상황이 예사롭지 않다고 느낌으로 알려 주고 있는 것이다.

지금이라도 늦지 않았다. 구구절절 이야기는 집어치우는 거야. 그냥 애를 얼른 넘겨주고, 이만 가 보겠다고 인사하고 퇴장하는 거다. 그게 애초의 계획이었으니까. 그러면 고맙다고 약간의 사례금을 줄지도 모른다. 그걸 받아서 어디든 도망쳐서 숨어버리면 되잖아.

우물쭈물하고 있는데, 노인이 끙끙거리며 몸을 비틀었다. 팔을 내밀고 싶은 것 같은데 말을 듣지 않는 모양이었다. 급히 뒤따라온 치료사 복장의 남자가 노인의 무릎에 덮여 있던 모포 밖으로 앙상한 두 팔을 꺼내 주었다. 노인이 비틀어진 목을 간신히 돌려 나를 똑바로 쳐다봤다. 날카로운 눈빛과 마주치는 순간 겁이 덜컥 났다. 사방이 고요해졌다. 나는 잠시 망설이다가 조심스럽게 아기를 그의 팔에 넘겨주었다. 치료사가 재빨리 소파 위에 있던 쿠션을 노인의 팔 밑에 밀어 넣어 아기를 받칠 수 있게 해 주었다.

노인이 목을 비틀어 아래를 내려다보는 순간, 잠들어 있던 아기가 눈을 떴다. 아주 절묘한 타이밍이었다. 내 옆에 선 젊은 남자와 나, 그리고 노인과 치료사, 문간에 선 도우미들까지 모두가 숨을 들이마셨다. 새까맣고 커다란 아기의 눈동자에 나를 포함해서 방금 급조된 기묘한 가족들의 모습이 비쳤다. 아기는 아까 기차에서 그랬던 것처럼 귀가 따갑게 울어 대지 않았다. 대신 자신을 안고 있는 노인을 올려다보며 소리 없이 방긋 웃었다. 한숨이 나올 만큼 천진하고 깨끗한 미소였다. 그 미소가 노인을, 그리고 나를 사로잡았다.

"으에에에에에?"

노인이 아기를 안은 채 몸을 뒤틀며 괴상한 소리를 내질렀다. 나를 올려다보는 두 눈에 눈물이 가득 고여 있었다. 나는 뭐라고 대답해야 할지 몰라서 그저 고개만 끄덕였다.

"저기…… 아들이에요."

왠지 노인이 좋아할 것 같아서 덧붙였다. 노인은 말없이 눈물을 흘리며 고개를 끄덕였다. 비틀린 입에서 침과 함께 연신 신음 소리가 흘러나왔다.

"아버지, 울지 마세요. 기쁜 날이잖아요. 형이 돌아온 거나 마찬가진데요."

젊은 남자가 노인의 팔을 잡고 흔들며 웃어 보였다.

발을 빼야 한다면 지금이다. 모두가 애를 보며 울고 웃는 지금이 딱이다.

하지만 발이 도무지 떨어지지 않았다. 지금 나간다면 도대체 어디로 가지? 밖에서는 벌써 나를 찾기 시작했을지도 모르는데.

"저기, 저는 그러면 이만……."

억지로 한 걸음 뒤로 물러나려는데 몸이 움직이지 않았다. 아래를 내려다보자 노인의 한쪽 손가락이 내 낡은 웃옷 끝자락에 어설프게 걸려 있는 게 보였다.

"설마…… 이대로 그냥 가신다는 건 아니죠? 밀린 얘기가 많잖아요, 형수님."

젊은 남자가 다시 내 옆에 바짝 붙어 섰다.

"이제야 서로 만났는데요!"

"아니, 저는요……."

"뭔가 하실 말씀이 있어서 오신 거 아니에요?"

젊은 남자가 나를 찬찬히 바라보았다. 커다랗고 새까만 눈동자에 빨려들 것 같았다.

"이대로는 저희도 못 보내 드려요."

남자가 살짝 웃으며 속삭이듯 말했다. 부드럽지만 어쩐지 거부할 수 없는 어조였다. 나는 방 안을 이리저리 둘러봤다.

"부담 갖지 말고 식사라도 하고 가세요."

모두가 이쪽을 쳐다보고 있었다. 하나같이 뭔가 기대하는 표정들이었다. 그 사람들을 헤치고 밖으로 나가려니 발이 떨어지지 않았다.

어쩌면 이렇게 철옹성 같은 저택에서 낯선 사람들에게 둘러싸여 있는 지금이 제일 안전할지도 몰라. 내가 여기에 왔다는 걸 아는 사람은 아무도 없으니까. 아기 엄마를 빼면 말이다.

'저같이 무책임한 엄마라면 아예 사라지는 편이 나을 거예요.'

그리고 그 여자는 아마 지금쯤…….

"우어어어어……으어어어?"

"아버지도 그걸 원하시는 것 같은데요. 식사하시면서 하나씩 차근차근 이야기해 주세요."

나는 다시 한번 주위를 둘러봤다.

해골처럼 앙상한 몸과 얼굴이 뒤틀린 노인의 옷에서는 윤기가 흘렀다. 내 옆에 선 남자의 손목에는 값비싼 시계가 반짝이고 있다. 나는 조금 전까지 이 집 가정부를 부러워하며 앉아 있던 부드럽고 푹신한 벨벳 소파를 돌아봤다.

아기가 침을 흘리는 바람에 얼룩진 내 낡은 후디와 살짝 올라간 소매 끝에 드러난 손목의 멍도 내려다봤다. 이미 보라색으로 변하기 시작한 멍. 그게 결심을 쉽게 만들어 주었다.

누구도 찾지 못할 안전한 피난처.

언젠가는 밖으로 나가야겠지만 그게 오늘은 아니다. 지금은 아니야.

이런 상황에서 현명한 선택을 하는 데는 그리 오래 걸리지 않았다.

"네…… 아버님."

나는 크게 한 번 숨을 들이쉬고, 노인을 내려다보며 살짝 웃었다.

9

"집은 커도 오래돼서 제대로 손님 맞을 준비가 된 방이 없어요. 그나마 여기가 욕실까지 딸린 방이라 아이 데리고 주무시기엔 괜찮으실 거예요."

'괜찮은' 정도가 아니다.

툭하면 온수가 끊어지는 화장실과 초라한 주방, 방 한 칸이 전부였던 그 반지하 집의 두 배는 될 것 같은 방인데? 뒤틀린 창문틈으로 매서운 바람이 들이치던 비좁은 집을 생각하면 여긴 천국이나 다름없다.

'자고 가라'며 보여 준 방은 정말 으리으리하게 컸다. 걸을 때마다 살짝 삐걱거리는 짙은 색 원목 마루가 깔려 있고, 한가운데 커다란 침대가 놓여 있다. 활짝 열어젖힌 창문 너머로 웃자란 나뭇가지에 반쯤 가려진 널따란 정원이 내다보였다.

"수건은 넉넉하게 갖다 두었고요, 더 필요하시면 세면대 아래

장을 열어 보세요. 이 방은 따뜻한 편이라 이불은 이 정도면 충분하실 거예요."

처음에 나를 안내해 주었던 나이 지긋한 여자와 차를 갖다줬던 젊은 여자가 함께 들어와서 분주하게 방 안을 정리해 주었다. 깨끗한 침구를 새로 깔고, 쿠션과 베개도 한 아름 가져왔다. 내 눈에는 더 손댈 것도 없이 완벽해 보였지만, 오랫동안 쓰지 않던 방이라 걱정스럽다며 먼지를 털고, 청소기를 돌리고, 걸레질까지 했다.

애를 안고 멀뚱히 서 있기가 좀 민망해서 슬쩍 방에 딸린 욕실로 가 보았다. 엄청나게 커다란 욕조와 거울, 세면대에 샤워 부스까지 따로 있다. 이렇게 굉장한 방을 그냥 비워 두고 있었다고? 이 집에는 이런 방이 몇 개나 있을까?

"아버지께서 편찮으신 뒤로는 좀 예민해지셔서 손님 받는 일이 거의 없거든요. 그래도 여긴 규칙적으로 청소하고 관리하던 곳이에요. 형이…… 쓰던 방이라."

그의 목소리가 살짝 떨렸다.

나는 괜스레 아기를 고쳐 안는 척하면서 딴청을 피웠다. 어쩌다 보니 휘말리긴 했지만 오래 끌 수는 없다. 애 아빠든 엄마든 어느 한쪽이라도 이 집 문턱에 나타나는 날에는 모든 게 끝장이다. 그러니 계획을 세울 동안만 잠시 시간을 벌며 숨어 있다가 얼른 사라지는 게 상책이다.

"그래도 혹시 언젠가는…… 하는 마음으로 매번 쓸고 닦고 하면서 기다렸는데. 그 오랜 세월 동안 한 번을 안 오더라고요. 아버지는 어떠실지 모르지만, 사실 전 포기했어요."

젊은 남자가 버릇처럼 앞머리를 쓸어 올리더니 한숨을 쉬며 고개를 들었다. 갑자기 눈이 마주치는 바람에 가슴이 철렁했다.

"그래서 형은 지금 어디 있대요? 형수님께 연락은 하나요?"

나는 말없이 고개를 저었다. 우선은 이렇게 버티는 수밖에 없다. 다행히 '진짜 형수'의 얼굴조차 모르고 있는 걸 보면 아기 엄마 말대로 정말 독하게 연을 끊고 산 모양이다. 둘이 제멋대로 살림을 차렸다가 형이 변심해서 여자를 버리고 떠났다는 사정까지는 어떻게 알고 있는 것 같지만. 그래도 계속 이것저것 캐물으면 곤란하다.

아기를 고쳐 안으며 내 왼손가락을 슬쩍 더듬어 봤다. 아무 장식도 없는 밋밋한 싸구려 커플링이나마 끼고 있다는 게 다행스러웠다. 이런 부잣집 아들이라도 집을 나가서 살림을 차렸다면 설마 대단한 반지를 사 주지는 못했겠지. 그 여자가 어떤 반지를 끼고 있었는지는 아무리 애를 써도 기억이 나지 않는다.

"뭐 놀랍지도 않네요."

남자는 쓴웃음을 지으며 열려 있는 창문 쪽으로 눈길을 돌렸다.

"집 나가기 전부터도 형은 늘 그 모양이었거든요. 변덕도 심하고, 제멋대로고. 사람이 달라져도 너무 달라져서요. 그 사건 때문이라고 핑계 대는 것도 하루 이틀이지."

그 사건? 이건 또 무슨 얘기야?

"또 마음 못 잡고 기어이 애까지 두고 나갔나 보네요. 그래도 결혼해서 좀 달라지려나 싶었는데 변한 게 없었나 봐요? 형수님이 여기까지 찾아오실 정도면……. 아차! 제가…… 너무 앞서갔나요?"

"아! 아직…… 저희가…… 혼인 신고는…… 못 했어요."

당장은 아기 엄마가 했던 말을 그대로 앵무새처럼 따라 하는 수밖에 없다.

"저도 애를 낳으면 좀 달라질 줄 알았는데……."

"형이요?"

남자가 피식 웃으며 머리를 흔들었다. 굉장히 묘한 웃음이었다. 알 만하다는 것 같기도 하고, 조금은 씁쓸해하는 것 같기도 하고, 그런 순진한 생각은 접어 두라며 비웃는 것 같기도 했다.

"항상 이번에는 다르겠지 하며 기대해도 결국 또 실망시키는 사람인데요, 뭐."

남자가 어쩐지 서글픈 목소리로 말했다.

"전 늘 그랬어요. '설마 이번에는 돌아오겠지. 이번에는 다를 거야, 연락하겠지. 이번에는…….' 하며 기다린 세월이 얼마인데요. 형수님도 이런 일, 처음이 아니실 것 같은데 너무 기대는 마세요. 형은 쉽게 안 변해요."

남자가 고개를 들고 똑바로 쳐다보는 바람에 우리의 눈이 다시 마주쳤다. 기분 탓일까? 젖은 눈에서 분노 비슷한 걸 잠깐 엿본 것 같은데 이내 사라져 버렸다. 그는 살짝 입술을 깨물고 다시 아기를 내려다봤다.

"아마 애 때문일 거예요."

남자가 손가락 끝으로 잠든 아기의 볼을 가만히 쓸어 보며 말했다.

"갑자기 혼란스러워져서 도망간 거겠죠. 얽매이기 싫어하니까. 형은 누구도 제대로 사랑할 수 없는 사람이거든요. 항상 그랬어요. 고쳐 보려고 노력도 해 봤는데 쉽지가 않았죠. 혹시 예전에 정신과 상담받았던 거…… 형이 얘기하던가요?"

나는 또 고개를 저었다. 그런 일이야 모른다고 해도 이상하지 않겠지.

처음에는 모든 게 막막하고 두려웠는데 이 남자와 이야기할수록 조금씩 요령이 생기는 것 같다. 이렇게 이 집 장남이자 내 남편이라는 사람에 대한 토막 정보를 하나씩 모아 나가면 어떻게 잘 대처할 수 있을 것도 같다.

"불안하고, 우울하고, 좀 욱하는 면도 있고……. 원래부터 그랬던 건 아닌데, 확실히 충격적인 일을 겪고 나면 사람이 변하나 봐요. 아무래도 그때……."

열려 있는 방문을 예의 바르게 똑똑 두드리는 소리가 났다.

돌아보니 나이가 좀 더 젊은 가정부가 방해해서 미안하다는 듯 우물거리며 서 있었다.

"저기…… 식사 준비가 다 되었는데요. 회장님 곧 나오신다고……."

"아! 희선 씨! 금방 내려갈게요. 고마워요."

심각하던 남자의 표정이 금세 밝게 변했다.

"쓸데없이 얘기가 좀 길어졌지만 뭐, 결론은…… 그러니까 잘 오셨다고요! 전혀 부담 갖지 마세요. 형수님과 이 녀석이 정말 있어야 할 곳에 오신 거잖아요. 저와 아버지는 대환영입니다! 혼자서 그동안 얼마나 마음고생이 많으셨어요."

남자는 내 쪽으로 몸을 지그시 기울이며 좀 더 낮은 목소리로 덧붙였다.

"너무 겁내지 말고 식사하시면서 차근차근 다 말해 보세요. 아버지는 늘 형한테 약한 분이었거든요. 쓰러지시기 전엔 항상 '욱이 어딨냐'며 형만 찾으셨죠. 지금도 화가 나서 다시 안 볼 것처럼 팍팍하게 구시지만 속으로는 엄청 반기고 계실 거예요. 그러니까 지금이 원하는 걸 얻어 내실 기회라고요. 잊지 마세요."

그때 나이 지긋한 가정부가 옷을 한 아름 안고 나타났다.

"씻고 갈아입으실 만한 옷을 좀 찾아봤는데 맞으실지 모르겠네요."

"그럼 천천히 준비하고 내려오세요. 아버지께는 제가 잘 말씀

드릴 테니 너무 걱정 마시고요. 그 세월도 기다리셨는데 고작 몇 분을 못 기다리시겠어요? 하하."

"저녁 드시는 동안 아기는 제가 봐 드릴 테니 맘 푹 놓으세요."

나이 지긋한 가정부가 내 품에서 아기를 조심스럽게 받아 들며 거들었다.

"몇 개월이나 됐나요? 따로 이유식 같은 걸 준비해야 할까요?"

가정부가 아기를 들여다보며 무심히 내뱉는 말에 가슴이 철렁했다.

"어…… 3개월이요."

'이제 3개월이에요. 12.12에 태어났거든요. 기억하기 쉽죠.'

아기 엄마의 밝고 명랑한 목소리가 귓가에 울리는 것 같았다.

"12월 12일이 생일이에요."

나는 얼른 덧붙였다. 젊은 남자는 옆에서 그저 웃고만 있었다.

"아, 그럼 이유식은 좀 이르겠네요. 젖은 뗐나요?"

"네, 젖을 막 떼서 분유도 잘 먹고요. 예방 접종도 했어요. 다리 쪽에 아토피가 살짝 있는 걸 빼면 건강해요."

너무 기계적으로 술술 읊었나 싶어 조금 불안해졌지만 그런대로 잘 해낸 것 같다.

"수원댁 여사님은 아기 보는 데 베테랑이시라 안심하셔도 좋을 거예요!"

"딸이 일찍 시집을 가서 제가 이 나이에 벌써 손주가 하나 있거든요."

가정부가 웃으며 고개를 끄덕였다.

"그럼 전 먼저 내려가서 기다리겠습니다."

남자가 바람처럼 휘리릭 방을 나서다가 뒤를 돌아보았다.

"아! 다시 한번, 정말 잘 오셨어요, 형수님!"

다정하고 따뜻한 목소리에 나도 모르게 미소 지었다.

수원댁에게 아기를 맡겨 두고 온통 대리석으로 꾸며진 욕실 쪽으로 걸어가며 생각했다.

그래, 이게 최선이야. 적어도 오늘 밤은 안전하잖아. 여기가 내 피난처야.

10

길고 굽이진 계단은 너무 아름답고 웅장해서 잘 만들어진 무대 같았다. 다른 사람을 연기하고 있는 내게 딱 맞는 무대 말이다. 신데렐라처럼 천천히 우아하게 움직이려고 해 봤지만, 어쩐지 내 머릿속에 떠오른 것은 어린 시절 읽었던 다른 동화였다. 결혼하는 아내마다 얼마 못 가 사라졌다고 하는 푸른 수염의 저택. 잠겨 있는 은밀한 방을 엿보다가 결국 끔찍한 비밀을 목격하고 말았다는 신부에 관한 이야기 말이다.

생각에 잠겨 내려가는 동안 오래된 나무 계단이 발밑에서 불길하게 삐걱거렸다.

"이쪽이에요, 형수님!"

명랑한 목소리가 들렸다.

"식당 못 찾으실까 봐 마중 나왔습니다."

계단 아래에서 기다리는 미소 띤 얼굴을 보자 조금 안심이 되었다.

"여사님이 걱정하시던데, 다행히 옷이 잘 맞으시네요?"

"네, 약간 헐렁하지만 편하고 좋아요."

"잘 어울리세요. 아까 좀 피곤해 보이셔서 걱정했는데, 괜찮으세요?"

"네, 덕분에."

뜨거운 물이 펑펑 나오는 넓은 욕실에서 머리를 감고 샤워도 했다. 걸핏하면 온수가 끊어지는 반지하에서는 어림도 없던 사치였다. 크기별로 차곡차곡 쌓인 타월은 새것처럼 보송보송했다. 모두 'J'라는 이 집안 성씨의 머리글자가 수놓아져 있었다. 역시 가슴 부분에 J가 수놓인 폭신한 가운을 걸치고 욕실에서 나와 침대 위에 한 아름 쌓인 옷들을 뒤적거렸다. 하나같이 무난하고 고급스러운 디자인으로, 아무 무늬도 없는 하얀 티셔츠조차 명품이었다. 모두 내게는 약간 컸고 새 옷은 아니었지만 보관 상태가 아주 좋았다. 누구의 옷일까? 혹시 내게 '시어머니'나 '시누

이'가 있는 걸까?

나는 고심 끝에 허리 부분에 벨트가 달린 긴 황갈색 리넨 원피스를 골라 입었다. 이런 집에선 저녁 식사 때 뭘 입는지 모르겠지만 이 정도면 적당히 고상하고 얌전해 보일 것 같다.

"실은 아버지가 진작부터 기다리고 계셨어요. 내색은 안 하시지만 굉장히 들뜬 눈치세요. 그런데 원래 지각하는 걸 별로 안 좋아하시거든요."

"어머! 네, 네."

나는 그를 따라 서둘러 집 뒤편으로 걸어갔다. 커다란 거실을 지나 식당으로 들어가니 스무 명은 넉넉히 앉을 수 있을 커다란 식탁이 방을 꽉 채우고 있었다. 식탁 위의 풍성한 꽃과 머리 위를 비추는 근사한 조명 덕분에 고급 레스토랑에 온 기분이었다. 그런 곳에 자주 갈 만한 형편은 아니었지만 말이다.

식탁 제일 위쪽 상석에는 휠체어 노인이, 그 바로 옆에는 덩치 큰 남자 간병인이 앉아서 노인의 가슴 앞에 냅킨을 꽂아 주고 있었다. 그 오른쪽이 아들, 맞은편이 내 자리인 모양이었다. 그 밖의 다른 식구는 보이지 않았다.

노인의 앞에는 죽 한 그릇이 놓여 있었고 반찬은 전형적인 한식이었다. 얼핏 보아도 열 가지는 넘어 보이는 반찬에, 생선구이 하나도 세련된 접시에 깔끔하게 담긴 모양새가 고급 한정식집에 온 것만 같았다. 하지만 옆에 앉은 간병인이 생선 살을 작게 발라서 죽과 함께 숟가락으로 조금씩 떠먹여 주는 걸 보면 몸이 불편한 노인에게는 저 많은 반찬들이 그림의 떡인 듯했다.

"죄송합니다."

기어들어 가는 목소리로 사과하며 얼른 내 자리에 앉았다.

나와 젊은 남자의 앞에는 두툼한 스테이크와 샐러드가 차려져 있었는데 그걸 보자 입에 침이 고였다. 새벽부터 지금까지 두유 한 팩을 빼면 아무것도 먹은 게 없었으니 말이다.

"에이, 잠깐이라도 쉬셨으면 됐죠, 뭐. 녀석은 잠들었나요? 이름이 뭐였죠? 승준이?"

남자가 묵직한 분위기를 부드럽게 풀어 주며 나섰다.

"얼른 그 이름에 익숙해져야겠어요. 녀석, 낯선 데서도 잘 자네요? 보채지도 않고 순한가 봐요."

"네, 수면 교육을 잘 시켜서 통잠도 문제없거든요."

나는 얼른 덧붙였다.

"수원댁 여사님이 잘 봐 주실 테니 맘 푹 놓고 식사하세요."

"아, 네."

"그어어어어…아아아아 우어어어 소소손."

그때 노인이 깡마른 손을 내저으며 뭔가 말하기 시작했다. 입은 반쯤 돌아갔어도 목소리만은 꽤 우렁찼다. 한마디도 알아들을 수 없다는 게 문제였지만.

"네?"

"사아아아 손…아아아아아 우어어어어어… 지…직…어어?"

도무지 무슨 말인지 몰라 이리저리 둘러보다가 맞은편에 앉은 남자와 눈이 마주쳤다. 제아무리 아들이라도 별수 없었는지 그쪽도 어리둥절한 표정이었다. 우리는 잠깐이지만 같은 느낌을 공유하며 얼른 각자의 접시를 내려다봤다.

노인이 답답한 듯 손을 휘저어 대자 옆에 있던 간병인이 주머니에서 수첩을 꺼내 들고 고개를 낮춰 귀를 갖다 댔다. 꼴사납게 침을 흘리며 괴성과 비명의 중간쯤 되는 말을 내뱉는 동안 그는 열심히 받아 적고 노인에게 내용을 확인받았다.

"참! 저쪽은 최 실장님. 아버지 간병 겸, 재활 겸, 이것저것 도와주러 주 6일간 꼬박 와 주세요. 가끔은 자고 가실 때도 있고요. 아마 아버지 가려운 곳을 저보다 더 시원하게 긁어 드릴걸요?"

노인에게 몸을 기울이고 열심히 뭔가 받아 적던 간병인이 싱긋 웃으며 고개를 끄덕여 보였다. 나도 살짝 목례를 했다.

"어, 이 집에 들어와서도 아이는 되도록 직접 키우는 게 좋겠다고 하시네요."

최 실장이 수첩에 적은 글을 노인에게 몇 번 확인한 뒤 내게 말했다.

이건 완전 암호 해독 수준인데. 아들도 못 알아들으면 도대체 어떻게 의사소통을 하는 거지? 아무리 부자라도 저런 인생은 참…….

쓸데없는 생각에 잠겨 있다가 퍼뜩 정신이 들었다.

'이 집에 들어와서?'

"들어온다고요? 아버지! 그러면……."

나보다 먼저 흥분한 남자가 벌떡 일어섰다가 재빨리 다시 앉았다.

노인이 다시 알아듣기 힘든 신음 소리를 뱉어 냈다. 최 실장이 열심히 듣다가 혼자서는 역부족이었던지 남자를 불렀다. 결국 두 사람이 노인 옆에서 나란히 무릎을 꿇고 앉아서 이런저런 이야기를 들으며 자기들끼리 소곤거리기도 했다.

반쯤 찌그러진 몸으로 기우뚱하게 휠체어에 앉은 노인, 그 옆에 무릎을 꿇고 한껏 몸을 낮춘 젊은 남자들, 머리 위에서 흔들리는 크리스털 샹들리에의 불빛까지. 이 모든 게 한 편의 연극처럼 낯설게 보였다. 식탁 위에서는 고슬고슬한 흰 쌀밥과 먹음직스러운 반찬, 육즙이 흐르는 스테이크가 싸늘하게 식어 가고 있었다. 새벽부터 아무것도 먹은 게 없는 배 속에서는 전쟁이 벌어졌지만 입 안은 깔깔했다.

저기서 무슨 이야기가 나올지 몰라 잔뜩 숨죽일 수밖에 없었다. 설마 애만 두고 너는 나가라고 할까? 그것도 아니면 애 아빠에 대해 뭔가 물어보려는 걸까? 아니, 내 정체를 이미 다 알고 있을지도 몰라. '너는 그 여자가 아니잖아! 이 사기꾼아!' 하고 소리칠까 봐 겁이 났다. 여기서 당장 쫓겨나면 이 밤중에 대체 어디로 가야 할까. 아니, 당장 경찰을 부르면?

조금 전까지만 해도 버틸수록 위험해질 것 같아 얼른 발을 뺄 생각뿐이었는데, 이젠 여기서 쫓겨날까 봐 걱정이라니 내 마음을 나도 모르겠다.

마침내 젊은 남자가 자기 자리로 돌아왔다. 곤란한 듯 웃고 있지만 속을 알 수 없는 애매한 표정이었다.

"아버지가 하고 싶은 이야기가 많으신가 봐요."

남자는 고개를 숙이고 괜히 컵을 이리저리 옮기며 입을 열었다.

"음…… 형을 용서한 건 아니라고 하세요. 제 발로 들어올 때까지는 찾지도 않으실 거라고. 하지만 애는, 승준이는 여기서 키워야 한다고 하시네요."

"네?"

"형수님이 아이를 데리고 들어오신다면 받아 주시겠다고."

노인 쪽을 쳐다보자 형형한 눈빛과 마주쳤다. 뒤틀린 입꼬리가 비웃듯이 올라가 있다.

"문제를 일으키지 않고, 아이를 잘 건사하고, 회장님 말씀에 따른다는 조건이라면 두 사람을 받아 주겠다고 하시네요."

최 실장이 수첩을 보면서 조심스럽게 거들었다. 노인이 고개를 비틀고 그의 귓전에 뭔가 속삭였다.

"어…… 두 사람이 나가서 따로 살아가겠다면 돈은 대주실 수 없다고요."

그가 난처한 듯 웃었다.

"만일 여기 들어오겠다면 아이에게는 분명 훨씬 좋은 환경이 보장되겠지만, 그래도 단단히 각오하셔야 할 거라고요."

무슨 각오? '문제를 일으키지 않고, 아이를 잘 건사하고, 노인의 말에 복종할' 그 정도 각오?

고개를 들고 주위를 둘러봤다. 날카로운 눈빛의 노인, 난처해 보이는 간병인, 기대에 차서 눈을 반짝이고 있는 젊은 남자까지 천천히 돌아봤다.

이렇게 쉽다고?

이 사람들은 내 신분증 같은 걸 확인하지도 않았다. 어디서 뭘 하던 인간인지 묻지도 따지지도 않았다. 자기 아들의 이름은 알고 있는지, 아들과 함께 살았다는 증거라도 있는지조차 묻지 않았다. 도대체 왜? 그냥 아이가 증거 그 자체라고 생각하는 건가?

어쩌면 여자의 신원 따위는 중요하게 생각하지 않는 건지도 모른다. 괘씸한 아들이 선택한 하찮은 여자니까. 그런데 핏줄을 안고 제 발로 나타났으니 일단은 받아들여서 두고 보다가 애만 빼앗고 내쫓으려는 심산인지도 모르지.

이 사람들의 속셈이 무엇이든 지금 당장은 상관없다. 어차피 난 여기 오래 있지 않을 작정이고, 눈앞에 난데없는 꽃길이 펼쳐진 셈이니까.

그러니까 나는 방금 웅장한 계단을 우아하게 내려오는 진짜

신데렐라가 된 것이다.

툭하면 온수가 끊어지는 반지하방에 살던 내가, 갈 곳도 아는 사람도 하나 없던 내가 방금 버젓한 시부모와 귀여운 훈남 시동생까지 한 번에 꿰차고, 가정부의 도움을 받아 아이를 키우며, 얇은 티셔츠 한 장조차 명품으로 입는 집안의 맏며느리가 된 것이다. 누구도 찾을 수 없고 건드릴 수도 없을 이 안전한 성벽 안에서 말이다.

위태롭게 쌓아 올린 모래성이 언제 무너질지 알 수 없지만 지금으로선 당장 내민 손을 잡지 않을 이유가 없다. 그러고 싶었다. 두고 온 것들이 너무 어둡고 음침하고 두려운 것들뿐이라 이 사람들이 내민 손을 덥석 잡고 환한 곳에 머무르고 싶었다. 앞뒤 따져 볼 여유도, 이유도 없었다.

"저는……."

"혹시 생각할 시간이 좀 더 필요하시다면……."

"아니에요!"

내 단호한 목소리에 모두가 날 바라보았다.

"저와 애는…… 아니, 저희들은 여기에 남겠습니다! 말씀하신 대로 따를게요. 감사합니다."

그리고 재빨리 덧붙였다.

"아버님."

모두가 안심한 듯 공기가 부드럽게 풀어지는 게 느껴졌다. 모두의 얼굴에, 노인의 얼굴에도 미소가 떠올랐다.

"그럼 모든 게 다 확실해졌네요."

젊은 남자가 웃으며 포크를 집어 들다가 접시를 내려다봤다.

"아이쿠! 그러고 보니 음식이……. 희선 씨!"

그의 호출에 곧바로 누군가 달려왔다.

"이거 다 식어 버렸네요. 형수님 것도 다시 갖다주셔야 할 것 같아요. 그리고 앞으로 같이 지내실 테니까 형수님 음식 취향 같은 것도 파악해 주시고요."

"네? 아아, 네, 네."

가정부는 당황한 듯 나와 남자를 번갈아 바라보다가 얼른 고개를 조아리며 내 접시를 집어 들었다. 식어 버린 스테이크에서 흘러나온 육즙과 핏물이 작은 소용돌이를 이루고 있었다.

그것을 바라보며 나는 저 밖에 두고 온 것들, 특히 지금쯤 그 작은 반지하방에서 차갑게 식어 가고 있을 몸뚱이를 떠올렸다.

생각에 잠긴 내 귀에 간병인 최 실장의 목소리가 들려왔다.

"아! 그리고 친자 확인은 빠르면 빠를수록 좋겠다고 하시네요."

11

식사를 마치고 방에 어떻게 돌아왔는지 하나도 기억나지 않는다. 수원댁이 순하게 잠든 아기를 칭찬하는 말에도 건성으로 답하고 얼른 내보낸 뒤 문을 쾅 닫아 버렸다. 손톱을 잘근잘근 씹으며 방 안을 이리저리 돌아다녔다.

어쩐지 말도 안 되게 운수가 좋더니만! 이런 행운이 순순히 찾아올 리가 없지. 이렇게 대단한 집에서 모르는 여자가 데려온 애를 자기들 핏줄이라고 그렇게 덜컥 인정해 줄 리가 없다. 그것도 손목에 멍 자국이 있는 허름한 옷차림의 여자가 데려온 애를 말이다.

침대 위에 세상모르게 잠들어 있는 아기를 흘끔 돌아봤다.

그 여자 말을 그렇게 냉큼 믿는 게 아니었어. 오다가다 만난 미친 여자일 수도 있는데! 진짜로 이 집 장남과 그렇고 그런 사이였는지 알 게 뭐람?

만에 하나, 저 아이가 이 집 핏줄이 아니란 게 밝혀지면 그땐 정말 끝장이다. 사기꾼으로 신고당하는 게 문제가 아니다. 당연히 신원 조회가 들어갈 테고, 분명 모든 게 밝혀질 테니까.

손에 든 프라이팬이 그의 단단한 머리를 후려칠 때 텅! 하고 울리던 소리와 손목을 튕기던 감촉이 생생하게 떠올랐다. 바닥에 점점이 번져 가던 붉은 자국이 눈에 아른거렸다. 놀란 맘에 무작정 도망쳤지만 내가 저지른 짓을 영원히 숨길 수 있을 거라고 생각하진 않았다. 그냥 시간을 좀 벌고 싶었을 뿐이다. 너무 갑자기 벌어진 일이라 정신이 하나도 없었으니까. 하지만 지금 상황을 보아하니 시간을 버는 게 아니라 단축시키는 꼴이 될 것만 같다.

애는 그냥 두고 가자. 돈이 차고 넘치게 많아 보이는 집이니까 어떻게든 알아서 하겠지. 그냥 지금이라도 얼른…….

황급히 방을 나서다가 열린 문 앞에서 하마터면 부딪칠 뻔했다.

"아이쿠! 괜찮으세요?"

젠장!

남자가 중심을 잃고 휘청거리는 내 팔을 잡아 주었다.

"식사는 괜찮으셨는지, 방은 어떠신지, 뭐 더 필요한 건 없으신지 보러 왔어요."

가슴이 너무 뛰어서 곧바로 대답할 수가 없었다.

"녀석은 완전히 곤하게 잠들었네요? 진짜 형수님 말씀대로 순한가 봐요."

남자가 침대 위의 아기를 슬쩍 보고 피식 웃더니 돌아서서 조금 미적거렸다.

"혹시…… 아까 아버지 말씀 때문에 괜한 오해를 하실까 봐 살짝 걱정도 됐고요."

괜히 두 손을 주머니에 찌르고 방 안을 어정거리는 모습이 조금 전의 나와 비슷하다.

"나쁜 뜻으로 하신 말씀은 아닐 거예요. 아시죠? 형수님을 못 믿어서가 아니라는 거."

아무 말도 할 수가 없었다. 이제 섣불리 임기응변으로 이것저것 둘러대는 것도 위험할 것 같다.

"그냥 모든 걸 확실히 해 두려고 그러시는 거예요. 워낙…… 형 못 본 지도 오래되셨으니까. 나중에 책잡히지 않으시려고요. 아까 고용인들도 그렇고, 보는 눈들이 있었잖아요. 그게 아니라면야, 자는 얼굴이 저렇게 형 판박인데 무슨 말이 더 필요하겠어요."

그가 눈꼬리를 접어 가며 웃는 걸 보자 쿵쿵거리던 심장이 조금씩 가라앉기 시작했다. 나는 침대 위의 아기를 흘긋 돌아봤다. 뽀얀 피부에 눈꼬리가 유달리 긴 눈매가 눈앞에 서 있는 이 남자를 닮은 것도 같다. 그래, 지금까지는 그 여자 말이 전부 맞았잖아. 애를 안고 여기 와 보니 정말 무사통과였잖아. 지금 섣불리 겁먹고 내빼는 건 어리석은 일일지도 몰라.

"저기, 그건…… 어디서 어떻게 하는 걸까요? 그, 친자 확인이라는 건……."

"아, 권 박사님이라고 저희랑 친분 있는 의사분께 부탁드리지 않을까 싶네요. 정신과 전문의시지만 아마 그런 검사를 하는 실험실 같은 곳을 소개해 주실 거예요. 창고에서 형이 쓰던 물건을 뒤져 보면 머리빗 같은 게 있을 테니까 그걸로 검사하면 되고요."

그는 옆에 놓인 의자를 끌어와 앉으며 내게 손짓했다. 나도 조심스럽게 침대 위에 걸터앉았다.

방 안은 어둑했다. 수원댁이 켜 두고 나간 침대 옆 협탁 위의 스탠드 불빛 덕분에 사방이 온통 황금빛으로 물들어 따스하고 아늑한 느낌이었다. 이렇게 불안하고 두려운 순간에도 여기는 세상 근심 없는 낙원 같았다.

“그냥 형식적인 절차라고 생각해 주세요. 뭐든 필요한 게 있다면 저한테 알려 주시고요. 저는 전적으로 형수님 편이니까.”

그가 잠깐 고개를 숙이더니 혼자 쿡쿡 웃었다.

“처음 봤을 때 제가 너무 난리를 피워서 당황하셨죠? 어우, 지금 생각해 보니 좀 불편하셨겠네요.”

“아니에요, 그런 거.”

나는 손을 내저었다.

나보다 어린 건 확실하겠다만, 몇 살일까? 20대 중반쯤? 밝은 표정에 구김살 없는 말투를 보면 막내로 어지간히 사랑받고 자란 것 같다.

“형 소식에 워낙 목말라 있다 보니 저도 모르게 너무 반가워서 그랬나 봐요. 형수님 딱 봤을 때부터 남 같지 않은 그런 느낌이었거든요.”

“제가……요?”

그가 고개를 끄덕였다.

“텔레파시 같은 게 통해서 금방 알아봤나 봐요. 하하. 저하고 형은 워낙 사이가 좋았으니까.”

“그래요?”

동생과 사이가 그렇게 좋았다면서 같이 사는 여자는 왜 안 보여 줬을까? 그럼 집은 부모님 때문에 나간 건가? 형제의 어머니는 어디에 있지? 같이 살지 않나?

"네. 형이 집을 나간 뒤에도 한동안은 간간이 연락했으니까. 이런저런 소식들은 듣고 있었죠. 이젠 끊어져 버렸지만, 그래도 근황 같은 건 어떻게든 띄엄띄엄 알게 되더라고요. 형이 집을 나간 게 벌써…… 7년이던가, 8년이던가. 제가 옛날엔 형을 진짜 엄청 귀찮게 따라다녔거든요. 겨우 여섯 살 차이인데 어릴 땐 형이 왜 그렇게 어른처럼 보였는지…… 하핫. 가끔은 제가 너무 귀찮게 굴어서 집을 나갔나 보다고 자책하기도 했다니까요. 아, 그러고 보니…… 설마 형이 제 얘기를 아예 안 한 건 아니죠?"

"아니에요. 이야기 들었어요. 어, 성격이 무척…… 밝으시다고."

그러자 남자가 웃음을 터뜨렸다.

"에이, 보나 마나 '수현이 그 새끼 완전 또라이야!' 뭐 이랬겠죠. 하하하."

조금 쓸쓸한 웃음이었다.

"아무튼……."

그의 목소리가 낮아졌다.

"정말 잘 오셨어요. 아마 형 때문에 마음고생 많으셨을 거예요. 그래도 너무 미워하지는 마세요. 형도 처음부터 그랬던 건 아니거든요. 어렸을 때 그런 엄청난 일을 겪고 나면 아무래도 사람이 달라지게 마련이잖아요.”

그의 눈이 추억을 더듬듯 스탠드 불빛 너머 먼 곳을 바라봤다.

“그러니까 지금 어디에 있든, 언젠가는 제정신을 차릴지도 몰라요. 형수님이랑 애를 생각해서 다시 돌아올 수도 있잖아요. 그때까진 여기서 지내세요. 아버지도 저렇게 기뻐하시고, 저야 뭐, 당연히 대환영이고요. 사실 이 나이에 여태 부모님 집에 얹혀사는 게 즐거울 리 없잖아요. 제 또래 사람은 없지, 아버지는 말도 안 통하지, 여러모로 죽을 맛이었는데 형수님 오셔서 이제 좀 숨통이 트이겠네요.”

그가 일어서며 말했다.

“뭐든 불편하고 힘든 게 있다면 제가 최대한 도와드릴 테니까 너무 걱정 마시고요. 젊은 사람끼리 뭉쳐야죠.”

남자가 환하게 웃으며 한 손을 내밀었다.

나는 땀으로 축축해진 손을 내밀어 그의 손을 잡았다.

따뜻하고 힘찬 손이었다.

12

“집은 넓지만 방이 많은 건 아니에요. 부모님이 거실과 정원을 넓게 쓰는 걸 더 좋아하셨거든요. 보시다시피 1층 현관 옆은 응접실, 그 맞은편은 서재고요, 계단 지나서 안쪽으로 들어가면 거실, 그리고 그 너머에 식당과 주방이 있어요. 어제 제가 앉아 있던 자리 뒤편으로 아버지 병실과 간병인실이 있고요. 원래 안방으로 쓰던 큰 방인데⋯⋯ 형네 어머니 그렇게 되신 뒤로 아예 싹 리모델링해서 혼자 쓰시다가 아버지 쓰러지시면서 병실로 아예 개조했죠."

내 '시동생'은 아주 살가운 타입이었다. 알고 보니 나보다 세 살 어렸는데, 키는 훨씬 컸지만 성격은 아이처럼 천진하고 해맑았다. 부잣집 늦둥이로 구김 없이 자란 덕분일까? 아직 소년처럼 청량한 느낌을 간직한 청년이라 모두가 좋아하는 듯했다. 크고 오래된 집, 휠체어에 앉아 말도 못 하는 반신불수 노인이 만들어 내는 칙칙하고 어두운 분위기 속에서 그의 존재는 한 줄기 햇살 같았다.

"거실 뒤편에 안 쓰는 방들이 몇 개 더 있어요. 요즘이야 드물지만, 가끔 집에서 손님치레를 하면 필요할 때가 있거든요. 주방 저쪽으로 도우미분들이 쓰시는 방이 있고요. 다들 출퇴근하시지만 그래도 쉴 곳은 필요하니까요. 명절같이 바쁠 때나 급할 때는 자고 가시기도 하거든요. 2층은 아버지 쓰러지시기 전부터도 저하고 형만 쓰고 있었고요. 지금 형수님 쓰시는 그 방이 형 방이었어요. 그 옆이 제가 쓰던 방이었고요."

그가 살짝 멋쩍은 듯 웃었다.

"아! 불편해하지는 마세요. 지금은 다른 방을 쓰거든요. 형수님 방에서 2층 복도를 쭉 지나서 맞은편이에요."

"아유, 괜찮아요."

나는 손을 저으며 웃어 보였지만 머릿속은 딴생각으로 가득했다.

'형네 어머니'라고?

며느리 비슷한 존재로 들어오긴 했지만 서로 단절되어 살던 사람들이니 대충 모르는 척 넘어가도 되는 일들이 많아서 좋긴 했다. 하지만 어디까지 아는 척해야 하는지, 어떤 걸 물어봐도 되는지는 아직 감을 잡기가 어려웠다. 이 굉장한 집에서 벌써 사흘이나 버텨 낸 스스로가 대견할 뿐이다.

수현을 졸졸 따라다닐 때를 빼면 아직 혼자 방 밖으로 나올 용기는 없지만, 그래도 하루 세 끼 식사며 청소와 빨래 걱정이 없는 생활은 꿈만 같았다. 주먹이 날아올 걱정이 없어진 건 아예 '행복'이라고 해야 할까? 식당 언니들에게 문자를 보내 둔 덕분에 출근 고민도 한시름 덜었다.

〈 오빠 부모님이 많이 편찮으셔서 시간이 얼마 없나 봐. 같이 뵈러 가요. 다른 도시에 계셔서 언제 돌아올지 모르겠네. 아무래도 당분간 근무는 어려울 거 같아서 일단 사직서 내는 걸로 합니다. 사장님께도 내가 문자 보내 둘게. 희정이랑 유정이, 다른 언니들한테도 안부 좀 전해 줘요. 돌아가면 내가 모두 모아서 한턱 쏠게. 갑자기 너무 미안해요!

〉 기집애! 얼굴도 못 보고 이렇게 갑자기? 그래도 잘됐다야! 이렇게 얼레벌레 결혼하는 거지. 손가락에 다이아 반지 끼고 꼬옥 다시 온나!

득달같이 도착한 답 문자를 보고 혼자 피식 웃었다. 다이아 반지는 어림도 없지만 얼레벌레 애와 시댁이 생겨 버렸으니 뭐 틀린 말은 아니지. 그것도 보통 시댁이 아닌데. 이전의 나를 아는 식당 식구들이 지금 내 모습을 보면 뭐라고들 할까? 아침에 눈을 뜰 때부터 완전히 달라져 버린 내 일상을 보면 다들 웃음도 나오지 않겠지.

눈을 뜨고 나면 한동안은 침대 속에서 뒹굴거리며 부드러운 침구의 감촉과 달콤한 향기를 음미한다. 아무것도 신지 않은 맨발에 휘감기는 매끄러운 시트의 감촉이 좋았다. 그 반지하방의 낡은 이불 속에서는 늦봄까지도 수면 양말을 신지 않으면 잠을 잘 수가 없었다. 낡은 리놀륨 바닥을 타고 습한 냉기가 올라와서 모든 것을 아주 싸늘하게 만들어 버리기 때문이다. 모든 것을.

그러니까 한동안은 괜찮을지 모른다. 그러면…… 냄새가 나기 시작하려면…… 얼마나 오래 걸릴까? 얼마나 오랫동안 버틸 수 있을까?

그런 생각 때문에 등골이 오싹해져서 벌떡 일어나면 곧바로 노크 소리가 들리고 희선이 들어오는 것이다. 인력 파견 업체 소속으로 주 6일간 이 집에서 일하는 30대 중반의 아가씨다. 처음엔 멀쩡한 젊은 여자가 이런 집에서 가사 도우미 일을 한다니 이해할 수 없다고 생각했었는데 며칠 지켜보니 이만한 직장도 없을 것 같다. 가끔 늦게 끝날 때도 있지만 비교적 제시간에 출퇴근하고, 근무 환경도 몹시 쾌적하다. 워낙 넓은 집이니 일손이야 늘 부족하지만, 뉴스에 나오는 것처럼 무리한 일로 갑질하는 진상 사모님도 없고, 노인에게는 따로 간병인이 붙어 있으니 그저 맡은 일만 하면 되는 것이다.

내가 이런 곳에서 일할 수 있다면 영혼이라도 팔 것 같다. 여태 조용하던 집 안에 갑자기 챙겨야 할 군식구가 둘이나 더 생긴 것을 다들 어떻게 생각하는지는 모르겠지만 말이다. 그래도 여기 사람들은 다들 프로였다. 속은 복잡할지 몰라도 내색은 하지 않았다. 어디서 굴러들어 온 건지 알 수도 없는 젊은 여자에게 '사모님'이라고 깍듯이 불러야 하는 상황도 불평하지 않았다.

"우유 데워 왔어요, 왕자님."

희선이 젖병을 흔들며 다가오면 일찌감치 깨어 있던 아기가 손발을 흔들며 까르륵 웃었다.

아기 엄마 말마따나 정말 엄청나게 순한 아기였다. 기저귀와 젖병 문제가 제때 해결되기만 하면 우는 법이 없었다. 늘 방긋방긋 웃고 때가 되면 잘 잤다. 한밤중에 울어 대는 일도 없어서 데리고 자기도 편했다.

사실 한밤중에 깨어나는 건 나였다. 꿈조차 꾸지 않고 죽음처럼 깊은 잠에 빠졌던 것 같은데, 알 수 없는 이유로 깜짝 놀라서 깨어 보면 온몸이 식은땀에 흠뻑 젖어 있었다. 가끔은 비명을 질렀는지도 모르겠지만 그거야 알 수 없는 노릇이니 불안했다. 혹시 복도 건너편 방까지 들리진 않았을까? 핸드폰 녹음 앱을 켜 놓고 자 본 적도 있지만 끙끙대고 신음하는 내 목소리를 계속 듣기 힘들어서 그만 꺼 버렸다.

그래도 일단 침대에 누우면 금방 잠이 들기는 했다. 낮 동안 계속 긴장 상태로 지내기 때문이다. 고용인들에게 먼저 인사해야 하는지, 아니면 인사해 오기를 기다려야 하는지, 아침에 일어나면 노인의 병실에 문안 인사를 가야 하는 건지, 부를 때까지 기다려야 하는 건지, 아침 식사 준비를 내가 도와야 하는 건지, 아니면 그냥 손 놓고 있어도 되는 건지 하나부터 열까지 온통 애매한 일투성이였다. 시어머니까지 있었다면 하루 종일 눈치만 보느라 신경 쇠약에 걸렸을지도 모른다. 형제의 어머니는 일찍 돌아가셨다고 하니 그나마 다행이었다.

또 하나 다행스러운 점은 내가 '나'인 채로 있어도 된다는 것. 무리해서 다른 사람인 척, 연기할 필요가 없어서 좋았다. 그들이 아는 아기 엄마는 나 하나뿐이었으니까. 그냥 '나'인 채로, 이 모든 상황에 어색하고 무지한 촌뜨기인 채로 있어도 괜찮았던 것이다.

'집에서 쫓겨난 장남과 살다가 버림받은 여자' 역할도 생각보다 쉬웠다. 누구도 우리 커플의 이야기를 자세히 물어보지 않았기 때문이다. 어쩌다 눈이 맞았는지, 그동안 둘이 어디서 어떻게 살았는지 그런 건 하나도 묻지 않았다. 다들 하나같이 그 얘기만 나오면 우물쭈물 얼버무리거나 모르는 척 딴청을 피웠다. 이 집 식구들에게 그 '장남'이라는 남자가 어떤 존재인지 알 만했다. 모르긴 해도 어지간히 속을 썩이던 작자인 모양이다. 이런 부잣집에 하나쯤 있는 망나니 아들 말이다.

'망나니 정도가 아니었대. 아주 개차반이었나 봐.'

'어머, 그 정도로? 뭘 어쨌길래요? 사람이라도 죽였나?'

'에이, 그 정도야 아니겠지만, 그래도 굉장했나 봐. 정신과도 다니고, 약도 먹고 뭐 그랬나 보더라고. 아예 외국에 보내 버리려고 했는데 뭐가 틀어져서 못 가는 바람에 더 엉망이 됐다던데. 아유! 못 간 게 차라리 잘됐지 뭐야. 그런 인간이 나가면 더 망가졌을 거 아냐. 아무튼 상태가 나쁠 땐 정신이 완전 회까닥 돌아버려서 아무도 못 건드릴 정도였다던데.'

'자기 엄마 때문에 그렇게 된 거예요?'

'그거야 모르지만 다 핑계지, 뭐. 엄마 없는 애들이라고 다 그렇게 망가지나.'

'아줌마도 그 사람 보신 적은 없는 거죠?'

'집 나간 지 한 8년쯤 되었다니까 나도 얘기만 들었지. 나도 자기랑 비슷하게 들어왔으니까. 옛날에 일하던 사람들은 다 나가고 없으니.'

'그 아저씨도 당연히 모르시겠죠?'

'김씨? 당연하지! 아유, 여기 온 지 몇 달이나 됐다고.'

'그 아저씨도 2년 다 채우면 나가라고 할까요? 여기는 2년마다 사람 바꾸잖아요.'

'그거야 모르지, 뭐. 그 사람은 정원사 겸 잡역부 겸 차도 고치고, 배관도 고치고, 뭐 별채에서 먹고 자면서 허드렛일 이것저것 다 하니까 예외일지도 몰라. 저런 사람 하나쯤 있으면 편한데, 덜컥 나가 버리면 또 어디 가서 구하겠어? 가정부야 인력 업체 통해 2년마다 싹 갈아치우면 된다지만 저렇게 집도 절도 없는 사람 찾아서 들여놓기가 어디 쉽냐 말이야.'

'아유, 그래도 전 볼 때마다 오싹하더라고요. 얼굴이며 분위기가 어우, 너무 음침하게 생겼어.'

'그래도 입이 무겁고, 조용히 자기 일만 하고, 쓸데없는 말썽 안 부리고. 그만하면 진국이지, 뭐.'

'집은 없대요? 식구들도?'

'옛날에 한 번 큰 사고가 나서 가족들도 다 뿔뿔이 흩어지고 그랬다나 봐. 엄청 아팠다고도 하고.'

'무슨 사고일까요? 나쁜 일은 아니겠죠? 어디 감방에라도 다

녀왔다거나.'

희선이 호들갑을 떨었다.

'아유! 얘는!'

수원댁이 희선의 팔을 찰싹 때렸다.

'그거야 모르지만, 이 집이 설마 그런 인간을 고용하겠어? 그래도 자기네 아들이 워낙 망나니라 그런가, 저런 사람한테도 일자리를 주고 그러네.'

'아깝네. 그 집 나간 아들이라는 사람, 한번 구경이라도 해 봤음 좋겠는데.'

'아쭈! 못 하는 소리가 없어! 그런 무서운 사람이 집에 있으면 멀쩡하게 일할 수 있을 거 같아?'

'신기하잖아요. 정신이 '회까닥' 돌아 버린 사람을 본 적이 한 번도 없거든요.'

'아이고, 진짜 철모르는 소리 하네.'

'아니, 암만 그래도 형제니까, 수현 씨하고 좀 닮았을 거 아니에요. 그러면 그 사람도 꽤 잘생겼을 거 같아서요. 그러면 왠지……. 하하핫.'

'잘생기면 뭘 해! 그래 봤자 미친놈인데! 장남인데도 연 끊고 나 몰라라 내버려 두는 데는 다 그만한 이유가 있는 거야. 요즘 제대로 미친놈들은 부모 형제도 해코지하잖아. 일찌감치 잘 내보낸 거지, 뭐.'

주방에서 들려오던 고용인들의 목소리에 야식을 포기하고 맨발로 살금살금 걸어서 방으로 돌아오며 나도 궁금했다. 그래도 명색이 장남인데, 이렇게까지 철저하게 흔적을 지워 버릴 수 있는 걸까 싶을 만큼 이 집엔 그 남자에 대한 것이 하나도 남아 있지 않았다.

사진 한 장, 물건 하나도 없다. 남아 있는 건 그저 방 하나뿐, 그마저도 가구만 덩그러니 있어 원래 방 주인이 어떤 사람이었는지 짐작도 할 수가 없었다. 커다란 침대와 서랍장, 옷장, 협탁, 벽에 걸린 건 흔한 풍경화 한 점. 수현이 예전에 썼다던 옆방은 가구조차 없이 텅 비어 있다. 방을 나란히 쓰던 형제들 대신 2층 동쪽을 나와 아기가 차지한 셈이다.

이렇게 크고 근사한 집과 욕실까지 딸린 넓은 방을 두고 집은 왜 나갔을까. 얼마나 망나니였길래 이 집 사람들은 장남을 찾지도 않고 내버려 두는 걸까? 그 여자는 이 집 사정을 어디까지 알았을까? 두 사람은 어떻게 만난 거지? 여자답고 붙임성 있는 사람 같았지만, 대단한 미인은 아니던데 이만한 부잣집 아들의 마음을 어떻게 사로잡았을까?

나는 침대 위에 누운 아기의 입에 젖병을 대 주면서 한동안 생각에 잠겼다.

"새 타월과 새 가운, 채워 두었습니다."

희선이 욕실에서 나오며 명랑하게 말했다.

"아, 고마워요! 타월은 전부 한 번만 쓴 것들이라 말려서 더 써도 되는데……."

"이 집에서는 그런 걸 싫어하세요. 한번 쓴 타월은 말려도 냄새난다고."

진짜 부자들은 이러고들 사는구나.

"참, 그리고 오늘 장 보는 날이라 이것저것 주문할 텐데, 혹시 필요한 거 있으세요? 아기 분유는 어떤 걸 사면 될까요? 특별히 먹이던 거 있으세요?"

분유? 가슴이 철렁 내려앉았다.

그런 걸 내가 알 턱이 있나. 애들 분유도 혹시 한 가지만 골라서 먹이나? 애가 특별히 싫어하는 분유라는 것도 있나? 갑자기 머릿속에 오만 가지 생각들이 스쳐 갔다. 나는 표정을 들키지 않게 괜히 고개를 숙이고 아기의 입가를 닦아 주는 척했다.

"글쎄…… 어…… 분유는…… 저기……."

"바쁘세요?"

그때 구원 투수가 문간에 나타났다.

"아! 수현 씨!"

너무 지나치게 반가워했나? 들뜬 내 목소리가 내 귀에도 어색하게 들렸다. 희선이 살짝 머리 숙여 인사하고 얼른 방을 나갔다.

하지만 시동생은 돌아보지 않았다. 그는 친절한 사람이지만, 고용인들을 특별히 신경 쓰는 것 같지는 않았다. 그저 그 자리에 응당 있어야 할 가구처럼 여길 뿐, 불필요한 관심은 주지 않는 것이다. 예전의 나라면, 그 반지하방에 살던 여자라면 아마 비슷한 취급을 받았을 것이다. 하지만 지금 그는 환하게 웃으며 나만 바라보고, 내게만 말하고 있다. 이제 나는 그들의 일원, 이 집의 가족이기 때문이다.

"결과가 나와서요, 알려 드리려고."

"결과?"

"친자 확인 말이에요."

수현이 손에 든 봉투를 흔들며 목소리를 살짝 낮췄다.

"아……."

그래, 그게 남았었지!

알고 있었지만, 한편으로는 잊고 있었다. 새로운 삶이 주는 광채에 홀려서 그냥 다른 어두운 비밀들과 함께 마음 깊숙한 곳에 넣어 두고만 있었다.

"권 박사님 덕분에 금방 나왔네요. 아버지가 먼저 보시고 저한테 갖다드리라고 하셔서요."

"그러면……."

가슴이 쿵쿵 뛰었다.

"직접 말씀하시긴 쑥스러우셨나 봐요. 아마 괜한 짓을 했다 싶으셨을 거예요."

그는 마닐라지로 만든 봉투를 건네주며 활짝 웃었다.

"아무튼! 이제 진짜 한 가족이 되었네요. 환영합니다, 형수님!"

13

승차감 좋은 외제 차는 향기까지 천국에 온 것 같았다.

"자, 안전벨트 단단히 매셨죠? 출발합니다!"

차고에 잠자고 있는 외제 차 다섯 대 가운데 손에 잡히는 대로 골라잡아 타고 나온 길이었다. 평범한 사람들이 아침에 어떤 양말을 신을지 고르는 것처럼 말이다.

열흘 전만 해도 아침 바람이 쌀쌀했었는데 오늘은 무척 따스하다. 그 저택 담장 안에서 숨죽이고 있는 사이 봄이 찾아온 것이다. 차창 너머로 흘러들어 오는 햇볕이 따뜻했고 공기 냄새도 완전히 달랐다.

그동안 내 세상도 평화롭게 흘러갔다. 신경을 곤두세우고 몰래 확인하던 뉴스도, 언제 울릴지 몰라 무음으로 해 둔 핸드폰도 모두 잠잠하기만 했다. 그래서 '함께 나가자'는 제안을 받았을 때 망설이지 않았다. 열흘이나 갇혀 있었으면 됐어. 잠깐이라면 괜찮을지도 몰라.

"필요한 건 미리미리 생각해 두셨죠? 나간 김에 왕창 사 둬야 하니까 빠짐없이 다 체크하세요. 예산 걱정 마시고요. 아버지 카드 받았거든요."

수현이 자기 주머니를 툭툭 두드려 보였다.

"지금은 하나도 생각나는 게 없는데."

한 손만 핸들에 걸치고 여유롭게 운전하는 수현에 비하면 조수석에 똑바로 앉아서 두 손 모으고 잔뜩 긴장한 내 모습은 촌스럽고 어설펐다. 그사이 담장 속 세상에 익숙해졌던 모양이다. 밖으로 나오자 벌거벗은 것처럼 모든 게 불안하고 어색했다. 친자 확인 덕분에 장애물 하나는 넘었다지만 그렇다고 아직 마음을 놓을 수 있는 건 아니니까.

"어어, 그러시면 안 되는데." 하다가 그가 웃음을 터뜨렸다.

"뭐, 오늘만 날인가요? 필요한 게 생기면 저랑 또 나오시면 되죠. 그런 핑계로 나와서 쉬엄쉬엄 놀다가 들어가면 좋잖아요. 형수님도 집에만 계시면 답답하실 텐데."

"에이, 너무 자주 그러면 안 되죠. 매번 수현 씨 귀찮게 할 수도 없고."

"귀찮긴요! 저도 덕분에 간만에 백화점 구경도 하고 좋은데요. 아버지 편찮으시고부터는 집에서 숨죽이며 눈치 보느라 그런 데 다녀 본 지 오래됐거든요."

"아버님은 그러면……."

"7년 좀 넘었나? 형 나가고 얼마 안 돼서 쓰러지셨죠. 아마 형도 알 거예요, 자기 책임이 크다는 거."

뭐라고 할 말이 없어서 그저 앞만 바라봤다.

"그래도 출근할 곳이 있으니 다행이죠. 그나마 숨통이 트이거든요."

"출근? 참, 무슨 일 하세요?"

"아, 일은요. 그냥 아버지 건물 관리하는 법인에 직함만 걸어두고 있어요. 경영이야 전문가분들이 하시고 저는 그냥 일주일에 며칠씩 출근해서 이것저것 처리하는 정도인데 뭐, 저 같은 놈에겐 과분한 자리죠. 그런데 그거라도 없으면 진짜 밖에 나갈 일이 없어서요. 오늘 같은 날이 저한테는 완전 축제라니까요."

수현이 능숙하게 핸들을 돌리면서 쿡쿡 웃었다.

"거기 가면 백화점 뒷골목에 '벨리니'라고 제가 좋아하는 이태리 음식점 있어요. 거기 전복 파스타랑 젤라또 죽이거든요. 그거 먹으러 가죠. 어떠세요?"

"그래도 돼요? 그럼 집에는……."

"아아, 괜찮아요! 제가 전화해 둘게요. 수원댁 여사님한테 점심 먹고 간다고 말해 두면 됩니다! 우와, 잘됐다! 오랜만에 먹고 싶었는데."

그가 기분 좋은 듯 핸들을 톡톡 치며 웃었다.

"아니, 데이트 같은 건요? 수현 씨 아직 한창나이인데 아버님 때문에 너무 조심하는 건 아니고요?"

좀 주제넘은 질문인가? 그래도 형수라면 이 정도는 괜찮겠지.

지난 열흘간 집 안을 그림자처럼 조용조용 돌아다니며 관찰한 결과, 그는 늦둥이 부잣집 아들답게 느긋하게 살아가는 듯했다. 명목상 직업이 있다는 건 오늘 들었으니 그렇다 쳐도, 그저 내키면 가끔 나가는 정도인지 대개는 유유자적하며 보냈다. 느지막이 일어나서 차고 옆 운동실에서 운동을 하고 잠깐 나갔다가 들어와서 이른 저녁을 먹곤 했다. 온종일 집에서 지내는 건 아니지만 필요할 땐 늘 주변에 있었고, 가끔 내 방에 들러서 승준이를 안아 주거나 정원으로 날 불러내서 말동무가 되어 주었다.

저 나이에 애인은 있는지, 친구는 없는지, 온종일 뭘 하며 보내는지 궁금했지만 그래도 하루 종일 나가 있는 것보다는 나았다. 낯설고 넓은 집에 덩그러니 혼자 남겨지는 것보다는 그가 옆에 있어 주는 편이 훨씬 든든했기 때문이다.

"데이트요? 하하하!"

내 말에 그는 미묘하게 웃기만 했다.

"지금 만나는 사람은 없어요?"

"지금은 없어요. 그게……."

그가 핸들을 잡지 않은 손을 들어 뒷머리를 슬쩍 만졌다.

"편하게 만나서 한잔하는 여자애들은 있죠. 근데 뭐랄까, 전 그런 게 쉽지가 않더라고요. 시간을 들여서 같이 뭘 하고, 마음을 터놓고 이야기도 나누고, 그렇게 진지하게 오래 만날 수 있을 만큼 마음 가는 사람은 찾기가 어렵더라고요. 그런 거 잘하는 친구들 보면 신기하기도 하고."

"에이, 인기 많을 것 같은데. 수현 씨 좋다는 여자들이 줄을 섰을 것 같아요."

"제가요?"

"그럼요. 아이돌 같은 외모에 친절하고, 다정하고, 뭐, 좋은 집 도련님이고."

"하하하하! 그런 게 바로 '실속이 없다'는 겁니다. 그냥 '여사친'들이야 많아요. 고민 상담하고 싶다는 애들도 많고. 뭐, 제가 편한가 봐요. 그렇다고 저 좋다는 애들 다 만나 줄 수도 없잖아요. 저도 형 닮아서 신중한 편이거든요."

"형 닮아서?"

"네, 형 취향 엄청 까다롭잖아요. 근데 형수님 딱 보는 순간, 형이 뭐에 반했는지 알겠더라고요."

"내가요?"

대체 뭘 보고? 처음 만났을 때 나는 낡은 후드 티셔츠에 구겨진 카고 바지 차림이었고, 외모나 분위기조차 그 아기 엄마와는 전혀 다른 타입이었는데.

"말로 표현하기는 힘들지만, 아무튼 형수님은 형이 좋아하는 그런 걸 갖고 계세요. 그 미묘한 느낌. 그래서 아버지가 무슨 친자 확인이니 뭐니 하실 때도 저는 확신이 있었어요. 딱 봐도 형이 좋아하는 분이구나, 뭐 그런."

"그래요? 난 잘 모르겠는데. 어떤 점일까요?"

일부러 지나가는 말처럼 슬쩍 물어보았다.

"음…… 꾸미지 않은 듯 수수하고 편안한 느낌? 형은 흔한 수작 같은 걸 잘 못 견디거든요."

"수작이요?"

"여자들이 보통 남자 마음을 잡아 보겠다고 사용하는 여러 가지 무기들 있잖아요. 눈웃음이나 애교나 뭐 그런 것들. 보통 남자들이 약해지는 포인트들이요. 형은 그런 걸 잘 보는 편이거든요. 누가 그런 걸 일부러 꾸며 대면 곧바로 딱 눈치를 채요. 그래서 형 좋다고 들이대는 여자애들을 여럿 울렸죠. 가식적인 걸 진짜 싫어하거든요. 근데 형수님은 아니잖아요."

"내가?"

"네. 뭐랄까, 투명하시잖아요."

그는 자기 입으로 말해 놓고도 재미있는지 피식 웃었다.

"지금 어떤 기분인지, 뭘 느끼는지 한눈에 보이는 타입이세요. 딱 봐도 거짓말하는 데는 소질 없으실 거 같다니까요."

얘는 지금 자기가 누굴 상대하는지 알고나 이러는 걸까?

"그런 사람을 찾았으니 형은 운이 좋았던 거죠. 죽어도 여한이 없을걸요."

수현은 생각에 잠긴 듯 손가락으로 핸들을 톡톡 두들기며 잠시 입을 다물었다.

"그런데 전…… 뭐, 쉽지가 않네요."

나는 고개를 돌려서 그의 표정을 살폈다. 운전에 몰두하느라 미간을 살짝 찌푸린 모습이 어쩐지 쓸쓸해 보였다.

"다 제 문제겠죠. 애정 결핍이니 뭐니, 그런 거요. 상담도 받아 봤는데 권 박사님이 그러시더라고요. 너무 어려서 어머니랑 헤어져서 그럴 수도 있다고."

"네? 아니, 그러면…… 어머님은 언제……."

"아, 우리 엄마는 저 열 살 때 돌아가셨어요. 그때 이 집에 왔죠."

어라? 이건 또 무슨 소리야?

"아, 이건 형이 말 안 했나? 저는 형하고 엄마가 다르거든요. '혼외자'였어요."

얼빠진 내 표정을 흘끗 보더니 수현이 웃음을 터뜨렸다.

"못 들으셨어요?"

"네에."

나는 고개를 끄덕끄덕했다. 이건 뭐 앞뒤 잴 것도 없이 그냥 대충 아는 체할 문제가 아니다.

"열 살까지는 다른 집에서 엄마랑 둘이 살았어요. 아버지는 가끔 와 보시는 정도였고요. 그러다가 사고로 엄마가 돌아가시면서 아버지 호적에 오르고 이 집에 오게 됐죠."

"어머!"

"아버지가 결혼을 늦게 하신 편이라 형도 마흔다섯이 다 돼서야 힘들게 얻었다고 들었거든요. 제가 형보다 여섯 살 어리니까 저는 진짜 늦둥이였던 거죠. 처음 유치원에 갔을 때 다른 애들 아빠가 엄청 젊은 걸 보고 충격받던 기억이 나네요. 하하하하."

이쪽은 눈치를 보고 있는데 그는 아무렇지도 않은 듯 무심하게 줄줄 이야기를 늘어놓는다.

"이 집에 처음 왔을 때 진짜 바짝 쫄아 있었거든요. 그런데 형이 딱 나타나서 손잡고 여기저기 데리고 다니며 구경시켜 줬어요. 그때 어린 마음에 형이 엄청 근사해 보이더라고요. 참 잘생기고 덩치도 좋잖아요. 내가 마음속에 그리던…… 진짜 아빠 같았어요. 갑자기 나타난 배다른 동생 놈이 별로 달갑지 않았을 텐데도 정말 이것저것 잘 돌봐 줬거든요. 든든하게 지켜 주기도 했고. 그래서 딱 형 같은 어른이 되고 싶다 그런 생각을 했었죠."

능숙하게 핸들을 돌려 백화점 주차장으로 들어서며 수현이 나를 흘끗 보고 웃었다. 눈시울이 살짝 벌게진 것 같아서 좀 짠한 마음이 들었다.

"따지고 보면 형 때문에 눈이 많이 높아진 셈이에요. 여자 보는 눈도 그렇고, 당장 내가 되고 싶은 인간의 기준도 그렇고요. 이젠 그렇게 말할 수도 없지만요. 형수님도 형 예전 모습을 보셨으면 더 좋았을 텐데. 그 사고 때문에 완전히 변하기 전까지는 정말 좋은 사람이었거든요."

"그…… 사고요?"

"아, 형네 어머니 사고 말이에요. 그게 어지간히 큰 충격이었던 거죠. 자! 이제 다 왔습니다."

그가 주차장의 빈 곳에 능숙하게 차를 대고 시동을 끈 뒤 나를 돌아보며 싱긋 웃었다.

14

마지막으로 즐겁게 쇼핑해 본 게 언제였더라?

보육원을 떠나 새로 이사한 동네에서 양엄마 손을 잡고 옷과 학용품들을 사러 갔을 때? 그가 '보너스 두둑하게 받았으니 뭐든 골라 보라'며 내 손을 끌고 백화점에 가던 날? 그런 날들을 빼면 내 인생에서 뭔가를 즐겁게 사 본 기억은 없다. 항상 지갑 속 돈을 세고 또 세어 보다가 꼭 필요한 것만 얼른 사서 후다닥 나오는 것이 내가 아는 쇼핑의 전부였다. 아주 가끔, 등잔 밑이 어두울 때면 필요한 걸 몰래 옆구리에 끼고 태연한 얼굴로 계산대를 그냥 지나칠 때도 있었고.

하지만 이번엔 모든 것이 달랐다.

"난 진짜 아무것도 모르는데. 이런 데서 쇼핑하는 거…… 되게 오랜만이거든요."

어디로 가야 할지 몰라 1층에서 멍청히 서 있는데 수현이 '저희 집 단골 숍부터 갈까요?'라면서 자연스럽게 이끌어 주었다. 그게 무려 어느 이태리 수입 명품 매장이라는 건 도착하고 나서야 알았다. 크림색, 커피색, 차분한 회색부터 부드러운 팥죽색까지 돈 냄새 나는 온갖 고상한 컬러로 가득 채워져 있었다. 나는 입구 앞 매대에 놓인 얇은 티셔츠에 정확히 0이 6개 붙은 가격표가 달린 것을 곁눈질로 흘끔거렸다.

"아이고, 수현 씨 오셨네. 오랜만이에요. 회장님은 잘 계시죠?"

매니저가 과하게 호들갑을 떨며 우리를 반겨 맞아 주었다.

"형수……님이라고요? 아, 그러면 외국에 오래 나가 계신다는 그 형님의……."

"네네. 조카가 생겨서요. 겸사겸사해서 형수님 먼저 들어오셨어요. 아버지가 손자 생긴 기념으로 거하게 쏘고 싶어 하셔서요. 카드를 덜컥 주시더라고요. 형수님은 한국에서 쇼핑이 오랜만이라서요. 아무튼 잘 좀 부탁드립니다."

수현이 이쪽을 보고 윙크했다. 그걸 보자 피식 웃음이 나면서 긴장이 조금 풀어지는 것 같았다. 우리를 보는 매니저의 눈빛이 달라졌다.

이후에 일어난 일들은 사실 기억이 좀 희미하다. 모든 게 영화 속 장면을 빨리 감기 한 것처럼 정신없이 돌아갔기 때문이다.

점원 한두 명이 더 나타났고, 나는 탈의실에 혼자 갇혔다. 안으로 전달되는 수십 벌의 옷을 하나씩 입고 나와서 거울을 보고 다시 들어가야만 했다. 내 시동생은 확실히 최고의 쇼핑 파트너였다. 매장 한가운데 놓인 소파에 앉아서 별로 따분한 기색도 없이 내가 나올 때마다 '딱 좋네요!'라든가, '아, 그건 좀…….' 같은 솔직한 반응을 보였다. 진지한 표정으로 같이 고민해 주고, 이것저것 의견을 내놓기도 했다. 덕분에 점점 긴장이 풀어지면서 쇼핑이 즐거워지기 시작했다. 무엇보다 옷을 입어 보는 동안은 아무것도 생각할 필요가 없다는 게 가장 좋았다. 지금 내가 누구를 흉내 내고 있는지, 뭘 아는 체하고 뭘 몰라도 되는지 그런 복잡한 일들 말이다.

"음, 다리가 길어서 확실히 이런 스타일이 잘 어울리시네요. 딱 보기 좋아요. 전혀 아기 엄마 같지 않은데요?"

입고 있는 바짓단을 매만져 주며 매니저가 흡족한 표정으로 말했다.

"그러게요. 너무 잘 어울리세요. 애가 몇 개월이라고 하셨죠?"

옆에 있던 점원이 과하게 맞장구쳤다.

"3개월이요. 그런데 벌써 말을 할 기세예요."

수현이 뿌듯한 표정으로 자랑했다.

"에이, 말은 무슨……."

"어어, 아니에요. 형수님이 못 봐서 그래요. 어제 제가 이렇게 살살 흔들어 주니까 막 웃더니 '압! 압!' 그러던데요? 아빠라는 말을 하고 싶었는지도 몰라요."

"아주 조카 보는 재미에 푹 빠지셨네, 수현 씨가."

매니저가 쿡쿡 웃었다.

"요즘은 다들 결혼이 늦어지다 보니까 삼촌이나 이모들 조카 사랑이 찐사랑이잖아요. 조카 선물이 그렇게 잘 팔린대요."

점원도 옆에서 거들었다.

"담엔 애기도 한번 데리고 나오세요. 수현 씨가 저렇게 예뻐하는 걸 보니 보고 싶네. 근데 정말, 사모님도 3개월짜리 아기 엄마라고는 믿어지지 않는 몸매세요."

"그치? 나도 아까 그런 생각 했다. 아니, 임신 살 어떻게 금방 다 빼셨어요? 나는 애 낳고 한 3년까지는 굴러다녔던 거 같아."

"아유! 매니저님도! 요즘 젊은 엄마들은 아예 임신 때부터 살도 많이 안 찌고 딱 배만 나오더라고요."

"하긴 그렇더라. 아니 그래도 배가 요렇게 납작하신 걸 보면 진짜 몸매는 타고나셨나 봐요. 뱃살은 마지막에 마지막까지 다들 힘들어하시던데. 아까 탈의실에서 보니 튼살도 하나 없으시더라고요. 어멋! 제가 주제넘게! 죄송해요. 하하하!"

"아, 그냥…… 뭐…… 너무 힘들어서 입맛이 없어지니까 저절로 다이어트가 되더라고요. 제가…… 입덧도 워낙 심하고 그랬어서."

나는 소파 위에 쌓인 한 무더기의 옷을 안고 탈의실로 뒷걸음질 치며 말했다. 이쪽을 흘끔거리는 수현의 시선이 느껴졌다.

탈의실 문을 얼른 닫은 뒤 입고 있던 실크 블라우스를 벗었다. 거울에 임신선의 흔적조차 없이 매끈하고 납작한 내 배가 비쳤다. 심장이 또다시 빨리 뛰기 시작했다. 막힌 공간 안에 있으니 숨도 가빠졌다.

내가 지금 도대체 무슨 짓을 하는 거야? 이렇게 계속 가도 될까? 이게 정말 옳은 선택이었나? 하나도 모르겠다. 이제 그런 판단조차 무의미할 만큼 너무 멀리 와 버렸는지도 모른다.

나는 닫힌 탈의실 문을 노려봤다.

아니야, 어쩌면 아직도 기회는 충분히 있을지 몰라.

저 문을 나가서 화장실이 급하다고 하는 거야. 여기 있는 새 옷을 입고, 몇 벌은 허리춤에 쑤셔 넣고 말이지. 그대로 걸어서 백화점을 빠져나가는 거야. 몇 블록 더 걸어간 다음에 아무 커피숍이나 들어가서 옷을 다시 갈아입으면 돼. 그러면 CCTV에 잡힌 모습만으로는 절대 추적하지 못할 거야. 그대로 애를 그 집에 남겨 두고 사라지는 거지. 애는 어차피 그 집안 핏줄이니 다들 잘 키워 줄 거야. 남의 신분을 도용했다는 죄책감에서도 벗어날 수 있어. 죽었는지 아닌지도 모르지만, 어쨌든 그 여자가 무덤에서 벌떡 일어나 널 쫓아올 거라는 악몽도 꾸지 않겠지.

어디까지 아는 척해야 하는지, 뭘 물어봐도 되는지 머리 굴릴 필요도 없고, '혼외자'라느니, '갑작스러운 그 사고가 어쨌다'느니, 골치 아파 보이는 복잡한 집안사에 엮일 필요도 없다고. 지금이야 부잣집 맏며느리 자리가 근사해 보이겠지만, 과연 언제까지 그럴까? 한평생 그 큰 집에서 며느리 행세한답시고 알지도 못하는 남의 애를 키우면서 청춘을 다 보내도 괜찮은 거야? 돈줄을 쥔 노인네일수록 오래 사는 법이고, 그 인간이 살아 있는 동안 재혼은커녕 연애도 제대로 못 해 보고 늙어 죽을지 몰라. 그렇게 살다가 애가 커서 널 보고 '엄마'라고 부를 때마다 멀쩡한 척할 자신이 있어? 무엇보다도 그 골칫덩이 사고뭉치라는 큰아들이 제정신을 차리고 갑자기 집에 돌아오면 어떡해?

그리고 네가 저지른 짓은? 마냥 덮어 두고 모른 척한다고 될 일이 아니야. 날이 점점 더워지고 좁은 집에서 냄새가 나기 시작하면 들키는 건 시간문제일 텐데?

또 다른 목소리가 속삭였다.

그 집에 마냥 들어앉아 있다고 정말 안전할까? 이렇게 고민하는 시간에 그냥 멀리멀리 떠나 버리는 게 낫지 않겠어?

수많은 목소리들이 머릿속에서 떠들어 댔다. 나는 문을 계속 노려보고 서 있었다.

이번이 마지막 기회야. 저 문을 나가서 그냥 다 잊어버리고 사라지는 거야.

서울 가면 어디든 음식점이나 편의점에 자리 하나 못 구하겠어? 그럼 어떻게든 살아갈 수 있어.

그때 밖에서 노크 소리가 들렸다.

"사모님! 어때요? 원피스 입어 보셨어요? 사이즈 괜찮죠? 거기에 신상 샌들 맞춰 신으시면 잘 어울릴 거 같아서 문 앞에 뒀어요. 한번 신어 보세요."

"형수님! 그 원피스까지만 입어 보시고요, 우리 밥 먹고 다시 오는 거 어때요? 예약 걸어 놨는데 자리 났다고 문자 왔네요! 벨리니요!"

사모님, 형수님, 그리고 근사하다는 이태리 음식점과 신상 샌들.

돈과 권력을 가진 집안의 며느리로, 대낮에 백화점에서 시아버지의 블랙 카드로 쇼핑하고, 근사한 레스토랑으로 에스코트해 주는 시동생이 있는 삶.

이걸 버리는 게 현명한 일일까? 이걸 내 자유와 바꾸는 게 좋을까?

아니, 어차피 진정한 '자유'도 아니잖아.

여길 나간 뒤 운이 좋아서 잡히지 않고 무사히 살아남았다고 치자. 그래도 비참한 삶은 계속되겠지.

앞으로 10년, 아니, 20년을 일한다고 해도 내 손에 들린 이 이탈리아제 실크 블라우스를 덜컥 살 수는 없을 것이다. 시장 상인에게 '사모님'이라고 불릴 수야 있겠지만 등에는 콧물 질질 흘리는 꼬질한 애를 업은 채, 지갑 속 천 원짜리를 세고 또 세어 보면서 수십 번 망설인 끝에 과일 한 봉지를 간신히 사겠지. 그리고 집에 돌아가면…… 끼니때가 지나 버렸다고, 집이 더럽다고, 쓸데없이 과일 같은 걸 사 왔다고 머리채를 휘어잡는 남편이 기다리고 있을지도 모른다. 옆에서는 애가 미친 듯이 울어 대고, 그 아이는 자라서 또 같은 짓을 반복하며 나 같은 여자를 만나게 될 것이다. 그러다 누구든 프라이팬 한번 잘못 놀리면 감옥에서 썩게 될지도 모르고.

나는 탈의실 손잡이를 잡았다. 그리고 심호흡을 한 다음 문틈으로 얼굴만 내밀고 웃어 보였다.

"조금만 기다려 주세요! 얼른 입고 나갈게요!"

손만 살짝 빼서 문 앞에 놓인 샌들을 재빨리 집어 들고 들어왔다. 초록빛 악어가죽으로 만든 굽 높은 금장 샌들이었다. 문을 닫아걸고 신발을 얼굴까지 들어 올려 향기로운 가죽 냄새를 깊이 들이마셨다.

그것으로 모든 게 결정되었다.

그래, 이게 바로 인생이야. 완전히 새로운 내 인생.

15

악어가죽 샌들처럼 온통 금색과 초록색으로 꾸며진 음식점에서는 이국적인 향기가 물씬 풍겼다. 점심때를 훌쩍 넘긴 평일 오후의 한적함 속에서 느긋하게 식사하는 사람들의 여유가 파도처럼 나를 감쌌다.

서버는 우리를 햇빛이 잘 드는 창가 쪽 자리로 안내한 뒤 내가 앉을 의자를 빼 주었다. 테이블에는 예쁜 꽃이 한 다발 꽂혀 있었고, 냅킨에는 금색 실로 레스토랑 이름이 수놓아져 있었다.

"생선? 소고기? 아니면 치킨 좋아하세요?"

수현은 메뉴를 보고 이것저것 친절하게 설명해 주더니 와인 리스트까지 요청했다.

"어머! 대낮에 와인은……."

"에이, 걱정 마세요. 저야 운전 때문에 안 되겠지만, 이건 진짜 물건이라 형수님은 꼭 맛보시게 해 드리고 싶어서 그래요."

모든 게 아주 근사했다. 음식은 천상의 맛이었고, 와인은 어쩌다 가끔 마트에서 사다 먹던 싸구려 와인이 식초처럼 느껴지게 만들 만큼 놀라운 풍미를 자랑했다.

수현은 여태 들어 본 적도 없는 재미있는 이야기들을 재치 있게 들려줘서 날 웃겼다. 잘생기고 멀끔한 얼굴, 몸에 밴 매너와 고상한 차림새, 그리고 재치 있는 언변까지. 살면서 한 번도 마주할 일 없을 남자가 내게 시선을 맞추고 날 웃게 해 주고 있다.

내가 주변 사람들과 같은 그림 속에 느긋하게 녹아들고 있다는 걸 알 수 있었다. 아무도 나를 이상하게 쳐다보지 않았다. 그에게 양해를 구하고 화장실로 걸어가는 걸음걸이마저 달라진 느낌이었다. 화장을 고치고 나오던 예쁜 여자는 눈이 마주치자 살짝 미소 지어 인사하며 내 악어가죽 샌들을 부러운 듯 흘끗 쳐다봤다.

모든 것이 아주 자연스러웠다. 온통 대리석으로 꾸며진 화장실 안에서 손을 씻은 뒤 휴지 대신 무려 진짜 타월에 손을 닦는 일도, 바구니 안에 젖은 타월을 태연하게 휙 던져 넣는 일도 늘 해 오던 것처럼 편안했다. 이게 진짜 인생이라는 걸 실감할 수 있었다. 아까 탈의실 문을 열고 나가서 그대로 사라졌더라면 절대 알지 못했을 삶. 그래서 내 선택이 조금도 후회되지 않았다.

"좀 더 드세요."

"아유, 배불러요. 더 들어갈 자리가 없어요, 진짜로."

"형이 워낙 마르고 날씬한 거 좋아하죠?"

그가 물병을 집어 잔에 따르며 지나가듯 슬쩍 말했다.

"형은 좀…… 뭐랄까, 자기 스타일이 확고하잖아요. 그래서 이래저래 신경 많이 쓰셨을 거 같아요."

그가 내 눈을 피하며 슬쩍 웃었다.

"육아만으로도 꽤 힘드셨을 텐데 관리까지 하시려면 진짜……."

"네? 아아, 어머! 그런 거 아니에요. 별로 눈치 본 거 없어요. 아까 그 말은 그냥 제가…… 하하. 오해하셨구나. 괜히 관리한다고 쓸데없이 굶고 그런 거 아니에요. 그냥 제가 원래 좀 적게

먹는 편이에요. 거기다 승준이 가지고 나서는 입덧도 심하게 해서…….”

“아아, 걱정 마세요. 그런 뜻 아니에요. 그냥 형이 워낙 그렇게 슬렌더한 타입을 좋아했거든요. 그래서 혹시 형수님도 그런 게 신경 쓰이셨나 싶어서요.”

그가 내 손목을 흘끔 봤다가 얼른 고개를 돌렸다. 멍은 이제 노랗게 변해 있었다. 지난 열흘간 좋은 음식을 먹고 편하게 지낸 덕분에 혈색 좋게 살이 올랐지만, 처음 봤을 때의 나는 아마 굶주린 살쾡이처럼 보였을 것이다.

“하긴 뭐, 애 키우다 보면 너무 힘들어서 살이 쭉쭉 빠진다더라고요. 친한 동기 중에 벌써 결혼한 여자애가 모임에 나오기만 하면 그 얘기를 늘어놓거든요.”

“네, 그것도 한몫하죠. 특히 모유 수유하면 진짜 살이…….”

일하던 가게 언니들이 수다 떠는 걸 어깨너머로 들었던 기억이 나서 얼른 아는 체했는데, 그의 뺨이 살짝 붉어지는 걸 보니 괜한 소릴 했나 보다. 갑자기 졸지에 주책없는 아줌마처럼 되어버렸다.

분위기가 좀 어색해지자 수현이 얼른 디저트 메뉴를 요청했고 우리는 같은 접시에 담긴 젤라또를 스푼으로 함께 떠먹었다.

그 뒤 오후 시간도 내내 쇼핑으로 꽉 채워졌다. 수현이 옆에서 재촉하는 바람에 나는 놀랄 만큼 많은 것들을 사들였다. 형태도 질감도 모양도 다양한 외출복들, 그리고 '편안하게 집에서 입으라'며 사라고 부추긴 근사한 홈웨어들, 운동화부터 구두, 레인부츠까지 수십 켤레의 신발들, 그리고 그가 일부러 자리를 피해 준 사이에 쇼핑한 고급 란제리들까지.

매장 매니저의 조언에 따라 백화점에 퍼스널 쇼퍼 서비스를 요청하자 근사한 세계가 펼쳐졌다. 손가락 하나 까딱하지 않고 VIP 라운지에 앉아 있는 동안 내게 어울릴 만한 옷과 신발, 가방, 주얼리가 속속 도착했다. 섬세한 레이스로 짜인 매끄러운 실크 팬티 한 장에 10만 원이 넘어가는 것을 확인하고는 아예 가격표 보는 것을 포기하고 말았다. 지금까지 고른 것들만 대충 따져 봐도 내가 살던 반지하 집의 전세금은 벌써 훌쩍 넘어갔을 테니까.

마침내 손가락 하나 까딱할 힘도 남아 있지 않게 되자 수현은 오늘 고른 것들을 집으로 보내 달라고 요청한 뒤 아무 무늬도 없는 까만 카드를 건넸다. 돌아오는 길에 조수석에 머리를 기댄 채 늘어져서 누운 나를 보며 그가 명랑하게 웃었다.

"내가 아는 여자들은 쇼핑을 아무리 해도 질리지 않는다고들 하던데 형수님은 다르시네요."

"글쎄, 나도 질리는 일이 없을 줄 알았는데, 이것도 온종일 하려니 지치네요. 올해는 이제 더 이상 안 해도 되겠어요."

"아무튼 이제 안심이 되는데요."

수현이 능숙하게 한 손을 핸들에 얹고 전방을 주시하며 말했다.

"뭐가요?"

"이제 형수님이 진짜로 우리 식구가 된 느낌이라서요. 그 전엔 뭐랄까……."

나는 자세를 바로 하고 앉아서 그를 쳐다봤다.

"조금 불안했거든요."

"불안?"

"언제든 사라져 버리실 수도 있겠다 싶어서요."

눈이 마주치자 수현이 신경질적으로 웃었다.

"물론 어려운 걸음 하셨으니 큰 결심을 하고 오셨겠지만, 그래도 어쩌면 승준이만 두고 덜컥 가 버리실지도 모르겠다 싶었어요."

"그랬……어요?"

"네, 우리 집이, 어, 그렇게 편한 느낌은 아니잖아요. 이런저런 일들도 많고, 껄끄러운 소문도 많고."

껄끄러운 소문?

"이 집에서 나고 자란 저한테도 결코 편한 곳은 아니라서요. 형한테 들으신 이야기들도 있을 거고. 그래서 아버지가 친자 검사니 뭐니 일을 벌이실 때 좀 조마조마했어요. 형수님이 화내면서 뛰쳐나가 버리실까 봐 걱정됐거든요. 밤새 사라지셨을까 봐 아침마다 걱정하면서 눈 떴다니까요. 그런데 승준이 문제도 해결되고, 이제 이렇게 형수님 물건들도 집에 쌓이고 하니까 진짜 한식구가 된 느낌이라서 마음이 놓이네요."

이 남자는 왜 이렇게까지 날 반기는 걸까? 전혀 알지도 못하는 낯선 여자가 형수라고 들어왔는데 왜 조금의 의심도 하지 않는 거지?

"그동안 넓고 큰 집에서 의지할 사람도 없이 저 혼자라 많이 외로웠나 봐요."

내 속마음을 읽었는지 그가 변명하듯 웃어 보였다.

"아니면 형 때문인지도 몰라요. 형수님과 승준이가 와 있으니 언제든 형이 마음을 바꿔서 다시 돌아올지도 모르겠다는 희망 때문에요. 뭐, 그럴 가능성은 손톱만큼도 없다는 걸 잘 알지만요."

그럴 가능성이 정말 없을까? 없다면 어째서?

문득 그런 생각을 하자 등골이 오싹해졌다. 지금까지 나는 줄곧 아기 엄마에 대해서만 생각해 왔다. 그 애매한 쪽지만 보면 그 여자가 죽었든 살았든, 여기 혼자 나타날 용기는 없을 것 같았기 때문이다. 하지만 아이 아빠는? '형'이라는 그 남자가 이 집에 다시 나타날 일은 정말 없을까?

제아무리 가출한 망나니라도 돈이 떨어지면 결국 다시 돌아올 수밖에 없을 텐데. 게다가 자기가 버린 '아내와 아이가 이 집에 와 있다'는 사실을 알게 되면? 혹시 새로 눈이 맞은 여자라도 데리고 온다면? 어느 날 갑자기 그 남자가 집에 돌아와서 자기 애가 전혀 낯선 여자와 같이 있는 걸 보게 되면 어쩌지?

불안하고 초조한 마음에 머리카락을 만지작거리다가 손이 귓불에 닿았다.

'저기, 이런 것까진 필요 없을 것 같은데…….'

'어머! 근사하게 잘 어울리시는데요.'

'저 이제 귀걸이 같은 거 안 하려고 귀에 뚫은 구멍도 아예 막으려던 참이라…….'

'아니, 왜요! 이렇게 잘 어울리시는데.'

'어디 봐요. 정말인데요? 얼굴이 환해 보이세요, 형수님. 다이아몬드라고요, 이거?'

'네, 참깨 다이아를 촘촘히 두른 건데 정말 고급스럽죠? 비슷한 디자인이라도 지르콘 같은 애들하고 비교하면 확실히 다이아는 광채가 다르거든요.'

내 평생 다이아몬드를 잔뜩 박은 귀걸이를 걸어 볼 수나 있을까? 이제 다시는 '누굴 꼬시려고 귀걸이를 걸고 나가냐'고 소리치는 인간을 볼 일도 없다. 그 인간이 귀걸이를 잡아당겨 귓불이 찢어져 버릴까 봐 두려워할 필요도 없다.

그러니까 그냥 '지금 이 순간'만 생각하자. 사람 일이란 건 한 치 앞을 알 수 없잖아. 지금 내가 이렇게 근사한 외제 차 안에 앉아 있을 거라고 누가 상상이나 했겠냐고. 애 아빠라는 인간이 나타나거든, 그 길로 몰래 집을 빠져나가면 된다. 애만 남겨 두고, 화장실 창문으로라도 도망치는 거야. 어쨌든 애는 자기들 핏줄이니까 다들 장남이 돌아왔다는 사실에 정신이 팔려서 나중에 내가 사라진 걸 발견해도 신경 쓰지 않을지 모른다. 이런 집안은 망신당하는 걸 두려워하니까 따로 신고 같은 것도 안 할 것이다. 오늘 산 엄청나게 많은 물건들은 다 두고 가면 되잖아. 손해 본 것도 없으니까 다들 신경 쓰지 않을 거야. 이 귀걸이처럼 작고 비싼 물건 몇 개만 갖고 도망치면 그런대로 또 얼마간 버틸 돈은 마련되겠지.

그렇게 생각하자 속이 좀 후련해졌다. 복잡하고 두려운 생각들은 마음 저편으로 밀어 버렸다. 이미 저지른 일은 되돌릴 수 없다. 그냥 앞으로 나아가는 거야.

그리고 기왕 앞으로 나아가기로 맘먹었다면 모든 걸 확실히 해야겠다는 생각이 들었다.

수현이 나를 불안하게 생각했던 것도 내가 철저하게 역할에 동화되지 못했기 때문일 것이다. 어딘가 불안한 듯, 붕 떠 보였기 때문일 것이다. 그러니 이 집에 머물기로 결정한 이상, 확실하게 녹아들어야 한다. 비밀을 갖고 있으면 위험하다. 골칫거리는 없애야 한다.

집에 도착하자 잔디를 깎고 있던 음침한 남자가 나를 보고 고개를 숙였다. 대충 '김씨'라고들 불러 주는 이 남자만큼은 아직 익숙해지지 못했다. 여전히 이 집과 전혀 어울리지 않는 인물이라 볼 때마다 흠칫 놀랐지만 이젠 신경 쓰지 않기로 했다.

"다녀오셨어요?"

2층에서 타월 뭉치를 한 아름 안고 내려오던 희선이 인사했다.

"네, 승준이는요?"

"수원댁 여사님이 방금 분유 먹이고 트림까지 시키셨어요."

얼른 위층으로 부리나케 달려 올라갔다. 쾌적하게 청소된 방으로 들어가자 침대 위에 누워서 허공을 보며 웃고 있는 아기가 보였다. 배가 부른지 기분이 좋아 보였다. 확실히 얘도 나만큼이나 상태가 좋아졌다. 처음 봤을 때보다 안색도 좋고 뺨도 더 통통해진 것 같다.

나는 손을 씻고 나와서 아기를 잠시 얼러 주고 곁에 앉아서 핸드폰부터 꺼냈다. 진작 해치웠어야 했는데 미처 생각하지 못했다. 사실 그동안은 이 역할이 주는 편안함에만 마냥 취해 있었으니까. 다른 사람의 인생이지만 다른 사람인 척할 필요가 없는 편리한 삶 말이다. 신분증을 위조할 필요도, 성격이나 입맛이나 취향이나 얼굴을 바꿀 필요도 없다. 그냥 나 자신으로 있으면 되는 것이다. 애를 낳고 키워 본 척하기만 하면 되는 거라고 생각했다. 그건 별로 어려울 것도 없었다. 어차피 내가 연기하는 건 육아에 서툰 초보 엄마니까.

그래서 까맣게 잊고 있었다.

나 자신으로 있는 건 괜찮지만, 그래도 과거까지 용납되는 건 아니라는 걸. 친자 확인 문제가 해결되고, 이 집 며느리로 받아

들여지면서 당분간 여기 남기로 결심한 마당이니 이제 '내 나름의 스토리'란 걸 만들어야 한다. 이 집 아들과 어떻게 만났는지, 그와 함께했던 시간들은 어땠는지 뭐 그런 걸 말이다. 그러려면 우선 지난 시간들은 확실히 지워 버려야 한다. 언제든 돌발 상황이 생기지 않도록 말이다.

핸드폰 액정을 뒤져 사진을 찾으려는 순간, 노크 소리가 들렸다.

"형수님! 저녁 준비되었다네요. 같이 내려가시죠. 아직도 살짝 배가 부르지만요."

"네네! 나가요!"

나는 핸드폰 화면을 닫고 얼른 베개 밑으로 밀어 넣었다.

16

부드럽게 머리카락을 흩어 놓는 바람, 어디선가 들려오는 귀뚜라미 소리, 그윽한 풀냄새. 새까만 하늘에 유리 조각처럼 흩뿌려진 별까지.

부잣집 정원에서 올려다보는 밤하늘은 내가 알던 것보다 천 배는 더 아름답게 보인다.

11시가 넘어서야 가게 문을 닫고 나와 언니들과 수다 떨며 걸어가던 길, 좁고 어두운 골목에서 흘끗 올려다보던 하늘과는 전혀 달랐다. 거기서 보던 밤하늘에는 먼지 덩이 같은 회색 구름 사이로 가느다란 핏빛 초승달이 떠 있었다. 바람은 한 점도 느낄 수 없었다. 꽉 막힌 답답한 공기 속을 물먹은 솜처럼 무거운 다리로 한발 한발 걸어가야만 했다.

가끔은 골목 끝에서 희미한 불빛을 발견할 때도 있었다. 빨갛게 타들어 가는 작은 담뱃불이 보이면 가슴이 철렁 내려앉곤 했다.

'재영이, 신랑 왔네!'

'아유! 요즘 젊은 애들은 그렇게 부르면 싫어해. 연애 오래오래 하고 한참 즐기다가 결혼해야지. 아직 소꿉놀이하는 기분일 텐데.'

'안녕들 하세요.'

'오늘도 신수가 아주 훤하시네요! 언제 봐도 재영이 애인은 영화배우 같단 말이야. 그냥 이런 데서 평범하게 살기는 인물이 아까워.'

'그런데 오빠, 너무 싸고도는 거 아니에요? 이 언니, 여덟 살 아니에요. 혼자서도 집 찾아갈 수 있어요! 깔깔.'

'아이고! 유정이 쟤 또 질투한다. 부러우면 너도 남친 보고 데리러 오라고 해, 이것아!'

'걔는 글러 먹었어요! 맨날 게임하느라 새벽 2시에 자면서 데리러 오는 건 또 귀찮아하더라. 어휴, 진짜 쫑 내든가 해야지.'

'그래, 쫑 내라, 쫑 내! 그렇게 맨날 툴툴거리느니 새 남친 만

나. 아까 식당에서 너랑 재영이한테 인사하던 그 남자 잘생겼더만. 또 오면 말 좀 걸어 보든가!'

'저기, 저희 먼저 들어가 볼게요.'

'아, 그래그래. 재영아, 오늘 수고했어. 잘들 들어가세요!'

떠들썩한 소란이 한바탕 끝나고 골목길이 조용해지자 그가 담배꽁초를 툭 떨어뜨려 발로 비벼 끄고 팔을 뻗어 내 손을 잡았다. 언제부터 서 있었던 건지 손이 서늘하게 식어 있었다.

'시간 딱 맞춰서 오지 그랬어. 오래 기다렸나 보다. 저녁은 먹었어? 배 안 고파?'

'아, 괜찮아. 알아서 잘 챙겨 먹었어. 이리 와.'

그가 잡은 손을 풀고 한 팔로 나를 끌어당겨서 단단히 안았다. 덩치가 훨씬 큰 그의 품에 반쯤 갇히자 답답하게 짓눌리는 느낌이 들었지만 한편으로는 보호받는 느낌이라서 좋기도 했다. 그와 함께할 때면 모든 게 그런 식이었다. 그 숨 막힐 듯 강렬한 애정이 나를 태워 버릴 것 같았지만, 한편으로는 힘을 더해 주는 것 같기도 했다. 그 애정이 어느 날 갑자기 흔적도 없이 사라진다면 살 수 없을 것 같아서 그가 내민 손을 꽉 붙잡을 수밖에 없었다. 내게는 그게 전부였다. 그의 애정과 관심이 내가 가진 전부였다. 다른 세계는 알지도 못했고 알 수도 없었다.

우리는 어깨동무를 하고 어두운 밤길을 나란히 걸어갔다. 키차이 때문에 걸음걸이가 비틀비틀거리는 게 제법 우스웠다.

'아까 그건 무슨 소리야?'

'응?'

'잘생긴 남자가 인사했다고?'

또 그 시간이 된 모양이다.

늦은 밤에 데리러 와 주는 자상하고 잘생긴 남친 대신, 그의 내면에 잠자고 있던 괴물이 튀어나올 시간이 된 것이다. 그 괴물은 대체로 예측 가능한 시간에 잠깐 등장해서 내가 대비할 틈을 주곤 했지만, 언제부터인가 너무 오랫동안 밖에 나와 있곤 했다. 내 자상하고 잘생긴 남자 친구 대신 갑자기 자리를 차지하고 도무지 비켜날 생각을 하지 않는 것이다.

'아, 손님 중에…… 유정이한테 관심 보이는 사람이 있어서. 나는 그냥 뭐, 옆에 있었고.'

'그래서 뭐래? 또 오겠대?'

'에이, 그런 거 다 빈말이지, 뭐. 그런 사람들치고 진짜로 오는 사람들 없더라. 어휴, 춥다. 얼른 들어가자!'

'그래서 농담 따먹기 했어? 다 같이?'

'뭘 또 농담을 해. 그냥 인사만 했지. 다 지나가는 손님들인데.'

'유정이 걔 좀 헤프잖아.'

'유정이가 뭐가 헤퍼. 애가 워낙 성격이 밝아서…….'

'사방팔방에 흘리고 다니잖아. 그런 애랑 어울려서 좋을 거 없댔지.'

'뭐야, 자꾸. 이젠 여자들하고도 어울리지 말란 거야?'

아, 젠장. 말이 헛나왔다.

거기서 그냥 말았어야 했는데. 말이 많아지면 자꾸 실수를 하게 된다. 내 본마음을 드러내게 된다.

'뭐?'

'아니야.'

'뭐가 아니야. 방금 당당하게 뭐라고 했잖아. 다시 말해 봐.'

'춥다, 자기야. 응? 여기서 이러지 말고 집에 가서.'

'그래서 그렇게 헤픈 애랑 어울리면서 오가는 남자들 농지거리 다 받아 주고 그러는 게 즐거워?'

'즐거워한 적도 없고, 받아 준 적도 없어. 그만하자. 나 엄청 피곤해.'

'항상 네 몸만 중하지.'

'내일 아침 근무라서 일찍 일어나야 해. 이럴 시간 없어. 그러니까…….'

'네 일정, 네 기분만 중요하지. 항상 그랬던 것처럼.'

'그런 적 없으니까 그만 좀 해.'

'뭐라고?'

질리고 또 질렸다. 벽을 보고 이야기하는 것처럼 매번 같은 결론에 도달하는 데 지쳐 버렸다.

'이만큼 맞춰 주고 있잖아. 뭘 더 어쩌라는 거야? 가게도 벌써 세 번이나 옮겼는데! 아는 남자애들 연락처도 다 지웠어. 전에 같이 알바하던 애들, 일자리 소개시켜 주던 사장님들까지 몽땅! 그런데 뭘 더 어떻게 맞추라는 건데? 아무 일도 아니라는데 계속 믿지도 않고 항상 일방적으로…….'

순간 눈에서 불이 번쩍하더니 뒷머리가 뜨끈하게 아파 왔다. 그가 순식간에 머리채를 손에 감아쥐고 뒷벽으로 밀어 버린 것이다. 단단한 콘크리트에 머리가 쾅 부딪친 순간, 엄청난 통증이 몰려왔다.

'아야!! 제발! 이거! 이거 좀 놓고 이야기해!'

나는 머리채를 잡힌 채 좁은 골목길을 속수무책으로 끌려갔다. 가게들이 내다 버린 오수와 쓰레기 냄새에 구역질이 날 것 같았다. 그가 머리카락을 잡고 흔들어 대자 두피에 불이 붙어서 활활 타들어 가는 느낌이었다. 180cm가 넘는 키에 80kg의 탄탄한 근육질 몸매, 깎아 놓은 조각처럼 근사하고 반듯한 생김새, 넓은 어깨와 떡 벌어진 가슴팍의 덩치 좋은 남자가 머리채를 쥐고 찍어 누르는데 그걸 이겨 낼 수 있을 리가 없었다.

'다시 말해 봐, 이년아. 내 얼굴 똑바로 쳐다보면서 뭘 더 어쩌라는 거냐고 당당하게 말해 보라고. 맞춰 줘? 나한테 맞춰 준다고?'

위에서 비웃는 그의 목소리가 들려왔다.

'그럼 어디 제대로 잘 맞춰 보든가. 손이 발이 되도록 납작 엎드려서 말이야.'

그가 몸을 굽혀 고통으로 몸부림치는 내 귓가에 섬뜩한 입김을 불어 넣으며 속삭였다.

그날의 기억. 그 좁고 더러운 골목길에서 기어이 무릎까지 꿇고 '다시는 헤픈 년과 어울리지 않겠다'고 울며불며 빌던 기억. 눈물범벅이 된 얼굴로 '자기야, 미안해, 사랑해'를 외치던 그 비참한 여자에 대한 기억은 내 머릿속 저편에 마치 남의 일처럼 들어 있다. 제대로 꺼내 본 적도 없지만, 어쩌다 생각이 날 때면 마치 영화 속 장면처럼 실감이 나지 않는다.

나는 두 발을 앞으로 쭉 뻗으며 어둠 속에서 기지개를 켰다. 야외에서 시간을 보내기에 딱 좋은 날씨였다.

언제부터인가 승준이를 재워 놓고 자기 전에 잠깐 이렇게 정원에 혼자 나와서 비밀스러운 시간을 즐기는 게 버릇이 되었다. 저택 앞마당, 풀숲으로 가려진 곳, 오목하게 들어간 자리에 놓인 작은 벤치가 내 성소였다. 여기서는 남의 눈을 신경 쓸 필요 없이 온전히 내가 될 수 있다는 게 좋았다. 눈앞에는 잔디가 깔린 계단이 서너 단 보이고, 그걸 내려가면 수영장이 펼쳐져 있다. 아직 몸을 담가 보지도 못했지만 바라보는 것만으로도 기분이 좋았다. 여기서는 그 기나긴 고통의 기억들을 싹 지워 버릴 수 있을 것 같다.

희선 씨와 수원댁은 퇴근했고, 사방은 고요했다. 나는 핸드폰을 꺼내 사진들을 넘겨 보았다. 하나같이 전부 즐겁고 행복해 보였다. 사진이라는 게 그렇다. 거짓된 기억의 실체랄까? 순간의 느낌을 그대로 붙잡아 가둬 둔 거라고 생각하겠지만, 사실은 철저하게 미화된 기억일 뿐이다.

안녕, 자기야.

미안한데, 조금도 미안하지가 않네.

만난 지 얼마 되지 않아 그가 고백을 했던 공원에서, 얼굴에 케이크를 묻히고 기쁜 듯 웃고 있던 생일날에, 그리고 비좁은 반지하방에서 내 뺨에 키스하며 즐겁게 웃고 있던 그의 얼굴들을 한 장씩 지웠다.

새로운 삶을 위해서라면 과거는 깨끗이 버려야 한다. 이 사진들을 보니 내가 충분히 행복하게 지내도 될 것 같다는 생각이 들었다. 힘들고 고단한 시간들이었다. 그 누구도 이해하지 못할 고통들이었다. 그러니까 이제는 나도…….

"여기서 뭐 하세요?"

"엄마야!"

핸드폰이 요란한 소리를 내며 바닥에 떨어졌다.

"헛! 죄송해요, 형수님. 많이 놀라셨어요? 제 발소리 들으신 줄 알았어요."

"아, 수현 씨."

"괜찮으세요?"

"네네, 괜찮아요. 그냥 좀……."

나는 황급히 몸을 굽히고 벤치 아래쪽을 더듬었다. 차라리 핸드폰이 부서지거나 액정이 나가 버리는 편이 나을 텐데. 언제부터 뒤에 와 있었을까? 어디까지 봤을까?

심장이 너무 두근거려서 입 밖으로 튀어나올 것만 같았다.

"어이쿠! 부서진 건 아니겠죠?"

그도 몸을 굽혀서 아래쪽을 뒤지기 시작했다.

"아니에요. 두세요, 괜찮아요. 제가……."

나는 횡설수설하면서 아예 무릎을 꿇고 어두운 잔디밭을 마구 더듬었다.

"아! 찾았다! 여기 있네요!"

그가 내지르는 환호성이 들렸다.

황급히 손을 내밀었지만 너무 늦어 버렸다.

수현이 뒤돌아서 액정이 환하게 켜진 핸드폰을 내밀었다. 내 어깨에 팔을 두르고 활짝 웃고 있는 그의 사진이 뚜렷하게 화면에 떠 있었다. 숨이 멎는 것 같았다. 백만 가지 생각이 내 머리를 스치고 지나갔다.

이대로 몸을 돌려 뛰어내리면 저 수영장 바닥에 머리를 부딪쳐 죽어 버릴 수 있을까? 아니, 그냥 예전에 잠깐 알던 사이라고 할까? 사촌 오빠라고 해 버릴까? 친구라고? 나를 괴롭히던 스토커였다고? 아니면…….

그때 수현이 어서 받으라는 듯 핸드폰을 흔들며 말했다.

"죄송해요. 보고 싶어서 본 건 아닌데……."

나는 떨리는 손을 내밀어서 그걸 받아 들었다. 허겁지겁 폰을 주머니에 쑤셔 넣는데 그의 웃음 섞인 목소리가 따라왔다.

"형은 여전하네요. 하여간 사진발 참 잘 받는다니까? 그렇죠?"

17

지독한 아픔, 눈앞에 번쩍하던 불빛, 쓸데없이 맑게 울려 퍼지던 텅! 하는 소리, 그리고 천천히 번져 나가던 붉은 자국.

내 머릿속에 남아 있는 그날의 기억들이다.

'야유회는 아직…… 결정도 못 했어, 갈지 말지. 그러니까 이거 봐.'

'아, 그걸 자기가 혼자 결정하는 거야?'

'그러니까, 내 말은……. 아야! 이거 놓고 말해.'

'명령하는 거야, 지금?'

'그런 거 아니잖아. 나는…….'

그의 얼굴을 보는 순간, 잘생기고 다정한 나의 연인 대신 또다시 괴물이 나타났다는 걸 깨닫는 순간, 모든 게 지긋지긋해졌다. 지금부터 벌어질 모든 일들이 여러 번 반복해서 돌려 본 영화처럼 익숙하게 머릿속을 흘러갔다. 어떻게 끝날지 너무 뻔해서 웃음이 나올 정도였다.

그가 손목을 잡아당기며 다른 손으로 머리채를 휘어잡으려는 순간, 나는 몸을 낮추고 그의 어깨 아래로 손을 뻗었다. 뒤에 있던 개수통 속 낡은 프라이팬 손잡이가 잡혔다. 여러 번 써서 찌그러지고 반들반들하게 기름칠 된 물건이었다. 몹시 무거웠지만 기회는 한 번뿐이라는 걸 알고 있었다. 그래서 있는 힘껏, 최대한 높이 들어 올렸다가 그대로 뒤통수를 내리쳤다.

텅!

마치 신년 타종이라도 하는 것처럼 묵직한 소리가 울려 퍼졌다. 단단하고 동그란 머리에 부딪힌 프라이팬이 그 반동으로 튀어 올랐다가 바닥에 떨어졌다. 그 일격 자체는 대단할 게 없었지만, 도미노처럼 연쇄 작용을 일으키기에는 충분했다.

그가 무방비 상태로 뒷머리를 세게 얻어맞는 바람에 비틀거리다가 중심을 잃고 넘어졌던 것이다. 나는 잡을 곳을 찾아 허우적거리는 손끝을 피해서 얼른 뒤로 물러섰다. 그는 그대로 주르륵 미끄러지면서 낡은 싱크대 모서리에 옆머리를 심하게 부딪쳤다. 순간 달걀 껍질이 깨지는 것과 비슷한 소리가 났던 것을 기억한다. 쓰러진 그의 손 하나가 내 발등에 툭 떨어졌다. 뒤로 물러나려고 애썼지만 사방이 꽉 막혀서 더 이상 발을 뺄 수가 없었다.

나는 벽에 붙어 선 채 벌벌 떨면서 그를 내려다봤다. 금방이라도 분노로 시뻘게진 얼굴로 벌떡 일어나서 내 목을 조를 것만 같았다.

'자…… 자기야? 자기…… 자기야, 괜찮아? 그…… 난 그냥…….'

목쉰 소리가 흘러나왔다. 너무 낯설어서 남의 목소리 같았다. 그냥 입술이 제멋대로 움직이면서 아무 말이나 뱉어 내는 것 같았다.

'자기야? 미안해. 제발…….'

그러나 그는 꿈쩍도 하지 않았다. 내 맨발 위에 얹힌 손가락도 움직이지 않았다.

얼른 도망쳐야 한다는 걸 알면서도 움직일 수 없어 그저 멍하니 내려다보는 순간 그 붉은 얼룩을 봤다. 낡아서 너덜너덜한 장판 위로 한 줄기 끈적한 붉은 자국이 천천히 꿈틀거리며 번져 나가고 있었다. 천천히 쪼그리고 앉아서 손가락 두 개만 내밀어 어깨를 살살 흔들어 보았다. 내 손이 너무 심하게 떨려서 마치 발작이라도 일으킨 것처럼 보였다.

'자……기야?'

붉은 자국이 점점 더 많이 번지기 시작했다.

그다음부터는 무슨 일이 일어났는지 거의 기억에 없다. 장면들이 토막토막 끊어져서 생각날 뿐이다. 어쨌든 빨리 나가야 한다고 끊임없이 중얼거렸던 것만은 또렷하게 기억난다.

'나가야 돼. 나가야 돼. 나가자, 나가자고!'

그대로 슬리퍼를 끌고 막 현관을 나서려다가 지갑 생각이 났다. 주머니를 미친 듯이 뒤져 봤지만 보이지 않았다. 방으로 들어가려면 쓰러진 그를 타 넘고 가야 하는데 도저히 그럴 자신이 없었다.

그때부터 눈물이 났던 것 같다. 다시 들어가는 순간, 공포 영화처럼 갑자기 손이 뻗어 나와서 내 발목을 움켜쥘 것 같았다. 그렇게 되면 그대로 혀를 깨물고 죽어 버릴 참이었다. 다시 끌려 들어가 머리채를 잡히느니 싱크대 서랍에 있는 칼이라도 꺼내서…….

그때 신발장 위쪽 선반 구석에 아무렇게나 처박혀 있는 지갑이 눈에 띄었다. 어젯밤 퇴근하면서 너무 피곤해서 신발을 벗으며 거기에 쑤셔 박아 뒀던 것이다. 얼른 청바지 뒷주머니에 꽂아 넣고 밖으로 나왔다.

자정을 훌쩍 넘긴 시간이었지만 골목 어디선가 개 짖는 소리와 사람들이 왁자지껄하게 떠들며 웃는 소리가 들렸다. 이 동네는 새벽까지도 다들 좀처럼 잠들지 않는다. 줄곧 마시고, 싸우고, 떠들어 대는 것이다. 우리가 다투는 소리도 그냥 흔한 생활 소음으로 묻혀 버렸을 것이다. 나는 눈물과 콧물과 땀이 뒤범벅된 얼굴을 손등으로 마구 닦으며 허둥지둥 골목을 빠져나왔다.

하늘에는 핏빛 초승달이 걸려 있었다. 나에게 웃으며 윙크하는 신(神)의 일그러진 한쪽 눈처럼 보였다. 거기에 침을 뱉어 주고 싶었다. 지금껏 한 번도 나한테 제대로 웃어 준 적 없잖아? 웃어 주기는커녕 이렇게 엿을 먹여? 그런 생각을 하자 손의 떨림이 조금 잦아드는 것 같았다. 싸늘하던 몸에 피가 돌면서, 멍하던 머리도 깨어나는 느낌이었다.

골목을 빠져나와 곧바로 길을 건넌 다음 출근길과 반대 방향으로 걷기 시작했다. 모든 갈림길에서도 무조건 평소와 반대 방향으로 돌았다. 그 상황에서도 그렇게 치밀하게 움직인 걸 생각하면 기차역은 너무 허술한 선택지였다는 건 인정한다. 하지만 달리 방법이 없었다. 버스는 이미 끊겼고, 목적지도 없으면서 택시를 탈 수는 없었다. 게다가 지갑 속에는 달랑 체크 카드 한 장과 약간의 현금뿐이었다. 내 이름으로 된 신용 카드는 절약을 하자며 일찌감치 잘라 버렸었고, 그는 여러 가지 복잡한 사정으로 당분간 카드를 발급받을 수 없는 상태라고 했다. 돌아가신 아버지의 빚을 대신 갚다가 신용에 문제가 생겼다는 것이다. 하지만 일은 하고 있었고, 한 번씩 제법 큰돈을 집에 가져왔다. 특별한 날에는 가끔 선물도 사 줬다. 그래서 난 별로 대수롭지 않게 생각했다.

그가 들려줬던 자기 이야기들을 한 번도 의심해 본 적 없었다.

집은 한때 유복한 편이었지만, 할아버지 대에 모은 재산을 돌아가신 아버지가 다 탕진해서 별로 건질 게 없다고 했다. 어머니는 어렸을 때 돌아가셨고 배다른 동생이 있지만 이제 본가와는 왕래하지 않는다고도 했다. 그러다 보니 이제 고아나 다름없는 신세라고. 세상에 자기 혼자뿐이며, 누구도 자신을 걱정하지 않는다고. 그래서 나를 이해한다고, 내 가족이 되어 주겠다고 말했다. 우리가 서로에게 가족이 되어 주자고 그렇게 말했다.

그 말에 기대고 싶었다. 그를 처음 만났을 때 나는 아주 외로웠으니까. 어렸을 때 보육원에서 자라다가 새 가족을 만났지만, 결국 그들과도 헤어지고 쭉 혼자 살아온 터라 나는 항상 '가족'에 목말라 있었다. 믿을 수 있는 '진짜 내 편'을 갖고 싶었다. 결국 다시 혼자가 되어 버렸지만.

나는 벌벌 떨며 첫차 시간이 될 때까지 역 안에 숨어 있었다. 날이 서서히 밝아오는 동안 생각이 점점 명료해졌다.

내가 사는 곳은 막다른 골목 끝에 있는 낡은 2층 건물의 반지하방이다. 옥탑방에는 1년에 절반쯤은 자리를 비우며 들락거리는 트럭 운전사가 살았고, 2층은 1년 넘게 비어 있었다. 집주인은 베트남에 주재원으로 나가 있는 40대의 독신 여자라서 서로 얼굴을 볼 일도 없었다. 보증금은 대충 1년 치 방세를 충당하기엔 충분하니 아마 한동안은 괜찮을 것이다. 그는 지금 일을 쉬는 중이라 당분간 찾을 사람도 없고, 내가 일하는 가게는 언니들에게 문자 한 통 넣어 두면 될 것이다. 그러니 한동안은 누구도 우리 커플을 찾지 않을 것이다.

처음부터 완전 범죄를 저지를 수 있을 거라는 깜찍하고 당돌

한 생각을 했던 건 아니다.

나는 그냥…… 시간을 좀 벌고 싶었을 뿐이다. 정신을 좀 차리고 나서 훤한 대낮에 그 집에 다시 돌아가 봤을지도 모른다. 내가 어떤 짓을 저질렀는지 똑똑히 확인한 뒤에 제대로 수습을 해 보든가, 아니면 직접 경찰서에 찾아가 솔직하게 다 털어놨을지도 모른다. 그러면 그 사람들이 뭔가 검사를 해서, 내가 휘두른 프라이팬이 사람을 죽인 게 아니라는 사실을, 다른 곳에 머리를 부딪치는 바람에 그렇게 되었다는 걸 입증해 줬을지도 모른다. 그런 걸 '정당방위'라고 하지 않나? 그게 사실이잖아? 내가 나빴던 게 아니야. 그런 일이 일어날 수밖에 없었던 거야. 내 온몸에 있는 멍 자국이 그걸 증명해 줬을 것이다. 그러니까 난 도망치려던 게 아니다. 그저 앞으로 어떻게 할지 계획을 좀 짜 보고 싶었을 뿐이다.

하지만 이런 식으로 내가 죽여 버린 남자의 정체를 알게 되는 일은 절대로 계획에 없었다.

18

"어…… 형수님?"

고개를 들어 보니 수현이 핸드폰을 내민 채 걱정스러운 표정을 짓고 있었다.

"많이 놀라셨어요? 에이, 액정 괜찮아요. 어디 금 간 데도 없고요."

나는 떨리는 손으로 핸드폰을 받아 들었다.

머릿속이 온통 하얘져서 대꾸할 말도 떠오르지 않았다.

자기…… 형이라고? 사진 속 이 남자가? 그 여자의 남편, 아기 아빠라고? 그러니까 여기가 그의 집이라고?

나는 엉뚱한 곳에 와 있는 게 아니었다. 기차에서 우연히 만난 여자를 대신해서 나와 전혀 상관없는 생판 남의 집에 와 있는 게 아니었다. 아니, 따지고 보면 나야말로 이 집과 가장 가깝게 연이 닿았어야 할 사람이다. 그의 입에서 '결혼하자'는 말이 나왔던 적은 없었지만, 어쨌든 우리는 1년 반이 넘도록 함께 살아왔으니까.

나는 눈앞에 서서 멋쩍은 듯 핸드폰을 내밀며 웃고 있는 남자를 멍하니 바라봤다.

그러니까 여기가 그의 집이고, 이 사람이 그의 혈육이란 말이지. 무수히 많은 날 동안 나를 행복하게 하고, 아프게 하고, 울고, 웃고, 비명을 지르게 만들었던 사람. 지독한 공포 속에 떨다가 기어이 내 손에 피를 묻히도록 만들었던 남자 말이다.

'집에서는 항상 짧은 호칭으로 불렀어. '현이'라든가. 그래서 난 본명은 거의 써 본 적이 없네. 남의 이름 같다니까?'

거짓말. 내가 사랑한다고 믿었던 남자는 도대체 어떤 사람이었을까? 나를 보듬어 주고, 가족이라는 존재가 어떤 건지, 사랑하고 사랑받는 느낌이 뭔지 알게 해 주는 동시에, 아픔이 뭔지, 두려움이 뭔지, 진정한 공포라는 게 뭔지도 알게 해 줬던 그 남자의 진짜 모습은 무엇일까?

"형, 그런 표정에 속으면 안 되는 거 아시죠? 자기가 엄청 쾌남인 척한단 말이에요. 그래서 항상 일부러 저렇게 입꼬리를 최대한 끌어 올려서 씨익 웃는 거예요. 하하."

수현이 웃으며 턱짓으로 내 손에 들린 핸드폰을 가리켰다. 나는 도저히 함께 웃을 수가 없었다. 그동안 감정을 숨기고 상황에 맞는 표정을 짓는 데 익숙해졌다고 생각했는데 이번에는 그렇게 할 수가 없다.

"아직도 형 생각이 많이 나시나 봐요."

그는 내 표정을 살피더니 몸을 돌려 먼 산을 보는 척하며 물었다. 한밤중에 여기까지 나와서 몰래 들여다보고 있던 게 하필 저런 사진이었으니 그렇게 생각할 만도 하다.

"원래 그런 사람이잖아요. 다정할 땐 한없이 달콤해서 자기한테 속수무책 빠져들게 만들어 놓고, 갑자기 훌쩍 달아나 버리는 그런 사람. 형수님도…… 상처 많이 받으셨나 봐요?"

나는 불빛에 비친 수현의 옆얼굴을 멍하니 바라봤다. 전에는 왜 알아차리지 못했을까? 같은 듯, 다른 듯, 어딘가 묘하게 비슷한 두 사람의 생김새를. '시동생'이라는 전혀 낯선 존재에게 처음부터 친근감을 느꼈던 것도 그 때문인지 모른다. 아니면 그저 사실을 알고 난 뒤 내 눈이 만들어 낸 착각일까?

"그…… 손목의 멍 말이에요. 실은 여기 처음 오시던 날 이미 봤어요."

그가 턱짓으로 내 손목을 가리켰다.

"그걸 보고 역시 이분이 형수님이 맞겠구나 하고 직감했어요. 형은…… 집에 있을 때도 그랬으니까요. 자기도 어떻게 감정 조절이 안 되는 모양이더라고요."

"여기 있을 때도…… 이 집에 있을 때도 그랬다고요?"

"아……."

수현이 나를 돌아보더니 눈을 슬쩍 내리깔았다. 내가 너무 경악하는 걸 보니 좀 당황스러운 모양이었다.

"원래부터 그런 건 아니고요. 아시겠지만 본성은 착하고 다정한 사람이잖아요. 여섯 살씩이나 차이가 나다 보니 저한테는 친구 같기도 하고, 아빠 같기도 하고 그랬거든요. 형네 어머니가 워낙…… 무섭고 엄한 분이라 이 집에서 믿을 사람은 형뿐이라서요. 제가 아는 세상은 형이 전부였어요. 그래서 갑자기 유학을 간다고 했을 때 얼마나 울었는지 몰라요. 이 커다란 집에 저 혼자 달랑 남겨진다고 하니 정말 막막했죠. 좀 미안하지만…… 일이 잘 안 풀려서 형이 그냥 여기 남게 됐을 땐 몰래 가슴을 쓸어내렸을 정도로요. 결국 그 뒤로…… 형이 완전히 변해 버렸지만요."

"어떻게…… 뭐가 달라졌는데요?"

"글쎄요. 언제부턴가 밤에 악몽을 꾸더라고요. 엄청나게 소리를 질러 대서 한밤중에 집 안이 발칵 뒤집어지곤 했었죠."

"악몽?"

"매일 그랬던 건 아니었지만 그런 소동이 꽤 자주 일어났어요. 가끔은 아예 밤새 불을 환하게 켜 놓고 방 안을 돌아다니기도 했고요. 다음 날에는 눈 밑이 좀비처럼 시커메진 채로 식당에 내려와서 한 소리 듣곤 했죠. 그렇게 며칠씩 아예 못 자고 집 안을 돌아다니곤 했어요. 나중에는 악몽을 꿀까 봐 두려워서 아예 잠을 안 자려고 했나 봐요. 엄청 독한 커피를 몇 잔씩 마시곤 했거든요. 어쩌다 형이 컵에 따라 둔 커피를 한 모금 마셔 봤다가 골로 가는 줄 알았어요. 완전 사약을 넘어 독약 수준이더라고요."

진한 커피와 악몽이라. 그렇다면 이 집 장남은 내가 아는 '그 남자'가 틀림없다.

우리가 함께 사는 동안에도 가끔 그렇게 악몽이 찾아오곤 했으니까.

한 달에 두세 번 정도? 대개 우리 사이에 육탄전이 벌어져서 험하게 군 날 밤이면 소리를 질러 대다가 흠칫 놀라서 몸을 떨며 깨어나곤 했다. 그럴 때면 온몸이 땀에 흠뻑 젖어 있었고, 어린 아이처럼 내 품을 파고들었다.

그는 '죄책감' 때문이라고 했다. 너무 미안해서 그런 악몽을 꾸는 거라고. 다시는 내게 손대지 않겠다고 맹세해 놓고, 같은 짓을 또 저질러 버린 자신이 혐오스러워서 그런 거라고. 그러면서 내게 안아 달라고 말했다.

'다시는 안 그럴게, 자기야. 미안해. 나도 나를 어쩔 수가 없어서 그랬어. 미칠 것 같아서 그랬어.'

두 팔로 내 허리를 단단히 끌어안고 목덜미에 입술을 묻으며 중얼거리곤 했다. 도대체 무슨 꿈을 꾸는 거냐고 물어봐도 대답하지 않고 그저 더 깊이 파고들 뿐이었다.

"유학을 못 가게 돼서…… 화가 났던 걸까요?"

"뭐 그럴 수도 있었겠죠. 하필 그때 다치는 바람에 전부 물거품이 됐으니까요."

"다쳐요?"

"아아, 형 발목 말이에요. 좀 안 좋잖아요. 그거 그때 다친 거예요. 집 안 계단에서 넘어지면서 부러졌었거든요. 그래서 아이스하키고 뭐고 전부 없던 일이 된 거죠."

발목이 안 좋은 건 알고 있었다. 처음 공사 현장에서 일을 배울 때 다쳤기 때문이라고 했다. 그래서 비만 오면 욱신욱신 쑤신다고. 하지만 아이스하키? 그건 처음 듣는 이야기다. 하긴 내가 처음 알게 된 사실이 어디 한두 가지인가.

"뭐 멀쩡하게 유학을 갔어도 상황이 별로 다르진 않았을 거예요. 형은 아이스하키 따위에 정말 관심이 있었다기보다 그저 도망치려고 했을 뿐이니까요."

"왜? 무엇 때문에 도망을 쳐요?"

수현은 어깨를 으쓱하며 잠시 말을 멈췄다.

우리는 나뭇가지에 가려진 아늑한 벤치에 나란히 앉았다. 밤바람에 잔잔하게 일렁이는 수영장의 물이 내려다보였다.

"그…… 사고의 기억에서 벗어나고 싶었을 거예요. 이 집에 있으면 자꾸 생각나니까."

"사고라면…… 어머님 일 말이에요?"

수현이 말없이 고개를 끄덕였다.

"무슨 일이 있었는데요?"

"음…… 형한테 뭐 들은 건 없으세요?"

"그냥 어렸을 때 사고로 돌아가셨다고만 들었어요. 자세한 이야기는 안 하더라고요."

그건 사실이었다.

어머니가 사고로 돌아가신 후 아버지는 재혼을 했고, 계모와는 사이가 좋지 않아서 아버지가 돌아가신 뒤 집을 나와 떠돌아다녔다는 게 그가 들려준 자기 사연의 전부였다. 지금 생각해 보면 참 많은 것들이 생략된 이야기였다. 그렇게나 '귀공자 같은 재영이 남친'이라고들 입을 모아 칭찬해도 이런 환경에서 자라난 사람이라고는 꿈에도 생각해 보지 못했다.

"하지만 그런 일은 누구나 겪을 수 있잖아요. 부모님을 사고로 잃었다고 누구나 다 이상해지는 건 아니잖아요."

"어, 그게…… 그냥 '사고'가 아니었으니까요."

수현이 고개를 숙이고 자기 발끝을 내려다보며 망설였다.

"그럼……."

"이 집에서 돌아가셨어요."

"이 집에서?"

"네, 약물 사고라고 해야 할까……."

"어머!"

"지병이 있으셨거든요."

"그러면 그때 형은…… 그 사람은……."

"네, 저랑 둘 다 집에 있었어요."

"어머…… 그런 일이……. 한창 예민할 때라 충격을 정말 많이 받았겠네요."

"뭐, 꼭 그것 때문만은 아닐 거예요."

"네?"

수현이 어깨를 으쓱하며 희미하게 쓴웃음을 지었다.

"형은 그게 '사고'가 아니라고 생각한 모양이에요."

19

한 남자와 엮인 두 여자가 새벽 첫차 안에서 우연히 마주칠 확률이 얼마나 될까?

기차에서 영판 모르는 여자를 만나서 애를 시댁에 좀 데려다 달라는 부탁을 받았는데, 그 집에 와 보니 내 남자 친구의 집이더라? 그런 우연이 일어날 확률이 대체 얼마나 될까?

그러니까 이 모든 건 처음부터 다 짜 놓은 판이었던 거다. 나쁜 년!

'막상 찾아가면 뭐라고 하실지 모르겠어요. 애만 두고 나가라고 하실 수도 있고. 음, 남편 집이…… 좀 살거든요. 진짜 엄격해서 말도 안 통하는 부잣집 있잖아요. 남편이 그런 집 장남이에요.'

'그러면 그쪽 부모님들을 아예 처음 뵙는 거예요?'

'네, 아마 제 이름도 얼굴도 모르실 거예요. 남편이 집을 등지고 나와서 살다가 저를 만났거든요.'

나는 아기의 잠든 얼굴을 바라보다가 동그란 이마 위로 내려온 솜털 같은 머리카락을 살짝 쓸어 올려 보았다. 뽀얀 피부와 눈꼬리가 긴 눈매가 새삼 눈에 들어왔다. 굳이 친자 확인 결과를 들먹이지 않아도 의심의 여지가 없다. 그 여자는 불과 3개월 전에 내 남자친구의 아이를 낳았다. 임신 기간을 감안하면 두 사람은 적어도 1년이 넘는 시간을 함께해 왔다는 소리다. 원나이트로 갑자기 애가 들어서기라도 한 게 아니라면, 둘은 그보다 훨씬 전부터 서로 알고 지냈을 것이다.

우리는 두 달 뒤면 만난 지 2년이 된다. 만난 지 한 달 만에 곧바로 죽이 맞아 함께 살기 시작했으니까, 그 인간은 적어도 날 만날 때부터 양다리였거나 아니면 나를 만난 후에 그 여자를 알게 되어 사귀었을 것이다.

얼마나 오랫동안 두 집 살림을 해 왔을까? 자기 아이의 존재는 알고 있었겠지? 결국 대단한 사랑도 뭣도 아니었다. 맞고 산 것도 원통한데 속고 산 셈이니 이보다 더 병신 같을 수가 없다.

그는 사지 멀쩡한 훈남이고 호감 가는 목소리와 지적인 말투의 청년이었지만, 정상적인 직장은 다닐 수 없다고 했다. 고등학교 때 크게 아파서 학교를 몇 년간 쉬면서 모든 게 뒤처지는 바람에 대학교에 갈 수 없었다는 것이다. 그래서 집을 나온 뒤 쭉 힘들게 살아왔다고 했다. 사무직을 구할 수 없어 일용직 노동자로 일하다가 지게차 기능사 자격증을 따면서 조금씩 사정이 나아졌다고 했다. 가끔 지방 공사 현장에서 일을 맡으면 몇 주씩 집을 비우곤 했지만 돌아올 때면 어김없이 목돈을 두둑이 갖고 왔다.

처음엔 그게 싫었다. 하지만 사귄 지 얼마 뒤 그가 본성을 드러내기 시작하자, 잠시 떨어져 있는 시간이 천국처럼 느껴져서 오히려 다행스러웠다. 그런데 이제 보니 내 곁을 떠나 있는 동안 그도 엉뚱한 곳에서 재미를 보고 있었던 모양이다. 이렇게 애까지 낳은 걸 보면 꽤나 달콤한 행복이었나 보다.

눈앞에 그놈이 있다면 한 번 더 프라이팬으로 후려치고 싶은 심정이었다. 이번에는 아주 제대로 머리를 날려 버릴 수 있을 것 같다.

그냥 떠나 버리지 그랬어, 이 망할 자식아!

날 내버려 두고 네 새끼와 다른 여자를 찾아서 그냥 가 버리지 그랬냐고!

그러면 내 손에 피를 묻힐 일도 없었을 텐데!

날 의심하고 구속하고, 두들겨 패는 그 모든 행위가 '너무 사랑해서' 그런 거라고 생각하며 견뎠었는데, 두 집 살림을 하는 쓰레기에게 당하고 있었던 거라니!

기차 안에서 만난 그 여자의 얼굴을 다시 꼼꼼히 되새겨 봤다.

포동포동 살이 오른 부드럽고 말랑한 두 뺨, 뽀얀 피부, 천진해 보이는 갈색 눈동자.

누가 봐도 행복한 애 엄마처럼 보였다. 굶주린 살쾡이처럼 온몸이 멍투성이인 채 작은 소리에도 깜짝깜짝 놀라는 나 같은 여자와는 전혀 달랐다. 그 여자는 포근하고 부드러운 솜사탕처럼 보였다. 맞아 본 적 따위는 없는 게 분명했다. 나와 달리 그 여자에게는 사랑만 주고 곱게 대했던 것이다. 그건 확실하다. 내게는 들려준 적도 없는 솔직한 집안 사정까지 모두 말해 준 걸 보면. 그러니 그 여자가 애를 두고 죽을 사람처럼 보이지 않았던 거다. 기차에서 우연히 만난 여자에게 선뜻 아기를 건네줄 만큼 생각

없어 보이지도 않았고. 그러니까 분명 이 모든 건 정교하게 짜인 무대였고, 나는 신중하게 선택된 도구였다는 말이다.

그날 도대체 무슨 일이 벌어졌더라?

혼란한 마음으로 곧바로 기차역까지 와서 첫차 시간만 기다리며 숨어 있었지. 그가 벌떡 일어나서 머리에 온통 피 칠갑을 하고 쫓아올까 봐 너무 두려웠으니까. 다행히 역에는 새벽부터 여러 사람이 오가고 있어서 조용히 군중들 속에 숨어 있기 좋았다. 자판기 커피를 뽑아 들고 여자 화장실 근처에서 오들오들 떨다가 마침내 열차가 들어와서 얼른 탔다.

창가에 몸을 붙이고 앉아서 지나가는 사람들을 불안하게 쳐다보는데 그 여자가 들어왔다. 나는 맨 뒤에 앉아 있었고 객차는 텅 비어 있었다. 하지만 그 여자는 더 걸어갈 생각도 하지 않고 곧바로 통로 건너 옆자리에 서서 짐을 올리기 시작했다. 물론 구매한 좌석이 하필 거기였을지도 모르지만, 텅 빈 객차 안에서 굳이 꾸역꾸역 다른 사람 근처에 앉고 싶어 하는 사람이 있을까? 그것도 젖먹이 어린애를 데리고?

분명 처음부터 나를 노리고 있었던 거다. 진작부터 지켜보다가 따라온 거다. 그렇게 생각하자 엉킨 실타래가 풀리는 느낌이었다. 그 여자는 분명히 내 존재를 알고 있었다. 남편이 딴살림을 차리고 있다는 걸 눈치챘던 것이다. 그 여자 입장에선, 내가 자기들 사랑의 방해꾼이었던 셈이다. 그래서 나를, 우리를 줄곧 감시해 왔을지도 모른다.

아이가 아직 어리다고 해도, 우리 둘 중에 누굴 먼저 사귀고 있었는지는 알 수 없는 일이다. 그를 처음 만나던 날, 일하던 편의점에서 취객들과 시비가 붙어 내가 곤경에 처했을 때 우연히 들어와서 구해 주던 그때도 이미 그 여자의 연인이었을지 모른다.

'분명히 5천 원짜리 냈다니까? 이년이 누굴 속여 먹으려고 들어!'

'손님! 천 원짜리 내셨다고요. 제가 일일이 세어서 보여 드렸잖아요.'

'아쭈! 이게 진짜? 너 이딴 식으로 몇 푼이나 삥땅 치냐? 엉? 술 취했다고 남의 돈을 얼렁뚱땅 해 먹으려고 들어? 이게 진짜!'

쌍욕과 함께 손을 올리던 취객의 손목을 휘어잡던 그가 내게는 왕자님처럼 보였다.

'제가 뒤에서 다 봤는데 계속 우기시네. 그냥 곱게 가던 길 가시죠. 아니면 경찰 불러서 CCTV 확인해 볼까요?'

은근히 위협하는 낮은 목소리가 무척 섹시해서 첫눈에 반해 버렸다.

그래서 취객이 도망치듯 나가 버리자 냉큼 가게 냉장고에서 시원한 맥주 한 캔을 꺼내 그에게 건넸다.

'제가 지금은 금주 중이라서요. 대신 내일 커피 한잔 어때요? 3시쯤 일이 끝나서 한가할 것 같은데, 모시러 와도 될까요?'

그렇게 정중한 데이트 신청은 처음이었다. 그런 낯간지러운 말을 아무렇지도 않게 던지는 무심한 태도, 근사한 저음, 반짝이던 눈동자에 반했다.

하지만 그때도 그는 어쩌면 그 여자를 만나고 있었을지 모른다. 이후에도 줄곧 양쪽 집을 오가면서 한쪽에는 무한 사랑을 쏟고, 내게는 온갖 폭력을 행사해 왔던 것이다. 한쪽에는 자기 가족사까지 다 밝히며 솔직하게 자신을 내보였지만, 내게는 모든 것이 거짓투성이인 채로 살아왔던 것이다.

배 속에 자기 아이를 품은 밝고 화사한 아내와 함께하는 생활 속에서도 어두운 욕망을 분출하려면 나라는 존재가 꼭 필요했을 것이다. 어느 쪽도 포기할 수 없었겠지. 공사판을 찾아 이리저리 옮겨 다니며 며칠씩 자리를 비우는 직업이니 두 집 살림이야 쉬웠을 테고. 일하러 간다고 말하고서 그 여자와 지내는 진짜 보금자리로 돌아가서 행복한 시간을 보내다 왔던 것이다. 그러다가 임산부 아내 때문에 성욕이 채워지지 않을 때면, 육아에 지쳐 버릴 때면, 내게 돌아와서 언제든 내키는 대로 화풀이를 했던 거겠지.

덕분에 그 여자는 애 아빠의 폭력적인 면은 모르고 살았겠지만, 꼬리가 길어지며 수상한 점을 눈치채기 시작했을 것이다. 그래서 어느 날인가 뒤를 밟았다가 우리의 반지하방을 발견하고 분노했을 것이다. 혼인 신고도 하지 않고 살았다니 대놓고 '상간녀'라고 비난할 수야 없겠지만, 애까지 가진 사이에 다른 여자의 존재를 발견했다면? 거기가 바로 등골이 오싹해지는 지점이다.

그 여자는 내게 찾아와서 머리채를 휘어잡고 소리소리 지르는 대신, 모르는 척 밝게 웃으며 자기 애를 안겨 주는 방법을 택했다. 어마어마한 부자 시댁에 직접 들어오는 대신, 자기가 가장 벌주고 싶은 상대를 대신 들여보내는 쪽을 택했다. 그러니 내가 이 집에, 그 여자의 아이를 안고 들어오는 시나리오는 절대 내게 이득일 리가 없는 것이다.

이 집에 뭔가 위험 요소가 있다는 말이다. 그게 뭘까?

이 집에는 그의 사진 한 장 없고, 사람들의 입에서는 그의 이름이 단 한 번도 제대로 언급된 적이 없다. 모종의 이유로 집을 나갔으며 돌아오길 기다리지도 않는다고, 돌아올 것 같지도 않다고 말한다. 실종 신고 같은 걸 할 생각조차 없는 것 같다. 무려 '장남'인데도.

며느리인 척하는 역할 놀이에 집중하느라 그런 걸 제대로 파볼 생각조차 못 했던 건 분명 내 잘못이다. 하지만 처음엔 이렇게 눌러앉게 될 줄은 몰랐으니까. 일이 이렇게 커져 버릴 줄은 정말 몰랐으니까.

그런데 그 여자는 이런 기묘한 상황에 대해 다 알고 있었던 것 같다. 분명 나보다 훨씬 더 많은 걸 알고 있었을 것이다. 그의 집안이 엄청난 부자라는 사실뿐만 아니라 뿌리 깊은 그 '트라우마'에 대해서도. 그리고 어쩐지 괴이하게 느껴지는 그의 어머니의 죽음과 수상한 이 집의 분위기까지도.

도대체 이런 괴상한 집에 자기 애만 덜컥 들여보낸 이유는 뭘까? 새 출발이라도 하려고?

어쨌든 그 여자는 자기 발로 여길 찾아올 생각이 없었다. 처음부터 자기 아이를 무사히 데려다줄 배달부가, 만일의 경우 자기를 대신할 희생양이 필요했던 것이다. 이 집안 핏줄이라는 아이는 무사할 수 있겠지만, 생판 남인 자신에게 이곳은 위험한 곳이라고 판단했으니까.

그러니까 이건…… 그 여자가 깔아 준 판은 축복이 아니라 복수인 셈이다. 나는 그 여자가 놓은 덫에, 함정에 빠져 버린 셈이고.

이 집에 들어온 건 엄청난 실수였다. 명품 옷이며 수영장이며 귀여운 시동생에 빠져서, 부잣집 맏며느리가 되었다는 착각에 빠져서, 헤벌쭉 놀아나느라 위험 신호를 감지하지 못한 내 잘못이다.

나는 벌떡 일어나서 방 안을 이리저리 돌아다녔다.

지금까지는 괜찮았다지만, 앞으로 무슨 일이 벌어지게 될까? 나는 얼마나 큰 위험에 처하게 된 거지?

가만! 그 여자가 내 뒤를 따라서 기차에 오른 거라면…… 언제부터 내 뒤를 밟았을까?

그 집에서부터?

그럼 어디까지 보고 들었을까? 전부 다?

그 여자는 모든 것을 다 지켜봤을지도 모른다. 우리의 싸움이 어떻게 시작됐으며 어떻게 끝났는지까지 전부 다.

20

비틀비틀 계단을 내려오니 사방에 레몬 향 가구 광택제 냄새가 가득했다. 방마다 문이 활짝 열려 있었고 큼직한 청소기가 윙윙거리는 소리가 들려왔다.

그러고 보니 둘째 주 수요일인가? 대청소하는 날이다. 이렇게 넓은 집의 먼지를 털어 내려면 모두 종일 달라붙어 집을 한번 들었다 놔야 한다. 정원에서도 김씨라는 그 음침한 남자가 기계로 뭔가 작업을 하는지 윙윙거리는 소리가 시끄러웠다.

"일어나셨어요?"

희선 씨가 응접실에서 벗겨 낸 묵직한 커튼 뭉치를 질질 끌며 나오다가 인사했다. 다들 한창 바쁘게 일하는 중인데 늦잠 자고 일어나 부스스한 모습으로 인사를 받으니 마음이 편치 않았다.

"아, 밤에 잠을 좀 설쳤더니……."

"어머, 아기 때문에요?"

"아니에요. 그냥 뭐 이래저래……."

"참! 승준이도 깼죠? 아, 어쩌지. 수원댁 여사님 지금 주방 청소 중이신데. 제가 얼른 이것만 갖다 두고 가서 교대할게요."

"아, 다들 바쁘시니까 그냥 젖병만 주세요. 내가 먹일게요."

"어머, 아니에요. 식당에 아침 식사는 차려 두었으니 사모님 먼저 가서 얼른 드세요. 승준이는 저희가 챙길게요."

희선은 말하는 시간도 아까운지 숨차게 주방 쪽으로 걸어가며 식당을 가리켰다.

나는 텅 빈 거실에 덩그러니 남겨졌다. 활짝 열어젖힌 현관문으로 밝은 햇빛이 쏟아져 들어오고 있었다. 덕분에 공기 중에 떠다니는 뿌연 먼지, 오래된 가구와 마룻바닥의 흠집, 계단 손잡이의 움푹 팬 자국까지 뚜렷이 잘 보였다. 이제 모든 게 익숙한 동시에 새롭게 보인다. 여기는 더 이상 낯선 장소가 아니니까. 그가 살았던 집, 아주 가끔 어쩌다가 들려주던 이야기 속 장소가 바로 여기였으니까.

'뭐 그냥 평범한 집이었지. 별거 없었어.'

'이거? 아주 오래된 흉터야. 어렸을 때 계단 난간을 타고 내려오다가 걸려서 넘어졌거든.'

'난 오래된 가구들은 싫더라. 빈티지니 앤틱이니 하는 그런 거 취미 없어. 전부 쓰레기 아냐?' 기타 등등.

슬그머니 미소 짓게 하는 아기자기한 추억담 같은 건 없었다. 부모님 이야기도, 동생 이야기도, 보통 사람이라면 흔히 할 법한 가족 간의 유쾌한 일화 하나 없었다. 일찍 돌아가신 어머니에 배다른 동생, 애정 없는 가정에서 건조하게 자란 탓이라고 생각했었다. 보육원 출신으로 일찌감치 혼자서 삶을 꾸려 왔던 나처럼, 그렇게 추억 하나 없는 팍팍한 삶인가 보다 싶었다. 하지만 이제 보니 제대로 속았던 셈이다. 내가 이렇게 웅장하고 화려한 집에서 자랐다면 없던 추억도 생길 것 같은데? 이래서 곱게 자란 부잣집 망나니들은 고마움을 모른다니까.

자기가 싫다고 제 발로 뛰쳐나온 집에 지금 내 발로 걸어 들어와 있다니, 참 신기하지? 그것도 자기 애까지 데리고 와 있다니까? 나한테 숨기고 있던 네 새끼 말이야, 이 개자식아.

식당 가는 길에 살펴보니 간병인 방과 노인의 병실, 지하실로 가는 계단이 있는 통로 쪽 문까지 활짝 열려 있었다. 살금살금 걸어서 얼른 병실을 지나쳤다. 잠깐 들러서 아침 인사라도 하는 살가운 며느리가 되면 좋겠지만 지금은 그럴 정신이 없다. 아직은 아니다.

지난 며칠 동안 밤잠을 설치는 바람에 머릿속이 멍했다. 눈 밑에 시커먼 그림자도 생겼다.

“엄마야!”

“아이고!”

그릇이 쨍그랑 소리를 내며 바닥에 떨어져 산산조각 났다. 식당에 막 들어서는 순간, 수프를 가지고 나오던 수원댁과 정면으로 부딪쳤던 것이다. 덕분에 고풍스러운 무늬가 새겨진 바닥 타일과 내 옷, 수원댁의 앞치마까지 온통 엉망이 되고 말았다.

"어머, 죄송해요. 제가 정신이 없어서!"

"아니에요, 수프가 식어서 데워 드리려다가……."

요란한 소리에 뛰어와서 상황을 파악한 희선이 얼른 걸레와 세척제를 가져왔다. 두 사람이 부산스레 얼룩을 닦아 내는 걸 멍하니 보고만 있다가 얼른 몸을 굽혔다.

"주세요. 제가 치울게요."

"아유, 아니에요, 사모님."

"여긴 제가 할게요. 참, 승준이 깼는데 올라가서 좀 봐 주세요."

수원댁은 그제야 몸을 일으키고 못 미더운 듯 뒤를 흘끔거리며 식당을 나갔다. 그사이 희선은 내 손에 들린 걸레를 빼앗아 갔다.

"아니에요, 희선 씨. 이건 내가……."

"괜찮아요. 어차피 이제 식당 청소할 차례예요. 저 주세요."

"그래도……."

희선은 싹싹하게 웃어 보이며 걸레를 쥐고 야무지게 얼룩을 마저 닦아 내기 시작했다. 매일 고깃집 불판을 닦아 내던 내가 고작 이만한 일을 남에게 떠넘기고 자리를 뜨려니 발길이 떨어지지 않았다.

"아유! 얼른 가서 아침 드세요. 다 식겠어요! 이것만 치우고 수프는 다시 갖다 드릴게요."

희선은 머뭇거리는 나를 올려다봤다.

"식당 바닥은 대리석 타일이라서 요령껏 닦아 내야지, 안 그러면 자국 남더라고요. 제가 하는 게 나아요. 저도 처음 왔을 땐 당황했는데 이젠 뭐 눈감고도 하죠. 일이 손에 좀 익을 만하니까 벌써 2년이 다 되어 버렸네요."

희선이 바닥 세척제를 뿌려 가며 닦아 내는 사이사이 중얼거리듯 말했다.

나는 식당으로 옮기려던 발걸음을 멈췄다.

"아! 그러고 보니 참……."

바닥을 닦던 희선이 고개를 들었다.

"그럼 두 분 다 정말 딱 2년만 일하고 나가시는 거예요?"

원래부터 알고 있었다는 듯 일부러 애매한 어조로 무심한 척 물었다.

"글쎄요."

희선이 난처한 듯 웃었다.

"저희야 처음 계약할 때 그렇게 듣고 왔으니까요."

"희선 씨는 언제까지인데요?"

"저랑 수원댁 여사님이랑 둘 다 한 다섯 달쯤 남았네요."

희선이 아쉽다는 듯 걸레질을 하며 말했다.

"좀 그렇네. 익숙한 분들이 계속 오래 일해 주시면 좋을 텐데요."

나는 혼잣말처럼 툭 던지며 식당 쪽으로 걸어가다가 멈춰 서서 뒤돌아봤다.

"참, 그런데 그 2년이라는 규정은 도대체 왜……."

"형수님!"

막 입을 열었을 때 갑자기 수현이 불쑥 나타났다.

"식사하셨어요? 오늘 날씨 엄청 좋은데! 아직이시면 모처럼 밖에서 브런치 어떠세요?"

나는 바람처럼 휘몰아치는 그의 기세에 휩쓸려 팔을 잡힌 채 식당 밖으로 끌려 나갔다.

얼핏 뒤를 돌아보니 걸레로 바닥을 문지르던 희선이 이쪽을 쳐다보다 재빨리 고개를 돌렸다.

21

"일껏 아침상 차려 놨는데 이렇게 불쑥 나와도 되나 몰라."

"에이, 뭐, 다들 이해하실 거예요. 전 항상 그러는걸요. 제가 좀 기분파라서."

남의 속도 모르고 시원하게 웃어 젖히는 이 남자도 이젠 생판 낯선 사람이 아니다.

말갛고 하얀 피부, 길고 낭창한 팔다리, 웃으면 살짝 패는 보조개, 갸름한 눈매, 닮은 것 같지만 전혀 다른 분위기. 처음엔 그를 바로 떠올리지 못했던 것도 당연하다. 둘은 낮과 밤만큼이나 다르다. 혼외자로 태어난 동생도 이렇게 해맑기만 한데, 도대체 뭐가 그렇게 힘들어서 그런 괴물이 됐던 걸까?

"디저트는 뭐가 좋으세요? 무화과 파이? 크림 브륄레?"

"달달한 거면 뭐든 오케이."

"저랑 취향 완전 같으시네요! 그럼 크림 브륄레!"

그가 메뉴판을 접어서 한쪽으로 밀어놓으며 눈꼬리를 접어서 웃었다. 음, 저런 표정은 제법 비슷하네. 그러고 보면 승준이까지 이 집 남자들 세 명이 모두 눈으로 웃는 게 닮았단 말이지.

"오늘은 회사에 볼일 있어서 일찍 나갔었거든요. 그러다 날씨가 하도 좋아서 형수님 모시고 나오자 싶었죠. 대청소하는 날이라 어수선한데 혼자 계시게 해서 죄송해요. 전 그런 날 집에 있으면 뻘쭘하더라고요."

"좋긴 한데 이래도 되나 모르겠어요. 아버님께 말씀 못 드리고 나온 것도 찔리고."

"아버지는 쉬실 때 방해하는 걸 싫어하시니 괜찮을 거예요. 다른 분들은…… 이따 들어갈 때 간식이라도 사 갈까 봐요. 그럼 괜찮겠죠?"

나는 고개를 끄덕였다.

"역시 형수님이 계셔서 다행이라니깐. 지금까지 저는 그런 생각도 못 하고 그냥 제 기분대로 했거든요. 다들 좋은 분들이긴 한데 아무래도 제가 어리니까 서로 좀 데면데면해서요."

"거기다 2년마다 바뀌는 분들이니 서로 친해질 틈도 없겠어요."

나는 맞장구를 치며 그를 슬쩍 쳐다봤다. 이 집 며느리로서 뭐 못 물어볼 일도 아닐 텐데 왜 이렇게 가슴이 뛰는 건지, 원.

"그렇죠, 뭐."

"그렇게 큰 집은 오래 일해서 익숙해진 분들이 봐 주시는 게 더 낫지 않나요? 어디에 뭐가 있는지 다 익히는 것도 보통 일이 아닐 것 같은데요."

"전 아직도 잘 몰라요. 하하."

"혹시…… 그것 때문인 거예요? 그…… 어머님 사고 때문에 2년 주기로 일하는 분들을 바꾸는 거예요?"

나는 괜히 냅킨을 이리저리 접어 보며 무심한 듯 슬쩍 물었다. 수현의 표정이 아주 미묘하게 살짝 어두워졌다.

"음…… 그런 셈이죠."

"'사고'였다면서요."

당신 형은 다르게 생각한다지만.

"네, 하지만 집 안에서 일어난 일이었고, 다들 '막을 수 있는 사고'였다고 생각하니까요."

수현의 목소리가 낮아졌다.

"'막을 수 있는 사고'?"

"음식 알레르기와 관련된 사고라면 그렇게 생각하는 게 당연하죠. 심각한 견과류 알레르기가 있으셨거든요, 형네 어머니가."

"어머, 그럼 음식이……."

수현이 고개를 끄덕였다. 이제는 웃음기가 사라진 심각한 표정이었다.

"그냥 가벼운 알레르기 정도가 아니라 목숨이 왔다 갔다 할 정도로 심각한 지병이었다고 들었어요."

"그 정도면 집에 상비약 같은 걸 갖고 계셨을 텐데요."

"당연히 갖고 계셨죠. 주사랑 약이랑 전부. 애초에 그런 사고가 일어난 것부터가 이상했어요. 그때 계시던 분들은 모두 여기서 4~6년씩 일하던 분들이었거든요. 모든 걸 빠삭하게 다 아는 분들이었단 말이죠. 음식에 뭐가 들어가도 되고 뭐는 안 되는지, 그런 정보들 말이에요. 그런데 그런 사고가 터진 거예요."

그때 디저트가 나왔다.

우리는 잠시 말을 멈추고 접시가 세팅되는 것을 지켜보았다. 아늑한 창가 자리의 유리창으로 들어온 햇살에 크림 브륄레의 매끈한 표면이 황금빛으로 반짝였다.

"굉장했어요. 정말 딱 한 숟갈 드셨다는데 갑자기 손발이 굳어지면서 목과 얼굴이 부풀어 오르시더라고요. 거짓말처럼 사람 얼굴이 새파랗게 변할 수 있다는 걸 그때 처음 알았죠."

"아니 그럼…… 수현 씨도 아예 그 자리에 있었던 거예요?"

그가 고개를 끄덕였다.

"저랑 형은 정원에 있었어요. 사람들이 소리치는 걸 듣고 뛰어 들어왔는데…… 형네 어머니가 식당 바닥에 쓰러져 계시더라고요."

"그때 몇 살이었는데?"

"형은 열여덟 살, 저는 열두 살이었죠."

"어머!"

오늘 내가 수프를 쏟은 그 식당 바닥에 쓰러졌을 여자를 상상해 봤다. 잘 차려입은 부잣집 사모님이 부풀어 오른 목을 부여잡고 새파랗게 질린 얼굴로 컥컥거리는 모습을. 그걸 멍하니 지켜보는 잘생긴 고등학생과 하얗고 마른 초등학생 형제를.

"누가 급하게 안방에 달려가서 구급상자를 갖고 왔어요. 항상 에피네프린 약과 주사를 상비하고 계셨거든요. 그런데 상자를 열어 보니……."

"약이 없었군요."

수현이 고개를 끄덕였다.

"알레르기 발작이라는 게…… 정말 순식간이더라고요. 그 상비약을 찾느라 시간을 허비하는 바람에 골든 타임을 다 놓쳤다고 들었어요. 구급대가 도착했을 때는 이미……."

"그걸 전부 다 지켜봤다고요?"

"아니, 형이 제 눈을 가리고 막무가내로 끌고 가려고 했지만, 모든 게 너무 빨리 진행돼서 별 소용이 없었어요."

수현이 생각에 잠긴 표정으로 먼 산을 바라봤다.

우리 둘 다 눈앞의 크림 브륄레에는 손도 대지 않았다.

"그게…… 일하던 분들 때문이라고 생각하게 된 거군요."

"음식부터 청소까지 전부 그분들이 담당하시니까요. 맘먹고 나서면 충분히 가능한 일이죠. 물론 경찰 조사에서 뚜렷하게 뭐 나온 건 없었지만."

"설마…… 그냥 사고였겠죠. 뭣 하러 일부러 그런 일을 벌이겠어요? 작정하고 사람을 죽이려고 들 이유가 있나요?"

"음……."

그가 곤란한 듯 잠시 망설이다 입을 열었다.

"실은…… 그런 일이 벌어지기 전에 안 좋게 해고된 분이 있었어요."

"도우미분들 중에?"

"네, 한 분이 보석에 손을 대다 걸려서 난리가 났었거든요."

"세상에."

"오래 일해 온 분인데 전부터 돈 문제가 좀 있었다고 해요. 남편이 사고를 쳐서 가불도 자주 하고, 다른 분들께 돈도 자주 빌리고 그랬대요. 그런 일 하는 분들은 손버릇 나쁜 게 정말 치명적이잖아요. 그래서 해고는 했지만, 당장 명절이 코앞이라 일손이 부족했거든요. 사람을 급하게 구할 수 있는 것도 아니니까요. 그 주 주말까지만 일하고 나가는 것으로 합의했던 모양이에요. 그랬다가 토요일에…… 그 사달이 난 거죠."

"어머! 그래서…… 그럼 그분 소행이라고 생각을……."

"네, 뭐 확실한 증거는 없지만, 아니라는 증거도 없으니까요."

"그래서 사람을 함부로 믿지 못하게 된 거군요."

"네, 그때부터 시작된 거예요. 누구든, 간병인까지도 2년 주기로만 고용하게 된 거죠."

나는 고개를 끄덕였다.

"형이 달라진 것도 그때부터였고요."

그런 끔찍한 일을 직접 목격하면 누구라도 충격받을 수밖에 없을 것이다. 하지만 열두 살짜리 초등학생보다 열여덟 살 고등학생이 더 큰 충격을 받고 이상해진 건, 어디까지나 친어머니였기 때문일까? 충격을 견디는 개개인의 정신적인 힘이 다르기 때문인 걸까? 그게 아니라면…….

"그이가 어머님을 정말 많이 사랑했나 봐요."

"그 반대였을 걸요."

"네?"

고개를 들어 수현을 바라봤지만 그는 나를 보지 않았다. 내 어깨 너머 어디 먼 곳을 바라보는 것 같았다.

"형네 어머니는 누구든 가만두지 않는 분이었어요. 굉장히 신경질적이고 예민한 분이셨거든요. 주변 사람들을 들들 볶아서 미쳐 나가도록 만드는 분이었죠. 특히 형한테 엄청 집착하셨어요. 성적이든 행실이든 매사에 너무 엄격하게. 그러니까 형은 아마도……."

수현이 꿈꾸듯 묘한 표정으로 먼 곳을 응시하며 중얼거렸다.

"어머니가 죽기를 바랐을지도 몰라요."

22

아침에 방문을 여니 꽃다발이 놓여 있었다.

먼저 나갑니다. 병원 잘 다녀오세요. 오늘 날씨 참 좋네요. 맛난 커피 한잔하고 천천히 들어오세요. 저 필요하면 불러 주시고요!

다정하고 살가운 메모에 기분이 몽글몽글해졌다.

요즘은 눈뜨면 언제나 구름 속을 떠다니는 기분이다.

천국도, 지옥도, 결국 모든 건 생각하기 나름이라고 누가 그러지 않았던가? 그래서 나도 결심했다. 몇 주가 되든, 며칠이 되든, 몇 시간이 되든, 어쨌든 천국 속에 머물겠다고. 복잡하고 골치 아픈 생각은 하지 않겠다고.

나를 죽도록 패던 그놈은 양다리를 걸치고 있었고, 여기는 그의 본가이다. 그의 아이를 낳고 함께 산 여자는 날 이리로 들여보냈다. 그래서?

어쨌든 여기에 남기로 한 건 순전히 내 결정이다. 그 여자가 설마 그것까지 예측하진 못했을 것이다. 내가 공연한 욕심을 부리지 않고 그냥 애만 전해 주고 내 갈 길을 갔더라면? 결과는 완전히 달라졌을 것이다. 그러니 이건 그냥 다 우연이 빚어낸 질 나쁜 장난인지도 모른다. 그냥 그 여자는 어쩌다 보니 하필 그 날, 그 시간에 시댁에 찾아오는 길이었던 거다. 자주 집을 비우고 안 들어오는 애 아빠 때문에 지쳐서 다 놓아 버리기로 했던 것이다. 그 시점에 우연히 나를 만났고, 덕분에 이 집 손자는 무사히 여기 올 수 있었다. 그러니 결론적으로 다 잘된 거지 뭐야. 지금의 이 생활을 즐기지 않을 이유가 하나도 없다.

바깥세상은 아직 잠잠하다. 아무 일도 일어나지 않았고, 누구도 날 찾지 않고 있다. 어쩌면 계속 이렇게 지낼 수 있을지도 몰라. 어쩌면 이건 함정이 아니라 굴러들어 온 행운일지도 몰라.

손가락 하나 까딱하지 않아도 청소와 빨래, 식사가 모두 해결되는 생활. 시아버지의 블랙 카드를 받아서 마음대로 쇼핑하는 생활. 수영장이 딸린 넓고 커다란 저택에서 밤마다 거품 목욕을 하는 사치. 그리고 아침이면 방 밖에 한 다발의 생화를 놓아 주는 다정하고 귀여운 시동생까지.

내 입맛에 맞게 준비된 아침 식사를 마치고 방에 올라가 수원댁이 준비해 놓은 가방을 들고 애를 안고 내려왔다. 마침 간병인 최 실장이 휠체어를 몰고 나오는 것을 보고 다가가서 노인에게 아이를 보여 주며 인사했다.

"아, 병원 검진 가세요?"

이제 제법 친해진 최 실장이 빙긋 웃으며 물었다. 노인은 비틀린 고개를 간신히 돌려 아기를 보고 미소 비슷한 걸 지으려고 애썼다.

"네, 다녀오겠습니다, 아버님."

그런 낯간지러운 호칭도 이젠 아무렇지 않았다. 이 집 아들이 누구인지 훤히 알고 있다는 사실이 어쩐지 자신감을 더해 줬기 때문이다. 당신 아들에게 머리채를 잡히며 속고 살았으니까 이 정도 삶은 누려도 되는 거잖아?

밖으로 나오자 운전사 박 기사가 정원에 서 있다가 꾸벅 인사했다. 대문 앞에 세워 둔 새까만 외제 차에 오르자 소리도 없이 매끄럽게 도로 위를 달려 나간다.

산부인과와 소아과가 함께 있는 번듯한 12층짜리 건물은 노인이 소유한 것이었다. 주영시 시내에만 비슷한 건물이 두 채 더 있었고 다른 도시에도 흩어져 있다고 했다. 여러 가지 복잡한 사정으로 혼인 신고도, 출생 신고도 되어 있지 않은 아이를 특별히 봐 주는 것도 그 때문이었다. 나는 건물주의 맏며느리니까. 이 아이는 그 집의 첫 손자니까.

처음 진료를 볼 때는 수현이 따라왔었고, 이런저런 절차를 모두 대신 처리해서 진료를 볼 수 있게 도와주었다. 모르긴 해도 아마 상속 문제니 뭐니, 복잡한 사정으로 아이의 출생 신고가 미뤄지고 있다는 둥 대충 둘러댔을 것이다.

나야 이 집안 며느리라는 신분 덕에 특혜를 받는다고 하지만, 그 여자는 대체 무슨 수로 출생 신고도 되어 있지 않은 아이에게 예방 접종을 시킬 수 있었을까? 그때는 그 인간이 뒤로 손을 써줬던 걸까? 집을 나간 뒤에도 이런저런 연출을 동원할 수 있었던 걸까? 여전히 궁금한 것들은 많지만 지금으로서는 알아낼 방법이 없다.

뒤에서야 이런저런 이야기들을 수군거리는지 몰라도 어쨌든 직원들은 내 앞에서 모두 깍듯하고 친절했다. 언제든 우선 예약을 받아 주었고, VIP 룸으로 특별히 안내되었으며, 진료비를 따로 지불할 필요도 없었다.

'아기가 어쩜 이렇게 잘생겼어요?' 같은 말은 기본이었고, '아빠랑 엄마의 좋은 점만 닮았나 봐요. 입매가 딱 사모님이네요.' 같은 어이없는 칭찬도 서슴지 않았다. '눈매는 삼촌하고 똑같은데요?' 하는 말에는 수현도 기분이 좋아서 하핫 웃어 버렸다.

'오신 김에 산부인과 검진도 받고 가세요.'라는 권유는 애매한 미소로 슬쩍 넘겨 버렸다. 일어서서 공손히 인사하는 직원들을 뒤로하고 나오는데 대기실에 있던 아이 엄마들의 부러운 시선이 느껴졌다. 그래, 이게 인생이지.

버튼을 누르고 엘리베이터 앞에 서서 기다리는 동안 명품 가방을 뒤져 선글라스를 찾았다. 박 기사에게 연락하기 전에 1층

노천 카페에 앉아서 커피나 한잔할까 싶었다. 수현의 말대로 날씨가 무척 좋았으니까. 내게는 거리낄 게 하나도 없었으니까. 당장 눈앞에 펼쳐진 인생이 너무 달콤해서 모든 걱정과 두려움을 묻어 버렸다. 그러니까 이 천국을 조금 더 즐겨도 좋을 것이다.

선글라스를 찾아 가방을 더듬고 있는데 눈앞에서 엘리베이터 문이 열렸다. 위층에서 이미 타고 내려온 사람들로 꽉 차서 발 디딜 틈이 없었다. 나는 별수 없다는 듯 웃어 보이며 한발 물러섰다.

천천히 문이 다시 닫히기 시작했을 때였다. 내 시야에 뭔가 비쳤다. 하나로 묶은 밤색 머리? 아니면 유달리 뽀얗고 말랑한 피부? 그게 아니면…… 옅은 분홍색 꽃무늬 원피스? 무엇이 눈에 띄었는지 모르겠다. 뭘 정확히 본 건 아니었다. 그러니까 눈이 마주쳤다든가, 얼굴을 확실히 본 건 아니지만, 알 수 있었다. 분명히 알 수 있었다. 거기에, 그 빼곡하게 들어찬 사람들 속, 맨 뒷줄 구석에 그 여자가, 아기 엄마가 서 있었다.

"잠깐만요! 기다려요!"

엘리베이터 버튼을 미친 듯이 눌렀지만 문은 이미 닫히고 말았다. 숫자가 하나씩 줄어들기 시작했다. 나는 아이를 고쳐 안고 재빨리 비상구로 달려갔다. 여긴 9층이니까 어쩌면, 조금 빨리 서두르면 1층에서 내리는 사람들을 따라잡을 수 있을지도 모른다.

하지만 7kg이 넘는 남자애를 안고 기저귀 가방까지 든 채 빠른 걸음으로 계단을 내려간다는 건 역부족이었다. 1층에 간신히 도착했을 때는 땀이 비 오듯 흘렀다. 이미 엘리베이터는 다른 사람들을 태우고 2층을 지나 3층으로 다시 올라가는 참이었다.

건물 밖으로 황급히 뛰어나갔지만 지나가는 인파 사이에서는 아무런 흔적도 찾을 수 없었다. 나는 건물 앞 인도 한복판에 멍하니 서서 사방을 둘러봤다. 내가 뭘 보긴 했던가? 엘리베이터에 꽉 찬 사람들 속에서, 제대로 얼굴을 분간하기도 힘든 틈바구니에서 그 여자를 정말 봤다고?

나는 헉헉대며 건물을 올려다봤다. 10층부터 12층까지 미용실, 네일 숍, 요양 보호사 학원, 세무사 학원, 보습 학원, 치과, 정신과 클리닉, 약국 등이 들어차 있다. 모든 곳을 일일이 돌아다니며 이름도 모르는 여자를 봤냐고 물어볼 수도 없는 노릇이었다.

그때 핸드폰이 가방 속에서 부르르 떨렸다.

"여보세요?"

나는 좀비처럼 멍하니 초점 잃은 눈으로 전화를 받았다. 땀에 젖은 손이 덜덜 떨려서 폰을 떨어뜨릴 것만 같았다.

[형수님? 진료 끝났나요? 지금은 뭐 하세요? 여유로운 커피 타임? 자유를 즐기시는 중?]

수현의 밝은 목소리가 들려왔지만 마주 웃어 줄 수 없었다.

"아뇨, 그냥 들어가려고요. 몸이 썩 좋질 않네요."

더 이상 자유를 즐길 여유 따위는 없었다.

온몸이 싸늘하게 식어 버렸으니까.

23

대문 옆에 숨겨진 키패드를 찾아 덩굴 사이를 더듬는 손끝이 땀으로 미끈거렸다. 처음 여기 오던 날은 높은 담장만 올려다보며 멍청히 서 있었는데, 이젠 이렇게 손을 덜덜 떨면서도 능숙하게 번호를 누를 수 있다.

늘어진 녹색 식물의 벽을 헤치고 급하게 안으로 들어가자 눈에 익은 낙원이 펼쳐졌다. 나뭇가지를 다듬고 있던 김씨가 고개를 꾸벅 숙였다. 나는 잠시 멈춰 서서 가쁜 숨을 진정시켰다. 오후 햇살 아래 금빛으로 반짝이는 수영장 물을 바라보니 두근거리던 심장이 조금씩 가라앉았다. 높다란 담장 속에 성소처럼 은밀하게 숨어 있는 정원의 평화가 부글거리던 내 피를 진정시켜 주었다. 누구도 여기에 멋대로 침입할 수는 없을 거야. 누구도 날 여기서 억지로 끌어내지는 못해.

심호흡을 하고 수영장을 지나쳐 높다란 돌계단을 올라가는데 벤치 옆에서 반짝이는 은빛 휠체어가 보였다. 노인이 혼자 앉아 있었다. 모처럼 바깥 공기를 쐬려고 나온 모양이었다. 얼른 내 방으로 올라가 놀란 마음을 진정시키고 싶은 생각이 간절했지만 도저히 그냥 지나칠 수는 없었다.

“다녀왔습니다, 아버님.”

우리를 보자 비틀린 고개를 축 늘어뜨리고 있던 노인의 멍한 눈에 생기가 돌았다. 나는 애가 잘 보이도록 고쳐 안으며 벤치에 조심스럽게 앉았다.

“몸무게가 7.5kg이나 되더라고요. 제법 우량아래요. 아픈 곳도 없고, 이대로만 잘 관리하면 되겠다고 하네요.”

잠든 애를 내려다보는 노인의 뒤틀린 얼굴에 미소 비슷한 표정이 떠올랐다. 쪼그라든 입가에는 침이 흘러내리고 있었다.

“여기서 바람 쐬고 계셨어요? 최 실장은 잠깐 어디 갔나 봐요?”

“우어어어어어.”

당연히 대답 같은 걸 할 수 있을 리는 없다. 하지만 머릿속이 복잡한 내게는 그게 더 편했다. 우리는 잠시 아무 말 없이 나란히 앉아서 수영장을 내려다보며 평화를 즐겼다. 김씨의 전지가위 소리에 섞여 가끔 새소리가 들렸고, 따스한 향기를 머금은 봄바람이 머리카락을 흩어 놓았다. 아주 평화로웠다. 시끄러운 세상과 동떨어진 안락한 천국 같았다.

지금 내 옆에 앉아 있는 이 사람이 바로 눈앞에 있는 낙원을 만들어 낸 사람이다. 비틀리고 쪼그라들었어도 아직 형형한 눈빛으로 집안의 모든 것을 좌우하는 최고 권력자다. 난 이 남자의 집에 속한 사람이고, 이 아이는 그의 손자다. 우리는 이 깐깐한 노인에게서 무언의 호의를 받고 있다. 이런 사람이 날 비호하고 지켜 주기만 하면 모든 일이 잘될 것만 같다.

갑자기 그렇게 겁을 먹고 허둥거린 게 부끄러워졌다. 말도 안 돼. 그럴 리가 없잖아. 그 여자가 거기 왜 있겠어? 냅다 애를 버리고 도망간 주제에 뻔뻔하게. 권리를 주장하려고 했다면 진작 이 집에 나타났어야지 말이 안 되잖아. 계속 그 생각만 하다 보니 헛것을 본 거야. 그런 거야.

나는 안도의 한숨을 쉬며 두 다리를 쭉 폈다. 나른하게 기분이 풀어지려는 순간, 발아래 돌 위에 물 자국이 점점이 번져 나가는 게 보였다. 이게 뭐지? 김씨가 정원에 물을 줬나? 혹시 호스를 계속 틀어 두기라도 한 건……. 얼룩진 흔적을 따라 시선을 옮기다가 휠체어 바퀴 밑에 고인 희미한 노란색 물을 봤다. 맙소사!

나는 벌떡 일어섰다. 휠체어에 앉아 있는 노인의 먹색 바지가 젖어 있었다. 소변줄 끼우는 걸 깜빡했든가 아니면 뭔가 문제가 생긴 모양이었다. 팔걸이에 얹힌 노인의 팔이 희미하게 떨리는 게 보였다. 우리의 눈이 마주쳤다. 노인의 눈동자가 당황한 듯 좌우로 바쁘게 움직였다. 입술이 떨리며 찌그러진 눈에 눈물이 고인 것 같았다. 순간 수만 가지 생각이 머릿속을 스쳐 갔다. 당장 집으로 뛰어가서 최 실장을 불러? 수원댁을 불러야 하나? 그 사람들이라면 이런 상황이 익숙할 거야. 설마 처음이겠어? 노인도 내가 불편하겠지. 며느리라지만 여자잖아.

하지만 누굴 불러도 노인의 자존심은 묵사발이 된다. 우리는 한동안 점점이 퍼져 나가는 노란 물을 바라보고만 있었다. 아마 빛이 한 번 번쩍하는 정도의 짧은 시간이었을 것이다. 하지만 어느 때보다 길게 느껴졌다. 나는 잠든 아기를 벤치 위에 조심스럽게 눕혔다. 장시간 외출이 힘들었던지 다행히 세상모르고 푹 잠들어 있었다. 애를 내려놓고 재빨리 휠체어 등받이에 걸린 모포를 벗겨 노인의 무릎을 덮어 주었다. 쓸데없는 말은 한마디도 하지 않았다. 그저 노인과 눈이 마주친 순간, 생긋 웃어 보였을 뿐이다.

"안으로 모셔다드릴게요, 아버님. 걱정 마세요. 저, 팔 힘 하나는 쓸 만해요."

노인의 하반신을 감싼 모포를 잘 다독여 준 뒤 휠체어를 밀고 저택 쪽으로 이동했다. 앙상하게 마른 몸이라도 축 늘어져서 그런지 꽤나 무거웠다. 계단 옆 경사로를 올라갈 때는 살짝 애를 먹었지만 그래도 무사히 해냈다.

"어머, 회장님, 어디 불편하세요? 바람 쐬신다며 한동안 방해하지 말라고 최 실장이 그랬거든요. 지금 잠깐 자리 비웠는데."

현관문을 열자 계단 난간에 걸레질을 하던 수원댁이 달려왔다.

"아, 별일 아니에요. 이제 살짝 피곤해지셨나 봐요."

나는 휠체어 손잡이를 넘겨받으려는 수원댁에게 손을 저어 보였다.

"그냥 제가 모시고 갈게요. 바깥 벤치 위에 제 가방이랑 승준이 좀 부탁드려요. 애는 자고 있어요."

"아…… 네, 네."

수원댁은 애보다 노인을 택한 나를 이상하다는 듯 돌아보면서도 군말 없이 달려 나갔다. 그사이 나는 휠체어를 밀고 병실로 들어갔다. 희미하게 소독약 냄새가 나는 병실은 블라인드가 모두 내려져 있어 어둑했다. 무거운 휠체어를 그럭저럭 잘 돌려 병실에 붙은 화장실로 갔다. 휠체어용으로 널찍하게 개조된 화장실에는 소변기, 노인용 기저귀, 수액용 거치대 등 다양한 물품들이 구비되어 있었다.

"조금만 기다리세요, 아버님."

나는 휠체어를 화장실에 놔두고 방으로 다시 달려 나와서 두리번거렸다. 갈아입을 옷은 어디 있지? 속옷은? 내 마음대로 이 방을 뒤져도 되는 건가?

"조금만 참으세요! 얼른 찾을게요, 제가!"

노인이 불안해할까 봐 내 멋대로 이런저런 말을 던지며 침대 옆 벽장을 열어젖혔다.

한쪽에는 두꺼운 모포, 침구가 잔뜩 들어 있었다. 얼른 문을 닫아 버리고 다음 장을 열었다. 고급 브랜드의 등산복과 재킷 등이 나이의 노인이 외출할 때 무난하게 입을 법한 겉옷들이 잔뜩 걸려 있다. 이번에도 신경질적으로 문을 닫아 버리고 다음 문을 열자 서랍장이 나왔다.

"죄송해요, 자주 들어와서 어디에 뭐가 있는지 공부 좀 해 둘 걸 그랬나 봐요. 그래도 너무 걱정 마세요, 아버님. 제가 학교 다닐 때 보물찾기 이런 거 꽤 잘했거든요."

불안한 마음에 계속 되는 대로 아무 말이나 지껄이며 손을 움직였다. 서랍장 맨 위 칸을 열자 마침내 노인의 속옷들이 차곡차곡 들어 있는 게 보였다. 재빨리 하나를 집어 들고 잠깐 심호흡을 했다. 괜찮아, 할 수 있어. 그냥 할아버지잖아. 해야 돼. 이걸 꼭 해내야 돼.

나는 서랍장 문을 닫고 욕실로 뛰어갔다. 모포를 조심스럽게 걷어 내고 노인의 젖은 양말부터 벗기며 횡설수설 열심히 떠들었다. 노인이 느낄 부담과 수치심을 최대한 덜어 주고 싶었다.

"오늘 병원에 갔더니 승준이가 말이죠. 또래 아이들에 비해서 쑥쑥 잘 크고 있다고 하시더라고요. 남자아이라서 그런가 봐요. 확실히 여자애들보다는……."

"어? 회장님?"

젖은 양말을 세면대 위에 올리고 막 돌아섰을 때 최 실장이 들어섰다.

"사모님?"

"아! 실장님!"

"무슨……."

"아버님께서…… 저기…… 정원에 너무 오래 계셨나 봐요. 급해서 제가 모시고 들어왔어요."

나는 어리둥절한 최 실장에게 얼른 미소 지었다.

"아아."

그는 앉아 있는 노인의 바지에 난 커다란 젖은 자국을 보고 한눈에 사태를 곧바로 파악했다.

"저 주세요."

그가 웃으며 손을 내밀었다.

"저기 그래도……."

"괜찮아요. 저한테 맡겨 주세요. 제 일인데요."

나는 그쯤에서 입을 다물고 손을 뒤로 돌려 조심스럽게 노인의 속옷을 넘겨주었다.

"아버님, 최 실장님 오셨으니까 저는 그럼 이만 나가 볼게요."

괜찮다는 듯, 안심하라는 듯, 최대한 상냥한 미소를 지어 보였다. 나와 마주친 노인의 눈에 아직 눈물이 그렁그렁했다. 발끝으로 걸어서 방을 나가는 사이 최 실장이 화장실 문을 닫는 소리와 노인에게 말을 거는 소리가 들려왔다.

"늦어서 정말 죄송합니다, 회장님. 통화가 너무 길어져 버려서요. 그런데 며느님 참 잘 두셨네요. 요즘 젊은 여자분들 험한 일은 감히 엄두도 잘 못 내던데. 제가 시간 맞춰 못 왔으면 사모님 혼자서 어떻게 하실 기세던데요. 보기보다 강단 있는 분이네요. 수원댁한테 맡기지 않고 직접 하시려던 거 보면 센스도 있고요."

나는 조용히 병실 문을 닫고 나왔다. 겨드랑이와 등에서 배어난 땀으로 온몸이 축축했다.

최 실장이 조금만 늦었더라면 어떻게 되었을까? 그랬더라도 나는 마음먹은 대로 행동했을 것이다. 내 손으로 노인의 바지를 벗기고, 젖은 속옷도 벗겨 버렸을 것이다. 동네에 소문난 효부처럼 그렇게 군말 없이 모든 걸 처리하며 노인의 눈을 보고 웃어 주었을 것이다. 그보다 더한 일도 했을 것이다.

이 집에 있는 한, 그가 내 구명줄이 되어 줄 테니까. 이제 나는 나를 위해서라면 못 할 일이 없으니까.

24

식사를 마치고 수저를 내려놓는데 수원댁이 다가와 와인글라스를 세팅해 주었다.

"어? 뭐야? 이거 따시는 거예요?"

내 앞에 놓인 와인병을 보더니 수현이 수원댁과 나, 상석에 앉은 노인을 번갈아 돌아봤다.

"글쎄요, 회장님께서 특별히 지시하셔서요."

수원댁이 식당을 나가며 의미심장한 미소를 지었다. 노인과 나의 눈이 마주쳤다. 지금까지는 비틀린 그 눈에서 표정을 읽기가 힘들었는데, 이번엔 어딘가 다르다. 확실히 노인의 눈꼬리가 한결 부드러워진 걸 느낄 수 있다. 뒤틀린 얼굴로 내게 미소 지어 보이는 것 같다. 옆에서 식사 시중을 들던 최 실장도 날 보며 빙그레 웃었다.

"야, 이거 보통 일이 아닌데. 오늘 무슨 날이에요? 이거 형이랑 나이가 같은 빈티지 와인이라고 아버지가 엄청 아끼시는 건데."

수현이 나를 쳐다보며 재촉했다.

"어머, 그렇게 귀한 거예요? 오늘 오후에 아버님 말동무해 드리며 점수 좀 따서 주시는 건가 봐요."

나는 노인을 한번 돌아보고 수현에게 어깨를 으쓱해 보였다.

"어라? 진짜? 고작 그런 걸로 잘해 주시는 거예요, 아버지? 저한테는 턱도 없으시면서!"

수현이 장난스럽게 칭얼댔다. 하지만 노인은 아들 쪽은 쳐다보지 않았다. 그저 힘겹게 유동식을 받아먹는 사이사이 고개를 들어 나를 바라볼 뿐이었다. 이제는 그 눈과 마주쳐도 불편하거나 두렵지 않았다. 다만 그 눈에 담긴 복잡한 감정을 어떻게 읽어 내야 할지 모를 뿐.

넘실거리는 와인 잔을 들어 허공에서 건배하는 중에도 잔 너머로 노인은 줄곧 나를 바라보고 있었다.

"이제 아버지랑 많이 편해지셨나 보네요. 보기가 좋아요, 형수님."

식사를 마치고 정원으로 나와 함께 산책을 하며 수현이 말했다.

"제가 더 노력해야죠. 그동안 집에 적응하랴, 승준이 보랴, 이런저런 핑계로 아버님께는 많이 소홀했던 것 같아서 반성 중이에요."

"음, 그래도 뭐 너무 무리하실 필요는 없어요."

"아니에요. 병실도 자주 들여다보고, 말동무도 되어 드리고 해야겠어요."

"글쎄요, 어떨지 모르겠네요……."

수현이 난처한 듯 뒷머리를 만지며 웃었다. 수영장과 정원을 비추는 여섯 개의 높다란 조명이 섬세한 얼굴과 갸름한 눈매를 황금빛으로 물들이고 있었다.

"어머, 왜요? 그런 거 별로 안 좋아하시나?"

"음, 아버지는 아마 그런 걸 '동정'이라고 받아들이실지도 몰라요. 오늘은 형수님이 제법 노력하는 모습을 보여 주셔서 포상해 주신 거겠지만요."

"그럴까요?"

수현이 고개를 끄덕였다.

"저렇게 되기 전에 아버지는 진짜 불같은 분이셔서요. 형네 어머니 빼고는 다들 겁냈거든요. 그분한테야 꼼짝도 못 하셨죠."

"두 분 금슬이 좋으셨나 봐요."

"아아, 그런 게 아니고요."

수현이 피식 웃었다.

"지금 저희가 누리는 이 모든 게 형네 어머니한테서 나온 거니까요. 뭐, 거기다 제 존재도 딱히 떳떳하지 않으셨을 테고요."

"이 모든 게…… 뭐라고요?"

"아버지는 맨몸으로 자수성가한 분이에요. 시골 깡촌에서 일하시다가 부품 공장 하나 인수하시면서 그렇게 출발하셨대요. 사업이 잘돼서 꽤 성공은 하셨지만 엄청난 부잣집 딸이었던 형네 어머니를 못 만나셨더라면 그냥 거기서 그쳤겠죠."

"그럼 결국……."

"네, 건물이며 땅이며, 전부 다 형네 어머니가 물려받으신 재산에서 출발한 거래요. 외동딸이셨으니까요. 그걸 더 크게 불린 거야 아버지 공이지만요. 그러니 아마 자격지심 같은 게 조금 있으실 거예요. 저렇게 몸이 무너지고 나서는 그런 게 더 심해지셨어요."

"……그렇군요."

나는 고개를 끄덕였다. 괜히 나서지 말고 그냥 가만히 있는 게 더 나았으려나.

"이제 무거운 이야기는 집어치우죠. 오늘 병원은 어떠셨어요?"

수현의 환한 미소에 나도 마주 웃어 주었다. 내 이야기를 주의 깊게 들어 주는 사려 깊은 눈빛을 마주하자 낮에 느꼈던 괜한 불안감도, 공포도, 두려움도 모두 사라져 버렸다.

검푸른 구름이 낀 어둑한 하늘, 아직은 조금 서늘하지만 부드러운 밤바람, 살짝 흔들리는 수영장의 물살, 풀벌레 소리, 향긋한 봄 내음, 시아버지가 나를 위해 특별히 주문해 준 특식과 와인, 그리고 내게만 집중하는 얼굴. 갑자기 모든 게 더없이 행복하게 느껴졌다.

"아아! 이번 주는 이제 출근 끝이에요. 하여간 틀에 박힌 생활은 영 안 맞는다니까. 어디 가고 싶은 데 있으면 말씀만 하세요. 모셔다드릴게요."

둘이 나란히 계단을 오르며 수현이 다정하게 말했다. 저녁 식사를 한 뒤 정원을 산책하며 이런저런 이야기를 나누고, 함께 2층 계단을 올라 내 방 앞까지 데려다주는 것이 어느덧 하루 일과로 자리 잡았다. 말 잘 듣는 반려견처럼 사랑스러운 시동생의 매너 있는 친절에 기대어 하루를 마감하는 데 익숙해져 버린 것이다.

"정말? 고민 좀 해 봐야겠네."

"네, 생각해 보시고 알려 주세요. 그리고 우량아한테 깔리지 않게 조심해서 주무시고요."

수현의 농담에 킥킥대며 손을 흔들어 보이고 방문을 닫았다.

스탠드 불만 켜진 어둑한 방 안 침대 위에 쌔근쌔근 잠들어 있는 아기가 보였다. 포동포동한 뺨을 살짝 손끝으로 쓸어 준 뒤 흐뭇하게 미소 지으며 옷을 벗기 시작했을 때였다. 갑자기 드르륵 하는 진동 소리와 함께 방 안이 확 밝아졌다. 바지를 벗다가 놀라서 허둥대는 바람에 넘어질 뻔했다. 간신히 중심을 잡고 보니 침대 옆 탁자 위에 올려 둔 핸드폰이 어둠 속에서 환하게 빛나고 있었다.

액정에는 무심한 세 글자가 떠올라 있었다.

〉잘 지내?

25

문을 열고 귀를 기울였다.

달그락거리는 소리를 들으니 아침 식사를 준비하는 모양이다.

아직 7시도 안 됐는데, 지금 내려가면 의심받을지도 몰라. 괜히 안 하던 짓을 하는 건 너무 위험하다. 밤새 한숨도 못 잔 탓에 이 방에 10년은 갇혀 있었던 것처럼 느껴지지만 절대 서두르면 안 된다. 자연스럽게 보일 때까지 기다려야 한다.

〉잘 지내?

세 글자를 확인하는 순간 시간이 멈추는 것 같았다. 혈관에 도는 피까지 전부 그대로 얼어붙는 느낌이었다. 멍하니 폰 화면만 쳐다보고 있다가 갑자기 주문이 풀린 것처럼 벌떡 일어나 제일 먼저 방문부터 잠갔다. 창문 걸쇠도 몽땅 걸어 잠그고, 샤워 커튼 뒤와 옷장 안, 침대 밑까지 전부 살폈다. 방과 욕실의 불을 환히 켜 두고 침대에 웅크리고 앉아서 밤을 꼬박 새웠다. 그 난리통에도 쌔근쌔근 잠든 아기의 존재가 그나마 위로가 되지 않았다면 그대로 창문에서 뛰어내렸을지 모른다.

어디든 숨고 싶었으니까. 도망가고 싶었으니까. 정말 죽을 만큼 무서웠으니까.

핸드폰은 건드리지도 못했다. 멀찍이 던져 두고 손톱을 물어뜯으며 계속 노려보기만 했다.

'잘 지내?'

딱 세 글자뿐이었다. 밤새 다른 문자는 없었다.

발신자는 주영시의 지역 번호가 포함된 낯선 번호였다. 잘못 보낸 메시지일 수도 있다. 아니면 흔한 보이스 피싱일지도 모른다. 저 번호로 다시 걸면 돈이 차감되는 그런 하찮은 사기 말이다. 하지만 그렇게 속 편하게 넘겨 버릴 수는 없었다. 담장 너머 저 밖에 내 안부를 궁금해할 인간들이 있다는 걸 뻔히 알면서 편하게 누워 있을 수는 없는 일이었다.

제일 먼저 떠오른 생각은 동이 트자마자 택시를 부르자는 것이었다. 하지만 잠든 애를 놔두고, 사용인들이 출근하기도 전에 생전 안 하던 짓을 한다? 그러면 냅다 달아나는 것밖에 더 되겠어? 어떻게 여기까지 왔는데, 아무 근거도 없는 억측 때문에 섣불리 행동했다가 그동안 쌓아 올린 것들을 전부 무너뜨린다고?

그래서 그 계획은 곧바로 폐기해 버렸다. 기왕 해내려면 최대한 자연스러워야 한다.

옷을 잘 갖춰 입고 적당한 시간에 내려가서 '오늘은 쇼핑을 좀 해야겠다'고 하는 거다. 시내에 나가서 아기 용품도 좀 사고, 머리도 좀 해야겠다고. 그러니 애 좀 봐 달라고. 여기에 갇혀 있는 몸도 아니니 느긋하게 혼자만의 시간을 좀 가질 수도 있는 거잖아.

깨서 칭얼대기 시작하는 애를 안고 최대한 버티다가 아래층으로 내려갔다. 이제 막 식탁을 차리던 희선은 아침부터 외출복을 입고 나타난 걸 보고 놀란 모양이었다.

"일찍 일어나셨네요?"

"아, 좀 바쁜 하루가 될 것 같아서. 머리도 하고, 쇼핑도 좀 하려고요."

"잘됐네요! 안 그래도 오늘 일정 어떻게 되시나 여쭤보려고 했는데!"

얼른 다가온 수원댁의 손에 애를 넘겨주는데 뒤에서 수현의 밝은 목소리가 들려와서 화들짝 놀랐다.

"굿 모닝입니다, 형수님!"

언제나처럼 기운찬 목소리, 명랑한 표정. 방금 샤워를 마쳤는지 머리가 촉촉하게 젖어 있었다. 얘를 보면 '생기'라는 게 뭔지 확실하게 느낄 수 있다.

"수현 씨도 일찍 일어났네요?"

"네, 오랜만에 운동 좀 했거든요."

그가 젖은 머리를 쓸어 올리며 웃다가 날 보더니 이마를 찌푸렸다.

"어? 안색이 왜 이렇게 안 좋으세요?"

"아아."

나는 괜히 웃어 보이며 시선을 피했다.

"간밤에 잠을 좀 설쳤거든요, 승준이가 칭얼대서."

"어이쿠, 저런!"

수현의 표정이 심각해졌다.

"그런 일…… 자주 있으세요?"

"그런 일?"

"잠 설치는 일이요. 승준이든 뭐든 여러 가지 이유로."

"아, 심각할 정도는 아니에요. 그냥 아주 가끔, 어쩌다가 한두 번?"

"그럼 다행이지만요. 사실 그럴 때는 약의 도움을 받는 것도 괜찮겠다 싶어서 추천해 드리려고요."

"약이라고요? 수면제 같은 거?"

"네, 뭐 수면제라기보다 그냥 진정제 같은 거예요. 신경이 곤두서고 예민할 때 먹으면 마음도 가라앉고 잠도 곧잘 오거든요.

몸에 해롭지도 않고."

"처방 같은 거 받아야 하는 건 아니고요?"

"어휴, 그렇게 심각한 약은 아니고요."

수현이 피식 웃었다.

"집안에 워낙 예민한 사람들이 많다 보니 저희는 아예 집에 상비하고 있어요. 전에 친자 확인 도와주셨던 그 권 박사님 덕분에요. 형네 어머님 때부터 이런저런 상담도 하고 처방도 해 주시거든요. 형 상태가 안 좋을 때도 봐 주셨고요. 아버지도 쓰러지고 나서 기분이 예전 같지 않으시니 자주 드세요. 아! 혹시 모르니 몇 알 드릴게요. 갖고 계시다가 불안하고 힘든 날은 버티지 말고 드셔 보세요."

"내가…… 불안해 보여요?"

아닌 척한다고 그렇게 애썼는데도 티가 난 걸까?

"에이, 그냥…… 넘겨짚어 본 거예요."

수현이 괜히 웃으며 손을 흔들었다.

"저희 집이…… 썩 편한 곳은 아니잖아요. 흔한 시집살이 같은 거야 없지만 마냥 쉬운 자리 아니라는 거 알아요. 저라도 편하게 해 드리려고 애는 쓰는데 그래도 여러모로 걱정 많으실 거예요. 형 문제도 그렇고. 지금쯤 어디 있는지, 다시 돌아오긴 할 건지 확실한 건 아무것도 없잖아요. 정말 실종 신고라도 내야 할까 생각될 정도라니까요. 그러니까……."

"아니에요. 충분해요, 전부!"

다급한 나머지 소리가 너무 컸나 보다. 지나가던 희선이 움찔하며 우리를 쳐다봤다.

"아니, 그러니까…… 내 말은…… 이미 너무 과분하게 도움받고 있는데요, 뭐."

나는 수현의 팔을 잡고 식당으로 끌고 가다시피 데려가며 웃어 보였다.

"불안해서 그런 거 아니에요. 그냥…… 어린애랑 같이 자는 잠자리가 다 그렇죠, 뭐. 그래도 그 약은 한번 줘 보세요. 오늘 밤에 먹어 봐야겠네요. 하룻밤만 푹 자고 나도 괜찮을 거예요. 오늘은 모처럼 일찍 깬 김에 아침 먹고 슬슬 쇼핑이나 가 볼까 하고……."

횡설수설하는 소리를 심각하게 듣고 있던 수현의 얼굴이 마지막 말을 듣고 환해졌다.

"저도 같이 갈까요?"

"아니, 아니에요! 그럴 거 없어요. 그냥 혼자서 택시 타고 가면 되는데."

"택시는 무슨……. 그럼 차 가지고 가세요."

"네? 차요? 여기…… 차?"

멍하니 쳐다보니 장난기를 가득 담은 눈이 반짝반짝 빛나고 있다.

"네, 하나 골라서 끌고 나가세요. 안 그래도 잘됐네. 미션 때문에 여쭤보려고 했는데."

"미션?"

"아, 아버지가요. 형수님께 선물을 하고 싶으신가 봐요. 아니, 어제 도대체 무슨 일이 있으셨던 거예요? 생전 저한테도 안 하시는 선물을 주시겠다니."

"아니, 난……."

무슨 말을 해야 할지 몰라 우물거렸다.

"형수님 차 한 대 뽑아 주라고 하셨대요. 최 실장님 통해서 전달받았어요."

수현이 싱글거렸다.

"차?"

머릿속이 아득해졌다. 그런 걸 '선물'로 주고받는 사람들도 있다더니.

결국 잘한 일이었다. 노인의 바지를 적시던 얼룩, 마주쳤던 눈길, 순간의 판단이 이렇게 돌아온 것이다. 하지만 지금은 다른 일이 먼저다. 그런 작은 승리에 취해 있을 때가 아니다. 아직은 안 된다.

"특별히 좋아하는 차 있으세요? 면허는요?"

"면허는 있지만…… 차가 없었어요. 자주 몰아 보지도 못했는데……."

우리도 잠깐 싸구려 중고차를 가져 본 적이 있었지만, 잦은 고장 때문에 얼마 못 가 폐차해야만 했다. 그밖에는 가끔 일하던 고깃집에서 다 같이 야유회 같은 걸 갈 때 가게 차를 잠깐 몰아 본 적이 있을 뿐이다.

"면허 있으시니 됐네요! 이제부터 자주 몰아 보시면 되죠, 뭐."

"그래도 그렇게 큰 걸 덥석 받기는……. 집에 안 그래도 차 많잖아요. 저는 그냥……."

"에이, 주실 때 받아 두세요. 그게 남는 거예요. 아버지 절대 이런 분 아니거든요."

"이런 분?"

"뭐든 공짜로 해 주는 게 없는 분이라고요. 받을 만한 자격이 되시니까 그런 거예요. 그러니 뭐든 골라 보세요."

차. 내가 몰 수 있는, 나만의 자동차라…….

"저어, 그건 얼마나 걸릴까요? 차 나오려면."

"음, 어떤 걸 선택하시느냐에 따라 다르겠지만 여기저기 아는 연줄 최대한 동원해서 한두 달 정도 만에 어떻게 해결해 보려고요."

"한두 달……."

그건 절대 무리다. 그렇게 오래 기다릴 수는 없다. 그동안 내 피가 다 말라 버릴지 모른다. 그러니 이건 절대로 미룰 수 없다. 당장 오늘이어야만 한다.

"저, 그러면 천천히 한번 생각해 볼게요."

"차고에 있는 것들부터 하나씩 몰아 보시면서 손에 한번 익혀 보세요. 그중에서 고르셔도 좋고, 다른 거 보셔도 좋고요."

수현의 눈이 반짝 빛났다.

"그래서 아까 쇼핑 같이 가시자고 한 거예요. 오늘 하나 골라서 테스트 드라이브 삼아 몰아 보세요. 제가 같이 가 드릴게요. 어떠세요?"

"아, 정말…… 괜찮아요. 혼자서 한번 해 볼게요. 자꾸 수현 씨한테 의지하지만 말고 나도 혼자서 이것저것 해 봐야죠. 그동안은 너무 도움만 받아서……."

"에이, 형수님 도와드린다는 핑계로 나들이나 가 볼까 했는데 들켰나 보네요. 하하. 자립의 의지를 존중해 드리죠. 그럼 저는 차고에 가서 열쇠 찾으시는 것만 도와드릴게요."

개구쟁이 소년처럼 다정하게 미소 짓는 그 말간 얼굴 덕분에 차갑게 굳어 버렸던 피가 다시 온몸을 돌기 시작했다. 밤새 혼자 공포에 떨었던 그 시간을 잊게 해 주는 햇살 같은 따스함. 저거면 충분할 것 같다. 뭐든 다 할 수 있을 것 같다.

그래서 나는 염소처럼 떨리는 목소리에 힘을 주고, 물어뜯어서 너덜거리는 손톱은 등 뒤로 감춰 버렸다. 피하지 말자고 생각했다.

걸림돌을 하나씩 넘으면서 여기까지 왔으니, 이번 장애물도 가뿐히 넘을 수 있을지 몰라. 그래, 어떻게 여기까지 왔는데.

"어디로 갈지는 생각해 두신 거죠? 길 괜찮으시겠어요?"

"걱정 마세요, 내비 있잖아요."

나는 걱정스러운 얼굴의 수현에게 미소 지었다.

"꼭 가 보고 싶은 데가 있어서요."

26

비싸고 좋은 차는 소리도 없이 조용하고 매끄럽게 움직였지만 승차감을 즐길 여유 따위는 없었다. 낯선 길을 달리는 동안 핸들을 잡은 손이 부들부들 떨렸고 심장이 두근거렸다. 이대로 계속 가는 게 좋을지 고민해 봐도 답은 나오지 않았다. 어차피 이미 늦었다. 그저 앞으로 나아갈 수밖에. 지금까지 그랬던 것처럼 말이다.

30분쯤 달려가자 눈앞에 익숙한 풍경이 나타났다. 기차역 뒤로 흘러가는 하천과 그걸 따라 쭉 뻗어 있는 도로들, 크고 작은 건물들. 심장이 쿵쾅거렸다. 그대로 핸들을 꺾어서 기차역 앞을 지나갔다. 어두컴컴하던 그 새벽에 미친 사람처럼 허둥지둥 저 계단을 올라가던 기억이 생생하다.

몇 개의 버스 정류장을 지나 좀 더 안쪽으로 들어가니 임대 아파트와 상가, 허름한 빌라들이 모여 있는 주택가가 보였다. 평소 이런 차를 구경할 일이 드문 동네다. 아니나 다를까, 큰길가 편의점 앞에 차를 세우고 내리는데 거기서 막 나오던 젊은 남자들의 눈이 휘둥그레졌다.

떨리는 손마디를 주무르며 그들이 지나가기를 기다렸다가 편의점 뒤 골목으로 들어갔다. 모든 게 그대로였다. 이런 곳에서는 삶이 고인 물처럼 별다른 변화 없이 꾸역꾸역 이어진다. 한 달 사이 몰라보게 변한 건 나뿐이다. 머리부터 발끝까지 명품을 휘감은 채 근사한 외제 차를 타고 금의환향한 나. 여기 남겨 둔 추한 흔적을 들춰 보러 돌아온 나.

마음은 급했지만 일부러 골목 몇 개를 이리저리 돌아갔다. 가장 하기 싫은 숙제를 미루고 또 미루다가 마지막에서야 급하게 해치우는 초등학생처럼 그렇게 골목을 돌고 또 돌았다. 두근거리던 심장이 조금은 잠잠해질 때까지.

덕분에 눈에 익은 골목길, 너무 잘 아는 그 문 앞에 딱 섰을 때는 막상 담담할 수 있었다. 계단을 내려가서 문을 열었을 때, 눈앞에 어떤 광경이 펼쳐진다 해도 감당할 수 있을 것 같았다.

어쩌면, 아마도.

27

건물 앞에 서서 위를 올려다보니 귀퉁이가 조금 깨진 유리창까지 변한 것 없이 그대로였다.

위층에는 아직 아무도 살지 않는 게 분명했다. 골목 어귀에 쓰레기봉투가 쌓여 있고, 더러운 오물들이 바닥에 흥건한 것마저 변함이 없었다. 그러니까 한 달 사이에 아무 일도 없었다는 말이다.

문을 열고 계단 입구에 한동안 멈춰 서 있었다. 이런 일은 항상 냄새 때문에 밝혀지고 만다. 4월에도 난방 기구가 필요할 만큼 서늘한 곳이지만 이제 서서히 더워지는 봄 날씨를 당해 내긴 힘들 것이다.

나는 고깃집에서 일하는 동안 숱하게 맡아 봤던 그 냄새, 달콤하고 역겨운 죽음의 냄새가 나는지 살펴봤다. 오감을 활짝 열고 주의를 기울여 봤다. 눅눅하고 퀴퀴한 냄새가 났지만 여긴 원래 온갖 종류의 악취가 다 모여드는 곳이니까. 특별히 뭔가 다른 냄새는 느낄 수 없었다.

결국 조심스럽게 계단을 내려가기 시작했다. 내가 그때 문을 잠그고 나왔던가? 아니, 그럴 정신이 없었지. 그러니까 저 손잡이를 그냥 돌리기만 하면…….

"형……수님?"

"헉!"

갑작스러운 소리에 놀라 문 앞에서 펄쩍 뛰며 뒤로 물러났다. 용수철처럼 튀어 오르다가 낮은 천장에 부딪힌 머리가 아파서 눈물이 고였다.

"수, 수현 씨? 여기서 뭐 하는 거예요?"

"형수님이야말로 여기서 뭐 하세요?"

수현이 걱정스러운 표정으로 한 걸음씩 조심스럽게 계단을 내려왔다. 뽀얗고 갸름한 얼굴, 깔끔하고 세련된 차림새가 음산한 건물과 전혀 어울리지 않았다.

"아무래도 손에 익지 않은 차로 고생하실 것 같아서 좀 지켜보다 갈까 하고 따라 나왔는데…… 무려 고속 도로를 타시잖아요! 돌아갈 타이밍을 못 찾아서 계속 졸졸 따라오다 보니 여기까지 와 버렸네요. 죄송해요. 그런데 여긴 도대체 어디예요? 이렇게 멀리까지 무슨 일이세요?"

"아니, 난 그냥……."

운전하다가 길을 잃었다고 할까? 그냥 아는 친구 집이라고 둘러댈까?

이 문을 열면 눈앞에 펼쳐질 광경을 얘가 감당할 수 있을까? 자기 형이 피떡이 된 채 나자빠져 썩어 가고 있는 광경 말이다. 나는 모르는 일이라고, 강도가 들어왔나 보다고, 얼른 신고하라고 둘러대면 어때?

먼저 들어가라고 앞장서게 한 다음 뒤에서 머리를 재빨리 후려치는 건?

그런 일은 한 번이 어렵지, 두 번이야…….

"……여기군요."

수백 가지 경우의 수를 더듬는 동안 수현은 계단을 다 내려와서 내 옆에 섰다.

"형이랑 사시던 곳 말이에요. 맞죠?"

"그냥…… 한번 와 보고 싶었어요. 혹시라도……."

"혹시라도 뭐요? 형이 돌아왔을까 봐?"

"그런 거 아니에요."

"아니면 뭐, 두고 온 거라도 있으세요?"

"아니야. 그냥…… 내가 잘못 생각했나 봐요. 우리 그냥 돌아가요. 그리고 생각해 보니까 내가 열쇠를 안 가져온 거 같아."

"열려 있는데요?"

수현이 손잡이를 잡더니 거침없이 돌려 버렸다.

문은 너무 쉽게 휙 열렸다. 그는 말릴 새도 없이 척척 들어가 버렸다. 나는 계단 쪽으로 몸을 반쯤 돌리고 마른침을 삼키며 기다렸다. 비명이 들리면 곧바로 달아날 작정이었다.

하지만 아무 소리도 들려오지 않았다. 그저 조용하기만 했다. 뭐지? 충격을 받고 쓰러지기라도 했나?

문을 홱 잡아채서 열었다. 눈앞에 우뚝 서 있는 수현의 등이 보였다. 나도 그대로 신발을 신은 채 황급히 안으로 들어섰다. 어쨌든 여기까지 와 버렸다. 이제 감추는 건 무의미하다. 그러니까 다 털어놓고 그냥…….

하지만 수현의 옆에 서서 바라본 바닥에는 아무것도 없었다. 아무것도.

말끔하게 치워진 낡은 리놀륨 바닥에 늘 굴러다니던 먼지 덩어리조차 보이지 않았다.

이게…… 어떻게 된 거지?

갑자기 아득해졌다. 내 머리가 맛이 가 버려서 눈이 지금 장난을 치나? 마지막으로 여기서 봤던 건 끈적한 피 웅덩이에 머리를 대고 쓰러진 사람의 모습이었다. 하지만 지금은 핏자국조차 없다.

얼른 거실을 지나 하나뿐인 방부터 비좁은 화장실과 다용도실까지 왔다 갔다 하며 전부 뒤져 보았다.

없다! 아무것도 없다! 오랫동안 비어 있던 집답게 공허한 먼지 냄새 같은 것이 감돌고 있었지만 핏자국 하나, 발자국 하나 보이지 않는다.

재빨리 방으로 들어가 벽장까지 열어젖혔다. 안은 텅 비어 있었다. 초라하고 낡은 이불과 몇 점 안 되는 옷가지도 모두 싹 사라졌다. 가재도구들은 그대로 찬장에 남아 있었지만 설거지통이며 다용도실, 욕실도 모두 깨끗했다. 먹던 컵과 더러운 접시가 여기저기 널려 있던 풍경이 눈에 선한데 지금은 모든 게 싹 사라져 버린 것이다.

장난이 아니다. 그날 이후로 누군가 여기를 깔끔하게 청소하고 정리했다. 시체가 있었다면 시체마저 확실하게. 모든 흔적을 말끔히 지워 버린 것이다. 그게 아니라면 답은 하나뿐이다. 시체가 될 뻔했던 누군가가 일어나서 정신을 차리고 자기 손으로 말끔하게 현장을 정리하고 떠났다는 것.

비틀비틀 걸어 나와 보니 수현은 여전히 그 자리에 우뚝 서 있었다. 단단히 충격받은 모양이었다. 꼼짝 않고 서서 곰팡이가 낀 더럽고 초라한 싱크대를 바라보고 있었다.

"여기서…… 사셨다고요?"

딱 그 자리였다. 내가 휘두른 프라이팬에 머리를 맞은 그가 비틀거리며 잠깐 기대섰던 곳. 그러다가 중심을 잃고 주르륵 미끄러지며 모서리에 머리를 부딪치고 쓰러진 곳. 지금은 흔적도 없이 깨끗했다.

"이렇게 좁은 곳에서?"

나는 간신히 고개를 끄덕였다. 머릿속이 텅 비어 버려서 아무 생각도 나지 않았다.

"여긴…… 사람 사는 곳 같지가 않네요."

"생각만큼 그렇게 나쁘진 않았어요."

"하지만 아기까지 셋이서……."

"다들 이러고 살아요."

'평범한 사람들은요'라는 말을 속으로 삼키며 대답했다. 지금은 곱게 자란 철모르는 부잣집 도련님에게 삶을 가르쳐 줄 만한 여유가 없다.

도대체 어떻게 된 거지? 내가 떠나고 난 뒤 여기서 무슨 일이 있었던 거야? 피 흘리며 축 늘어진 남자를, 180cm가 넘는 건장한 체구의 남자를 누군가 나 대신 낑낑대며 옮기고 나서 현장을 말끔히 치워 줬다고? 그럴 리가.

그 남자가 죽지 않고 살아남았다는 게 더 이치에 맞는 소리다. 그 한 방이 결국 목숨을 끊어 놓기엔 부족했던 거다. 아마 피를 흘리며 잠시 기절해 있다가 제정신을 차리고 일어났겠지. 그리고 자기 머리에서 흘러내린 핏자국을 직접 닦아 내고, 둘이 함께 살던 흔적들을 싹 정리한 다음 여길 뜬 것이다.

도대체 왜?

나는 수현이 멍하니 서서 비좁은 거실을 둘러보는 사이 한 걸음 물러나서 사방을 둘러봤다. 어딘가에 그가 남긴 흔적이라도 있을까 봐, 아주 작은 단서라도 있을까 봐 여기저기 훑어봤다.

피 흘리며 정신을 잃고 쓰러졌다가 구사일생으로 겨우 깨어났다고 치자. 그럼 도대체 왜 모든 물건을 정리하고 청소까지 싹 한 걸까? 날 도와주려고? 천만의 말씀. 오히려 자기 손으로 나를 직접 처리하기 위해서였을 것이다. 경찰에 신고하는 쉬운 방법 대신, 직접 나서기 위해. 감히 자신에게 도전한 골칫거리를 찾아내서 복수하기 위해. 말 그대로 '잡히면 가만두지 않기' 위해.

'잘 지내?'

너무 많은 이야기를 담고 있는 말이었다.

그는 모든 걸 다 알고 있었다. 전부 다 지켜보고 있었던 것이다.

그러니까 나는 영원히 그의 손에서 빠져나갈 수 없다. 그 사람은 언제든 날 찾아올 것이다. 아래를 내려다보니 두 손이 덜덜 떨리고 있었다. 숨을 쉴 수가 없었다. 갑자기 이 좁은 공간의 벽이 사방에서 점점 다가오는 것처럼 느껴졌다.

“뭐 더 찾을 거라도 있으세요? 보아하니 여긴 남은 게 없는 것 같은데.”

그때 수현이 뒤돌아섰다. 잔뜩 이마를 찌푸린 모습이 낯설게 보였다.

“아뇨, 없어요. 그냥 난…….”

“그럼 나가죠.”

갑자기 그가 거칠게 손목을 잡았다. 그쪽 손도 나만큼 싸늘하긴 마찬가지였다.

“네?”

“여기서 나가자고요.”

수현이 나를 똑바로 쳐다봤다. 한 번도 본 적 없는 눈빛이었다.

“보아하니 여기에 뭐가 더 남아 있는 것 같지도 않네요. 싹 치우고 떠난 것 같은데요? 혹시 찾고 싶은 게 있더라도 그냥 다 잊어버리세요.”

“수현 씨.”

“여기서 형이랑 어떻게 사셨는지 몰라도 이제 여긴 형수님 집 아니에요. 뭐가 됐든 여기 다 내버려 두고 이제 우리 집으로 돌아가시죠."

여태 본 중 가장 단호한 표정이었다.

"옷이든, 소품이든, 뭐 아쉬운 게 있다면 전부 새로 사 드릴 테니까 이제 여긴 잊으세요. 형도 이제는……."

그는 한동안 말을 잇지 못하고 가만히 서 있었다. 이를 악물었는지 턱의 근육이 불끈거리는 게 보였다. 내 손목을 잡은 손에도 잔뜩 힘이 들어가서 아플 정도였다.

"네! 이제는 형도 다시 돌아오지 않을 것 같네요."

이런 초라한 곳에서도 사람이 살 수 있다는 사실에, 무려 형이 여기서 지냈다는 사실에 어지간히 충격받은 모양이었다. 그가 노려보고 있던 개수대 한쪽에 우글우글 죽어 있는 바퀴벌레들이 보였다.

어둑한 집 안에서 환한 바깥으로 나오자 눈이 부셨다. 끔찍한 악몽 속을 헤매다 눈을 뜬 느낌이었다. 꿈에서 깬 거라고 안심했지만, 결국 또 다른 꿈속이란 걸 알아차렸을 때와 같은 기분.

그 인간은 날 가만두지 않을 것이다. 절대로 용서하지 않을 것이다. 감히 자신을 죽이려 한 것도, 기껏 도망쳐 들어간 곳이 자기 본가라는 사실도, 내가 자기 애를 데리고 있다는 사실도.

수현에게 몽유병자처럼 손목을 잡힌 채 휘적거리며 골목을 돌아나오는 동안 우리는 각자 생각에 잠겨 한마디도 하지 않았다. 그동안 내내 그는 내 손목을 꽉 잡고 있었다. 구명줄처럼 든든했다.

이 손에 잡혀 있는 동안은 누구도 날 해칠 수 없을 것만 같았다. 그러니 단단히 잡아야 한다. 절대 놓치면 안 된다. 앞으로 무슨 일이 벌어질지 알 수 없으니까.

28

눈을 번쩍 떴다.

사방이 캄캄하고 조용했다. 한동안 어리둥절한 채 누워 있었다. 여기가 어디인지, 내가 왜 깼는지 생각나지 않았기 때문이다. 옆에서 쌔근거리는 아기 숨소리를 듣고서야 겨우 정신을 차리고 손을 뻗어 협탁 위의 스탠드를 켰다. 어두운 방 안에 황금빛 불빛이 퍼져 나갔다.

투두둑.

그때 그 소리를 들었다. 뭔가를 두드리는 소리? 누군가 발을 구르는 소리? 이게 뭐지? 숨을 멈추고 귀를 기울였다. 한동안 주변은 잠잠했다. 설마…….

투둑투둑.

조심스럽게 옆으로 돌아누웠을 때 다시 그 소리가 들려왔다.

이번에는 불에 덴 것처럼 벌떡 일어났다. 심장이 쿵쿵쿵쿵 요

동쳤다.

뭐지? 뭐야?

침대 바로 맞은편 창가, 천장에서 바닥까지 드리워진 긴 커튼이 슬쩍 흔들리는 게 보였다. 새삼 길고 풍성해 보였다. 마음만 먹는다면 성인 남자 하나쯤 거뜬히 숨어 들어가도 절대 알 수 없을 것이다.

투두두둑.

그 소리가 다시 들려왔다. 조심스럽게 침대에서 내려섰다. 조용히 옆으로 손을 뻗어서 문을 열고 뛰어나가면 돼. 복도 저편에 수현이 자고 있잖아. 가서 문 두드리고 도와 달라고 해. 지켜 줄 거야. 도와줄 거야. 보호해 줄 거야! 내 손을 놓지 않을 거야!

문손잡이를 잡는 순간, 아기가 잠결에 두 발을 쭉 뻗었다가 움찔하며 다시 오므리는 게 보였다. 죽을 만큼 무섭지만 혼자 갈 수는 없다. 애를 이대로 놔두고 도망칠 수는 없다. 그래서 마음을 바꿨다. 침대 옆 협탁 위에 있는 물컵을 집어 들었다. 한 번이 어렵지, 두 번은 쉬워.

그걸 들고 한 발, 한 발 앞으로 걸어갔다.

투두둑. 투둑투둑.

커튼 앞으로 다가갔다. 왼손으로 커튼 자락을 잡고, 오른손으로 유리컵을 단단히 잡았다. 마음속으로 셋까지 센 후 커튼을 확 걷어 버렸다.

투두두두둑.

유리창을 때리며 사선으로 점점이 내리는 빗방울이 보였다. 순간 힘이 풀려 비틀거리며 뒤로 물러나다가 그대로 발이 걸려 주저앉아 버렸다. 꼬리뼈를 제대로 찧는 바람에 날카로운 아픔이 몰려와서 숨도 쉴 수 없었다. 그대로 헉헉대며 바닥에 벌렁 누워 버렸다. 방이 빙글빙글 도는 것 같았다. 목이 졸리는 느낌이었다. 사방의 벽이 점점 밀려오는 느낌, 딱 이대로 죽겠다 싶은 느낌.

거기 다녀온 뒤로 매일이 이런 식이었다. 한밤중에 영문도 모르고 갑자기 깨어나면 온몸이 땀에 흠뻑 젖어 있었다. 창문에 비치는 작은 그림자에도 펄쩍 뛰었다. 식당에서 내 어깨 너머로 음식 접시를 내오던 수원댁의 손길에 놀라서 벌떡 일어서는 바람에 음식이 사방에 흩어지기도 했다.

"아니, 왜 이렇게 살이 빠지셨어요? 음식이 입에 안 맞으세요? 뭐 특별히 드시고 싶은 거 있으세요?"

평소 과묵한 수원댁이 한마디 할 정도였다. 눈 밑에는 검은 그림자가 드리워졌고 윤기 흐르던 머리카락은 다시 푸석푸석해졌다. 어쩌다 잠이 들면 반드시 꿈을 꿨다. 언제나 같은 꿈이었다. 누군가를 피해서 미친 듯이 달리는 꿈. 달리고, 달리고, 또 달리다가 고꾸라지면 낭떠러지였다. 끝도 없는 절벽으로 떨어지는 것이다.

차라리 그 집에 썩어 가는 시체가 있었으면 좋았을 텐데. 그러면 적어도 한 가지 문제는 해결된 셈이니까. 무덤에서 나를 쫓아올 수는 없을 테니까.

그런데 이제는 내가 누굴 상대하고 있는 건지 알 수도 없게 되어 버렸다. 저 담장 밖에서 내가 '잘 지내'는지 알고 싶어 하는 사람이 하나인지, 둘인지. 그들이 내게 뭘 바라는지, 어떤 계획을 세우고 있는지도.

그게 날 미치게 만들었다. 그날 이후로 문자 하나, 전화 한 통 없이 잠잠한 날들이 이어지고 있었지만 이게 끝이 아니란 게 너무 분명하기 때문에 돌아 버릴 것 같았다. 분명히 뭐가 더 있을 텐데, 이게 다는 아닐 텐데. 고작 문자나 보내서 조롱하는 게 계획의 전부는 아닐 텐데.

끝도 없이 이어지는 시커먼 터널 속에 서 있는 것 같았다. 뒤로 돌아갈 수도, 앞으로 나아갈 수도 없이 갇혀 있는 기분. 이 고통에 끝이란 게 있을까? 어느 한쪽이 사라져야 끝나는 게임일 텐데 그게 내가 될 확률이 크겠지.

그날 이후로 이 집 구석구석을 샅샅이 살피고 다녔다. 수줍은 객식구로 조용히 눈에 띄지 않게 숨어 다니던 것과는 완전히 다른 태도였다. 몇 개의 문이 있는지, 몇 개의 방이 있는지, 어디로 들어와서 어디로 나갈 수 있는지, 창문은 어디에 몇 개나 있는지 모두 알아야만 했다. 창고로 쓰고 있다는 지하실 문도 슬쩍 열어

보았고, 나와 승준이가 쓰고 있는 침실 바로 옆의 빈방도 들여다봤다. 예전에 수현이 사용했다는 그 방은 이제 텅 비어 있었지만 내 눈에는 조금도 안전해 보이지 않았다. 누가 숨어 있으려고 마음먹으면 얼마든지 가능할 것 같았다. 열쇠를 받아서 창문과 문을 모두 잠가 버렸지만 여전히 안심이 되지가 않았다.

바닥에 대자로 쭉 뻗고 누워서 심호흡을 했다. 천천히 네 번 들이마시고, 일곱까지 세면서 숨을 잠시 참았다가 다시 여덟 번에 걸쳐서 천천히 내쉬면 몸의 긴장이 풀어진다는 호흡법을 어디선가 본 기억이 있다. 바닥에 펼쳐 놓은 손이 여전히 떨리는 걸 느꼈지만 천천히 숨을 내쉬어 보려고 노력했다. 집중하려고 애를 썼다. 그러다가 벌떡 일어났다.

자기 힘만으로는, 노력만으로는 안 되는 일도 있다. 그럴 땐 적절한 도움을 받아야 한다. 나는 욕실로 달려가서 거울이 붙은 벽장을 열었다. 떨리는 손으로 급하게 뒤지는 통에 하찮은 물품들이 세면대에 요란하게 굴러떨어졌다.

간신히 찾은 조그만 약통은 절반쯤 차 있었다. 수현에게 이걸 받을 때만 해도 설마 먹을 일이 있겠냐 싶게 많아 보였는데, 지금 보니 턱없이 모자라 보인다. 한 알을 꺼내서 입에 넣고 수돗물로 넘겼다. 설마, 부족할까? 한 알을 더 삼켰다. 물을 손바닥에 받아 조금 더 마신 뒤 욕실 바닥에 다리를 쭉 뻗고 앉아서 한숨을 돌렸다.

언제까지나 이렇게 살 수는 없어. 이러다가는 미쳐 버릴지도 몰라. 하지만 지금 내게 다른 선택지는 없다. 당장 이 집을 나갈까? 나가서 뭘 하지? 자수를 해? 뭐라고?

폭력 남친에게 시달리다가 때려눕혔지만 고의는 아니었어요. 놀라서 도망치다가 애를 받아서 이 집에 왔어요. 돈에 욕심이 생겨서 애 엄마라고 거짓말을 해 버렸어요. 그런데 저 밖에서 성난 애 엄마와 남친이 손잡고 나를 협박하는 것 같아요?

환하게 웃는 수현의 얼굴이 떠올랐다. 그 해맑은 얼굴과 따뜻한 눈빛 없이 살아갈 수 있을까? 지금껏 내 인생에서 그렇게 단호하게 내 손을 잡고 '우리 집으로 돌아가자'고 말해 준 사람이 있었던가? 그렇게 다정하게, 그렇게 부드럽고 든든하게 곁을 지켜 주는 사람이 있었던가?

약 기운이 도는지 점점 두 다리의 힘이 풀어지기 시작했다.

여태껏 내 삶은 매일이 전쟁이었다. 지금 하는 말이 나중에 어떻게 꼬투리 잡힐지 끊임없이 잔머리를 굴려야 했다. 가게 문을 나설 때마다 그가 멀리서 지켜보다가 쓸데없는 의심을 하는 건 아닐지, 언제 갑자기 돌변해서 주먹이 날아오는 건 아닐지 끊임없이 걱정하며 살아 봤다. 그러니까 이 정도는 아무것도 아니야. 아직은 아무 일도 일어나지 않았잖아. 그러니까 아직 최악의 상황은 아니야.

몸이 옆으로 천천히 기울어졌다. 조금 전까지 뾰족하고 불안하던 세상이 점점 둥글게 변하더니 빙글빙글 돌기 시작했다.

나는 다음 날 아침 수원댁이 깨우러 올 때까지 그대로 욕실 바닥에 누운 채 잠들어 있었다.

29

계단을 내려가니 현관문이 활짝 열려 있었다.

지난 며칠간 그랬던 것처럼 또다시 늦잠을 자 버렸다. 머릿속이 안개가 낀 것처럼 흐릿했다. 무거운 발걸음으로 느릿느릿 걸어서 식당 쪽으로 가려다가 우뚝 서 버렸다. 저건……?

현관 옆 응접실 안 탁자 위에 포장을 벗긴 프라이팬이 놓여 있었다. 사용 설명서와 비닐 포장이 옆에 쌓여 있었다. 피가 얼어붙는 것 같았다. 날렵한 검정 손잡이와 은색으로 빛나는 둥그런 몸체. 분명히 같은 물건이었다. 찌그러지지 않은 새것이라는 점이 다를 뿐.

"희선 씨! 희선 씨이이이!"

미친 듯이 악을 썼다. 찢어지는 금속성의 목소리가 내 귀에도 낯설게 들렸다.

"당장 여기 와! 어서! 여기 와 봐요!"

소리를 지르고 또 질렀다. 주방 안에서는 난리가 났는지 다급한 발소리들이 들렸다.

"네? 무슨 일이세요?"

놀란 희선이 응접실 문 앞에 나타났다. 뒤이어 수원댁, 그리고 최 실장까지 뛰어왔다.

"이거 뭐야? 이거 누가 보냈어? 언제 왔어요?"

"아, 그거 오늘 아침에……."

"오늘 아침? 바, 박스 어딨어?"

숨이 막혀서 더듬거렸다.

"그거 버렸는데요."

"버려? 버렸다고? 누구 맘대로? 누구 맘대로 그런 걸 함부로 버리냐고!"

나는 고래고래 소리 지르며 응접실 밖으로 뛰어나가 두리번거렸다.

"사모님?"

수원댁이 급하게 뒤따라 나왔다. 문간에 멀뚱히 서 있던 최 실장이 입을 떡 벌리고 나를 쳐다봤다.

"박스 어디에 버렸어!"

"골목 앞에 내놨는데 쓰레기 수거 차가 아침에 다녀갔거든요. 저기, 무슨 일인지 알려 주시면……."

"저거 누가 보냈어요? 누가 보냈냐고!"

"지난주에 백화점에 주문 넣었는데 품절이라고 해서 오늘에서야 택배로 받은 건데요. 불량 아니고 제대로 온 거 확인 다 했는데……."

희선이 떨리는 목소리로 말했다.

"쓰던 팬이 오래돼서 하나 주문했거든요. 지금까지 주방용품은 저희가 알아서 주문하고 월말에 보고드리는 것으로 되어 있어서 그렇게 했는데. 먼저 여쭤보질 못해서 죄송합니다."

수원댁이 머리를 조아렸다.

"이 댁에서 소모품들은 저희가 일일이 여쭤보지 않고 알아서 주문한 뒤에 정산하거든요."

최 실장도 옆에서 거들었다.

"앞으로는 반드시 여쭤볼게요. 죄송합니다, 사모님. 따로 말씀을 안 해 주셔서……."

나는 비틀거리면서 응접실로 다시 걸어 들어갔다.

놓여 있는 프라이팬을 집어 들고 살펴봤다. 다르다. 내가 쓰던 싸구려 중국산 제품이 아니었다. 알지도 못하는 고급 수입 브랜드였고, 크기도 훨씬 컸다. 한 손으로 들어 올리기도 힘들 만큼 무거웠다.

다리에 힘이 풀리며 귀에서 윙윙거리는 소리가 났다. 나는 그대로 탁자 앞 소파에 털썩 주저앉았다. 일어나서 방을 나오기 전에 약을 한 알 더 먹어 두는 건데. 그랬으면 이 소란을 일으키지 않고 정신이 멀쩡했을 것이다. 지끈거리는 머리를 짚고 간신히 일어서다 잠깐 휘청거렸다. 요즘은 약 없으면 늘 이 모양이다.

"아, 미안해요, 여사님. 저기…… 인체에 해로운 성분이 나온다는 프라이팬에 관한 뉴스를 봐서…… 깜짝 놀랐어요. 제가 너무…… 호들갑을……."

두 여자가 서로 눈짓을 교환하는 게 보였다.

욕실에 쓰러진 채 잠들지를 않나, 작은 소리에도 깜짝깜짝 놀라지를 않나, 눈 밑은 시커멓게 변하고 살은 빠지고, 여러모로 괴상하게 변한 요즘 내 모습이 분명 이상하다고들 생각할 것이다.

"앞으로는 주문할 제품을 미리 여쭤볼게요. 다시는……."

"아니에요, 아니에요. 제가 건강 문제에 민감해져서 그만……. 지금처럼 그냥 계속 편하게 일해 주시면 돼요."

나는 두 여자가 물러가도록 손짓을 한 뒤, 최 실장에게도 소란을 일으켜서 미안하다고 사과했다.

"아이고, 아닙니다. 가끔 급한 마음에 그렇게 순간적으로 욱할 때가 있더라고요. 가족들 건강 문제인데 당연히 신중하셔야죠."

최 실장이 웃으며 말했다.

"그래도 사모님 혹시 피곤하셔서 못 뵙고 가나 했는데, 내려오셨으니 인사는 드릴 수 있어서 다행이네요."

"네?"

"아, 저, 오늘이 마지막 날이거든요."

"마지막 날……. 어머! 그럼 벌써 2년 다 되신 거예요?"

"아, 저는 사정상 1년 조금 못 채우게 됐네요."

최 실장이 조금 미안한 듯, 난처한 표정을 지었다.

"아니 그래도…… 누구 새로운 분 오신단 말은 못 들었는데. 그러면 그사이 아버님은……."

"아, 뭐, 수원댁 여사님께 바빠도 조금만 신경 써 달라고 부탁은 해 두었는데요, 사모님도 바쁘시겠지만 좀……."

"네, 네, 그럼요."

"제가 다음 일정이 잡혀 버려서…… 새로운 분 오실 때까지 있어 드릴 수가 없어서요. 죄송합니다."

"아니에요. 저기, 그럼, 다음 분은 수현 씨가 구하고 있나요? 구인 공고라든가, 인력 업체라든가."

"글쎄요. 아마 그러시지 않을까요? 저도 그건 잘 모르겠네요. 저는 회장님 다니시는 병원에 있는 물리 치료사랑 아는 사이라 소개받고 왔는데, 뭐 그런 식으로 구하시지 않을까요? 여기 집도 좋고, 보수도 좋은 편이니 금방 구해질 겁니다. 너무 걱정 마세요."

하지만 생각보다 쉬운 일이 아니었다. 최 실장이 나간 뒤 닷새쯤 지나자 모두가 힘들어하기 시작했다.

"병실 청소나 식사 시중은 괜찮은데요, 목욕이나 다른 부분은 제가 도저히……."

수원댁은 몹시 곤란한 표정으로 나와 수현에게 찾아와서 조심스럽게 하소연했다.

"아, 걱정 마세요. 그건 방문 케어 서비스를 이용할 테니까요."

수현이 시원스럽게 대꾸했지만 나는 걱정이 되기 시작했다. 통상 '간병'이라는 건 어쨌든 며느리의 몫이니까. 이만한 돈줄을 쥐고 있는 시댁의 일이라면 내가 해야 하는 게 당연하니까. 그날 이후로 노인과 나 사이에 보이지 않는 유대가 생긴 것도 사실이라 딱히 불만이 있는 건 아니었다. 내게는 제법 예쁘고 근사한 외제 차가 생겼고, '감사합니다, 아버님!'이라고 인사하러 들어갔을 때 노인은 찌그러진 입으로 비틀린 미소를 지었다. 아침에 일어나 아이를 데리고 병실로 문안 인사를 하러 가면 앙상한 손가락으로 애를 가리켜 보이기도 했다.

하지만 언제까지고 이렇게 살 수는 없다. 약을 먹고 간신히 잠드는 저녁이면 시간 맞춰 제때 일어나기가 몹시 힘들었고, 가끔은 한낮까지 멍하게 있을 때가 많았다. 약을 먹지 않으면 신경이 곤두서서 내내 짜증이 났다. 아직 노인 앞에서 실수한 적은 없지만, 프라이팬 사건처럼 이성을 잃고 흥분하지 말란 법도 없다.

"글쎄요, 요즘 인력난이라서인지 쉽게 사람이 구해지지 않네요. 조금만 기다려 주세요."

여자 셋이 보내는 무언의 원성을 의식했는지 수현은 저녁 식사 자리에서 양해를 구했다.

그렇게 시간제 방문 간병 서비스에 의존한 지 열흘쯤 지났을 때 마침내 문제가 해결되었다. 누구도 믿을 수 없는 방법으로.

한동안 아무 일도 일어나지 않은 덕분에 경계심이 점차 무뎌지는 중이었다. 내게 맞는 복용량을 찾아 약에도 점점 적응하던 참이었다.

구름 없이 화창한 아침, 간만에 개운하게 눈을 뜬 게 기뻐서 모처럼 약 없이 하루를 버텨 볼까 싶기도 했다. 승준이의 기저귀를 갈아 주고, 이제 제법 뒤집기 시작하는 녀석과 침대 위에서 여유롭게 뒹굴고 있을 때 아래층에서 부르는 소리가 들렸다. 그때까지만 해도 내 인생이 무너질 거라는 징조는 어디에도 없었다.

또 수현이 뭔가 깜짝 이벤트를 준비했겠거니 하고 미소 지으며 계단을 가볍게 내려갈 때만 해도 모든 것은 아직 빛나고 있었다. 완벽하지는 않았지만 어쨌든 아직은 모든 게 제대로 돌아가고 있었다.

계단을 내려가자 현관 앞에 젊은 여자가 서 있었다. 밤색 머리는 목덜미에 낮게 묶었고, 수수한 회색 카디건에 까만 바지를 받쳐 입고 있었다. 하얀 얼굴, 동그란 밤색 눈동자가 어딘가 친근했다.

"형수님, 새 간병인 오셨어요."

"안녕하세요, 차효진이라고 합니다."

그 여자, 꿈에서도 잊지 못할 그 얼굴, 아기 엄마가 생긋 웃으며 말했다.

분명 그 여자였다.

2장

1

저들은 오늘도 세상 죽고 못 살 것처럼 꽉 껴안고 있다. 저러다 또 갑자기 눈이 맞아서 뜨거워지면 오늘 저녁 준비도 물 건너가겠네.

"잠깐! 잠깐만, 자기야! 반죽 거의 다 됐어! 이것만 좀 부치고! 나 진짜 배고파!"

여자가 뒤에서 허리를 껴안고 주물럭거리는 그의 손을 뿌리치고 간신히 빠져나온다. 곧 열린 창문 너머로 전을 부쳐 내는 기름 냄새가 진동한다.

내가 숨어 있는 커다란 전봇대 옆 쓰레기통 뒷자리는 완벽한 명당이다. 여기 서면 골목 끝 막다른 반지하방을 훤히 들여다볼 수 있다. 창문 바로 아래 ㄱ자로 뻗은 싱크대 앞에서 서로 몸을 만져 대며 킥킥거리는 꼴사나운 광경이 아주 자알 보인다.

어느새 식은땀이 흐르는 걸 보니 밖에 너무 오래 서 있었나 보다. 여기만 오면 시간 가는 걸 잊게 된다. 별로 크지도 않은 유리창 너머의 세상을 마치 텔레비전 보듯이 넋 놓고 바라보게 된다.

오늘은 이 정도면 충분하겠지. 딱히 별일은 없는 것 같다. 그게 다행인지 어떤지는 잘 모르겠다. 지난번에는 저것들이…….

"뭐?"

막 돌아서는데 등 뒤에서 커다란 목소리가 들려온다.

그럼 그렇지. 오늘도 조용할 리가 없지.

저들은 항상 가장 행복해 보이는 순간에 희한하게 갑자기 발을 헛디뎌서 금세 이상한 곳으로 굴러떨어지고 만다.

"명일 식당? 여기서 한참 가야 되지 않아?"

"뭐가 또 한참이야. 우리 가게 앞에서 버스 타고 한 20분이면 돼. 내가 말 안 했나? 거기서 먹어 본 부추전이 하도 맛있어서 오늘 내가 이렇게……."

"그런 얘기 못 들었다고!"

그의 목소리가 딱 바뀐다. 조금 전까지 너 아니면 죽고 못 산다며 세상 간지럽게 속삭이던 그 부드러운 음성이 아니다. 저런 목소리는 나도 들을 때마다 낯설다.

"아니야, 잘 생각해 봐. 지난번에……."

여자의 목소리가 떨린다.

"생각하고 말고 할 것도 없어. 난 늘 매사 확실하게 기억해. 네가 했던 말, 너랑 갔던 곳, 다 정확하게 기억한다고. 명일 식당 얘긴 없었어, 한 번도."

"그게 중요해? 지금 말하잖아. 어머! 이거 전 다 타겠다. 잠깐만 이것 좀 뒤집고! 진짜 다 타겠어!"

"그게 아니면 뭐가 중요한데? 그래서 언제 누구랑 거기 갔다고? 나랑 같이 간 적 없는 건 확실하잖아?"

"그러니까 저번에 가게 언니들이랑……."

"차암 편리해, 그렇지?"

그가 웃음을 터뜨린다. 저렇게 고개를 뒤로 젖히고 피식 웃을 때 목울대가 섹시하게 움직이는 모습은 변한 게 하나도 없다. 지금은 어쩐지 잔인하고 위험해 보인다는 점만 빼면 말이다.

"무슨 일 생길 때마다 그놈의 가게 언니들만 들먹이면 만사 오케이잖아, 그렇지?"

"들먹이는 게 아니라 진짜라니까! 내가 맛집 같이 갈 만한 사람이 자기랑 언니들 빼면 누가 있어? 내가 다른 가족이 있기를 해, 친구가 있기를 해."

"나 모르는 놈팡이가 있을 수도 있잖아. 벌써 잊어버렸어? 지난번에 집 앞까지 왔던 그 뺀질뺀질하게 생긴 새끼."

"그거 희정이 사촌 동생이라고 몇 번을 말해? 걔 보러 가게에 왔다가 우리 전부 차로 집에 데려다주느라……."

"누구를 아주 빙다리 핫바지로 아시나, 윤재영 씨."

그가 좀 더 크게 웃는다. 더 잔인하고, 더 위험해 보이는 웃음이다. 이렇게 멀찍이 한참 떨어져 있는 내 목덜미의 솜털까지 바짝 일어설 만큼 섬뜩하다.

순간 쿡 찌르는 통증이 찾아왔다. 배 속에서 발길질이 시작된 것이다. 이번엔 숨쉬기가 힘들 정도다. 허리를 숙이고 책에서 본

대로 어떻게든 호흡을 조절하려고 애써 본다. 태아도 위험이라는 걸 감지할 수 있다고 들었는데. 너도 이게 보통 상황이 아니란 건 눈치챘나 보구나.

나는 이제 몸을 돌린다. 통증도 통증이지만 모든 게 너무 뻔해서 더 이상 볼 것도 없다. 배를 움켜쥐고 비척비척 걸어서 골목을 빠져나온다. 등 뒤에서는 열린 창문 너머로 우당탕탕 뭔가 떨어지고 깨지는 소리가 들린다. 전을 담은 프라이팬이 기어이 엎어진 모양이다. 또 머리채를 잡은 모양이다.

또 주먹이 몇 번 허공을 가르고, 온통 눈물 바람이 되었다가 이 모든 걸 잊게 할 만큼 격렬한 섹스로 마무리되겠지.

“그럼 오늘 저기서 네 동생이 생기려나?”

나는 배를 살살 쓰다듬으며 중얼거린다.

오늘도 두 사람은 격렬한 애정 행각 중, 정말 누구도 못 말리는 닭살 커플임.

아픈 배를 만지는 와중에도 핸드폰을 꺼내서 오늘 본 것들을 빈틈없이 보고하는 건 잊지 않았다. 그게 내 임무니까.

2

막달 임산부의 삶은 별로 유쾌하지 않다.

중이 제 머리 못 깎는다고, 제아무리 전문 교육을 받고 실무 경험까지 갖춘 조무사 겸 간병인이라지만 몸이 무거워지니 내 몸 하나 건사하기가 쉽지 않다. 챙겨 먹어야 할 영양제를 까먹는 건 기본이고, 한밤중에 화장실에 가다가 미끄러질 뻔하질 않나, 조심성 없이 음식을 함부로 먹었다가 배탈이 나서 고생하는 등 매일이 난리 법석이다. 너무 단순하다 못해 사라져 버릴 만큼 보잘것없는 삶인데도 내 몸 하나 챙기기가 왜 이렇게 어려운 건지.

비좁은 아파트에서 낑낑대며 혼자 먹을 식사를 준비할 때나, 밤마다 무거운 배를 끌어안고 힘겹게 돌아누울 때면 이게 다 무슨 짓인가 싶다. 그 넓고 시원하고 으리으리한 집을 놔두고 여기서 혼자 도대체 뭘 하고 있는 거냐 싶어지는 거다.

입주 간병인이 결코 편한 자리는 아니지만, 그래도 거기선 살 만했다. 작지만 아늑한 내 방도 있었고, 모두가 잠든 밤에는 가끔 수영장도 쓸 수 있었다. 그 호화 저택이 내 집이려니 생각하면 반신불수 노인네의 소변 줄을 갈아 끼우는 일도 기꺼이 참아낼 수 있었다. 그런저런 이유로 그 집에선 쭉 남자 간병인을 써왔다지만, 전임자들은 아무래도 노인의 비위를 척척 알아서 맞추지는 못했던 모양이다.

그러니 그 사람들한테는 말도 못 꺼내 봤던 거겠지. '다달이 돈을 줄 테니 내 손과 발이 되어 몰래 구린 짓 좀 해 달라'는 희한한 제안 말이다. 누구든 기꺼이 납작 엎드려서 시키는 일을 하겠다고 나설 만큼 탐나는 액수의 돈이었지만, 노인이 흡족할 만큼 믿음직한 사람은 없었을 것이다.

우선은 집 나간 큰아들의 주소를 알아볼 것, 그리고 찾아가서 몰래 지켜볼 것, 정기적으로 자신에게 보고할 것. 마지막으로…… 어떤 방법을 써서라도 집에 돌아오게 만들어 볼 것.

노인이 '활동비' 명목의 돈을 두둑하게 쥐여 주며 내게 요구한 것들이다. 특히 마지막 미션에 성공할 경우에는 따라붙는 돈이 엄청났다. 인생 역전까지는 아니었지만, 그래도 평생 만져 볼 수 없을 만한 돈이었다.

"수…… 수혀이 모, 모오올래……."

노인은 뒤틀린 입술로 당부하는 걸 잊지 않았다. 나도 이유는 따로 묻지 않았다. 제아무리 사이좋은 형제라도 서로 칼부림하게 할 만한 재산이니 눈치 보이겠지. 집 나간 아들을 꾸역꾸역 불러들이면 남아 있는 아들이 받을 몫이 확 줄어들 테니 말이다.

노인은 믿을 만한 사람이 나타나길 꽤 오랫동안 기다렸던 모양이다.

내가 일을 시작한 지 두 달 만에 노인의 신뢰를 얻을 수 있었던 건 신중한 행동 덕분이었다. 저녁 식사를 마친 뒤 노인을 병실 침대 위에 눕혀 주고 내 몫의 식사를 하러 다시 돌아가던 어느 날이었다. 핸드폰을 병실에 두고 왔다는 걸 깨닫고 황급히 돌아가 보니 뭔가 좀 이상했다. 침대 옆 협탁에 놓여 있던 종이컵의 위치가 바뀌어 있었던 것이다. 전에 컵을 두었던 자리 밑에 동그랗게 물 자국이 찍혀 있기 때문에 확실히 알 수 있었다. 흘끗 쳐다보니 노인은 침대에 누워 눈을 감고 있었다. 분명히 내가 이불 속에 잘 넣어 주었던 것 같은 왼쪽 손이 이불 밖으로 빠져나와 있었다. 하지만 나는 아무 말도 하지 않았다. 그저 핸드폰만 갖고 재빨리 방을 빠져나왔을 뿐이다. 누구에게도 그 얘기는 하지 않았다. 수현에게도.

나를 시험해 보려고 그런 깜찍한 일을 일부러 벌인 건 아니겠지만, 아마도 그때부터 노인은 내심 눈여겨봤던 모양이다. 이후에도 몇 번 사소한 실수들이 있었지만 나는 모두 모른 척 눈감아 주었다. 사고를 당한 지 6년 만에 마비되었던 왼쪽 팔과 얼굴 부위의 감각이 조금씩 돌아오기 시작했다고 노인이 직접 고백할 때까지 말이다.

그는 그런 식으로 아무도 모르게 아주 조금씩 스스로를 단련해 왔다고 했다. 갑자기 근육이 붙거나 해서 들키지 않도록 아주 신중하게. 그가 힘겹게나마 자기 의사를 말로 전할 수 있다는 사실을 전임 간병인들조차 모르게 말이다.

"수현 씨는 알면 좋아할 텐데요? 회장님 걱정을 너무 많이 하잖아요."

노인은 비틀린 입을 꾹 다물고 고개를 저었다.

괜히 걱정할까 봐 섣불리 알리고 싶지 않은 거겠지. 그때까지만 해도 그렇게 생각했다. 아직은 아무것도 모르던 시절이었으니까. 그저 순진하게 이 집 사람들이 평범한 가족들이라고만 생각했으니까.

그렇게 비밀스러운 임무를 부여받고 얼마 뒤, 나는 노인에게 집 나간 큰아들의 주소를 알려 주었다. 병실 벽장 뒤에 숨겨진 작은 비밀 금고에서 노인의 지시에 따라 내가 직접 꺼낸 '착수금'을 사용해서 흥신소를 구해 알아냈다고 말이다.

하지만 사실이 아니었다. 그가 어디 사는지 알아내는 데 흥신소 같은 건 필요도 없었지만 죄책감을 갖지는 않았다. 어쨌든 노인이 부탁한 일은 해 줬으니 말이다. 실은 내가 노인에게만 고용된 게 아니라는 사실을 털어놓을 생각도 당연히 없었다.

양쪽에서 돈을 받는 바람에 나는 평생 처음으로 제법 넉넉한 생활을 하고 있었다. 질 좋은 명품 옷들을 사서 간병인 실에 놔두고 가끔 외출할 때 입는 사치도 부릴 수 있었다.

'착수금'이야 내 멋대로 떼먹었지만, 그래도 맡은 일은 제대로 했다. 외출할 때마다 틈틈이 몰래 훔쳐본 그들의 생활을 노인에게 상세히 보고했던 것이다.

어느 날 갑자기 집을 나가 버린 장남, 훤칠하고 멀끔하게 잘생긴 아들, 한때는 비상한 머리와 착실한 성격으로 그의 자랑거리였지만 지금은 밑바닥 쓰레기가 되어 반지하방에서 여자에게 얹혀살고 있는 그 남자에 대해서 말이다.

"사진은 이것뿐인데 좀 많이 흔들렸어요. 다시 찍긴 어려울 것 같아요. 혹시 몰라서요. 괜히 들켜서 일을 그르치는 것보다는 그냥 이렇게 꾸준히 보고 와서 말씀드리는 게 더 낫지 않으세요?"

그래서 노인은 멀리서 흐릿하게 찍힌 두 사람의 모습을 겨우 확인했을 뿐, 쭉 내 입을 통해서만 그들에 대해 들었다. 둘은 사이가 꽤 좋다고, 진짜 사랑하는 것 같다고, 자꾸 보니 여자도 괜찮은 사람 같다고. 내 마음을 갈가리 찢어 놓는 사실들은 숨기고, 모든 걸 그저 장밋빛으로만 포장해서 들려주었다.

그래야 그에 대한 노인의 사랑이 식지 않을 테니까. 계속 미련을 갖고 그리워해야 내가 이 일을 계속하며 가욋돈을 벌 수 있을 테니까. 아직은 내 마음대로 할 때가 아니니까.

"금슬이 꽤 좋아 보였어요. 둘이 정말 사랑하나 봐요. 그렇게 넉넉한 살림이 아닌데도 행복해 보이더라고요."

내가 그를 잘 안다는 것도, 한때 사랑했다는 것도, 그래서 둘이 부둥켜안고 쪽쪽거릴 땐 세상 역겨워져서 당장 뛰어 들어가 몽땅 엎어 버리고 싶어진다는 것도 말하지 않았다. 그가 싱긋 웃다가 여자의 머리채를 휘어잡고 주먹을 들이대면, 속이 시원하다가도 갑자기 눈물이 터져 나올 것 같다는 말도 하지 않았다. 그냥 노인이 듣고 싶어 할 법한 이야기들만 들려주었다.

"이건 확실하지 않은데 말이죠."

그리고 슬슬 무더워지기 시작하던 7월 초, 나는 노인에게 새로운 사실을 알려 주었다.

"아무래도 그 여자, 임신한 것 같았어요. 아직 겉으로 티는 많이 안 나지만…… 곧 배가 불러올 것 같더라고요."

나는 헐렁한 카디건을 입은 내 배를 살짝 만지며 속삭이듯 말했다.

노인의 눈에 생기가 돌기 시작했다.

3

노인에게 집안 사정상 더는 일을 못 할 것 같다고 말한 건 7월 말쯤이었다.

예정일이 아직 다섯 달이나 남아 있었지만 딱 아슬아슬한 시점이었다. 그즈음 점점 살이 붙기 시작해서 헐렁한 옷으로도 부른 배를 감추기 힘들어졌기 때문이다. 물론 밖에 나가서도 계속 감시하고 보고드릴 테니 걱정하지 마시라고 했다. 회장님을 곁에서 모시지는 못하지만, 바깥에서 눈과 귀가 되어 드릴 수 있으니 어쩌면 더 잘된 일일지도 모른다고 했다.

"내친김에 그쪽으로 이사하려고요. 집을 봐 뒀어요. 버스로 20분 거리예요. 그러니 너무 걱정 마세요."

방 두 개와 욕실 하나짜리 깔끔하고 편리한 신축 아파트였다.

노인은 자기가 매달 지불하고 있는 두둑한 수고비로 마련한 아파트인 줄 알고 만족했다. 더 필요한 건 없는지 자상하게 물어보며, 돈 걱정은 하지 말고 부탁한 일에 매진해 달라고 했다. 참을성 있게 몇 시간이고 옆에 붙어서 노인이 듣고 싶어 하는 이야기들을 조곤조곤 들려주며 착실하게 신뢰를 쌓은 덕분이었다. 누구에게도, 그의 다른 아들에게도 그가 조금이나마 회복된 걸 발설하지 않을 만큼 입이 무거웠기 때문에 나에 대한 노인의 신뢰는 무한대였다.

그는 내가 어느 날 갑자기 이 집에 들어온 입주 간병인이라고만 알고 있었다. 숨겨진 내 이야기는 전혀 알지 못한다. 이 고풍스러운 저택을, 넓고 향기로운 정원을, 넘치는 부가 빚어낸 이 집의 온갖 풍요롭고 아름다운 것들을 내가 이제야 처음 봤다고 오해하고 있는 것이다.

그래서 돈으로 살 수 있는 충성심을, 사심이 하나도 섞이지 않은 순수한 계약 관계를 철석같이 믿고 있었다. 마음을 툭 터놓고 자기 속내를 내게 들려준 것도 그 때문이었다. 장남이 이대로 돌아오지 않는다면 모든 재산을 사회에 환원하고 던져 버릴 셈이지만, 어떤 방법을 쓰든 돌아오게만 도와준다면 두 아들에게 적당히 나눠 주고, 내게도 꽤 두둑한 사례금을 주겠다는 것이다.

아주 솔깃한 이야기였다.

내 속에서 부글부글 끓어오르는 사심을 다 걷어 내고 봐도 매력적인 제안이었다.

내 몫의 사례금이야 당연히 아들들에 비하면 하찮은 액수겠지만, 내 배 속에 들어앉아 있는 이 아이의 지분까지 따져 본다면 거의 동등한 몫을 받게 되지 않을까?

그래서 나는 아이를 낳기로 결심했다. 없애 버려야 할까 수십 번 머리를 싸매고 고민하던 골칫덩이가 하루아침에 생명줄이 되는 순간이었다. 한때는 돈이 전부가 아니라고, 이 집안 모든 재산을 다 끌어다 줘도 내 망가진 인생에 절대 위로가 되지 않을 테니 전부 부숴 버리겠다고 이를 갈던 시절이 있었지만 생각이 달라진 것이다.

이 집 재산 전부를 준다면 한 번쯤 생각해 볼 수도 있겠지. 재산뿐만 아니라 내 아이가 결국 이 잘난 집안의 미래가 되는 거라면. 그럼 어쩌면 당신들이 나와 내 가족에게 했던 짓을 살짝 눈감아 줄 수도 있겠지. 내 사랑과 믿음을 함부로 짓밟았던 걸 잊어 줄 수 있을지도 몰라.

하지만 그 전에 말이야, 조금만, 응? 아주 조금만, 사심 좀 채울게.

사람이 돈만으로는 살 수 없잖아. 재미도 좀 봐야지.

4

산달이 가까워지자 움직이는 게 쉽지 않았다. 예정일은 12월 11일이었지만 11월 중순인데 벌써 조금만 걸어도 밑이 빠질 것처럼 아파 왔다. 고속 버스 승객들은 부른 배를 보고 기꺼이 자리를 양보해 주었고, 친절한 덕담도 한마디씩 건네 줬다.

"아니, 아기 아빠는 뭘 하고 혼자서 추운데 먼 길을 가시나?"

통로 건너편에 앉은 오지랖 넓은 아줌마는 생각해 주는 척하면서 민감한 사실을 캐내고 싶어 했다.

"워낙 바빠서요. 오늘도 야근이라 이따 시댁으로 바로 온댔어요."

나는 가쁜 숨을 고르며 그쪽이 듣고 싶어 하는 얘기를 들려주었다.

"아유, 그래, 뭐 젊은 사람이 바쁘면 좋은 거지. 애 낳아 보면 진짜 이것저것 해 주고 싶은 게 엄청 많아지거든. 착실히 벌어 두는 게 좋아."

나는 말없이 미소 지어 보이며 가방에서 이어폰을 꺼내 귀에 꽂았다. 그것으로 오지랖 넓은 여편네와의 소통은 원천 차단되었다.

그래? 진짜 이것저것 해 주고 싶은 게 엄청 많아진다는 거지? 아직까진 배 속에 들어앉은 이 사고뭉치에게 아무 감정도 느껴지지 않는 나 같은 엄마도? 그저 하룻밤 실수라는 생각밖에 들지 않는 이 녀석에게도 말이지? 그렇다고 시간을 돌려서 그날 밤으로 돌아간다면 그런 일은 아예 일어나지 않을까? 그건 솔직히 장담하지 못하겠다. 다시 돌이켜 봐도 그날 나는 반쯤 제정신이 아니었기 때문이다.

하지만 시작은 굉장히 이성적이었다. 오랫동안 공들여 계획을 짜고, 아주 신중하게 접근했던 것이다. 꽤 오랫동안 그 보잘것없는 반지하방을 관찰하면서 두 사람에 대해 빠삭하게 알게 된 덕분이었다.

집 근처에서 마주칠 생각은 없었다. 앞으로도 계속 지켜봐야 하니까. 내가 근처에 살면서 자기를 감시해 왔다는 의심을 사지 않으려면 모든 걸 치밀하게 계획해야 했다.

둘 다 변변한 직장은 아니었지만 일하러 가는 시간은 규칙적인 편이었다. 여자는 주 5일간 아침저녁 교대로 고깃집에서 음식을 날랐고, 그는 공사판에서 지게차를 몰았다. 집을 나설 때마다 몇 번 택시를 타고 미행해 봤는데 일터는 일정하지 않았다. 한 곳에서 공사판이 벌어지면 진득하니 붙어서 몇 주간 일을 나가다가, 다 끝나면 또 다른 곳으로 옮겨 가는 식이었다. 그래도 턱없이 먼 곳으로 가는 일은 거의 없었다. 멀어 봤자 한두 시간 거리의 옆 도시 정도였다.

그래서 우연한 만남의 장소로 그런 곳을 택했다. 그들과 내가 살고 있는 도시 옆에 인접한 다른 도시, 일을 마친 노동자들이 삼삼오오 퇴근하는 시간. 그는 가끔 동료들과 저녁을 먹기도 했고, 그렇지 않을 때는 편의점에 들러서 집에 가기 전에 혼자 급하게 배를 채울 때도 있었다.

우리는 그가 일하는 공사판 근처 편의점에서 마주쳤다. 그가 삼각김밥과 핫바, 팩에 든 소주를 사는 동안 나는 우유와 샐러드를 집어 들고 뒤에 섰다. 의도적으로 바짝 붙어 선 바람에 계산을 마치고 돌아서던 그의 가슴에 부딪혔다.

'어이쿠!'

그가 외마디 소리를 냈다. 사과의 말은 없었다.

'아, 죄송합니다.'

얼른 고개를 숙이는 척하다가 재빨리 그의 얼굴을 흘끗 보고 대담하게 먼저 손을 내밀어 팔을 잡았다.

'어?'

미간을 찌푸리고 잠깐 생각하는 척했다.

'현욱…… 오빠?'

모자를 푹 눌러쓰고 잔뜩 인상 쓰며 찌푸리던 그의 눈이 휘둥그레졌다. 10초쯤? 내가 누군지 생각하는 눈치였다. 정성껏 머리를 풀고 화장까지 하고, 오랜만에 꽃무늬 원피스까지 꺼내 입었는데. 그렇게 알아보기 어렵나? 아무리 10년 만이라지만 내가 그 정도밖에 안 되는 사람이었어?

'어?'

내 이름이 바로 튀어나오진 않아도 알아보는 눈치라 우선은 생긋 웃어 보였다.

'나야, 효진이! 기억나? 와, 오빠는 그대로네?'

계산을 얼른 마친 뒤 얼떨떨해하는 그를 끌고 밖으로 나가 편의점 앞 테이블에 마주 앉았다.

'진짜 오랜만이다. 이게 얼마 만이야!'

호들갑스럽게 반가운 척하는 나와 달리 그는 다리를 달달 떨며 주변을 둘러보기만 할 뿐 눈도 맞추지 않았다.

그렇게 오랫동안 창문 너머로 지켜봤던 사람인데, 막상 눈앞에 앉혀 두고 보니 전혀 다른 느낌이었다. 하나도 변한 게 없다고 생각했는데 이렇게 가까이서 보니 참 많이도 변한 것 같다. 순정 만화에서 튀어나온 것처럼 뽀얗고 멀끔한 귀공자 대신, 공사판 햇볕에 그을린 구릿빛 얼굴에 잔주름이 새겨진 상남자가 앉아 있었다.

물론 본바탕이 괜찮으니 이쪽 버전의 현욱 2.0도 썩 나쁘진 않았다. 그전엔 어딘가 근사한 레스토랑에 데려가서 무릎 꿇고 다이아 반지라도 끼워 줄 그런 사람 같았다면, 지금은 침대 위에 날 밀치고, 다짜고짜 스타킹을 찢어 버린 뒤 거칠고 투박한 손으로 가슴을 우악스레 움켜쥘 그런 남자처럼 보였다. 양쪽 다 나름대로 흥분되는 매력이 있긴 하지만.

도대체 어떤 세월을 살아왔기에 이렇게 변해 버렸을까? 나조차도 이 정도는 아닌 것 같은데. 설마 나보다 더 험난하게 살아왔어? 그런다고 모든 게 용서될 줄 알아? 어디서 피해자 행세야?

'근처에 살아?'

그가 다리를 달달 떨며 물었다.

'아, 조금 더 먼 데 살아. 오늘은 친구네 놀러 왔다가 잠깐 목말라서.'

나는 우유를 들어 보였다. 그는 탁자 위에 놓여 있는 소주 팩이 든 봉지를 슬그머니 옆 의자에 내려놓았다.

'오빠야말로 이런 동네에는 웬일이야? 참, 다들 잘 계시지? 회장님은? 수현이는?"

마지막 말에 그가 움찔하며 몸을 떨었다.

'아, 난 이제 거기 안 살아. 나이가 몇인데.'

만난 뒤 처음으로 그가 슬며시 미소 지었다. 피식. 힘 빠지는 미소였다.

'어머! 그럼 결혼했어?'

'아니.'

대답이 엄청 빨라서 좋았다. 하지만 설명도 곧바로 따라붙었다.

'아직은 동거 중이야.'

'아직?'

내 목소리에 진한 실망이 묻어났다. 내가 듣기에도 미련이 한가득 뚝뚝 떨어졌다.

'어, 뭐 그렇게 됐네. 서로 자리도 잡아야 하고, 지금은 여유가 좀 없어서.'

그는 이 자리를 빨리 벗어나고 싶다는 듯 자꾸만 주변을 둘러보았다.

'그래도 시간문제일 뿐, 마음은 먹었다는 거 아니야! 와! 정현욱 씨가 무려 결혼 결심이라니, 어떤 아가씨인지 궁금하네? 그 얘기 좀 들려줘! 참! 우리 이럴 게 아니라 자리 옮겨서 한잔하자. 시간 괜찮지?'

내가 일어나자 그가 우물쭈물했다.

'설마 이대로 헤어지려고 했어? 에이! 얼마 만에 본 건데!'

그의 팔을 억지로 잡아 일으켰다. 내가 알던 그 소년미 가득한 낭창한 팔에는 이제 단단한 근육이 자리 잡고 있었다. 이 커다란 손으로 그 여자의 한 줌짜리 가냘픈 몸을 한 대 후려치면 만화처럼 저 멀리 붕 날아가서 벽에 머리를 부딪치곤 했다.

그걸 잊어서는 안 된다. 이 남자의 입술을 덮치고 싶은 마음과, 탁자 위 유리병으로 냅다 후려갈기고 싶은 마음 사이에서 갈등하고 있다고 해도, 내가 오늘 여기 온 목적을 잊어선 안 된다. 그래서 나는 망설이는 그의 팔에 팔짱을 끼고 대담하게 가슴을 밀착시키며 인근 술집으로 끌고 갔다.

그날 밤이었다. 아이가 생긴 것은.

배가 이만큼 불러 왔어도 아직 도저히 내 것이라고는 생각되지 않는 이 아이가.

한참 뒤 그 자리를 벗어났을 때, 나는 절망과 욕망으로 완전히 뒤범벅이 된 상태였다. 그러니까 누가 먼저 덮쳤는지는 기억나지 않는다. 그날 술자리에서 오갔던 이야기를 고스란히 다시 꺼내는 것만으로도 둘 다 온몸이 마구 달아올랐기 때문이다.

'좋은 여자야. 아니, 괜찮은 여자라고 해야 하나? 사랑? 글쎄다. 아마도? 뭐가 사랑인지는 잘 모르겠지만 말이야. 같이 있으면 편하고, 밖에 있으면 가끔 보고 싶기도 하고 그렇네. 집? 본가 말이야? 아니, 거긴 절대 안 가. 언제 나왔는지도 기억 안 난다. 응, 그래. 거기선 내내 시달리기만 한 기억뿐이라. 그 사건 이후로 발도 붙이기가 싫네. 그냥 그 집 공기도 싫어. 다시 돌아갈 일은 없지 싶다. 거기만 있으면 발작이 일어나서 돌아 버려. 뭐 의사니 상담사니 미친놈들도 만나 봤는데 개뿔 씨알도 안 먹히는 헛소리만 늘어놓더라. 트라우마? 그래, 뭐 그렇게들 듣기 좋게 포장하지. 다 좆 같은 말이야. 그냥 난 지금이 좋아. 옛날하고는 사는 게 완전 달라졌는데, 지금이 훨씬 낫네. 인생이 말이야, 효진아. 정말정말 웃긴 게 뭐냐 하면 다 가졌다고 생각할 때보다 손에 쥔 게 하나도 없을 때가 훨씬 더 행복하거든.'

술집 탁자에 놓인 포크에 몇 번이나 눈길을 줬는지 모르겠다.

그걸로 그의 눈알을 찍어서 포도처럼 으깨 버리는 상상을 했다.

네가 행복을 논해? 남의 인생, 남의 가정을 그렇게 망쳐 놓고? '트라우마'라는 말을 쓸 자격이나 되니? 지가 행복하자고 몇 사람을 희생한 거야?

그 자리를 떠난 뒤 돌아와서 그 기억을 끄집어내면서 다시 진탕 마셨다. 이미 얼큰하게 취했지만, 맨정신으로는 도저히 할 수 없는 이야기들이라 어쩔 수 없었다.

사랑을 하신다고? 지금 행복하시다고? 내내 시달리기만 한 기억뿐이라 집에 다시 돌아갈 일은 없을 거라고?

기울이는 술잔 사이로 그런 이야기를 곱씹다 보니 내 입에서 술 냄새와 함께 분노가 폭발하며 터져 나오는 것 같았다. '돌아올 일이 없다'는 말을 듣고 나만큼이나 분노하던 상대편의 좌절과 갑작스러운 광기에도 함께 취해 버렸다. 사실 그건 아주 새로운 모습이었지만 처음엔 이상하다는 걸 전혀 눈치채지 못했다. 이성을 잃어버렸기 때문에 그저 놀라는 동시에 흥분해 버렸다. 그래서 그날 밤, 그런 바보 같은 일을 벌이고 말았던 것이다.

진탕 취해서 세상이 빙빙 돌았고, 손에 잡히는 건 뭐든 닥치는 대로 잡아 뜯어 버리고 싶은 심정이었다. 우리 둘 다 말이다.

단추가 튀고, 옷이 날아갔다. 벽에 뒷머리를 짓이기며 팬티를 찢어 버리고 우악스럽게 가슴을 움켜쥐는 그런 섹스. 달라져 버린 그 사람을 본 순간 연상되던 그 이미지를 엉뚱한 곳에서 고스란히 채우는 잠자리였다.

그런 날이었다. 승준이가 생겨 버린 건.

그리고 정말 뭐가 어떻게 된 건지 내가 모든 것을 알아차리게 된 건.

누가 정말 나쁜 사람이고, 누가 모든 것을 고스란히 뒤집어썼으며, 누가 정말 가엾고 어리석은 인간인지, 숨겨진 진실은 무엇인지.

그날 밤 내내 허공에 울려 퍼지던 욕설, 울음, 그리고 그의 이름을 듣고서야 알게 된 것이다. 모든 것을 깨달았을 땐 이미 너무 늦어 버렸지만 말이다.

[이번 정차 역은 제일 요양 병원, 제일 요양 병원 앞입니다.]

생각에 잠겨 있는 동안 마침내 버스가 도착했다. 나는 통로 건너편에서 꾸벅꾸벅 졸고 있는 오지랖 여편네를 피해서 간신히 내렸다.

마지막으로 여기 왔던 게 작년 말이었기 때문에 담당자는 내 한껏 부른 배를 보고 놀란 모양이었다.

"여기까지 오시느라 힘드셨겠어요."

걱정스러운 인사에 말없이 미소 지으며 그녀를 따라 익숙한 통로를 지나갔다.

"상태가 정말 많이 좋아지셨어요. 본인 의지가 아주 대단하세요. 저희는 다음 달 정도 보고 있어요. 그때쯤이면 퇴원 가능하실 거예요."

"그래도 괜찮을까요?"

"이게 사실 완치가 없는 병이라 본인 의지가 정말 중요하거든요. 나가서도 절대 술은 없다 생각하고 독하게 관리하셔야 하는

데 쉽지는 않죠. 그래도 간혹 정말 제대로 새사람 되는 분들이 계시더라고요."

담당자가 휴게실 문을 열어 주며 말했다.

나는 싸늘해진 손을 비비며 뒤뚱뒤뚱 안으로 들어가 탁자 앞에 앉아 있는 남자에게 인사했다.

"안녕, 아빠."

5

출산부터 산후조리까지 모든 과정을 전부 혼자 해내는 건 별로 서럽지 않았다.

누구에게나 찾아온다는 그 호르몬의 변덕이 나라고 예외는 아니어서 하루 종일 운 적도 있고, 캄캄한 밤중에 아파트 창문 아래를 내려다보면서 '다 끝내 버리고 홀가분해지면 어떨까?' 이런 몹쓸 생각을 안 한 것도 아니지만 그래도 대체로 잘 견뎌 냈다.

토실토실하게 18kg쯤 살이 올라 뒤뚱거릴 정도였지만, 그래도 예정일보다 딱 하루 지나서 수월하게 쑥 낳아 버렸다.

"'12.12에 태어났네요.' 같은 간호사의 무신경한 농담도 웃어 넘길 수 있었다. 정말 아무 감정도 느껴지지 않았기 때문이다. 나도 노력이란 건 했다. 품에 안긴 조그맣고 새빨간 생명체를 내려다보면서 뭔가 내 안에서 느껴지는 게 없는지 알아보려고 애를 썼다. 조그맣게 싹트는 모성애, 희미하게 꿈틀거리는 슬픔이나 기쁨, 하다못해 '왜 태어났니!' 같은 동정심이나 안타까움이라도 기다려 봤지만 속은 그저 고요하기만 했다. 오랫동안 수련하고 득도한 수도승의 내면이 이럴까?

쌍꺼풀 없이 얇고 가로 길이가 서늘하게 긴 눈을 보면 딱 정씨 집안 핏줄이다 싶긴 했다. 그렇게 보면 내가 이 아이를 가지는 게 맞는 일이라고, 응당 그래야 할 일이라는 생각이 들었다.

아주 오랫동안 진심으로 동경했던 그 집, 거기 들어가서 그 사람들과 같은 음식을 먹고, 같은 욕실을 쓰고, 그 사람들이 만지는 모든 것을 나도 만지며 살고 싶다고 생각했던 그 집. 그리고 나중에는 거기 있는 모든 것을 전부 몽땅 처절하게 부서트려서 못쓰게 만들어 버리고 싶다고 생각했던 그 집. 거기에서 흘러나온 피로 이렇게 짐 덩어리를 만들어 냈으니, 이 아이야말로 나의 모든 것, 내 동경과 증오를 응축해 놓은 걸작품이라고 할 만했다.

조리원에서는 예정보다 일찍 나왔고 출생 신고는 하지 않았다. 이 아이의 미래는 아직 미지수였고, 뭐든 급할 건 없었으니까. 그리고 할 일도 남아 있었으니까. 그러는 동안에도 내게 일을 맡긴 사람들에게 문자로 계속 착실히 꼬박꼬박 보고했다. 준비할 것도 많았고, 생각할 것도 많았다.

내가 조리원에 있는 동안 찾아온 건 딱 한 사람뿐이었다.

요양 병원에서 퇴소한 아빠를 조리원에서 봤을 땐 느낌이 영 새로웠다. 우리가 여기서 이렇게 마주하게 될 줄 누가 알았을까? 하나는 술에 절어서, 또 하나는 그 손에 얻어터지거나 아니면 억울함에 복장이 터져서, 그렇게 둘 다 애초에 세상을 등졌어야 할 것 같은데 이렇게 둘 다 살아남아서 다시 만나게 되다니. 하나는 아비 없는 애 엄마로, 하나는 새로 태어난 몸으로.

손 떨림이 많이 좋아져서 다시 예전처럼 정비소 일자리를 찾아보려 한다는 이야기, 그리고 요양 병원을 나와서 지내고 있다는 임시 거처에 대한 이야기 같은 것들을 했다. 애를 안아 보고 싶다는 말은 하지 않았다. 어차피 자기가 정붙일 존재가 아니라는 걸 아는 눈치였다.

눈앞에 있는 남자를 볼 때마다 심장이 벌컥벌컥 내려앉는 기분은 여전했지만, 나쁜 기억은 이제 많이 희미해졌다. 아니, 희미해졌다기보다 내가 기억 저편으로 전부 밀어 넣어 버렸다.

눈앞에서 별이 왔다 갔다 하던 기억, 중요한 학교 숙제를 전부 욕실 물에 처넣고 욕을 퍼부으며 술이나 사 오라고 얼굴에 동전을 집어 던진 기억, 엄마의 머리채를 잡고서 좁은 집 안을 이리저리 끌고 다니며 그 집에서 가불이라도 좀 해 오라고 소리치던 기억들을 전부 넣어 버리고 솔직하게 나 좀 도와 달라고 말했다.

이제라도 과거에 대해 반성이라는 걸 한다면, 엄마가 그렇게 죽고 우리 가족이 풍비박산 나 버린 게 자기 탓만은 아니라고 생각한다면, 그래서 조금은 억울하다고 생각한다면 날 좀 도와 달라고 말이다.

아빠는 알았다고 했다. 생각보다 훨씬 더 적극적으로 고개를 끄덕였다. 정원 가꾸는 법도 기꺼이 배울 수 있다고. 돈도 벌고, 숙식도 해결하고, 복수도 하고, 널 돕기까지 할 수 있다면 그야말로 도랑 치고 가재 잡는 게 아니냐며 기세등등하게 말했다. 요양 병원에서 알게 된 사람을 통해서 신원 증명도 할 수 있다며, 술은 이제 한 방울도 입에 대지 않는다고, 그런 생활은 지긋지긋하다고 말했다. 그리고 제정신이 드니까 그렇게 억울하게 가 버린 네 엄마 생각이 정말 많이 난다고. 이제라도 속죄하는 마음으로 돕고 싶다고. 그래서 나는 그에게 좋은 일자리를 소개해 주겠다고 약속했다. 날 도와줄 수 있는 자리 말이다.

지금은 한 명이라도 아쉬울 때니까. 악을 악으로 갚으려면 원수와도 손을 잡아야 한다.

깊은 수렁에 빠졌다면 적의 손을 잡고서라도 기어 나와야 한다. 그게 복수고 인생이다.

6

애는 누굴 닮았는지 모르지만 아주 순했다.

따로 수면 교육을 시킨 적도 없는데 밤엔 통잠을 잤다. 울고 보채는 일도 별로 없었다.

어쩌다 잠에서 먼저 깨어나도, 기저귀를 적셔도, 배가 조금 고파도 보통 아이들처럼 먼저 울고 보는 일은 없었다. 항상 새까만 눈을 말똥말똥 뜨고서 나를 먼저 빤히 올려다봤다. 오뚝한 콧날, 홍채가 유달리 검고 커다란 눈동자, 그리고 하품을 할 때 살짝 삐딱하게 한쪽 입꼬리가 올라가는 조그만 입매가 영락없는 정씨 집안 얼굴이었다.

그래서 나는 우유를 먹이려고 안아 올리다가도 두 손 놓고 멍하니 그 눈을 쳐다봤다. 쉽게 깜빡이지도 않고 이쪽을 빤히 쳐다보는 그 눈빛, 그게 못내 싫었다. 아기의 모습 속에 애늙은이가 들어앉은 것 같아서 그게 진짜 싫었다. 한때 엮이길 간절히 바랐던, 그러다가 정말로 엉뚱하게 엮이고 만 그 핏줄이 내 속에서 나왔다는 걸 아직도 믿을 수가 없었다. 이렇게 작은 생명체에게 이런 감정을 느끼는 내가 끔찍해서, 하필 이런 엄마를 갖게 된 어린것의 인생이 측은해서 한숨이 나왔다.

하지만 애가 순한 덕분에 임무에 크게 방해받지 않는다는 점은 좋았다. 애를 재워 두고 한달음에 그 반지하방까지 뛰어가서 몰래 지켜보다가 한두 시간 만에 돌아오면 그때까지도 쌔근쌔근 잘 자고 있었다. 그래서 이렇게 세상이 뒤집히는 변화가 일어났는데도 모두가 평화롭게 지낼 수 있었다. 나는 계속 그들을 지켜

보면서, 내게 그 일을 시킨 사람들에게 착실히 보고했던 것이다.

당연한 말이지만 노인은 아이 소식에 관심이 많았다. 사진을 볼 수 없다는 점에 조바심이 나는 것 같았다. 한창때에는 집에서 일어나는 일들에 그렇게 무관심했던 양반도 나이 먹고 저승 문을 두드릴 때가 되니 별수 없는 듯했다. 누굴 닮았는지, 얼마나 자랐는지 그런 걸 세세하게 알고 싶어 했다. 그런 반지하방에서 무슨 수로 애를 제대로 키울 수 있겠냐며 화를 내기도 했다. 구슬려 보기는 했냐고, 집에 돌아올 생각은 있더냐고. 뭣하면 여자와 애까지 데리고 들어와도 좋다고 협상해 보라고 했다. 돈이면 안 되는 게 있겠냐면서.

노인은 정말 저 여자까지 받아 줄 생각이다. 그렇게 해서라도 이 집에 수현과 둘만 남아 고립되고 싶지 않은 것이다. 예전의 나라면 저렇게까지 장남에게 집착하는 이유가 조금도 이해되지 않았을 것이다. 시대가 어느 땐데, 별로 사랑하지도 않던 본처 소생의 아들에게 '장자'라는 이유만으로 저렇게 집착을 한다는 게 믿어지지 않았을 것이다.

하지만 이제 나는 그 두려움의 실체에 대해 훤히 알고 있다.

노인의 목을 조여 오는 공포, 이 집에 남아 있던 사람들을 하나둘씩 보내 버리고 결국은 혼자 남게 만든 근원적인 악의 실체 말이다.

그러니까 사랑하는 장남과 저 여자를 함께 집으로 돌려보내 주면 엄청나게 좋아할 것이다. 나는 꽤 두둑한 사례금을 받을 거고, 저 여자는 팔자가 필 테고, 내가 한때 좋아했던 남자는 다시 안락한 부잣집 장남으로 돌아가게 되는 것이다.

어쩌면 모두가 행복한 결말일 수 있다.

하지만 그러면 심판은 어떻게 되는 거지? 누구든 대가를 치러야 하는데 그건 도대체 누구의 몫일까? 그런 생각이 머릿속을 괴롭힐 때면 새벽까지 도무지 잠을 이룰 수 없었다.

장미 꽃봉오리 같은 입을 반쯤 벌리고 젖내를 폴폴 풍기며 잠든 죄 없는 생명을 바라보면서 나는 그 밤 내내 그런 생각을 했다. 요란한 전화벨 소리가 울리기 전까지는 말이다.

액정에 뜬 이름을 보는 순간, 얼른 전화를 받을 수밖에 없었다. 이 시간에 얘라면 결코 좋은 일은 아닐 테니까.

아니나 다를까, 귓가에 폰을 갖다 대는 순간 고막이 찢어질 듯한 고함 소리가 들렸다.

[지금 어디야? 당장 나와! 씨발! 당장 튀어나오라고!]

수현은 숨이 넘어가기 일보 직전이었다.

"집인데? 애가 이제 겨우 잠들었어."

[개소리 말고 당장 나와! 망할 애새끼 따위 내가 알 게 뭐야!]

나만큼이나 애정이 없는 애 아빠가 수화기 저편에서 고래고래 소리를 질러 댔다.

"무슨 일인데 그래? 너 어디야!"

[씨발! 그년이! 하하하하하! 그년이!]

수화기 너머의 수현은 반쯤 울다가 다시 또 웃고 있었다.

"야! 그게 무슨 소리야! 너 지금 그 집 앞이야?"

[그년이 형을 죽였어! 방금 후려치고 토꼈다고! 알아? 아느냐고! 그 씨발 망할 년이 형을! 죽였다고!]

수화기 너머에서 훅훅 단내가 나는 것 같았다. 눈앞이 아찔해졌다.

"그게 무슨 소리냐고! 누가 죽어?"

수현은 묻는 말에 대답도 하지 않고 혼자 뭔가 중얼대다가 다시 소리를 질러 댔다. 귀청이 떨어져 나갈 것 같았다.

[여긴 내가 처리할 테니까 얼른 쫓아가! 지금 나갔으니까 멀리 못 갔을 거야! 택시를 타든 뭘 타든 고속 버스, 기차역 다 뒤져서 찾아내! 절대 놓치지 마! 당장 잡아서 그년 나한테 보내!]

수현의 마지막 말은 섬뜩할 만큼 낮고 침착하게 귓속을 파고들었다.

[뼈와 살점, 가죽까지 몽땅 발라내 버릴 테니까. 무슨 수를 써서라도 그년을 나한테 보내.]

3장

30

나는 손톱을 잘근거리며 내 방 창가 커튼 뒤에 숨어 있었다.

두 사람이 햇살을 받으며 수영장 옆 잔디 위를 천천히 걸어 다니는 게 보였다. 서로 적당히 거리를 두고 얘기를 나누는 모습이 특별히 친해 보이지도, 그렇다고 너무 서먹해 보이지도 않는다. 아까 현관 앞에서 셋이 멀뚱히 서 있을 때처럼 말이다.

'효진 씨는 전에 아버지 간병을 해 주시던 분이거든요. 사정은 급한데 마땅히 적임자도 없고 난감할 때 마침 안부 전화를 주셨더라고요. 그래서 얼른 다시 모셨죠.'

'안녕하세요, 차효진이라고 합니다. 오랜만에 반가워요, 수현 씨!'

'어머! 형수님이라고요? 그럼 몇 년 전에 집 나가셨다는 그 형님의……?'

이 앙큼한 것!

나 같은 사람은 전혀 모른다는 듯, 오늘 처음 봤다는 듯 순진하고 말간 표정을 보니 소름이 돋았다. 기차에서 만났을 때와는 전혀 다른 분위기였다. 그때처럼 화장기 없는 얼굴에 머리를 하나로 묶고 있었지만, 오늘은 절대 느슨하고 말랑한 분위기가 아니다. 발목이 드러난 활동적인 바지에 수수한 블라우스, 얇은 카디건을 갖춰 입은 모습이 싹싹하고 야무지게 일 잘하는 간호사 처럼 보였다. 저렇게 다른 얼굴을 몇 개나 더 숨기고 있을까?

열린 창문 너머로 수현의 웃음소리가 들려왔다. 둘이 도대체 무슨 이야기를 하고 있을까?

최대한 귀를 쫑긋 세워 봤지만 당연히 여기까지 들릴 리가 없다.

'승준이 보셨죠? 잘 키워 놨죠? 사정이 있어서 애부터 먼저 보내 놓고 지금 온 거예요, 도련님. 그런데 애만 좀 데려다 달랬더니 저 여자가 왜 아직도 이 집에 있어요? 와서 뭐라던가요? 설마 지가 애 엄마래요? 아니, 별 미친년을 다 보겠네!'

그러고 있을까?

'지금 당장 경찰에 사기꾼으로 신고하자고요!'

그게 아니면…….

'남의 남편 꿰차고 같이 놀아나니 재미가 좋더냐? 이 상간녀야! 내가 그동안 니들 다 지켜보고 있다가 이 집에 일부러 보낸 거야! 네가 죽이려고 후려쳤던 우리 애 아빠, 멀쩡히 살아 있거든. 놀랬지? 이제 네가 한번 죽어 봐라!'

하지만 그럴 작정이라면 내 얼굴을 봤을 때 다짜고짜 머리채부터 잡았을 텐데, 왜 전혀 모르는 척 연기를 한 걸까. 도대체 무슨 꿍꿍이인 거지?

'잘 지내?'

그 문자는 역시 저 여자 소행이었나 보다. 분명 그 인간과 둘이서 짜고 일을 벌였을 것이다. 날 엿 먹이려고. 그리고 나를 아예 말려 죽이려고 다시 돌아온 거고?

손톱을 물어뜯다가 손이 덜덜 떨리는 걸 보고 얼른 내렸다. 하! 정말 돌아 버리겠네.

나는 창문 옆 서랍장 위에 있던 약병에서 한 알을 꺼내 물도 없이 그냥 씹어 삼켜 버렸다. 입 안에 퍼지는 씁쓸한 맛 덕분에 정신 줄을 다시 잡을 수 있었다.

우선은 생각이란 걸 좀 해 보자. 뭐가 어떻게 된 건지 제대로 알아보자고. 다 내려놓고 도망치는 건 당장 오늘 밤에도 할 수 있어. 그냥 쪽지 한 장 써 놓고 도망치면 되잖아.

'죄송해요. 다 제 잘못이에요. 용서해 주세요.'

세 문장이면 충분하잖아. 어쨌든 애를 무사히 데려다주고 여태껏 돌봐 줬으니 그쯤에서 그냥 눈감아 줄지도 몰라.

적어도 저 여자의 정체며 이 집안과의 연결고리는 알게 되었으니 내게도 수확은 있는 셈이다.

여기서 일하던 간병인이라고? 도대체 얼마나 오래전 일일까? 그 인간이 가출하기도 전부터 이 집에서 일하다가 둘이 눈이 맞은 걸까? 그러다가 덜컥 임신하게 돼서 관둔 건지도 모른다. 아니면 다른 사람들처럼 그냥 2년을 꽉 채우고 자연스럽게 퇴사했다가 뒤늦게 밖에서 그를 만나서 애를 갖게 된 걸까?

아무튼 뻔뻔하게 다시 나타난 걸 보면 노인이나 수현은 저 여자가 진짜 애 엄마라는 사실을 모르는 게 분명하다. 하지만 수현은 왜 관례를 깨고 굳이 예전 간병인을 다시 들였을까. 사람 구하기가 너무 어려워서? 돈이면 다 해결됐을 텐데 굳이 옛날 사람을 불러와야 할 필요가 있었을까? 아니, 보나 마나 저 여자가 밀어붙였겠지. 어떻게든 꼭 다시 이 집에 들어오려고 애를 썼을 테니까. 그런데 도대체 왜?

약 기운이 몸에 돌기 시작하는지 두려움에 멈춰 있던 뇌가 다시 조금씩 움직이기 시작했다. 생각이 꼬리에 꼬리를 물고 이어졌다.

다시 돌아온 이유라면…… 당연히 나 때문이겠지. 자기 애 아빠와 놀아난 나를 응징하기 위해! 이 집에서 자기 행세를 하고 있는 나를 망가트리기 위해!

그것밖에는 떠오르는 게 없다.

하! 그러게 애초에 그런 짓은 왜 했을까! 남의 신분을 훔치는 일이 그렇게 쉬울 리가 없잖아!

이제 와서 다 소용없는 일이지만 머리를 쥐어뜯고 싶어졌다. 다 내 잘못이다. 돈 칠갑을 한 으리으리한 저택에, 팔자에도 없던 맏며느리 대우에, 외제 차 선물에, 호화 쇼핑이 풍기는 돈 냄새에, 그리고 저 말간 얼굴의 연하 시동생에게 눈이 멀어서 겁도 없이 덜컥 눌러앉아 버린 내 잘못인 거다. 그러니 이 구덩이에서 빠져나가는 것도 내 몫이다.

그놈에게 머리채를 잡힐 때마다 '이러다 죽겠구나.' 생각했던 게 어디 하루 이틀이야? 그런데도 살아남았잖아. 결국 쓰러졌던 건 그놈이지 내가 아니잖아. 그 단단한 머리를 후려칠 때 '텅!' 하고 울리며 튕겨 오르던 그 프라이팬의 감촉, 그걸 잊지 말아야 해. 내가 어떻게 여기까지 왔는데!

나는 상처 입은 짐승처럼 방 안을 왔다 갔다 하며 생각을 정리하려고 애썼다.

그래, 다 좋다 이거야. 그럼 도대체 뭘 원하는 걸까? 날 엿 먹이려고 돌아온 것까진 알겠는데, 당장 신고하거나 이 집 식구들에게 알릴 게 아니라면 도대체 무슨 음모를 꾸미는 거지?

생각에 잠겨 있는데 갑자기 요란한 울음소리가 들려왔다. 애가 깨어난 것이다.

"그래, 간다, 가. 쉿! 착하지, 우리 아기."

나는 얼른 침대로 가서 애를 안아 올렸다. 익숙한 리듬으로 살살 흔들어 주며 창가로 살금살금 걸어가는데 요란한 애 울음소리에 두 사람이 고개를 들고 이쪽을 올려다봤다. 얼른 커튼 뒤로 다시 숨으려고 했지만 이미 늦어 버렸다.

멀리 서 있는 그 여자와 눈이 딱 마주쳤다. 심장이 덜컥 내려앉았다. 수현이 이쪽을 보더니 손을 흔들었다. 승준이를 꼭 닮은 미소 띤 하얀 얼굴이 너무 무해하게 보였다.

저 얼굴, 저 미소, 저 눈빛.

무너지는 구덩이에서 발견한 구명줄 같은 위안을 포기할 수 있을까?

이 집과 명품 옷, 외제 차 선물을 전부 포기한대도 저 미소만큼은 포기가 안 될 것 같다.

나는 우는 애를 추슬러 안으며 마주 손을 들어 보였다. 옆에서 있는 여자의 얼굴에는 표정이 하나도 없었다. 가면을 쓴 것 같은 하얀 얼굴로 이쪽을 가만히 올려다볼 뿐이었다.

나는 재빨리 뒤로 물러나 커튼을 쳤다.

손이 더 심하게 떨리기 시작했다.

31

이제는 떨리는 손으로도 제법 능숙하게 기저귀를 갈 수 있다. 어느새 울음을 그치고 가만히 쳐다보는 새까만 눈동자도, 가까이 가면 폴폴 풍기는 아기 냄새도, 꼬물거리다가 내 손가락을 쓱 잡는 작은 손놀림에도 익숙해졌다. 어린애를 제대로 안을 줄도 모르던 내가 팔자에도 없는 엄마 노릇이라니. 처음부터 그냥 대문 앞에 놔두고 갔으면 좋았을걸. 이제 와서 널 어쩌면 좋니, 아가야.

"요 녀석! 울음소리가 우렁찬 걸 보니 오늘 기분이 좋은 모양이네?"

"엄마야!"

깜짝 놀라 뒷걸음치다가 젖은 기저귀를 손에 든 채 주저앉고 말았다.

"어이쿠! 죄송해요, 놀라셨어요?"

수현이 급히 달려와서 내 손을 잡고 일으켜 주었다. 조금 전까지 정원에 서 있었는데 도대체 언제 올라온 거지?

"아버지 때문에 그래요. 누워 계시다 보니 귀가 예민해지셨거든요. 그래서 살금살금 소리 안 나게 다니는 버릇이 생겨 버렸네요. 많이 놀라셨어요? 괜찮으세요?"

그는 자상하게 나를 부축해서 침대에 앉혀 준 뒤, 아기 옷을 자기가 마저 입히고 젖은 기저귀도 돌돌 말아서 대신 처리해 주었다.

"저녁 식사가 좀 일찍 준비됐다고 해서 모시러 온 건데. 문이 열려 있어도 노크할 걸 그랬네요."

수현의 얼굴에는 미안한 기색이 한가득이었다.

"아니에요, 괜찮아요."

그가 침대 위에 얹혀 있던 내 손에 따뜻한 자기 손을 살짝 포갰다.

"그게 아닌 것 같은데."

이번에는 살갑게 허리를 굽혀 눈을 맞추고 얼굴을 자세히 살핀다.

"안색이 영 안 좋은데. 어젯밤도 설치셨어요? 안 좋다 싶을 때는 참지 말고 약 챙겨 드세요. 수면 리듬, 그거 한번 깨지면 돌리기 어려워요."

진심으로 걱정하는 그 눈빛, 창문으로 들어오는 오후 햇살을 받아 옅은 갈색으로 보이는 그 예쁜 눈에서 시선을 떼기가 어려웠다. 가슴을 콕콕 찌르는 죄책감과 공포가 밀려와도 눈을 돌릴 수가 없었다.

그냥 이 자리에서 다 털어놓으면 어떨까?

나는 당신 형수가 아니라고, 아까 본 저 여자가 진짜 애 엄마라고. 내게 고통만 안겨 주던 그 남자에게는 아무 감정도 남아 있지 않다고. 그러니까 우리는 아무 사이도 아닌 남남일 뿐이라고. 처음부터 다시 시작하자고 말이다. 그럼 저 여자를 기꺼이 형님이라고 부르면서 당신과 새 출발 할 수 있을 텐데.

난 그저 살기 위해 그런 짓을 했을 뿐이지, 누굴 해치거나 엿 먹이려던 게 아니라고 설명하면 이해해 주지 않을까? 이렇게 진심으로 날 걱정해 주는 눈빛은 한 번도 받아 본 적이 없어. 그러니 당신만 믿어 준다면 나도 정말 제대로 한번 살아 볼 수 있을 것 같다. 그러면 안 될까?

"어디 속이 불편하신 건 아니고요? 저녁 식사, 괜찮으시겠어요?"

"네, 네, 괜찮아요."

나는 애써 웃으며 수현을 억지로 일으켜 세웠다.

"그럼 다행이고요. 효진 씨 덕분에 이제 아버지 수발은 걱정 없어서 수원댁 여사님도 한시름 놓으셨거든요. 그러니 승준이 이유식 맡겨 두고 얼른 내려오세요."

수현이 내 손을 부드럽게 토닥여 주고 돌아섰다.

"참! 언제 일하셨던 분이에요? 그…… 효진 씨라는 분은?"

내 물음에 그가 이쪽을 돌아봤다.

"네?"

"오래……전인가요? 음…… 그이도 아는 분인가?"

"형이요?"

갸름하고 하얀 얼굴이 고개를 갸웃하며 잠깐 생각에 잠겼다.

"아니요. 최 실장님 바로 전에 있던 분이니까 그렇게 오래전은 아니죠. 이제 2년이 좀 안 됐나? 아무튼 형이 집 나가고도 한참 뒤에 들어온 분인걸요."

"아, 그렇구나. 일을 잘하셨나 봐요. 이렇게 다시 모신 걸 보면."

"네, 뭐 무난하셨어요. 최 실장님처럼 물리 치료까지는 아니어도, 조무사 자격증과 요양 보호사 자격증을 모두 갖고 계시고, 아버지가 까탈을 부리셔도 꽤 잘 참아 주셨거든요."

"그러면 이번에도 2년 예정으로 오신 거예요?"

"글쎄요."

수현이 난감한 표정을 지었다.

"그 2년 조항이라는 게…… 일하는 분들을 못 믿어서 생겨난 거라고 했었죠? 그…… 예전 어머님 사건 때문이라고."

수현의 입가에 떠올라 있던 미소가 사라졌다.

"네, 시간이 지났지만 그래도 그 원칙은 계속 고수해야 한다고 생각해요. 우리 같은 사람들은 가족 말고는 누구도 믿으면 안 된다고 아버지가 늘 말씀하셨고, 저도 어떤 면에서는 동의하거든요. 이번에 효진 씨는 사정상 급해서 다시 들이긴 했지만요. 일단 2년으로 부탁은 해 두었는데 또 모르죠."

나도 그 여자처럼 가면 뒤에 표정을 숨길 수 있다면 얼마나 좋을까. 감정을 드러내고 싶지 않은데, 보나 마나 실패한 것 같다. 나를 보는 수현의 얼굴에 다시 걱정이 가득했기 때문이다.

"혹시…… 기분 나쁘신 건 아니죠?"

"기분? 어머! 아니에요. 내가 왜……."

손사래까지 치고 보니 너무 과하게 보였을까 봐 걱정이 된다.

"아, 그냥요."

수현이 멋쩍게 웃었다.

"이 집에 젊은 여자 간병인이 일한 적 있다는 것 때문에…… 형수님이 괜히…… 이런저런 오해를 하셨나 싶어서요."

그 여자와 아무 사이도 아니니 오해하지 말라는 이야기를 수현답게 슬쩍 돌려 말하며 싱긋 웃었다.

"최 실장님 때처럼 그냥 서로 적당히 거리 두면서 잘 지내면

될 것 같아요. 저는 일단 그런 마음입니다. 뭐, 결국 아버지를 돌봐 주실 분이니까요. 저희 일손을 더는 셈이잖아요. 형수님도 한번 지켜보시면서 뭔가 석연치 않은 점이 있다면 언제든 저한테 알려 주세요."

부드러운 목소리로 조곤조곤 들려주는 말에 두근대던 마음이 한결 가라앉았다. 나보다 어리지만 이럴 때는 아주 어른스럽고 듬직하다. 그러니 내가 얠 어떻게 포기하겠어.

"그럼 천천히 내려오세요."

돌아서서 나가던 수현이 문 앞에서 뭔가 생각났다는 듯 다시 돌아봤다.

"아 참! 아버지뿐만 아니라 형수님도 도움 좀 받으시면 좋을 거 같아요. 가끔 승준이도 맡길 수 있을 것 같아서요. 아기를 무척 좋아한대요. 아까 효진 씨 말이, 애가 형수님을 꼭 닮았다고, 엄청 귀엽다고 칭찬하더라고요."

32

환한 불빛 아래 완벽하게 세팅된 넓은 식탁 앞에 수현 혼자 앉아 있었다. 멍하니 핸드폰을 보고 있다가 내가 들어가니 고개를 들고 환하게 웃어 보인다.

"오늘 메뉴는 곤드레나물밥이네요. 저 이거 완전 좋아하거든요. 빨리 오세요."

내가 미소 지으며 맞은편에 앉자 희선 씨가 와서 물을 따라 주었다. 이제 이렇게 남이 물잔을 채워 주는 생활이 조금도 낯설지 않다. 그렇게 되어 버렸다.

"아버지는 오늘 침대에서 드신대요."

비어 있는 상석을 흘끗 쳐다보자 수현이 재빨리 대답했다.

"어머! 많이 안 좋으시대요?"

그동안 노인과 함께 식사하는 날이 많지는 않았지만, 최 실장까지 넷이 함께 마주 앉아 먹는 일상에도 꽤 익숙해졌다. 주로 우리 셋이 시답잖은 수다를 떨면 노인은 비틀린 목을 간신히 쳐들고 이야기를 듣는 쪽이었다. 그러다가 음식이나 침이 주르르 흐르기라도 하면 노인이 민망해하지 않도록 최 실장이 얼른 닦아 주며 자연스럽게 다른 이야기를 꺼내곤 했다. 그런 일상도 익숙해지니 전혀 불편하지 않았다. 오히려 진짜 이 집 가족이 된 것처럼 포근하고 든든한 느낌이었으니까.

오늘처럼 머릿속이 복잡한 날은 당연히 수현과 둘만 마주 앉은 자리가 반가웠지만, 노인이 은근히 신경 쓰이기도 했다. 어느새 노인을 진심으로 걱정하게 된 건지, 아니면…… 옆에 붙어서 간병할 그 여자가 무슨 말을 할지 몰라서 불안한 건지 내 진짜 마음을 나도 잘 모르겠다.

지금 여기 앉아 있는 사람이 윤재영인지, 이 집 맏며느리인지, 아니면 맏며느리인 척하는 윤재영인지, 누구 다른 인간인지도 모르겠다. 이 집은 점점 익숙해지는 대신, 나라는 사람은 낯설게만 느껴진다. 내 인생 자체가 이 집에 들어오기 전과 후로 나누어진 것 같다. 이전의 나는 그 프라이팬과 함께 죽어 버리고, 새로운 내가 여기 앉아 있는 것이다. 단, 새로운 나는 아직 단단히 여물지 못해 흐물거리는 껍질에 불과하다. 그리고 어쩌면 채 여물기도 전에 썩어 버릴 판이다.

식욕이 하나도 없었지만 수현을 따라 억지로 숟가락을 막 집어 드는데 희끄무레한 그림자가 휙 나타났다. 움찔 놀라 와장창 젓가락을 떨어뜨리고 말았다. 얼른 허리를 굽혀 줍고 몸을 일으키는데 심장이 쿵 떨어졌다. 맞은편 수현의 의자 뒤에 그 여자가 저승사자처럼 우뚝 서 있었던 것이다.

"걱정했는데 그래도 한 그릇 다 드셨어요. 양치질에 세수까지 다 하셨고, 이제 약 드시기 전까지 좀 쉬시겠다네요."

여자가 둘둘 걷어 올린 소매를 풀어 내리며 환하게 웃었다. 일부러 꾸민 것 같은 웃음이었다.

"아, 다행이네요. 그래도 식사하신 걸 보면 좀 괜찮으신가 봐요?"

수현이 자기 옆 의자를 빼 주며 말했다.

"네, 그냥 좀 피곤하신 모양이에요."

여자는 너무 자연스럽게 그가 빼 준 의자에 털썩 주저앉았다.

나와 수현을 번갈아 보는 시선도 편안해 보였고, 특별히 이쪽을 피하는 느낌도 아니었다. 어떻게 저럴 수 있지? 마치 숙련된 프로 연기자 같다.

수현이 주방 쪽에 소리치자 희선 씨가 한 사람 몫의 밥과 그릇을 가져와 세팅해 주었다.

"와! 곤드레나물밥? 이거 전에 계시던 신림동 여사님도 곧잘 해 주셨는데. 새로운 분도 음식 때깔 보니 솜씨가 보통이 아니신가 보네요."

여자가 입 안 가득 밥과 반찬을 집어넣고 우물거리며 말했다. 말투도 목소리도 전혀 새로운 사람을 보는 것 같다. 수줍은 듯 볼을 붉히며 조곤조곤 말하던 아기 엄마가 아니었다. 솔직하고 직선적인 표현에 거침없는 말투, 당당한 목소리의 이 여자는 누굴까? 도대체 어느 쪽이 진짜야?

수현이 이런저런 가벼운 얘기들을 늘어놓았지만, 나는 여자가 먹는 모습만 홀린 듯이 흘끔거렸다. 도저히 눈을 뗄 수가 없었다. 그러다 눈이 마주치면 짝사랑에 빠진 소년처럼 얼른 고개를 돌리며 딴청을 피웠다.

"와! 갓김치! 이 맛 진짜 그리웠어요. 이거 아직도 여기서 직접 담그시는 거예요?"

"그럼요. 아버지가 워낙 좋아하시잖아요."

"여기 여사님들 진짜 부지런하시다니까. 믿어지세요?"

방심하는 사이 여자의 눈빛이 칼날처럼 내게 날아와 꽂혔다. 눈을 피할 새도 없었다.

“이 큰 집 쓸고 닦고 반짝반짝 관리하시랴, 철마다 장이며 김치며 일일이 만드시랴, 그걸 다 어떻게들 해내시는지 모르겠어요. 그러니 뭐, 여기서 일하는 분들은 딴생각할 틈도 없으실 거야. 사실 이렇게 큰 집에서 일할 때는 유혹도 많으니까. 관리가 좀 느슨하거나 너무 편하면 살짝 나쁜 맘도 먹을 수 있고 그러잖아요. 워낙 별의별 사람들이 다 있으니까. 그렇죠, 수현 씨?”

“헉!”

갑자기 식탁 위가 온통 물바다가 되었다. 나는 의자를 뒤로 밀고 벌떡 일어섰다. 수현이 물컵을 갑자기 넘어뜨리는 바람에 식탁 위가 금세 흥건해졌던 것이다.

“아! 이런! ㅆ…….”

“어머! 제가 가져올게요. 행주 어디 있는지 알아요.”

나와 수현이 당황하는 사이 여자가 바람처럼 휘리릭 사라졌다. 나는 식탁 위에 있는 냅킨과 화장지를 한 주먹 뽑아서 수현에게 건네줬고 그는 물이 흘러내린 자기 바지를 닦아 댔다. 수현의 얼굴이 벌게진 것이 보였다. 저런 모습은 처음 본다. 그러고 보니 방금…… 욕까지 할 뻔했던가? 평범한 20대 남자라면 그런 상황에서 그 정도 욕이야 아무것도 아니겠지만, 내가 아는 수현에게는 전혀 어울리지 않는다. 저 말간 얼굴에 그런 말은 영 어색하다.

그 여자가 없는 사이, 식당에 우리 둘뿐이었으니 뭔가 변명이라도 할 법한데 그는 입을 꽉 다물고 그저 젖은 바지만 훔쳐 댔다. 내 앞에서 그런 하찮은 실수를 한 게 민망한 건지도 모른다. 하지만 그게 아니라면…… 저 여자를 의식해서 저렇게 어색하게 구는 걸까?

“자, 자, 넉넉하게 가져왔어요. 걱정들 마세요.”

여자가 깨끗한 행주 한 뭉치를 들고 돌아왔다.

나는 그중 몇 장을 집어 들고 여자와 함께 어색하게 식탁을 닦아 냈다.

“죄송해요. 제가 너무 떠들었나 봐요. 정신없으셨죠.”

고개를 들어 보니 내게 하는 말이었다. 새까맣고 또렷한 눈동자가 날 똑바로 쳐다보고 있었다. ‘아니에요, 괜찮아요’라고 인사치레라도 해야 하는데 도저히 입이 떨어지지 않았다. 얼른 고개를 숙이고 식탁만 문질러 댔다.

“수현 씨, 괜찮아요?”

여자는 내 태도에 조금도 개의치 않고 다시 명랑하게 고개를 돌렸다.

이 상황이 재미있나? 아니면 지금 혹시…… 끼 부리는 거야?

“아아, 괜찮아요.”

수현이 웃으며 고개를 들었다. 완전히 평정심을 되찾았는지 다시 침착한 목소리였다.

"바지 좀 갈아입고 와야겠네요. 이거 영 민망해서."

수현이 멋쩍게 웃으며 의자를 뒤로 밀고 일어났다.

"아! 그럼 저도!"

내가 그를 따라 벌떡 일어나자 둘의 시선이 이쪽으로 쏠렸다.

"아…… 저기, 승준이…… 아기 울음소리가 들린 것 같아서 2층에 좀……."

"여사님이 봐 주시는 거 아니에요?"

여자가 순진한 표정으로 물었다.

"네, 그렇지만……."

"제가 한번 가 볼까요?"

여자의 눈빛이 이쪽을 살피고 있었다.

수현은 우리를 번갈아 바라보다가 민망한 곳에 얼룩이 생긴 자기 바지를 한 번 더 내려다보더니 재빨리 사라져 버렸다.

그렇게 해서 식당에는 우리만 남았다. 그 여자와 나, 둘뿐이었다. 엉망이 된 식탁을 사이에 두고 마주 서 있는 동안 시간이 멈춘 것 같았다. 저기서 손을 뻗으면 내 머리채를 쉽게 틀어쥘 수 있을 것 같다.

'그래, 남편부터 애, 며느리 자리까지, 남의 걸 몽땅 빼앗아서 끼고 있으니 속이 시원하디?' 하고 으르렁대는 소리가 들리는 것 같다. 주춤주춤 한 발씩 뒤로 물러섰다. 얼른 이 자리를 벗어나

2층 내 방으로 돌아가서 숨고 싶었다.

그런데 여자는 갑자기 털썩 자기 자리에 앉더니 태연하게 숟가락을 다시 집어 들었다.

"애기가 참 귀엽던데요? 그래도 그맘때면 한창 손이 많이 가죠?"

나는 여자가 태연하게 숟가락을 움직이는 걸 지켜보고 서 있었다.

뭐 하는 거야, 지금? 왜 계속 모르는 척하는 거야? 너 대체 원하는 게 뭐야. 정말 사람 피 말려 죽이려고 작정했어?

나는 주먹을 쥐었다 폈다 하며 손을 허벅지에 문질렀다. 슬슬 숨이 가빠지기 시작했다. 약 생각이 났다. 한 알만, 딱 한 알만 털어 넣으면 되는데.

"애 생일이 언제예요?"

내 쪽은 보지도 않고 젓가락으로 멸치볶음을 신중하게 집어 올리며 묻는다.

"12.12에…… 태어났어요. 기억하기 쉽죠?"

큰맘 먹고 대답했다. 그래, 이쪽도 장단을 맞춰 줘야지. 하지만 여자의 표정에는 변화가 없었다.

"추울 때 낳는 게 그래도 몸조리할 땐 좋다더라고요."

가증스러운 미소가 입가에 번졌다. 이쪽을 슬쩍 올려다보는 눈매에는 웃음기조차 없으면서.

"저도 서늘할 때 태어났거든요. 우리 엄마가 늘 그러셨어요.

더위를 많이 타서 엿가락처럼 축축 늘어지는 체질이라 여름이면 죽어났을 텐데, 넌 딴 건 몰라도 그거 하나는 효도했다고."

혼자 쿡쿡 웃는다. 우습냐? 이 상황이 우스워, 지금?

"내가 애라도 낳으면 우리 엄마가 봐 주겠거니 했는데."

여자가 혼잣말처럼 중얼거렸다.

"근데 뭐 사람 일이 그렇게 뜻대로 되나요? 우리 엄마는 정말 너무 어이없게 돌아가셔서 애를 봐 주기는커녕, 내가 시집가는 모습도 못 보시게 됐으니."

여자가 나물밥을 쓱쓱 비벼서 야무지게 입에 넣으며 말했다. 시선은 장승처럼 우뚝 선 나를 지나서 먼 곳을 보고 있다.

"친정 부모님은 안 계세요? 그래서 아기랑 같이 시댁에 들어오신 거예요? 남편분 생각 많이 나시겠네요. 같이 들어오시지. 솔직히 시댁이 아무리 부자라도 든든한 내 편은 꼭 필요하잖아요. 안 그래요? 아! 벌써 내 편을 만드셨나?"

주절거리던 여자가 갑자기 눈동자만 움직여 나를 똑바로 쳐다봤다. 순간 숨이 턱 막혔다. 목이 졸리는 느낌. 도무지 숨을 쉴 수가 없다.

안 돼! 도저히 안 되겠어! 약, 내 약!

나는 천천히 뒷걸음질 치다가 그대로 돌아서서 식당을 뛰쳐나왔다. 혼자 남은 여자가 거침없이 수저를 움직이는 소리가 들려왔다.

33

막 거실로 나오는데 새 바지로 갈아입고 돌아오던 수현과 하마터면 부딪칠 뻔했다.

"어이쿠!"

수현이 비틀거리는 내 어깨를 양팔로 단단히 붙잡아 주었다.

"어? 형수님? 식사는요?"

"아, 속이 좀 안 좋아서. 실은 아까부터 그랬는데, 먹다 보면 괜찮아질 줄 알았더니 영 기미가 안 보이네요. 그냥 건너뛰어야겠어요."

나는 그의 팔을 살짝 밀어낸 뒤 빠른 걸음으로 거실을 지나 계단을 올라갔다.

"소화제 필요하면 알려 주세요!"

뒤에서 수현이 소리쳤다.

방으로 뛰어 들어오자 수원댁이 애를 침대에 막 눕히고 있었다.

"방금 야무지게 다 먹었어요. 양이 점점 늘어나네요. 쑥쑥 자라려나 봐요."

수원댁이 방을 나가며 미소 지었지만 받아 줄 정신이 없었다. 욕실 장을 뒤져서 약통을 꺼내 두 알을 한꺼번에 털어 넣고 수돗

물을 손에 받아 꿀꺽꿀꺽 마셨다. 그리고 무너지듯 욕실 바닥에 주저앉았다.

나가자. 여길 나가야 해.

저 여자는 미쳤어. 완전히 미쳐 버려서 나한테 애를 맡겼다는 걸 기억조차 못 하거나, 아니면 애도 상관없이 무슨 짓이든 저지를 사이코패스인 거야. 그래서 작정하고 날 말려 죽이려는 거야. 돈에 눈이 멀어서 내가 아주 더럽게 엮여 버린 거지. 그러니 지금이라도 애는 그냥 내버려 두고 나가는 거야. 둘이 식사하느라 정신없는 사이 그대로 도망치면 돼. 쇼핑했던 명품이랑 귀금속을 챙겨 가면 돈이 될 거야. 그걸로 멀리멀리 도망쳐서 한동안 좀 숨어 있자.

약 기운이 도는지 머릿속에 가득하던 안개가 점점 걷히는 것 같았다. 숨쉬기도 한결 편해졌다. 나는 천천히 일어나서 찬물로 세수하고 욕실에서 나왔다. 아기는 침대에 누워 두 팔과 다리를 휘저으며 방긋방긋 웃고 있었다. 그 새까만 눈과 통통한 볼을 애써 외면한 채 몸을 굽혀 침대 밑을 뒤졌다. 거기 처박아 뒀던 가방을 끌어냈다가 발로 차서 도로 밀어 넣었다. 이 상황에 짐을 챙기겠다고? 게다가 이 가방도 그 여자 건데! 주얼리 상자를 뒤져 금붙이 몇 개를 주머니에 쑤셔 넣고 침대 옆 협탁에 던져 뒀던 핸드폰과 지갑을 집어 들었다.

급히 몸을 돌려 방문 손잡이를 잡으려는데 띠링 하는 소리가 들렸다. 한시가 급한 상황이지만 덜덜 떨리는 손으로 얼른 핸드폰을 열었다. 혹시나 했지만 보낸 사람은 수현이 아니라 낯선 번호였다. 전송한 것은 동영상. 섬네일은 뿌연 회색이다. 요즘 사람들은 이런 걸 함부로 누르지 않는다. 지금은 이런 데 신경 쓸 시간이 없다. 일단 여기서 나가야 한다.

어? 그런데 방금 내가 본 게……?

폰을 들고 그대로 방을 나가려다가 우뚝 멈춰 섰다.

스치면서 본 정지 화면의 짙은 회색 너머로 슬쩍 비치던 형상이 눈 안쪽에 잔상처럼 남았다. 나는 방문 앞에 서서 핸드폰을 다시 열고 동영상의 재생 버튼을 눌렀다.

34

흑백의 동영상은 화면을 가리는 누군가의 등에서 시작한다.

머리를 하나로 질끈 묶은 여자다. 짙은 회색 후디를 입고 있었다.

카메라는 뒤쪽 위에서 비스듬히 아래를 비추고 있다.

화면을 등진 여자가 한 걸음 앞으로 걸어가고 맞은편에 서 있던 형상이 움직이기 시작한다.

남자다. 어깨가 넓고 키가 크다.

여자가 바쁘게 뭔가 하려는데 남자가 말을 건다.

둘은 하던 걸 멈추고 이야기를 나눈다.

볼륨을 키워 봤지만 소리는 들리지 않는다. 그러니까 애초에 소리는 녹음되지 않은 동영상이다.

남자는 낡은 싱크대에 기대선 채 계속 뭔가 말하고 있다.

여자가 고개를 돌리고 옆으로 걸어가려는데 남자가 손목을 잡는다. 크고 단단한 손안에 여자의 손목 하나가 쏙 들어간다. 팔을 뿌리치려고 하지만 꿈쩍도 하지 않는다.

둘의 대화가 격해진다. 소리는 들리지 않지만 화면만 봐도 알 수 있다.

남자의 힘이 어찌나 센지 여자가 팔을 잡아 빼려는데 꿈쩍도 하지 않는다.

여자는 허리를 굽히고 힘을 주며 어떻게든 벗어나려고 용을 써 본다. 보고 있기가 차마 안쓰러울 정도다.

내 손목이 시큰거리며 아파 온다. 저러다 분명 단단히 멍이 들겠지 싶다.

잠시 후 남자가 다른 손으로 기어이 여자의 머리채를 움켜쥔다. 손목만큼이나 아주 단단하게.

여자는 이제 갈 곳이 없다. 움직일 수도 없다.

잡힌 머리채를 숙인 채, 자유로운 한쪽 손으로 남자 뒤의 싱크대 위를 더듬고 있다.

단단한 힘에 꽉 조인 채, 옴짝달싹도 하지 못하는 몸에서 오직 손가락만이 생명을 얻은 괴생물체처럼 싱크대 위를 필사적으로 움직이고 있었다.

그리고 마침내 여자의 손이 개수대에 엎어져 있던 프라이팬 손잡이를 찾아 쥔다.

남자는 여전히 두 손으로 여자의 손목과 머리채를 잡고 있어서 거기에 신경 쓸 여유가 없다.

여자의 자유로운 손이 뒤에서 공중으로 크게 날아오르는 것도 알지 못한다.

그대로 프라이팬이 큰 반원을 그리더니 남자의 머리에 명중한다.

고요한 동영상이지만 화면 속에서 '텅!' 하는 소리를 들은 것만 같다.

남자는 생각지도 못한 일격에 비틀거린다.

화면에는 보이지 않지만 아마 양말만 신은 발이 매끄러운 리놀륨 위를 미끄러지는 바람에 균형을 잃었을 것이다.

양손으로 어디든 재빨리 붙잡았다면 금방 중심을 잡을 수 있었을 것이다. 하지만 이미 너무 늦었다. 여자를 단단히 붙잡아 두느라 손을 너무 늦게 풀었던 것이다.

남자는 비틀거리다가 주르륵 미끄러지며 옆머리를 싱크대 모서리에 쾅 제대로 박아 버린다.

프라이팬은 회심의 일격이 아니었다. 남자를 쓰러뜨린 것은 결국 자신의 손과 발이었다.

이제 화면에 보이는 건 여자의 등뿐이었다. 무릎을 꿇고 앉아서 쓰러진 남자를 들여다보고 있다. 하지만 남자는 다시 일어나지 않는다.

화면 속의 여자가 일어나더니 한 걸음 뒤로 물러나는 게 보였다. 남자에게 잡혔던 머리채가 엉망으로 흐트러진 모양이 금방이라도 칼춤을 추려는 망나니처럼 보인다.

여자는 한동안 정지 화면처럼 가만히 서 있더니 다시 조심조심 다가가서 허리를 굽히고 들여다본다. 구토를 참는 것처럼 놀란 손을 입으로 가져가더니 다음 순간 일어나서 휙 몸을 돌린다.

그래서 6분 12초짜리 동영상의 마지막은 내 얼굴로 끝이 났다.

잔뜩 놀라고 겁먹은 채 그대로 뛰어나가느라 반쯤 흔들린 내 모습으로 말이다.

35

덜덜 떨리는 차가운 손에서 핸드폰이 떨어져 방구석 저편으로 날아가는데도 손가락 하나 까딱할 수가 없었다.

'망했다!'

머릿속에 떠오른 건 그 세 음절뿐이었다.

딱 그 말 말고는 정말 아무것도 떠오르지 않았다. 이걸 누가,

왜, 어떻게 찍었고, 어째서 지금 내게 보냈는지 하나하나 차근차근 따져 보는 건 그다음이었다.

각도를 보면 카메라는 현관 앞 천장에 매달려 있는 것처럼 보인다. 동작 감지 센서가 달린 조명등 쪽 말이다. 그 반지하방은 워낙 비좁았다. 오른쪽에는 허름한 주방, 왼쪽에는 신발장, 그 너머 안쪽에 작은 방이 붙어 있는 구조였다. 현관에 들어서면 모든 게 한눈에 다 훤히 보였다.

하지만 거기에 카메라 같은 게 있는 줄은 전혀 몰랐다.

집주인이 달았을까? 아니, 그럴 리가 없다. 우리에게 세를 준 집주인은 40대 후반의 독신 여성이다. 서로 코빼기를 볼 일도 없었고, 이런 걸 몰래 달 만큼 변태적으로 보이지도 않았다. 여자 혼자 살던 집이니 안전을 위해 달았을 가능성도 있지만, 우리는 분명히 입주 전에 몇 군데 부실한 곳의 수리를 싹 하고 들어갔다. 거기에는 오래돼서 불이 깜빡거리는 구식 센서 등을 교체하는 일도 포함되어 있었다. 그러니 뭔가 괴상한 게 달려 있었다면 그가 곧바로 알았을 것이다. 그 성격에 참지 않고 주먹을 날려서 단박에 떼어 버렸을 것이다. '고소해! 고소하자고!' 그러며 길길이 날뛰었겠지. 그러니까 집주인은 아니다.

그러면 도대체 누가 그랬을까? 누가 됐든 우리의 일거수일투족을 감시하려는 사람일 것이다. 우리를 감시하면서…… 아니, '우리'가 아닐지도 모르지.

'방금 그 전화는 누구야?'

'가게에 전화해 보니 너 아까 출발했다던데? 왜 40분이나 늦었어?'

'하루 종일 집에서 뭐 했어? 아까 카톡 보냈는데 뭐 하느라 못 봤어? 어디 나갔다 온 거 아니야?'

적어도 '내' 일거수일투족을 전부 꿰고 있으려던 사람이 누군지는 잘 알고 있다.

나는 바닥을 기어서 저만치 날아간 핸드폰을 다시 주워 왔다. 여전히 싸늘한 손끝을 덜덜 떨면서 동영상을 처음부터 끝까지 다시 한번 보았다. 당연한 말이겠지만 발신 번호는 낯설다. 본 적도 없고, 저장도 안 된 번호다.

하지만 누군지는 알 것 같다.

아마도 이 카메라를 거기에 설치했을 사람.

이걸로 내 일거수일투족을 감시해 온 사람.

그리고 운 좋게도 지옥에서 살아 돌아와 자신의 '마지막 순간'이 찍힌 걸 보고 받은 만큼 돌려주기 위해 이를 갈고 있을 사람.

내게 '잘 지내?'라고 안부를 물어 왔던 사람.

아마도 전부 같은 사람이겠지.

그 생각을 하자 시커먼 안개가 낀 것처럼 혼탁하던 머릿속이 환해졌다. 비어 있던 퍼즐 조각이 달칵 맞춰지는 명쾌한 소리가 들렸다.

이런 일은 혼자서 벌일 수 있는 게 아니다. 그 여자 혼자 북 치고 장구 칠 수는 없는 노릇이다. 나를 여기까지 불러들이는 건 결코 우연이나 한 사람만의 계획이 아니었다.

모든 것이 점점 더 명확해지기 시작했다.

여기 눌러앉게 된 건 결국 내 욕심 때문이라지만, 나를 여기까지 오게 만든 건 분명 그 둘의 합작이다. 내가 한때 사랑하던 남자, 그리고 그 남자의 아이를 가진 여자.

내가 때려죽이려던 남자와 지금 아래층에서 태연하게 곤드레 나물밥 따위를 먹으며 나를 말려 죽이려는 여자 말이다.

역시…… 설마 했지만, 니들 둘이 짰구나.

내가 피 흘리며 자빠진 그를 보고 죽은 줄 알고 뛰쳐나간 뒤에 그는 정신을 차렸을 것이다. 잠깐 기절이라도 했던 걸까? 그렇게나 많은 피가 났지만 요행히 목숨에는 지장이 없었던 모양이다. 그래서 정신이 들자마자 저 여자를 불렀을 것이다. 당장 날 쫓아가라고 했겠지. 이를 바득바득 갈면서. 감히 자기 손을 빠져나간 나를 용서하지 않겠다고 다짐하면서. 그렇게 둘은 날 손봐 줄 계획을 세운 것이다. 자기 애까지 미끼로 삼아서 말이다.

처음부터 내가 그 여자를 사칭할 거라는 예상까지는 못 했을 것이다. 어쨌든 이 집을 거쳐 가게 만들어서 시간을 벌고 내 동선을 확보할 작정이었겠지. 내가 애를 달고 도망이라도 쳤다면, 저 동영상으로 살인 미수죄에 유괴죄까지 씌워 고발했을 테고,

애를 데려다준 뒤 내 갈 길을 갔더라도 이곳에 왔던 행적을 토대로 근방 CCTV부터 밟아서 위치를 추적하면 됐을 것이다.

그런데 내가 멍청하게도 이 집에 남기로 마음먹는 바람에 그 망할 인간들에게 아주 선물을 안겨 준 거다. 그래서 한 명은 이 집에서, 다른 한 명은 집 밖에서 동시에 내 숨통을 조여 오기로 작정한 거다.

폰을 손에 들고 벌떡 일어섰다.

이대로 당하고만 있는 건 너무 억울해! 결국 죽은 사람도 없고, 누구 하나 손해를 본 것도 아니잖아? 남의 신분을 사칭한 거야 잘못이지만, 애초부터 자기 애를 버리기로 작정한 여자라면 그런 짓을 당해도 싼 거 아니야? 이 집 며느리 자리가 탐났다면 진작 애를 안고 들어왔어야지. 자기가 포기한 자리를 내가 좀 차지했기로서니 그게 잘못이냐고? 내가 왜 이런 고통을 겪어야 해?

약 기운이 돌고 심장 박동이 느려지면서 점점 모든 논리가 한쪽 방향으로 돌아갔다. '나를 보호하는 쪽'으로.

내가 아니면 나를 누가 지켜 주겠어?

벌떡 일어나서 바지 뒷주머니에 아무렇게나 쑤셔 넣은 지갑을 다시 한번 확인했다. 침대 위를 살피니 애는 그새 잠들어 있다. 감은 눈의 풍성한 속눈썹이 뽀얀 피부 위에 예쁜 그림자를 만들고 있었다. 그걸 보자 마음이 이상하게 아려 왔다. 품에 안으면 뿌듯하게 묵직하던 느낌도, 옆에 눕히고 토닥이면 희미하게 풍겨 오던 우유 냄새도 고스란히 떠올랐다.

발이 쉽게 떨어지지 않는 걸 보면 아무래도 그새 정이 들었나 보다, 아가야.

하지만 아래층에 네 진짜 엄마가 있으니 괜찮을 거야. 미안.

나는 재빨리 방을 나섰다. 가슴 한구석이 뻐근하게 아파 와도, 뒤에서 잡아끄는 것 같은 느낌이 들어도 절대 뒤돌아보지 않았다. 오래된 계단이 삐걱거리며 소리를 낼까 봐 양말만 신은 발로 빠르게 내려갔다. 미안하다는 둥, 용서해 달라는 둥, 구질구질한 메모를 빼먹은 게 생각났지만 지금은 그게 문제가 아니다.

발끝으로 살금살금 걸어서 현관 쪽으로 향했다. 식사 후 뒷정리까지 하려면 한참 걸릴 것이다. 내가 사라진 걸 눈치챌 때쯤이면 벌써 고속 버스든 열차든 올라탔겠지.

재빨리 걸어가 문손잡이를 잡았을 때였다.

"어디 가세요?"

눈앞이 빙글빙글 돌기 시작했다.

목덜미에 소름이 돋아났다.

36

1초쯤? 그냥 무시하고 이대로 나가 버릴까 고민했다.

그 남자와 지내던 1년 반 동안 내 몸은 위험을 감지하는 데 아주 예민해졌다. 위기가 다가오면 귀신같이 알 수 있었다. 촉이 주는 경고를 무시했다가는 항상 끝이 좋지 못했다. 그런데 한동안 잠자고 있던 그 촉이 방금 다시 고개를 들었다. 지금이야말로 다 떨쳐 버리고 얼른 이 집을 나가야 한다고 소리치고 있었다. 뒤에서 들려온 목소리가 다른 사람이기만 했어도 그냥 밀고 나갔을 텐데.

하지만 손잡이를 놓고 천천히 돌아설 수밖에 없었다. 그 목소리의 주인을 실망시키고 싶지 않았다. 그 사람이 아는 윤재영이 되고 싶었다.

"아, 잠깐 바람 좀 쐬려고요. 답답해서."

"속은 좀 어떠세요? 소화제 드셨어요?"

수현이 이마를 살짝 찌푸리며 다가왔다.

"아뇨, 그냥. 바람 좀 쐬면 나아질 거 같아요."

"얼굴에 핏기가 없으신데? 어디 좀 봐요."

그가 한 걸음 앞으로 다가왔다. 서슴없이 내 손을 덥석 잡더니 다른 손으로는 이마까지 짚어 본다.

"손도 싸늘하고 식은땀까지 흘리시네. 진짜 급체하신 모양인데요? 잠시만요, 제가 가서……."

"저기요."

그때 뒤쪽에서 서늘한 목소리가 들렸다. 그 여자의 하얀 얼굴이 어두운 거실을 배경으로 둥둥 떠 있었다.

"네, 효진 씨?"

여전히 내 손을 잡은 채 고개를 반쯤 뒤로 돌린 수현의 목소리에 묘한 짜증이 섞여 있었다.

"지금…… 시간 괜찮으세요? 회장님께서 손주가 보고 싶으시다는데요."

"뭐라고요?"

수현이 내 손을 놓고 뒤로 돌아섰다. 이번엔 제대로 날이 선 느낌이었다. 오늘 저녁의 수현은 내가 알던 그 사람이 아닌 것 같다. 마냥 순둥하게 웃던 연하 시동생이 아니라 어딘가 이상하게 뾰족하고 날카로운 느낌이다.

"아, 제가 데리고 가도 괜찮은데, 그래도 사모님께서 직접 들어가시는 게 나을 것 같아서요."

여자는 태연했다. 털끝만큼도 기가 죽거나 신경 쓰는 눈치가 아니었다. 잠시 우리 사이에 묘한 긴장감이 흘렀다. 셋 중 누구도 움직이지 않았다.

마침내 수현이 이쪽으로 고개를 돌렸다. 평소처럼 부드럽게 미소 짓는 얼굴이었다. 하지만 지금은 어쩐지 좀 낯설게 느껴진다.

"아버지가 기력을 찾으셨나 보네요. 괜찮으시겠어요?"

"네, 제가…… 갈게요."

차마 여자 쪽은 못 보고 수현의 어깨만 바라보며 대답했다.

"저는 그럼 제 방에 있을 테니 필요하시면 언제든 불러 주세요."

뒤돌아서 걸어가는 여자의 손에 핸드폰이 들려 있었다. 저 폰으로 방금 그 동영상을 보냈을까? 아니면 밖에 있는 그놈에게 보내라고 지령을 내렸을까? 바로 지금이라고?

어쨌든 오늘은 도망치기 글렀다.

그러니 급한 대로 동아줄이라도 잡으러 가야 한다. 숨 막히게 두렵다고 이대로 피할 수는 없다. 지금의 내게, 이 집 맏며느리 역할은 아주 중요하다. 그것만이 날 보호해 줄 유일한 수단이다.

웃고 있지만 여전히 낯설게 느껴지는 수현의 팔을 살짝 토닥여 주고, 애를 데리러 2층으로 터벅터벅 올라갔다. 내 촉은 여전히 위험하다고 경고음을 보내고 있었지만 우선은 무시하기로 했다.

그래, 아직은 때가 아니야.

37

방 안은 고요하고 어둑했다. 침대 옆 스탠드 불빛이 벽에 그림자를 만들고 있었다. 소독약 냄새와 노인 특유의 묘한 체취가 섞여서 숨이 막힐 것 같았다.

"아버……님?"

약을 먹은 덕분에 손 떨림이 멈춘 게 다행이었다. 그렇지 않았다면 애를 떨어뜨렸을지도 모른다. 눈을 깜빡일 때마다 프라이팬을 휘두르던 내 모습이 잔상처럼 남아서 자꾸 떠올랐다. 휘청하다가 주르륵 미끄러지던 그의 모습도.

안 돼! 생각하지 말자. 지금은 안 돼!

등 뒤로 문을 닫고 천천히 걸어 들어갔다.

노인은 눈을 감고 누워 있었다. 기다리는 사이 깜빡 잠이 든 모양이다. 혹시 깨어날지 모르니 잠시 기다려 보기로 했다. 이렇게 조용하고 어두한 방 안에 노인과 함께 있으니 묘하게 안심이 돼서 금방 나가고 싶지도 않았다. 겹겹이 둘러싸인 성채에 들어앉아 보호받는 느낌이랄까? 여기 있으면 누구도 날 해치지 못할 것 같다. 정말 깊이 잠들었는지 노인의 숨소리가 점점 커졌다. 나는 잠든 애를 어깨에 걸쳐 안고 서서 망설였다. 여길 나가면 그 여자와 마주칠까 봐 겁이 났다.

침대 옆을 서성이는데 탁자 위에 어지럽게 놓인 물건들이 보였다. 약봉지들, 컵, 물티슈, 전자 체온계 등 환자에게 꼭 필요한 물품들 사이로 노트를 북 찢어 낸 메모지 몇 장이 널려 있었다. 손으로 휘갈겨 쓴 글씨가 적힌 메모지였다.

세율 - 김변 010 3587 40xx / 서류 수정 건 연락

볼펜으로 대충 휘갈겨 썼지만 동글동글한 서체를 보면 여자

글씨라는 걸 알 수 있었다. 무엇보다 노인이 이걸 직접 썼을 리 없다. 이불 안에 얌전히 들어 있는 노인의 두 팔은 꼬챙이처럼 말랐으니까. 여기 와 있는 동안 노인이 제대로 거동하는 걸 한 번도 본 적이 없다. 그러니 저건 노인의 지시에 따라 그 여자가 받아 쓴 내용일 거다. 아마도.

나는 주머니에서 휴대폰을 꺼내 조심스럽게 사진을 찍었다. 찰칵 소리가 들리는 순간 노인이 움찔해 버렸다. 애를 추슬러 안는 척하며 손을 재빨리 감췄다.

"아버님?"

노인이 눈을 슬며시 뜨고 이쪽을 쳐다봤다. 처음엔 멍한 표정이었지만 애를 보자 얼굴에 화색이 돌았다.

"이……이이……."

이불 속에서 손이 들썩거렸다.

애를 가까이 보여 주자 노인의 한쪽 입꼬리가 삐딱하게 올라갔다.

"하루가 다르게 쑥쑥 크네요. 어제는 몸무게를 재 봤더니 글쎄, 600g이 늘었더라고요. 정말 우량아가 되려나 봐요. 하하."

입에서 나오는 대로 지껄이는 동안 마음이 더 가라앉았다. 노인이 들썩거리는 걸 보고 이불 안에 얌전히 들어 있던 두 팔을 밖으로 꺼내 주었다.

"이……이이에……어어어."

뭔가 말을 하고 싶은 것 같은데, 알아들을 수 없어 답답했다.

"네? 뭘 도와드릴까요?"

나는 애를 안은 채로 허리를 굽히고 노인 쪽으로 몸을 낮췄다.

"저기, 아버님, 간병인 불러 드릴까요?"

제일 원치 않는 일이지만 달리 방법이 없다. 그때 옆방으로 이어진 문이 열리며 여자가 들어왔다. 여기서 벌어지는 모든 일에 귀를 곤두세우고 있었던 모양이다.

"네, 회장님? 뭐 필요한 거 있으세요?"

여자가 싹싹하고 거침없는 태도로 다가왔다. 허리를 굽혀 노인의 웅얼대는 소리에 귀 기울이더니 잠시 후 몸을 일으키고 협탁 옆 서랍을 가리켰다.

"열어 보라고 하시네요."

나는 한 손으로 애를 조심스럽게 추슬러 안고 협탁 앞으로 가다가 문득 깨달았다. 여자가 이 집에 들어온 뒤 눈앞에서 애를 제대로 가까이서 보는 건 아마 처음이라는 걸.

흘끗 쳐다봤지만 여자의 눈에는 아무 표정이 없었다. 자기 아이라는 감격도, 울컥하는 모성애도, 흔한 그리움 한 조각도 없었다. 그냥 무표정하게 나를 쳐다보고 있을 뿐이었다. 저 여자는 제 자식에게 아무런 감정도 없는 게 분명했다. 아니면 나에 대한 증오심 때문에 애는 지금 안중에도 없는 걸까?

나는 목덜미에 드는 서늘한 기운을 애써 무시하며 협탁으로 다가갔다. 서랍을 열자 안에서 예쁜 민트색 박스가 나왔다.

"지금 열어 보세요. 저걸 며느님께 주고 싶다고 하도 고집하셔서……."

여자의 목소리가 부드러웠다. 노인은 뻣뻣한 목을 돌려 이쪽을 쳐다보고 있었다. 흐릿하던 눈빛에 생기가 돌았다.

"애는 제가 안고 있을게요. 편하게 열어 보세요."

여자가 두 손을 뻗었다.

"아! 괜찮아요!"

나는 얼른 한 걸음 물러섰다. 왜 그랬는지 모르겠다. 엄연히 저 여자 자식인데. 한 번쯤 안아 보게 해 주는 게 나을지도 모르는데. 그러면 저 여자의 분노가 좀 누그러질지도 모르는데.

그런데도 왠지 저 여자 손에 애를 넘겨줄 수가 없었다. 저 여자가 손에 쥔 건 전부 다 망쳐 버릴 것만 같았다.

그래서 나는 축 늘어져 잠든 애를 어깨에 걸친 채 두 손으로 조심스레 리본을 풀고 민트색 박스를 열었다. 안에 든 건 예쁜 은색 팔찌였다. 하트 모양 펜던트가 달려 있었다.

"귀한 손주를 안겨 주셨으니 이런 걸 해 주고 싶으셨던가 봐요. 언제 사 두셨는지 몰라도 이럴 때를 위해서 갖고 계셨다네요."

여자가 웃으며 말했다.

"이건……."

말이 잘 나오지 않았다.

"아, 이런 걸…… 아버님…… 저는……."

"아유, 그냥 '감사합니다.' 하고 받으시면 돼요. 그렇죠, 회장님? 이제 곧 1,300억 유산을 떡하니 나눠 받으실 귀한 손자인데요, 뭘. 어머! 아유! 어떡해! 제가 주제넘게 말실수했나 보다! 죄송해요."

여자가 유령이라도 본 것처럼 굳어진 내 표정을 보더니 웃으며 얼른 자기 입을 가렸다.

뭐라고?

눈앞이 흐려지며 여자가 하하하 웃어 대는 목소리가 아득히 뒤로 멀어지기 시작했다.

38

어둑한 거실을 지나 계단 위로 한발 한발 올라가는데 정신이 어질어질했다. 아까 급히 삼킨 약 때문인가? 바닥이 꿀렁거리는 것 같았다. 어깨 위에 축 늘어져 안겨 있는 아기 무게는 거의 느껴지지도 않았다. 뭣 때문에 잠든 애를 버려 두고 그렇게 쌩하니 현관 앞으로 내달렸는지도 까먹어 버렸다.

1,300억? 1,300억이라고? 그게 사람이 가질 수 있는 돈이긴 한 거야?

물론 보통 부자가 아니란 건 충분히 잘 알고 있었다.

이렇게 근사한 서양식 저택, 수영장이 딸린 예쁜 정원, 차고에 들어선 외제 차들, 멀쩡한 20대 아들이 놀고먹으며 관리만 해도 된다는 높다란 건물들.

그래, 다 좋다 이거야. 그렇지만 이름만 대면 누구나 아는 연예인이나 재벌도 아닌데? 이렇게 서울 근교에 아무도 모르게 숨겨진 은밀한 집에서 오늘내일하는 노인네가 1,300억씩이나 틀어쥐고 있을 줄은 꿈에도 몰랐다.

물론 전부 현금은 아니겠지. 로또 당첨자처럼 통장에 130,000,000,000원이라는 숫자가 땅땅 찍혀 있는 건 아니겠지. 땅이며 건물이며 다 팔아야 손에 쥘 수 있는 돈일 것이다.

하지만 그것들의 시세가 오르면 1,300억보다 더 많은 돈이 될 수도 있다. 따박따박 매월 손에 들어오는 수입으로 치자면 가치는 더할 것이다. 그리고 그걸 전부 틀어쥔 노인은 언제 어떻게 될지 알 수 없다. 모든 건 전부 변수를 갖고 있다.

나는 잠든 애를 조심조심 내려놓고 침대 끄트머리에 걸터앉아서 호흡을 가다듬었다.

팔찌가 채워진 팔목이 불에 덴 것처럼 화끈거리고 묵직하게 느껴졌다. 철컹거리는 '은팔찌'나 차게 될 줄 알고 도망치려고 했는데 느닷없이 반짝이는 명품 백금 팔찌라니. 이게 무슨 코미디 같은 현실이냐 싶어서 헛웃음도 나오지 않았다.

최저 시급을 받고 하루 10시간씩 일하던 내가 얌전히 애만 키우고 앉아서 버티면 1,300억이라고?

약 때문인지 땀이 자꾸 삐질삐질 나고 손이 떨리는 와중에도 생각이란 걸 해 보려고 애썼다. 물론 그 돈이 나한테 다 돌아오진 않겠지만, 애한테는 분명 한 밑천 남겨 줄 거다. 가족이라면 아들 둘과 손자뿐인데 분명히 남겨 주겠지.

그 대목에서 동영상이 다시 떠올랐다.

아래층에 있는 저 미친 여자가 그 영상을 노인에게 까 보이기만 하면 게임 끝인데.

하다못해 자기가 진짜 엄마라며 친자 확인이라도 하자고 들면 다 해결될 문제인데.

왜 아직도 저러고만 있을까? 그 돈을 입에 올리는 걸 보면 분명 이 집의 모든 걸 훤히 아는 눈치고, 당연히 욕심이 날 텐데. 아무리 애를 써 봐도 머릿속은 안개가 낀 것처럼 몽롱하기만 했다.

손톱을 물어뜯으며 방 안을 서성이는데 문가에 떨어져 있는 쪽지가 보였다. 누군가 문틈으로 밀어 넣은 모양인데 하마터면 못 보고 지나칠 뻔했다. 재빨리 집어서 펴 보니 깔끔하고 단정한 글씨로 적힌 메모였다.

이거 드시고 얼른 괜찮아지셨으면 좋겠네요. 전 언제나 형수님 편이라는 거 아시죠? 편안한 밤 보내세요.

끝에는 살가운 스마일 표시. 뒷면에는 소화제 한 알이 투명 테이프로 붙여져 있다.

한 번도 받아 본 적 없는 배려. 자상한 보살핌. 언제나 변함없는 내 편.

아까 그 문을 나섰더라면 이런 일도 끝이었을 거다. 다른 건 몰라도 이건 진짜 아쉬울 뻔했다.

살짝 열린 창문 너머로 첨벙하는 물소리가 들려왔다.

나는 소화제가 붙어 있는 쪽지를 들고 창가로 걸어가서 아래를 내려다봤다. 수영장 이쪽 끝에서 저쪽 끝으로 헤엄치고 있는 수현의 늘씬한 몸이 보였다.

어떻게 할까? 어떻게 하지?

1,300억, 그리고 난생처음 가져 보는 내 편.

이거면 한번 싸워 볼 만하지 않을까? 뭐든 걸어 볼 만하지 않을까?

세상 끝까지라도…… 가 볼 수 있지 않을까?

39

풀벌레 소리, 그리고 첨벙이는 물소리뿐.

한밤에 보는 수영장은 훤한 대낮보다 열 배는 더 아름답게 보였다.

새까만 자연석으로 마감된 가장자리를 높다란 관목이 둘러싸고 있어 외부의 시야를 완벽히 차단해 주었다. 물이 찰랑이는 안쪽은 비취색 타일이 발라져 있었지만, 그 위쪽은 짙고 뚜렷한 무늬가 있는 테라코타 타일이 빙 둘러 가며 붙어 있어 이국적인 느낌이 났다. 이렇게 상쾌한 바람이 부는 초여름 밤, 어두운 하늘 아래 나무들 사이로 비추는 조명을 받아 일렁이는 물결을 보고 있으니 스페인이나 모로코의 휴양지에 온 것 같은 기분마저 든다.

나는 가슴 깊이 숨을 가득 들이마셨다. 선베드까지 걸어가는 동안 짧게 깎은 잔디가 맨발바닥을 콕콕 찔렀다. 드러난 피부에 와 닿는 서늘한 밤공기는 온몸의 감각을 생생하게 깨워 주었다.

수현은 이편에서 저편으로 매끄럽게 물살을 가르며 움직이고 있었다. 정확하고 빠른 동작이었다. 옷을 입고 있을 땐 딱 부잣집 막내아들처럼 유약하게만 보였는데. 이렇게 어둠 속에서 물살을 가르며 폭풍처럼 움직이는 걸 보니 제법 마른 듯 탄탄한 근육이 근사했다. 배 속 어딘가에서 꿈틀대는 이상한 욕망이 느껴질 만큼 아주 섹시하게 보였다.

한밤중에 나 홀로 수영장이라니. 이래서 부자들이 이 여유를 포기하지 못하는 모양이다. 무슨 짓을 해서라도 가진 것을 지키려고 하는 것이다. 나는 한동안 수영장 끝에 서서 말없이 그를 바라보고만 있었다.

"푸우!"

마침내 두어 번 왕복을 마친 수현이 끝까지 와서 수면 위로 얼굴을 내밀었다. 그가 내뿜는 물방울이 안개처럼 근사하게 공기 중에 퍼졌다.

"어?"

두 손으로 얼굴과 머리의 물기를 쓸다가 날 보더니 표정이 확 바뀌었다.

"언제 나오셨어요! 주무시는 줄 알았는데!"

"밤공기가 좋아서요."

"제가 깨운 건 아니죠?"

"에이, 아니에요. 아버님 뵙고 나와서 승준이 방에 눕혀놓고 이제 겨우 한시름 돌렸는데요."

나는 두 손을 내저었다.

"아, 다행이다. 전 아직도 불면증 때문에 힘드신가 싶어서요."

"아니에요. 수현 씨가 준 약 덕분에 요즘 많이 좋아졌어요."

"그래요? 다행이네요. 약, 잘 듣죠?"

"네, 좋더라고요. 많이 나아졌어요."

나는 선베드에 올려 두었던 커다란 타월을 가져와서 내밀었다.

"아! 감사합니다. 저, 손 좀……."

풀장 안에 있던 수현이 손을 내밀었다.

나는 손을 내밀고 힘주어 그를 끌어당기다가 살짝 비틀거렸다. 스텝이 꼬이며 몸의 중심을 잃은 듯 슬쩍 휘청이다가 그대로 옷을 입은 채 물에 풍덩 빠져 버렸다. 제법 자연스러웠다.

"어머낫!"

"어라? 미끄러지셨어요? 이게 웬일이에요, 형수님! 하하하하하!"

풀장의 이쪽 편은 두 다리로 충분히 설 수 있는 정도의 깊이였다. 나는 고개를 숙인 채 젖은 얼굴을 두 손으로 감싸고 물속에 서 있었다.

"어? 형수님, 놀라셨어요? 죄송해요. 어디…… 다치신 건…… 아니죠?"

수현이 내게 가까이 다가와서 얼굴을 들여다보는 순간, 요란한 물 폭탄이 쏟아졌다. 내가 방심하는 그에게 손바닥으로 한바탕 시원하게 물을 날려 보낸 것이다.

"으아아악!"

"너무하잖아! 사람이 물에 빠졌는데! 그렇게 비웃기예요?"

나는 얼굴로 날아오는 물세례를 피해 고개를 돌리는 수현에게 숨 쉴 틈도 주지 않고 계속 물을 날려 보냈다.

"아하! 이렇게 나오신다 이거죠?"

그는 한동안 정신을 못 차리더니 이내 반격을 시작했다.

물 찬 제비처럼 날쌔게 몸을 돌리더니 양손으로 재빠르게 뒤로 물을 날려 보내는 바람에 이번에는 내가 두 손 들 차례였다.

"아하하! 그만해요! 그만! 내가 졌어요! 항복! 항복!"

"쉿! 쉿!"

한창 소리치며 번갈아 물 폭탄을 날려 보내다가 마침내 지친 우리는 정신을 차리고 저택 쪽을 돌아보며 번갈아 서로에게 주의를 주었다. 둘 다 겁먹은 표정으로 서로에게 조용히 하라고 손짓해 보이면서도 터져 나오는 웃음을 참지 못해서 킥킥거렸다. 완전히 어린애가 되어 버린 기분이었다.

"이러다 다들 깨겠어요, 어우."

수현이 고개를 절레절레 흔들었다.

"이게 뭐야, 진짜 엉망이다."

나는 두 팔을 벌려 보였다.

입고 있던 하얀 티셔츠가 찰싹 달라붙어 레이스 장식이 아낌없이 듬뿍 들어간 남색 브래지어가 비쳐 보인다는 걸 알고 있었다. 수현의 눈이 언뜻 피하는가 싶더니 다시 이쪽으로 돌아오는 걸 봤다. 혼란스러운 듯 흔들리던 눈동자와 딱 마주치는 순간, 나는 그의 목에 팔을 걸고 확 끌어당겼다. 그 바람에 잠시 물속에서 둘 다 휘청거렸지만, 나는 절대로 그를 놔주지 않았다.

놀란 수현의 두 눈이 커졌다. 그리고 마침내 서서히 감기며 고개가 점점 기울어졌다. 물속에서 갈 곳을 몰라 헤매던 두 손이 내 허리를 단단히 붙잡았다. 그렇게 모든 것이 달콤한 초여름 밤의 물안개 속에 잠겨 들었다.

그 돈이면, 이 사랑이면, 못 할 일이 없다.

나는 절대 이 집에서 움직이지 않을 것이다. 그 두 가지를 모두 손에 넣는 날까지 바위처럼 꿈쩍도 하지 않을 것이다.

40

창밖에서 비쳐 들어오는 햇살을 받으며 단번에 눈을 떴다.

이렇게 깔끔하게 잠에서 깨어난 게 정말 오랜만인 듯싶다. 요즘은 밤마다 이런저런 걱정에 시달리느라 늘 개운하지 못했으니까. 침대 위에서 늘어지게 기지개를 켜니 구석구석 온몸의 근육이 시원하게 당겨지는 그 느낌이 너무 좋았다.

아, 그러고 보니 어젯밤에는 약도 안 먹었잖아? 사실 먹을 필요도 없었다. 어젯밤에는 약이 없어도 소주 한 병 들이켠 것처럼 잔뜩 취한 기분이었기 때문이다.

흠뻑 젖은 바지는 밖에서 아예 벗어 버리고 남색 레이스 팬티만 입은 허리춤에 수건을 두른 채 둘이 함께 킥킥대며 현관을 들어서던 일, 어둑어둑한 홀을 지나 2층으로 올라오는 동안 내내 삐걱대던 계단, 오래된 마룻바닥 위에 뚜렷한 무늬를 남기던 젖은 발자국들, 흠뻑 젖은 티셔츠의 허리를 은밀하게 간질이는 손길, 그가 입은 가운의 허리춤을 풀어 헤치고 탄탄한 맨살을 어루 만지던 아찔한 느낌, 방문 앞에서 길고 촉촉하게 이어지던 키스, 머리카락에서 흘러 떨어져서 눈을 가리던 물방울들.

단단한 봉인이 풀어지던 순간이었다.

형수님이니, 수현 씨니, 우리는 한식구니까, 저는 영원히 같은 편이니까 같은 허울 좋은 말들은 모두 던져 버렸다.

'내내 힘들었지만 계속 망설였어요.'

그의 방문 앞에서 서로의 젖은 몸을 더듬는 동안 수현은 내 귀에 대고 속삭였다.

'아직은 이럴 때가 아니라는 것도 알아요.'

방문을 열고 들어서서 텅 빈 침대 앞까지 서로를 더듬으며 움직이다가 둘 다 가쁜 숨을 내쉬면서 멈춘 이유였다.

'형이…… 형은 내 전부였는데…….'

수현의 목소리가 떨렸다.

'형을 배신할 수는 없잖아요. 형이 혹시라도…….'

나는 얼른 키스로 그의 입을 막아 버렸다.

'우리 지금은 아무 생각도 하지 말아요. 그냥, 지금은.'

차마 그의 눈을 쳐다볼 수는 없어서 목덜미에 얼굴을 묻으며 속삭였다.

'돌아오지 않을지도 모르지만요. 어쩌면 아마도 영원히…….'

수현이 내 허리를 끌어안고, 한 팔로 등을 쓸어내리며 멍하니 말했다.

'……영원히?'

내 물음에 그가 고개를 끄덕였다.

'형이…… 그러니까…….'

그는 망설이며 더듬거렸다.

'형이 변해 버렸다는 건 제가 잘 아니까요. 내가 알던 형이 아니니까요. 여러 사람에게 상처만 줬잖아요. 아마 형 자신도 그걸 견딜 수 없을 거예요. 그러니까 어떤 식으로든, 다시는 이 집에 나타나지 않을지도 몰라요. 형수님한테 했던 일들도 그렇고…….'

그가 날 좀 더 꽉 끌어안으며 중얼거렸다.

'가끔은 형이…… 죽어 있는 꿈을 꾸기도 해요.'

듣는 순간, 손이 싸늘해지게 만드는 목소리. 누군가에게 목이 졸리기라도 한 듯, 이상하게 껵껵대는 목소리였다.

'형이…… 그렇게 날 떠나 버리는 꿈을 꿔요. 그러면 난…… 형을 따라 지옥까지 가요. 내 허락도 없이 죽은 게 원통해서…….'

나는 말없이 그를 마주 끌어안았다.

이 남자는 어쩌면 믿고 따르던 형이 집을 나갔을 때부터 어른이 되지 못하고 소년의 상태에서 머물러 있는 건지도 모르겠다. 어려서 친어머니가 죽고, 사생아의 입장으로 본가에 들어와서 처음으로 믿고 따르게 된 사람, 여섯 살이나 많은 형이 얼마나 듬직하고 좋아 보였을까. 그렇게 좋아하며 그리워하던 형이 내 손에 죽을 뻔했단 걸 알게 되면 이 남자는 날 죽이려고 들지도 모른다. 지금 나를 숨 막히게 꽉 끌어안은 두 손으로 내 목을 졸라 버릴지도 모른다.

'어쩌면…… 형수님을 내게 보내 준 게 형일지도 몰라요.'

그는 내 목덜미에 입술을 묻고 중얼거렸다. 희미하게 풀냄새와 수영장의 염소 냄새가 났다.

'처음 봤을 때부터 남 같지가 않았어요. 그러니까 이렇게 놓아주기 싫은 걸지도. 하지만 오늘은 아니야. 아직은 아니에요. 이해하시죠?'

나는 고개를 끄덕였다.

'아버지가 많이 약해지셨어요. 형을 기다리셨는데…… 계속 기다리셨는데…… 어쩌면 아버지도 대충 짐작은 하시는 거 같아요. 형은 돌아올 생각이 없다는 거. 그래서 더 금방 무너지신 것 같아요. 형수님이랑 승준이 오고 나서 잠깐 반짝 좋아지셨지만…….'

나는 젖은 티셔츠 위로 도드라지는 가슴을 그에게 밀착하고 목을 끌어안은 채 수현의 이야기를 듣고만 있었다.

'그저께인가, 간병인 통해서 김 변호사님하고 연락도 하시는 거 같더라고요. 어쩌면…… 형수님과 승준이 때문일 거예요.'

세율 – 김변 010 3587 40xx / 서류 수정 건 연락

'형 대신 두 사람을 유언장에 올리고 싶어 하실 테니까요.'

'그건…….'

그의 품에서 빠져나오려고 했지만, 수현은 더욱 힘주어 나를 꽉 끌어안았다. 내가 마치 구명줄이라도 되는 듯이. 놓칠 수 없다는 듯이. 숨쉬기도 힘들 만큼 아주 꽉, 조금 아플 정도로.

'전 상관없어요. 애초에 아버지는 내가 아니라 형을 사랑하셨으니까. 형이 나타나지 않으면 전부 어디에 기부해 버릴 작정이셨을 거예요. 하지만 이제…… 형수님이 나타나셨잖아요. 승준이랑. 그러니까 두 사람이 받아야 할 몫을 챙겨 주시겠죠.'

'그런 건 전부 상관없어요. 돈 같은 게 다 무슨 소용이에요.'

내가 듣기에도 가증스러운 목소리였지만 상관없었다.

'그건 제가 할 소린데.'

수현이 내 목덜미에 입술을 묻은 채 쿡쿡 웃었다.

'그냥, 형수님이 아셔야 할 것 같아서요. 집에 돈이 어마어마하게 많은 건 사실이지만, 전부 제 것은 아니거든요. 아버지 돌아가시고 나면, 저는 지금처럼 부잣집 한량 놀이는 못 할 거예요. 아버지는 저를…… 별로 마음에 들어 하시지 않거든요.'

'그럴 리가. 늦둥이 막내 아드님인데. 눈에 넣어도 아프지 않으실걸요.'

'전혀요.'

그의 말투는 단호했다.

'제가 이래저래 성에 차지 않아서 그러신 거겠죠. 아마 전부 승준이 것이 될지도 몰라요. 저는 지금처럼 빌딩 관리인 노릇이나 하면서 법인에서 나오는 용돈 푼이나 받겠죠. 그래도 상관없어요. 그냥…… 이 집에서 제 위치를, 형수님이 맘 정하기 전에…… 아셨으면 해서요.'

나는 말없이 그를 끌어당겼다. 우리는 서로를 구명줄처럼 더욱 꽉 끌어안았다. 세차게 뛰는 그의 심장을 느낄 수 있었다.

결국 아무 일도 없이 서로 손을 잡은 채 내 방 앞까지 데려다주며 수현은 슬픈 눈빛으로 말했다. 조금만 더 기다리자고, 서로의 마음은 확인했으니 앞으로 어떻게 될지는 하늘에 맡기고 두고 보자고.

'그때까진 식사도 잘하시고, 잠도 푹 자면서 부디 건강을 꼭 챙기세요. 제가 원하는 건 그것뿐이니까. 약도 꼬박 챙겨 드시고요. 안정이 제일이에요.'

방문을 열고 들어가기 전, 그는 '형수님이 불안해하시면 저나 승준이도 불안해진다니까요.' 하고 농담하며 깃털처럼 가벼운 입맞춤을 해 주었다.

덕분에 간밤에는 약 없이도 깊고 편안한 잠을 잘 수 있었다.

잠들기 전, 핸드폰에 들어 있는 동영상을 떠올려도 불안하지 않았다. 그게 시한폭탄처럼 거기 들어 있어도 날 짓누르지도, 파멸시키지도 못한다는 걸 느낄 수 있었다. 그의 마음을 확인한 덕분에 든든한 보험을 들어 둔 느낌이었다. 이젠 그 동영상보다 강해진 나를 느낄 수 있었고, 뭘 어떻게 해야 할지도 잘 알 것 같았다.

그래서 나는 잠에서 깨어나 눈을 맞추며 방긋 웃는 승준이에게 뽀뽀를 퍼부어 주었다. 발끝을 살짝 들고 욕실까지 사뿐사뿐 걸어가는 동안, 내가 무척 젊고 예뻐진 느낌이 들었다. 처음 이 집에 왔을 때처럼 생기를 다시 찾은 느낌이랄까?

너무 오랫동안 이런 느낌을 잊고 지냈다.

'잘 지내?'

그 세 글자를 확인한 뒤로 사는 것 같지도 않은 시간을 보냈었는데. 이제 그 모든 일에 어떻게 대항하면 될지 답을 찾은 지금, 나는 어느 때보다 강해진 것 같다. 꼭 필요한 무기를 모두 손에 넣고 때를 기다리는 군인처럼 온몸의 신경이 바짝 살아난 느낌이었다.

머리를 싹 감고 정성껏 샤워한 뒤 향기로운 크림을 온몸에 듬뿍 발랐다. 얼굴을 꼼꼼히 뜯어보고 눈썹과 솜털을 정리하고 엷게 화장도 했다. 방을 나서기 전에 만반의 준비를 갖춘 것이다. 그리고 수현이 줬던 약통을 꺼내서 들어 있던 약을 모두 아낌없이 변기에 부어 버리고 물을 내렸다.

'안정', 물론 좋지. 하지만 약은 더 이상 먹지 않을 생각이다. 그가 신신당부한 대로 잘 먹고, 잘 자고, 충분히 건강한 상태를 유지하도록 노력할 거다.

난 살아남고 말 거니까. 1,300억의 재산과 날 지지해 주는 그

사랑만 있다면, 다른 악몽 같은 기억은 모두 잊어버리고 행복해질 수 있을 테니까. 누가 날 들이받더라도 이 집 아들과 손자, 그 둘을 모두 손에 넣고 있는 내게 함부로 덤비지는 못할 것이다.

지옥에서 살아 돌아온 망나니와 앙큼한 여우의 조합? 괴상한 동영상?

다 좋아. 덤벼 보라지.

그 돈이 탐나니? 자기 자리를 되찾고 싶어?

그러려면 더 이상 뒤에 숨어 있어선 안 될걸. 양지로 나와서 나와 싸워야 할 텐데 쉽진 않을 거야. 노인을 속인 대가를 치러야 할 거고, 내게 푹 빠진 이 집 아들도 정신 차리게 해야 할 테니.

무엇보다 내가 당하고만 있지는 않을 테니까.

하지만 그러려면 이쪽도 맑은 정신을 갖고 있어야 한다.

계속 약에 취해 있으면 안 되지. 어젯밤처럼 몽롱한 상태라면 곤란하다.

지금부터 나는 그 여자를 붙잡고 물어볼 참이니까.

네년이 원하는 게 도대체 뭐냐고 말이다.

41

가벼운 발걸음으로 아래층에 내려가니 상쾌한 공기가 나를 맞았다. 창문과 현관문까지 모두 활짝 열어 놓고 대청소 중이었기 때문이다. 현관 밖 정원에서는 윙윙거리며 잡목을 정리하는 기계 소리가 들려왔다. 흘끗 내다보니 그 음침한 정원사가 고개를 푹 숙인 채 묵묵히 일하고 있었다.

문득 수영장에서 보냈던 뜨거운 시간이 떠올랐다. 어젯밤, 별채에 불이 꺼져 있었던가? 저 남자가 혹시 어둠 속에 숨어서 우리를 훔쳐보진 않았을까?

현관 앞에 잠시 멈춰 서서 물끄러미 지켜보다가 남자가 갑자기 고개를 드는 바람에 화들짝 놀라 돌아섰다. 시뻘겋게 충혈된 눈, 흉터투성이의 거친 얼굴과 제멋대로 자라서 얼굴을 덮은 희끗한 머리. 묘하게 낯이 익은 것 같은데 도무지 어디서 봤는지 기억나지 않는다. 예전에 살던 집 근처 공사판 같은 데서 자주 봤을 법한 얼굴 같기도 하다. 딱히 문제 될 건 없는 인간이지만, 내 옛날 생활을 떠올리게 하는 외모라서 자꾸 신경이 쓰이는 건지도 모르겠다.

나는 새침하게 발끝으로 빙글 돌아서 집 안으로 다시 들어왔다. 어쨌든 이제 저 사람은 밖에 있고, 나는 안에 있어. 나는 어젯밤에 다 포기하고 밖으로 뛰쳐나가 저 사람과 같은 세상에 사는 대신 여기, 이 자리를 선택한 거다.

“아, 사모님, 일찍 일어나셨네요.”

“눈 떠 보니 해가 중천에 떴길래 오늘도 늦잠 잤나 싶어 얼른 일어났어요."

"이제 9시인걸요. 해가 부쩍 길어졌네요."

수원댁이 시트며 이불 같은 걸 한 아름 안고서 지나가다가 날 보고 인사했다.

"오늘 대청소 날이라 좀 어수선해요. 식당에 앉아 계시면 희선이 얼른 보내 드릴게요. 오믈렛 괜찮으시죠? 다들 그거 드셨는데. 아니면 그냥 한식이 나으세요?"

"오믈렛 좋아요. 그런데 '다들' 벌써 드셨다고요?"

"네, 수현 씨랑 새로 오신 간병인분이요. 일찌감치 식사하시고 두 분 다 나가셨어요."

"두 분 다?"

"네, 수현 씨는 오늘 회사에 가는 날이고, 효진 씨인가? 그 새로 오신 분은 아마 회장님 심부름 때문에 어디 가신다는 것 같더라고요."

"아, 그래요."

전투력 만랩인 상태로 자신만만하게 내려왔더니만 아무도 없단 말이지?

넓은 식탁 대신 식당 옆 창가에 놓인 작고 둥근 테이블 앞에 앉아서 희선이 차려 주는 오믈렛과 샐러드를 먹었다. 조금 지나자 손이 덜덜 떨리고 눈앞이 흐릿해지는 바람에 약을 몽땅 버린 걸 잠깐 후회했지만, 진한 커피를 석 잔이나 마시고 나자 조금 나아졌다.

혹시 모를 경우를 대비해서 몇 알이라도 챙겨 놓을 걸 그랬나? 아니, '혹시 모를 경우'라는 건 이제 없어. 이제는 모든 걸 아주 철저하게 대비할 테니까.

식사를 마친 뒤 수원댁에게 승준이를 맡기고 나니 여유가 생겼다. 온통 바쁘게 돌아가는 넓은 집에서 내 시간만 따로 느릿하게 흘러가는 것 같다. 이게 부잣집 맏며느리의 특권이지.

잔에 남은 마지막 커피를 홀짝이며 노인의 병실 문을 노려보았다. 바로 옆에 붙은 방은 간병인 실이다. 노인의 병실과 바로 연결되는 방. 최 실장이 출퇴근할 때는 별 의미 없는 휴게실이었다. 하지만 지금 그 여자는 아예 저기 들어와서 살고 있다.

자기 집이 따로 있는지는 모르겠지만 무려 1,300억이라면 있던 방도 빼서 들어올 만하다. 살인도 불사할 돈이지.

그런데 왜 처음부터 자기 애를 안고 직접 들어오지 않았을까? 귀한 장남과 하찮은 간병인의 만남을 노인이 용서할 리 없으니까? 아니, 전부 핑계고 헛소리다. 나같이 근본 없는 여자도 애를 데려왔다는 이유만으로 덜컥 며느리로 받아 줬는데.

그러니 네 얼굴, 네 이름 걸고 여기 떳떳하게 못 들어올 이유가 대체 뭐니? 너도 뭔가 구린 구석이 있으니까 그런 거잖아? 애엄마라고 선뜻 나서지 못할 이유가 있었던 거잖아? 그러니 날 방패 삼아 대신 보낸 거겠지. 그래 놓고 이제 와서 협박을 해? 원하는 게 뭐야? 돈? 아니면 복수? 대체 뭐 하던 년이야. 넌 나를 훤히 아는 것 같은데, 난 널 하나도 모르거든?

'적을 먼저 알아야 싸움에서 이기지.'

'그건 또 무슨 헛소리야?'

'어허! 헛소리라니! 내가 싸움의 기술을 가르쳐 주겠다는데!'

'내가 싸울 일이 뭐가 있어!'

자기만 멀쩡하면 내가 싸울 일이 있겠니?

기분이 좋을 때면 내 옆구리를 간질이면서 하찮은 농담을 지껄이는 그에게 속으로 중얼거렸었다.

'혹시 모르잖아! 어떤 놈팡이가 널 해코지할 수도 있지.'

'됐네요. 자기 말고는 아무도 나한테 관심 없어.'

'그거야 모르는 거고.'

그는 떠보는 눈빛으로 내 표정을 살폈다. 모든 걸 의심하고 넌지시 덫을 놓아 보는 지긋지긋한 말투.

'아무 놈팡이랑 싸울 일이 생긴다 쳐도 내가 어떻게 이기겠어.'

'그러니 처음부터 무턱대고 덤비지 말고 우선 잘 살펴보라는 거야. 저 혼자 날뛰는 모습을 한발 떨어져서 관찰하면 약점이 보이게 되어 있어. 다리를 전다거나, 유독 오른손만 잘 쓴다거나, 뭐 그런 특징. 싸울 때는 무턱대고 들이받는 게 아니라 일단 그런 것부터 파악하라는 거야.'

그래, 무턱대고 덤비지 말고 우선 잘 관찰해야 한다 이거지.

나는 커피 잔을 탁 소리가 나게 내려놓고 일어섰다. 가정부들은 이 집의 모든 방과 욕실을 구석까지 닦느라 정신이 없다. 커튼과 블라인드도 모두 떼어 내고, 유리창도 구석구석 닦아야 할 거다. 모르긴 해도 노인의 병실 쪽은 제일 먼저 해치웠거나, 아니면 가장 마지막일 거다. 그 여자가 언제 돌아올지 모르겠지만, 조금 전에 나갔다면 적어도 한두 시간쯤은 여유가 있겠지.

그럼 지금이야. 무턱대고 덤비기 전에 상대를 잘 알아보려면 지금뿐이다.

나는 주위를 살핀 뒤 그 여자의 방문 앞에 섰다. 그리고 조심스럽게 손잡이를 돌려 보았다. 대청소 날이니 문은 잠겨 있지 않았다. 어차피 지체할수록 더 위험해진다.

재빨리 안으로 들어가서 등 뒤로 문을 탁 닫았다.

갑자기 시커먼 어둠이 나타나서 눈앞을 가렸다.

42

방 안은 무척 어두웠다.

문에 기대선 채 어둠에 눈이 익기를 기다려야 했다. 두 개의 작은 창은 모두 꽉꽉 닫혀 있고 블라인드가 내려져 있었다. 살짝 스며드는 빛으로 간신히 사물을 분간할 수 있는 정도였다.

방은 좁고 단순했다. 아마 이 집에서 제일 소박한 방이 아닐까? 1인용 침대가 하나 있었고, 침대 옆 벽은 온통 나무로 만들어진 붙박이장이 채우고 있다. 구멍이 뚫린 셔터 모양의 나무 문이 달린 벽장이었다. 그밖에 작은 TV와 의자, 탁자가 하나씩 있었다. 침대 옆 협탁에는 탁상시계와 무슨 재활 간호가 어쩌고 하는 책, 그리고 노인의 호출 버튼과 연결된 듯한 진동 벨 같은 것이 놓여 있었다. 방구석에는 이 집을 거쳐 간 간병인들이 돌아가며 썼던 것인지 손때 묻은 묵직한 아령 한 세트와 요가 매트, 폼롤러 같은 것이 놓여 있었다. 특징 없이 평범한 침구는 깔끔하게 정리되어 있었다.

발소리가 나지 않게 조심조심 방에 딸린 화장실 쪽으로 가 보았다. 노인은 의외로 잠귀가 밝을지도 모르니까 여자가 돌아왔다고 생각해서 간병인을 불러 대기라도 하면 큰일이다. 변기와 세면대, 샤워기만 덜렁 들어 있는 화장실은 너무 간소해서 웃음이 나올 정도였다. 세면대 위에 붙은 벽장 안에도 생리대와 기초화장품, 세면도구, 면봉, 손톱깎이 정도가 있을 뿐이었다.

욕실에서 나와 방을 한 바퀴 휘둘러보았다.

여긴 정말로 싸구려 호텔 방 같다. 이 방의 주인이 어떤 사람인지 알려 주는 물건은 하나도 없었다. 어쩌면 일부러 이렇게 놔둔 건지도 모른다. 이 방을 쓰는 사람이 누군지 알아낼 수 없도록 하려고.

바닥에 무릎을 꿇고 납작 엎드린 채 손을 뻗어 침대 밑을 훑어 보았지만 한 뭉치의 먼지 말고는 건진 게 없었다. 나는 방 한가운데 서서 잠시 귀를 기울였다. 저 멀리 어디선가 청소기 윙윙대는 소리가 희미하게 들려왔다.

이제 남은 건 하나뿐이다.

침대 옆 벽장.

문을 활짝 열어젖혔다. 열 벌 남짓한 옷이 걸려 있는 옷걸이가 흔들거렸다. 평범한 블라우스, 바지, 셔츠, 스웨터들, 그 아래에는 발소리를 죽여 주는 푹신한 슬리퍼가 나란히. 컬러도 디자인도 지극히 평범하고 중성적이라 전혀 눈에 띄지 않는 것들이다. '남자 노인을 돌보는 여자 입주 간병인에게 적합한 복장'이라고 교과서에 나올 법한 실용적인 옷들뿐이었다. 통통하고 피부가 흰 아기 엄마에게 어울리는 꽃무늬 원피스, 밝은 색깔의 손뜨개 카디건 같은 건 없다.

넓은 옷장 한구석에는 작은 여행 가방과 더플백이 있었다. 이 집에 처음 올 때 여자가 끌고 왔던 기억이 난다. 여행 가방을 들어 보니 안은 완전히 텅 비어 있었다. 굳이 열어 볼 필요도 없었다. 하지만 더플백은 묵직했다. 남자들이 헬스장에 갈 때나 들고 갈 법한 수수한 남색 가방이었다.

지퍼를 급하게 열어젖히는 손이 조금 떨렸다. 약을 진짜 딱 한 알만 남겨 둘걸. 땀이 배어 나와 미끈거리는 손을 바지에 닦고 다시 가방을 열었다. 안에는 깨끗한 속옷 뭉치와 타월, 티셔츠 같은 가벼운 옷, 양말 같은 것들이 들어 있었다.

설마? 이게 전부라고?

떨리는 손으로 옷과 양말 더미를 헤치는데 안에서 뭔가 딱딱한 것들이 느껴졌다. 작은 소형 캠코더 하나, 그리고 지갑 하나, 엄청 오래된 사양의 구식 핸드폰이 하나.

빙고!

지갑부터 급하게 열었다.

신분증, 신용 카드, 그리고 간병인 자격증과 약간의 현금이 들어 있다.

차효진.

적어도 이름은 본명이구나.

간병인인 것도 사실이고. 설마 이런 걸 가짜로 위조해서 갖고 다니진 않겠지?

언제 찍은 사진인지 몰라도 신분증 속 여자는 무척 앳되게 보였다. 지금과 별로 달라진 건 없어 보였지만 앞머리를 내리고 어깨까지 닿는 머리를 풀어 헤쳐서 얌전하고 순하게 보였다. 내가 알고 있는 아기 엄마의 모습에 좀 더 가까워 보였다.

지갑을 닫으려는데 반으로 접힌 만 원짜리 뒤에 뭔가 삐죽 올라온 끄트머리가 보였다.

사진? 요즘도 실물 사진이란 걸 누가 갖고 다니나?

아니, 이건 폴라로이드다.

끄트머리를 잡아당기니 사진이 딸려 나왔다. 누군가 펜으로 아래쪽 여백에 조그맣게 대충 하트 모양을 그려 둔 폴라로이드 사진이었다. 오래되어 인물들의 얼굴이 가면을 뒤집어쓴 것처럼 반쯤 허옇게 날아간 사진, 그리고 귀퉁이가 가위로 싹둑 잘린 사진이었다.

내가 아는 두 남자, 익숙한 얼굴들이 환하게 웃고 있다.

그는 스웨트 셔츠를 입고 있었다. 앳된 얼굴로 눈꼬리를 접어 가며 웃고 있었다. 아직 성인은 아니었다. 내가 알고 있는 그 건장한 몸은 아니었지만 제법 체격이 좋아서 소년미가 남아 있는 앳된 얼굴과 합쳐지니 무척 매력적으로 보였다. 내가 알지 못하던 시절의 모습이다. 평온하던 시절, 거칠 것 없는 부잣집 장남. 아마 여자의 머리채는 한 번도 쥐어 본 적 없는 시절의 모습일 것이다. 오른팔을 누군가의 어깨에 걸치고 있었지만 상대가 누군지는 알 수 없었다. 그 부분이 잘려 나간 사진이었기 때문이다.

그의 왼쪽 어깨에 반쯤 기대다시피 얼굴을 들이밀고 있는 또 다른 사람은 그의 동생이었다. 중학생쯤 되었을까? 바싹 마르고 왜소한 체격에 예민하게 생긴 얼굴이었다. 형의 어깨에 찰싹 붙어 있는 얼굴에는 웃음기가 없었다. 어쩐지 좀 긴장한 것 같기도 했다.

이건 10년은 넘은 사진일 것이다.

이 여자는 이 사진을 어떻게 손에 넣었을까? 예전 간병인 시절에 집에서 주웠을까? 아니면 서로 사귈 때 그에게서 받은 걸까? 왜 굳이 동생과 같이 찍은 옛날 사진을 줬을까? 둘이 좋아서 애까지 낳았다면 함께 찍은 사진도 많았을 텐데 하필 이걸 왜 간직하고 있는 거지? 그의 옆에 붙어 있던 다른 사람은 누구였을까? 왜 잘려 나간 걸까?

궁금한 것투성이였지만 지체할 시간이 없었다. 나는 핸드폰을 꺼내서 폴라로이드 사진을 얼른 촬영하고 다시 집어넣은 뒤 지갑을 닫고 치워 버렸다.

이번에는 낡은 핸드폰 차례다. 전원은 꺼져 있었다. 켜 보려고 했지만 충전이 안 된 모양이었다. 망할! 분명히 이 폰으로 나한테 동영상을 보냈을 텐데. 이걸로 협박 문자까지 보냈는지 확인할 수만 있다면, 아니, 그가 살아 있어서 둘이 문자를 주고받은 기록만 있다면 게임 끝인데!

그때였다. 뭐지?

밖에서 무슨 소리가 들린 것 같았다. 손을 멈추고 귀를 기울였다. 손끝은 차가운데 등에서는 끊임없이 땀방울이 흘러내리고 있다. 답답해서 숨도 쉴 수가 없다. 그 여자는 이렇게 좁은 방에서 도대체 어떻게 지내는 거야!

귀를 기울여 보니 멀리서 윙윙대는 청소기 소리가 아직 들렸다. 노인의 병실과 이어진 문에서도 인기척은 없다. 잘못 들었나? 하긴, 이 넓은 집을 청소하려면 아직 한참 걸릴 것이다.

폰과 지갑은 다시 넣어 두고 캠코더를 꺼냈다. 요즘은 다들 스마트 폰으로 동영상을 찍는 세상이다. 일반인이 이런 걸 갖고 다닐 확률이 얼마나 될까? 그러니 너무 억울해하지 마. 당신을 수상하게 생각하는 건 그럴 만한 이유가 있어서 그런 거니까.

핸드폰처럼 허무하게 끝나면 어쩌나 걱정했는데, 캠코더의 전원은 문제없이 켜졌다. 나는 작은 액정을 바라보면서 재생 버튼을 눌렀다.

예상은 전혀 빗나가지 않았다. 내가 잘 아는 바로 그 영상이 나타났다. 화면을 가리는 누군가의 등으로 시작하는 영상. 머리를 하나로 수수하게 묶은 내가 나타난다. 둘이 이야기를 한다, 손목을 잡는다, 뿌리치려고 하지만 꼼짝도 하지 않는다, 몸싸움을 하다가 머리채를 잡는다.

나는 이제 물처럼 덤덤하게 영상을 보고 있다. 여전히 손을 떨고 있지만 무서워서가 아니다. 하도 반복해서 돌려 봤기 때문일까? 이젠 이걸 봐도 아무 느낌이 없다. 상처를 여러 번 잡아 뜯으면 더욱 두꺼운 딱지가 앉고 마침내 우툴두툴한 흉터투성이 굳은살이 생겨나는 것처럼 갈수록 내가 한 짓이 주는 충격에 무뎌지고 있다.

나는 죽도록 맞고 살았어. 내내 당하고만 살다가 한번 맞섰기로서니 그게 그렇게 나빠? 고발하려면 해 봐! 정당방위라고 우길

거니까. 죽이려던 건 아니었다고 하면 돼. 그냥 너무 겁이 나서 도망쳤다고 할 거야. 이 동영상은 오히려 그 개자식이 나를 괴롭혔다는 증거가 될 테니까. 그 인간이 정신 차리고 일어나서 제 발로 나간 거라면 살인도 아닌 거고, 설마 죽었는데 시체를 네가 치운 거라면 너도 무사할 순 없잖아!

생각이 그렇게 꼬리를 물고 이어지자 점점 힘이 나기 시작했다. 이거 말이 되는 거 같은데?

그래, 어디 한번 해 보시지. 애 엄마라고 주장하려면 먼저 노인한테 사실을 고백해야 할 거야. 어린애를 기차에서 만난 낯선 여자 손에 떠맡겼다고 말이지. 젖병 하나 달랑 넣어서 보내 버렸다고. 애를 유괴하거나 버릴 수도 있었는데 그런 위험도 상관없이 말이야. 제대로 집에 데려다줬으니 나야말로 칭찬받아 마땅하지. 그러니 따지고 보면 너랑 나는 한배를 탄 거야. 날 고발하려면 네 잘못도 함께 털어놔야 한다고!

그런 생각을 하자 더욱 힘이 솟는 것 같다. 1,300억이 탐나서 다시 돌아왔니? 그 돈 때문에 지금 이렇게 질척거리는 거지? 그럼 어디 해 보자고!

더 볼 것도 없다. 그 영상을 보낸 게 이 여자라는 건 알겠고, 그래서 뭘 어쩌자는 건지 이야기나 한번…….

그때였다. 밖에서 오래된 마룻바닥이 삐걱거렸다. 바닥을 밟는 소리. 이번에는 확실했다. 뒷덜미가 서늘해졌다.

나는 황급히 몸을 일으켰다. 그 바람에 무릎에 쌓여 있던 양말 뭉치가 우수수 떨어졌다. 한 손으로 황급히 주워 가방에 담으며 캠코더를 끄려는데 뭔가 이상했다.

영상은 이제 겁먹고 그대로 뛰어나가는 내 모습을 보여 줄 차례다.

6분 12초. 내가 봤던 영상은 여기서 끝이다. 급히 뛰어나가는 내 얼굴과 머리를 비스듬히 위에서 비추다가 멈추는 게 끝이다.

그런데 아니었다. 지금은 화면 위쪽의 시간이 계속 움직이고 있었다. 초를 알리는 숫자가 계속 바뀌며 시간이 흘러가고 있었다. 그는 쓰러졌고 나는 집을 나가 버렸는데 그 뒤로도 영상은 텅 빈 집을 계속 찍고 있는 것이다.

방 밖에서 마룻바닥을 밟는 소리가 점점 가까워져 오는데 도저히 화면에서 눈을 뗄 수가 없었다. 내가 나간 뒤 그 집에서 도대체 무슨 일이 벌어졌는지 그걸 알아야만 한다. 어쩌면 이 동영상 속에 나를 살려 줄 해답이 담겨 있을 것이다.

나는 빨리 감기 버튼을 눌렀다. 화면 속 시계가 빠르게 돌아가기 시작했다.

삐걱.

밖에서 다시 마룻바닥이 울렸다. 이번에는 가깝다. 너무 가까웠다.

안 돼! 지금은 안 돼!

"효진 씨?"

"네?"

헉!

방 바로 앞에서 그 여자의 목소리가 들렸다.

수원댁이 뭐라고 말을 거는 소리가 들렸다.

나는 떨리는 손으로 정지 버튼을 눌렀다.

화면 속에서는 내가 뛰쳐나간 지 정확히 5분 13초 뒤에 누군가 집 안으로 들어서고 있었다. 현관으로 막 들어서는 그 사람의 뒷머리를 비추는 데서 화면이 멈췄다.

그리고 방 바깥에서는 그 여자가 웃으면서 문손잡이를 돌리고 있었다.

43

여자가 방으로 들어왔다.

나는 벽장 속에 숨죽이고 서서 셔터 모양 나무 문의 틈 사이로 여자를 지켜봤다.

날이 슬슬 더워지기 시작한 게 다행이었다. 재킷 같은 걸 걸치고 있었다면 분명 벽장부터 열고 옷을 걸어야 했을 것이다. 나는 지퍼도 미처 닫지 못한 더플백을 끌어안고 벽장 구석에 서 있었다. 손이 덜덜 떨려서 묵직한 가방을 놓칠 것만 같았다. 떨어뜨리기라도 하면 정말 끝장이다.

여자는 방으로 들어오더니 창의 블라인드부터 모두 걷었다. 그리고 곧장 화장실로 가서 문을 닫았다.

지금이라도 나갈까? 아니, 그건 너무 위험하다. 하지만 밖에서 가정부들이 날 찾기라도 하면 어쩌지?

그때 그게 눈에 들어왔다. 벽장문의 셔터 사이로 보이는 침대 옆 바닥에 내 슬리퍼가 뒹굴고 있는 게 보였다. 부드러운 회색 천으로 만들어진 한 쌍의 실내화는 침대 밑에 반쯤 밀려 들어가 있었다. 침대와 벽장 사이에 주저앉아서 물건들을 뒤지느라 거기 벗어 뒀던 것이다.

이마에 솟아나기 시작한 땀이 관자놀이를 타고 눈으로 흘러들어 왔다.

속이 울렁거려서 금방이라도 토할 것 같았다.

안 돼. 제발…… 안 돼.

그때 변기 물 내리는 소리가 들리더니 여자가 화장실에서 나왔다. 입에 물고 있던 고무줄로 머리를 높다랗게 틀어 올리고 있었다. 침대 발치에 서서 신고 있던 양말을 벗어서 돌돌 말아 아무렇게나 던져 버리더니 입고 있던 티셔츠를 훌렁 벗었다. 가방을 들고 있는 손이 점점 더 심하게 떨려 왔다. 바스락거리는 소리가 새어 나갈까 봐 이를 악물고 버티는 사이, 여자는 브래지어와 팬티만 입은 채 내 앞을 지나 다시 화장실로 들어갔다. 잠시 후, 안에서 쏴아 하는 물소리가 들려오기 시작했다.

그대로 천천히 열까지 셌다. 후들거리는 팔로 조심스럽게 가방을 내려놓고, 벽장문을 살짝 열어 봤다. 화장실 문은 아직 닫혀 있었고, 안에서 물소리가 계속 들려왔다. 침대 밑을 더듬어 슬리퍼 두 짝을 얼른 집어 들고 살금살금 방문 앞까지 왔다. 조심스럽게 손잡이를 돌리는 동안 이마에서 흘러내린 땀방울이 바닥에 뚝뚝 떨어졌다.

바깥 거실에는 다행히 아무도 없었다. 나는 얼른 빠져나온 뒤 조용히 문을 닫았다. 그리고 주위를 두리번거리며 재빨리 2층 계단 쪽으로 뛰어갔다.

벽장에서 나와 방을 빠져나올 때까지 10년은 걸린 것만 같았다. 온몸의 힘이 쭉 빠져서 쓰러질 것 같다. 약 생각이 너무 간절했다. 한 알만 남겨 둘걸. 딱 한 알만.

한숨 돌리면서 그 방에서 본 것들을 차분히 정리해 볼 시간이 필요했다.

하지만 계단을 오르는 순간, 마음 놓고 쉴 수는 없다는 걸 깨달았다.

벽장에서 빠져나오기 전에 그 더플백의 지퍼를 다시 닫아 뒀는지 아닌지 도무지 기억나지 않았기 때문이다.

44

〉월말 결산 있는 날이라 시간이 좀 걸리네요. 하여간 일하는 건 싫어 ㅠㅠ 맛점하시고, 이따 봐요!

평소라면 피식피식 웃으면서 한참 들여다봤을 살가운 문자였지만, 대충 확인만 하고 곧바로 폰을 던져 버렸다. 여기에 정신 팔고 있을 틈이 없다. 너무 물어뜯어서 너덜너덜해진 손끝에 피가 맺혔는데 아픈 줄도 모르겠다.

미쳤지! 그런 바보 같은 실수를 하다니!

하지만 아무리 곱씹어 봐도 딱 그 순간의 기억만 지워진 것처럼 머릿속이 그저 하얬다. 팔을 후들거리며 무거운 가방을 간신히 내려놓은 뒤에 지퍼를 닫았던가? 아니면 가방은 대충 내려놓고서 총알처럼 튀어 나가 실내화부터 움켜쥐었던가? 어떻게 그게 기억나지 않을 수가 있지?

좋아, 다 좋다 이거야.

열어 놓고 와 버렸다고 해도, 그 여자가 눈치챌까?

그런 실수는 누구나 하잖아. 다들 외출할 때 가스 잠그는 것을 깜빡하는 것처럼 사소한 일들을 헷갈리잖아. 그 여자도 마찬가지일 거야. 열려 있는 가방을 본들, 자기가 애초에 그렇게 놔둔 거라고 생각할지도 모른다. 하지만 내용물들은 어쩔 거야? 캠코더며 지갑이며 폰이며 그런 것들. 양말과 속옷 뭉치 사이에서 버젓이 삐죽 튀어나와 있을 텐데. 그러면 의심하지 않을까?

아니. 내 안의 다른 목소리가 대답했다. 모든 게 다 괜찮을 거라고, 어떻게든 이 집에서 버티다 보면 다 잘될 거라고 주장하는 쪽의 목소리였다.

어차피 사라진 것도 없잖아. 뭔가 좀 이상하다 싶어도 일단 현금과 카드는 그대로잖아. 그 열린 가방과 나를 연결시켜 의심할 수 있을까? 오늘은 대청소 날이잖아. 가정부들을 먼저 의심하겠지.

그러자 문득 그 일이 떠올랐다.

옛날에 여기서 일하던 가정부가 도둑질을 하다가 쫓겨났다던 일.

결국 사람이 죽어 나가는 바람에 이제 가정부들은 2년 단위로만 고용하게 되었다는 그 일 말이다. 저 여자가 가정부들을 의심하기 시작하면 또 한차례 피바람이 불게 되려나? 괜히 나 때문에?

하지만 지금은 내 코가 석 자니까 그 사람들 걱정까지 해 줄 여유는 없다.

아, 진짜 딱 한 알만 남겨 뒀더라면 좋았을걸. 지금 같은 때 물도 없이 씹어 삼키기만 하면 금방 흡수돼서 숨쉬기가 한결 편해졌을 텐데. 딱 한 알이면…….

노크 소리가 들렸다.

나는 물어뜯은 손톱 끝의 살점을 얼른 바닥에 뱉어 버렸다.

"네."

잠겨 있던 목소리가 우스꽝스럽게 꺾여서 흘러나오는 바람에 얼른 헛기침을 했다.

"승준이 데려왔는데요, 사모님."

그 여자다!

그 목소리에 너무 놀라서 혀를 깨물어 버렸다.

미친년! 여기까지 올라왔어? 애를 데리고? 결국 들켜 버린 건가?

도망치고 싶었다. 이대로 돌아서서 열린 창문 밖으로 뛰어내리고 싶었다.

아래를 내려다보니 내가 급히 주워 들고 왔던 슬리퍼 두 짝이 바닥에 아무렇게나 흩어져 있었다.

나는 맨발로 문 앞까지 걸어갔다.

'처음부터 무턱대고 덤비지 말고 우선 잘 관찰해야 해. 저 혼자 날뛰는 모습을 한발 떨어져서 잘 보면 약점이 보이게 되어 있어.'

우선 한 뼘 정도만 빼꼼 문을 열고 밖을 내다보았다.

문 앞에 여자가 서 있었다. 그때처럼 말간 얼굴로 애를 안고서.

상쾌하게 젖은 머리에서 희미하게 샴푸 냄새가 났다.

"수원댁 여사님이 다 먹였다고 하셔서 제가 데려왔어요."

여자가 입가에 미소를 띠고 날 똑바로 쳐다봤다.

애만 받으려고 문틈으로 손을 내미는데 갑자기 여자가 문을 확 열어젖히더니 방 안으로 성큼 들어왔다. 나는 한 걸음 뒤로 물러났다. 결국 처음 만났을 때처럼 그렇게 딱 우리 셋만 마주하게 된 것이다. 하지만 셋 다 몇 달 전의 그 모습이 아니었다.

나는 부드러운 금색 직물로 짠 명품 브랜드의 여름 니트를, 여자는 실용적인 반팔 티셔츠와 바지를 입고 있었다. 그새 훌쩍 커버린 아이는 포대기 대신 프랑스제 수입 유아복을 입고 제 친엄마 품에 안겨 엄지손가락을 빨고 있었다.

"침대에 눕혀 둘게요. 애가 참 순하네요. 맘마도 잘 먹고요."

여자가 방을 가로질러 걸어가더니 침대 위에 애를 조심스럽게 눕혔다. 무던한 목소리였다.

"그렇죠? 통잠도 잘 자거든요."

떨리는 목소리로 대답하며 여자의 표정을 살폈다. 기차에서 제가 했던 그 말을 듣고 조금이라도 반응을 보이는지 유심히 살펴봤다. 하지만 이 독한 년은 눈 하나 깜빡하지 않았다. 그저 태연하게 애를 눕히고 다독여 준 뒤 몸을 일으켰을 뿐이다.

나는 돌아서는 여자의 눈을 똑바로 쳐다보았다. 몹시 떨렸지만 이미 각오가 되어 있었다. 여기서 머리채라도 잡힐 각오가. '당장 내 자리 내놔!'라고 으르렁대는 목소리를 들을 각오가.

그런데 여자는 내 눈을 보면서도 그저 살짝 미소 짓고 그대로 방을 나가려고 했다. 어깨를 스치는데 샴푸 냄새가 확 풍겼다. 나는 손을 뻗어서 여자의 팔을 탁 잡았다. 짧은 소매 아래 드러난 맨살에 손자국이 남을 만큼 강하게 움켜쥐었다.

"너 지금 뭐 하자는 거야? 원하는 게 도대체 뭐야!"

여자가 돌아봤다. 나를 똑바로 쳐다보는 밝은 갈색 눈동자. 거기에 비웃음이 걸려 있었다. 이년이 지금 날 비웃고 있다.

'아, 나도 너 알아.' 하는 듯, '좀 기다려 봐. 지금 패를 다 보여주면 재미가 없잖니.' 하는 웃음이었다. 어린애들이 곤충 채집망에 넣어 둔 잠자리의 날개를 뜯어 버리며 지을 법한 그런 미소. 빙글 돌아 버린 것 같은 미소 말이다.

여자의 팔을 잡은 내 손이 부들부들 떨리기 시작했을 때였다.

"다녀왔습니다!"

수현의 숨찬 목소리가 들렸다.

"아! 수현 씨 왔어요?"

여자가 반갑다는 듯 목소리를 높이며 나를 지나쳤다. 허공에 남은 내 빈손이 여전히 떨리고 있었다.

45

저녁 식사 시간이 될 때까지 방에 숨어 있었다.

적을 알아야 이길 수 있다지만, 적이 누군지 뭘 하려는 건지도 확실치 않으니 싸울 동력이 없었다. 저쪽에서 먼저 한 방 날려야 반격이라도 할 텐데, 뭘 어쩌자는 건지 알 수가 없으니 모든 게 두려웠다.

빠르게 시간이 흐르는 동안 아무도 없는 빈집을 비추던 그 동영상이 떠올랐다. 5분쯤 지난 뒤 누군가 들어서던 그 순간, 급하게 정지 버튼을 눌러야 했던 것도.

그것만 생각하면 펄쩍펄쩍 뛰면서 내 머리를 쥐어뜯고만 싶어진다. 조금만 더 볼걸! 누군가의 정수리가 화면에 나타나려는 그 순간에 딱 멈춰 버리다니!

하지만 거기서 좀 더 질질 끌었다면 제시간에 벽장에 숨지는 못했을 것이다. 그 방에서 딱 마주쳤더라면 그 여자는 도대체 어떻게 행동했을까? 지금도 제정신이 아닌 것 같은데 그런 빌미를 줬더라면 무슨 일이 벌어졌을지는 생각하기도 싫다. 그 여자의 모든 행동이 예측 불허였다. 도무지 종잡을 수가 없으니 대항이란 걸 할 수가 없다.

아까도 수현이 마침 그때 딱 나타나지 않았더라면 그 여자는 어떻게 했을까?

너무 골똘히 생각에 잠겨 있느라 갑자기 노크 소리가 들리는 순간, 놀라서 펄쩍 튀어 오를 뻔했다.

"식사하러 가시죠."

웃음기를 머금은 수현의 목소리였다.

지금 내게는 딱 아쉬운 한 알의 알약만큼이나 든든하게 느껴지는 목소리.

나는 재빨리 침대에서 펄쩍 뛰어 내려가 문을 열었다.

열린 문 사이로 씨익 웃는 해맑은 얼굴을 보는 순간 목을 와락 끌어안았다. 어젯밤 그렇게 폭풍 같은 시간을 보낸 뒤 둘이 제대로 얼굴을 마주하기는 처음이다.

"어이쿠!"

내 힘에 살짝 뒤로 밀려난 수현이 당황한 듯 내 등을 살살 쓸어 주었다.

"하루 종일 바빴나 봐요?"

"네, 뭐, 이것저것. 종일 청소하느라 집이 어수선했죠? 이럴 줄 알았으면 승준이 데리고 나오시라고 해서 근사한 데서 저녁 먹을 걸 그랬네요."

"아, 그것도 좋았겠네."

나는 혀를 차며 아쉬워했다.

"시간은 많으니까요. 뭣하면 내일이라도 갈까요? 점심 어떠세요? 그리스 음식?"

그가 내게 팔을 내밀며 물었다. 나는 얼른 팔짱을 꼈다.

"한 번도 못 먹어 봤어요."

"그러면 딱이네요! 내일 느지막이 일어나서 아침 먹지 말고 출발할까 봐요. 11시쯤……."

"저어, 사장님?"

계단을 반쯤 내려갔을 때 아래쪽 현관 앞에서 음침하게 쉰 목소리가 들렸다. 나는 재빨리 팔짱을 뺐다. 어쨌든 난 이 집 맏며느리이고, 장남은 집을 나가서 죽었는지 살았는지 아직 소식이 없다. 시동생과 희희낙락하는 게 고용인들의 눈에 좋게 보일 리 없다.

"네?"

수현도 목소리를 가다듬으며 계단을 빠르게 내려갔다.

현관 앞에 그 남자가 서 있었다. 온통 얽은 얼굴을 덮은 덥수룩한 머리카락 사이로 충혈된 두 눈이 이쪽을 쳐다보고 있다.

"아우디는 우선 대충 손봐 두었습니다. 일단 시동은 걸리는데요, 고압 펌프는 갈아야 할 것 같네요. 박 기사 말이 아까 낮에 서울에서도 한 번 퍼졌다던데……."

"응, 거기서 맡길까 했는데 또 어떻게 하니까 시동이 곧잘 걸렸거든요. 바빠서 일단 그냥 집까지 왔는데 다 와서 또 말썽이더라고요."

"네, 제가 내일은 쉬는 날이라…… 일단 오늘 말씀드리고요. 부품은 알아보고 주문하겠습니다."

"네, 그러세요. 푹 쉬시고요. 뭐, 알아서 잘 처리해 주세요."

수현이 밝은 목소리로 인사하고 몸을 돌려 식당으로 들어갔다.

남자는 꾸벅 인사하고 돌아서기 전, 내 눈을 한번 흘끗 쳐다봤다. 이상하게 처음 이 집에 온 날부터 모든 것을 꿰뚫어 보는 것

갈던 그 기분 나쁜 시선 그대로였다. 마치 '넌 여기 있으면 안 되는 인간이잖아.' 하고 말하는 것 같은 눈빛.

기분 탓일까? 물건이든, 사람이든 이 집의 모든 것들이 전부 아우성치며 내게 나가라고 하는 것만 같다.

나는 수현을 따라 식당 쪽으로 걸어가며 군살 없이 날씬한 그의 등과 허리를 바라보았다.

서울이라……. 오늘은 회사 월말 결산이라 바쁘다지 않았나? 주영시 한복판에 있는 법인 소유 건물이 아니라 굳이 서울까지 가서 결산할 일이라는 건 뭐였을까? 내가 이 집에 온 뒤로, 회사 일이든 뭐든 그가 서울까지 갔던 적이 있던가?

"빨리 오세요, 형수님. 배고파요!"

식당 입구에서 그가 이쪽을 돌아보고 웃으며 손짓했다. 나는 얼굴 근육을 재빨리 웃음 모드로 가동시키고 뛰어갔다. 이제 손바닥 뒤집듯 표정을 바꾸는 것쯤은 일도 아니다.

하지만 식당에 들어서는 순간 굳은 표정으로 우뚝 멈춰 섰다. 노인의 옆에 그 여자가 앉아서 시중을 들고 있었던 것이다.

"늦어서 죄송해요, 아버님."

나는 재빨리 인사하며 여자의 시선을 피해 얼른 자리에 앉았다.

"컨디션이 살짝 안 좋다고 하셔서 얼른 먼저 드시게 하고 있었어요."

여자가 나와 수현을 번갈아 보며 말했다.

"네네, 괜찮아요. 아버지, 어디가 또 안 좋으세요?"

"그냥 뭐, 기력이 좀 없다고 하시네요."

여자가 대신 대답했다.

노인은 이쪽을 쳐다보지도 않았다. 그저 식사에만 집중하고 있을 뿐이었다.

'애초에 아버지는 내가 아니라 형을 사랑하셨으니까. 형이 나타나지 않으면 전부 어디에 기부해 버릴 작정이셨을 거예요.'

혼외자로 집에 데려온 늦둥이 아들인데, 도대체 왜 한 푼도 물려주지 않을 만큼 미워하는 걸까? 집을 나가 버린 건 장남인데? 생판 남인 내 팔목에도 백금 팔찌를 걸어 주는 노인이 자기 곁을 지키고 있는 친아들에게는 저렇게 팍팍하게 구는 이유가 뭘까?

나는 그 1,300억을 떠올렸다. 내 손에 들어올지 말지도 알 수 없는, 허공에 매달려 반짝반짝 빛나는 구름처럼 저 멀리서 아득하게 흔들리고 있는 돈 말이다. 그게 정말 조금이라도, 단 10%라도 나와 승준이에게 돌아온다면 나는 수현을 구해 줄 생각이다. 지금의 우리에게 미래라는 게 있을지는 모르겠지만, 이 집에서 무사히 살아남는다면 함께하고 싶은 사람은 오직 수현뿐이니까.

"오징어무침 맛있네요. 수원댁 여사님 주특기인데 오랜만이네."

수현이 어색한 식탁 분위기를 바꿔 보려는지 웃으며 말했다. 특별히 내 쪽을 보지는 않았다. 우리 둘 다 아직은 때가 아니라는 걸 안다. 괜히 특별히 친한 티를 내서는 안 된다.

"매운 거 당기던 참이었는데 저도 맛 좀 봐야겠네요."

내가 젓가락을 집어 들자 수현이 슬며시 반찬을 내 쪽으로 밀어 주었다. 나는 그쯤에서 태연한 척 자연스럽게 말을 꺼내려고 애썼다.

"참, 수현 씨, 저기, 오늘 낮에 혹시 서울 갔었어요? 거긴 왜……."

쨍그랑!

"회장님!"

"아버지!"

돌아보니 노인이 식탁 위에 엎어져 있었다. 물컵과 밥그릇이 바닥에 굴러떨어져 산산조각 났다. 노인의 성긴 백발 몇 가닥은 국그릇에 잠겨 젖어 가고 있었다. 하지만 식탁 위에 처박힌 그의 얼굴에서 빛나는 눈만은 이쪽을 보고 있었다. 일그러진 얼굴 근육이 씰룩거렸다. 우리의 눈이 마주쳤다. 그 눈이 내게 뭔가 말하려는 것 같았다. 어쩌면…….

"아, 아버님. 아버……."

"빨리! 구급차 불러! 빨리요!"

수현이 얼른 일어나서 소리치며 뛰어나갔다. 그가 앉아 있던 의자가 쓰러지며 뒤집혔다.

46

'있는 집 며느리라고 비단길, 꽃길만 있는 줄 알아?'

식당에서 같이 일하던 지선 언니는 세상 돌아가는 일에 아주 훤했다.

'그런 사람들은 몇십억씩 틀어쥐고 앉아서는 쉽게 죽지도 않는다고! 명줄은 또 오지게 길어서 꾸역꾸역 오래 살면서 돈은 찔끔찔끔 푼다니까? 그거라도 끌어안고 있어야 자식들이 입에 혀같이 해 주니까. 돈 아니면 누가 늙어서 시들시들한 부모 뒷바라지하고 싶겠어? 그러니 있는 집 며느리들이 오히려 간병인도 안 쓰고 직접 외제 차 타고 와서 금반지 끼고 온갖 수발 다 드는 거야. 유언장에 이름 한 줄 올리려고.'

흘려들었던 말들이 이제는 남의 이야기가 아니다. 그렇게 명품 옷을 입고 백금 팔찌를 차고 하룻밤에 100만 원이 넘어가는 병원 특실에서 시부모 수발을 드는 사람이 내가 될 줄은 꿈에도 몰랐다.

나는 온갖 기계를 주렁주렁 달고 누워 있는 노인 옆에 앉아 있었다. 수현과 여자는 밖에서 담당 의사와 이야기를 나누고 있었다. 힘없이 눈을 감고 있는 쪼글쪼글한 남자를 바라보고 있자니 덜컥 겁이 났다. 식탁 위에 엎어진 그릇들 사이에서 날 바라보던 그 휘둥그레 뜬 눈이 생각났다.

내게 무슨 말을 하려고 했던 걸까? 설마 이대로 끝나는 건 아니겠지? 수현이 말했던 것처럼 그 돈을 전부 기부하려는 건 아니겠지? 엊그제 김변한테 연락도 했다니까. 그럼 그 메모가 내가 생각하는 그 일이 맞는 거겠지? 이런 반신불수 노인네의 유언장은 어떤 식으로 수정하는 걸까? 변호사를 집까지 부르지 않아도 가능한 거야?

머리가 핑핑 도는 것 같았다.

약을 먹지 않고 버틴 지도 벌써 12시간이 지났다. 진작부터 눈앞이 흐리고 손이 떨렸는데, 이제는 어둑한 방 안에서 삑삑 규칙적으로 울리는 기계음을 듣고 있자니 정신이 몽롱해지는 것 같다. 한 방울씩 빠르게 들어가는 노인의 링거액을 보며 저게 내 약이었으면 좋겠다고 멍하니 생각했다. 그새 나도 약쟁이가 다 됐네.

'형네 엄마가 드시던 약이에요. 아버지도 가끔은 진정이 필요하셔서 아는 선생님께 처방받아서 집에 갖고 계세요.'

하필 '약물 사고'로 죽었다고 했지? 꼭 필요한 상비약이 제때 없었다고.

그런 희한하고 끔찍한 일을 겪었으니 온 가족이 처방까지 받아 가며 약에 의존해야 하는 것도 이해할 만하다. 그러고 보면 이 집에서 벌어진 모든 일들이 다 이상하다. 하나하나 뜯어보면 전부 앞뒤가 맞지 않는 것들투성이다. 한자리에 모아서 펼쳐 두고 찬찬히 살펴보고 싶은데 머리가 너무 아파서 제대로 집중할 수가 없다. 내가 건드릴 수 있는 영역이 아니다.

주제넘게 기웃거리지 말고, 그냥 여기서 살아남을 궁리나 하는 게 좋을 거야.

'위험을 감지해 내는 내 촉'이 말한다.

만에 하나 노인이 그냥 이대로 죽어 버려도, 유언장을 수정하지 못했더라도, 어떻게든 살아남을 수는 있을 것이다. 내게는 애가 있으니까. 혹시 장남에게 유산이 전부 가더라도 그 사람의 핏줄을 데리고 있으니. 법 따위는 잘 모르지만 뭔가 문제가 생기면 결국 친자와 배우자가 다 받는 거 아니던가?

애는…… 설마 친자가 맞겠지?

맞지, 아무렴. 그건 수현이 연구실에 직접 의뢰했잖아.

친자도 아닌 애를 데리고 왔는데 덜컥 '형수님'이라고 불러 줬을 리 없잖아. 그러니 괜한 의심은 접어 둬야 한다. 애를 방패 삼아 이 상황을 어떻게 헤쳐 나가야 할지 생각해야 한다.

그리고 그 여자와 그 사진.

나란히 앉아 있던 형제. 한 명은 활짝 웃고, 한 명은 심각한 표정으로 카메라를 쳐다보던 두 사람. 그건…….

병실 문이 덜컥 열리더니 수현이 들어왔다.

몹시 피곤해 보였고 혼자였다.

나는 벌떡 일어섰다.

"뭐래요?"

"몇 가지 검사를 더 해 봐야 한대요. 몇 년 전에 뇌혈관 스텐트 시술을 받으셨는데 이번에도 비슷한 증상 같아서요. 침상 생활을 오래 하셔서 워낙 약해지신 상태라 지금 당장 뭘 하기는 힘들다고 하네요. 일단 컨디션을 좀 끌어올려야 검사든 뭐든 할 수 있다고……."

"그…… 효진 씨……는요?"

그 여자 이름을 입 밖에 내기가 영 어색하다.

"아, 본인이 여기 있겠다는데, 일단 들어가서 쉬고 내일 일찍 나오라고 했어요. 내일부터가 왠지 진짜 강행군일 거 같아서. 오늘은 제가 있을게요, 형수님도 들어가서 쉬시고 내일부터 교대해요."

"아니에요, 같이 있어요."

"에이, 둘씩이나 뭘요. 오늘 일단 급한 불은 끈 거 같고, 승준이도 있잖아요."

아! 그러고 보니!

구급차를 타고 집에서 급히 출발할 때는 애를 일단 수원댁에게 맡겨 뒀었는데.

그러면 지금 집에…… 그 여자와 애가 같이 있는 거야?

"그럼, 가서 승준이 좀 보고 내일 일찍 올게요."

나는 가방을 황급히 집어 들었다.

"무슨 일 생기면 꼭 연락 줘요!"

"그럼요."

수현이 손을 내밀었다. 나는 그 따뜻하고 부드러운 손을 마주 잡았다.

우리는 맞잡은 손을 떼기 싫어서 길게 뻗은 채 잡고 있다가 병실 문 앞에 다 와서야 마지못해 슬며시 놓았다.

"참! 저기……."

문을 열고 나가기 전, 나는 갑자기 생각났다는 듯 뒤를 돌아보았다.

"네?"

침대 옆에 놓인 의자에 막 앉으려던 수현이 고개를 들었다.

"승준이 말이에요."

그의 눈이 동그래졌다.

"이 집에 처음 오던 날, 수현 씨가 친자 확인…… 해 줬었잖아요."

"네."

"그거…… 검사…… 머리카락으로 했다고 했었죠? 빗이 남아 있었다고."

끄덕끄덕.

"그럼…… 그이가 쓰던 옛날 물건들이 집에 아직 다 남아 있는 거예요?"

수현이 날 의아한 듯 쳐다봤다.

"아아, 저기, 어제 병실에 아버님 뵈러 갔을 때…… 하시던 말씀이 생각나서요."

"아버지가요?"

"잠깐 그이 이야기를 하셨는데……."

"형 얘기를? 뭐라고요?"

그의 목소리가 살짝 날카로워졌다.

"아, 별건 아니에요. 그냥 여전히 기다리시는 눈치였어요. 좀 보고 싶다고, 승준이가…… 그이를 닮아서 자꾸만 생각난다는 식으로……. 그래서 그이 사진이나 물건이라도 가져다 보여 드리면 좋아하실까 싶고 그러네요. 제가 그이 물건 가지고 나온 게 없어서…… 혹시 집에 남아 있는 게 좀 있나 하고요."

"아아."

서툴고 말도 안 되는 변명이었지만 수현의 눈꼬리가 풀어졌다.

"잘은 모르겠는데 아마 지하실에 있을 거예요. 저희 집은 물건을 잘 버리는 편이 아니라서요. 그냥 뭐 옛날에 쓰던 노트, 입던 옷들, 그런 수준이지만요. 나중에 제가 찾아봐 드릴게요."

그가 웃었다. 딱 내가 아는 그 맑은 웃음이었다.

나도 마주 웃어 주고 병실을 나섰다. 하지만 이상하게 그의 웃음을 봐도 떨리는 가슴이 진정되지 않았다.

47

내 이야기가 공포 영화라면 지금이야말로 본격적으로 일이 벌어지려는 참일 것이다. 어두운 밤길을 달려와 구불구불한 진입로를 올라가는 택시의 차창에 빗방울이 채찍처럼 비스듬히 줄무늬를 그리기 시작했기 때문이다. 비밀의 화원으로 들어가는 입구처럼 보이던 웅장한 연철 대문도 어둠 속에서는 서양식 공동묘지의 정문처럼 보였다.

"이야, 여기에 이런 근사한 집이 숨어 있었네요."

서울 번호판을 달고 막 올라가는 길에 나를 태웠다는 기사는 신기한 듯 대문을 훑어보며 거듭 감탄했다. 나는 차의 불빛이 멀어진 뒤 키패드의 번호를 입력하고 안으로 들어갔다. 몇 달 전, 낡고 허름한 후디를 입고 멍든 팔로 남의 애를 안은 채 어리바리하게 문간을 기웃거리던 그 여자는 이제 없다.

아름다운 서양식 정원에 들어서자 풀어 헤친 마녀의 머리카락처럼 거센 비바람에 마구 흔들리는 나뭇가지들이 보였다. 음침한 잡역부 김씨가 휴가로 자리를 비운 별채는 정원 저편에서 어둠 속에 잠겨 있었다.

저택의 불도 모두 꺼져 있었다. 안쪽 어디선가 아주 희미한 오렌지색 불빛이 새어 나올 뿐이었다. 나는 수영장을 지나서 잔디가 깔린 계단을 천천히 걸어 올라갔다.

오늘은 아주 긴 밤이 될 것이다.

이 집안 식구들은 누구도 없는 밤.

나와 그 여자만 있는 밤.

아니, 참, 애가 있었지.

현관 앞 키패드의 번호를 한 번 더 입력하고 안으로 들어갔다. 집 안은 아주 조용했다. 응접실과 현관 앞 홀은 모두 어둠에 잠겨 있었다.

나는 현관 앞에서 살그머니 신발을 벗었다.

그 여자가 여기서 뭘 하고 있든 조용히 덮칠 작정이었다. 아니, 그쪽에서 나를 덮칠지도 모르지.

문득 사방이 너무 고요하다는 생각이 들었다. 그러고 보니 애 울음소리조차 들리지 않는다. 잠이 들었나?

집 안쪽으로 걸어 들어가는 순간, 밖으로 새어 나오던 오렌지색 불빛이 어디서 나온 건지 알아차렸다. 1층 안쪽 거실이 아니었다. 홀을 지나 거실로 가기 전, 오른편에 낯선 문이 열려 있었고 거기서 불빛이 새어 나오고 있었다.

대청소 날을 빼면 평소에는 열려 있는 걸 본 적이 거의 없는 문이다. 지하실로 통하는 문. 그게 열려 있었다. 날벌레를 부르는 등불처럼 내게 손짓하고 있었다. 공포 영화의 민폐 조연처럼, 가서는 안 되는 곳에 발을 들였다가 기어이 일을 당하고 마는 머저리처럼 굴 생각은 없었다. 하지만 내 촉이 말해 주고 있었다. 저기야말로 내가 간절히 찾던 답이 기다리고 있을지 모른다고.

그래서 양말만 신은 발로 조심조심 걸어가서 열린 문 앞에 섰다. 아래로 내려가는 계단이 보였다. 아래쪽에는 불이 켜져 있었지만 아무런 소리도 들리지 않았다. 저기서 날 기다리고 있는 게 무엇이든 아주 신중하게 움직이는 게 분명했다.

바지 주머니를 더듬어서 핸드폰이 들어 있는 걸 확인하고 조심조심 계단을 내려갔다. 절반쯤 내려갔을 때 막대기나 돌멩이라도 가져올 걸 후회가 됐지만 멈출 수는 없었다. 계단을 다 내려가자 콘크리트 바닥에서 올라오는 냉기가 발가락을 움츠리게 했다. 여긴 한여름에도 악마의 심장처럼 싸늘하다. 그리고 무척 넓다.

나는 계단 바로 아래에 서서 한 바퀴 휘둘러봤다. 한눈에 다 들어오지도 않는 넓은 공간이지만 여기 아무도 없다는 건 확실하다. 혹시 여기를 뒤지다가 미처 불도 끄지 못하고 튀어 나가기라도 한 걸까? 왜? 도대체 뭘 찾다가?

그때였다.

쾅!

문이 닫혔다.

나는 홱 돌아섰다.

계단 위에 있는 문이 방금 닫혔다!

그럼 그렇지! 공포 영화 속에서는 금지된 장소에 들어오면 언제나 이렇게 등 뒤에서 문이 닫혀 버린다!

한 번에 두 단씩 미친 듯이 계단을 올라갔다. 손잡이를 잡고 흔들었지만 당연히 소용이 없었다. 작정하고 잠가 버렸으니까.

"문 열어! 당신 미쳤어? 경찰에 신고할 거야! 당장 신고할 거야! 어서 문 열어! 미친년아!"

대답할 리 없다. 주머니에서 핸드폰을 꺼냈다. 당연한 말이지만 이런 곳에선 와이파이가 터지지 않는다. 비상 통화 모드를 켰다. 112였나? 손을 덜덜 떨며 숫자를 누르다가 멈칫했다. 경찰을 부를 수는 없어. 저 여자는 그런 사정을 전부 염두에 두고 이런 일을 벌였을 거다.

'도와주세요. 우리 집 지하실에 갇혔어요!'

'어떻게 된 거죠?'

'누가 등 뒤에서 문을 닫고 잠가 버렸어요!'

'누가요?'

'시아버지의 간병인이요.'

'왜 그랬는데요?'

'절 골탕 먹이려고요!'

'그럴 만한 이유가 있을까요?'

'제가 자기 신분을 훔쳤거든요.'

그 여자가 닫은 건 확실한가? 증거는 있나?

그러니까 경찰 대신 그냥 119를 불러서 실수로 문이 잠겼다며 꺼내 달라고 하는 게 상책일지도 몰라. 괜히 미친년 취급 받느니 그게 깔끔하지.

그 생각을 하자 급하게 뛰던 심장이 조금 진정되는 느낌이었다. 확실히 현실은 공포 영화와 다르다. 21세기에는 배터리만 있다면 언제든 전화할 수 있는 핸드폰과 언제든 출동 가능한 구조대가 버티고 있다. 아니면 하다못해 수현이 있다. 나와 연락이 되지 않으면 그는 언제든 달려와서 날 찾을 것이다. 아니, 당장 내일 아침이면 가정부들이 출근할 것이다. 오늘 밤 이 집에 아무도 없다고 해서 나를 마냥 가둬 둘 수는 없다.

나는 미친 듯이 문을 두드리던 손을 멈췄다.

저 여자도 그건 알아. 그러니 날 여기 그냥 가둬 두려고 했을 리가 없어. 그게 목적일 리가 없어.

이건 공포 영화가 아니니까.

멈춰 서서 호흡을 가다듬었다. 언제든 도움을 청할 수 있어. 언제든 여기서 나갈 수 있어. 여긴 내가 살던 반지하방보다도 넓잖아? 게다가 윙윙거리며 환기 팬이 돌아가는 소리가 들리는 걸 보면 질식할 염려도 없어. 그러니까 제발 정신 차리고 침착하자.

뒤로 돌아서서 천천히 다시 계단을 내려갔다. 오렌지색 조명 아래 훤히 드러난 지하실을 구석구석 뜯어보았다. 약을 먹지 않은 지 벌써 몇 시간째더라? 눈이 살짝 침침하고 손이 떨리고 입이 바짝바짝 탔지만 집중하려고 노력했다.

지하실 한쪽 벽을 따라서 선반이 빙 둘러 가며 붙어 있었다. 반대편에는 삽, 망치, 곡괭이 등 보기에도 살벌한 도구들이 줄지어 세워져 있었다. 어디에 쓰이는 건지 알 수 없는 연장통들도 즐비했다. 커다란 쌀 포대와 감자 포대 등 식료품들이 있었고, 정원 가꾸는 데 필요한 흙이며 퇴비, 식물 영양제 통 등도 쌓여 있었다.

좀 더 안쪽, 빛이 미처 닿지 못하는 어두컴컴한 구석 쪽에는 금고처럼 보이는 커다랗고 길고 시커먼 상자가, 그 앞에는 종이 상자들이 몇 개씩 놓여 있었다. 박스는 테이프가 대충 발라져 있었지만 깔끔하게 봉해진 건 아니었다. 덕분에 내용물이 폭발할 것처럼 삐죽 튀어나와서 입구가 열려 있었다. 이삿짐처럼 커다란 매직으로 저마다 번호가 쓰여 있었다.

나는 얼굴에 번들거리는 땀을 싸늘한 손으로 한번 닦아 냈다.

가장 가까이 있는 박스 하나를 끌어다 살펴봤다. 차곡차곡 쌓인 접시들, 컵들이 가득했다. 손님이 많이 오는 날 쓰는 여분의 식기류들인 모양이었다. 한쪽에 치워 두고 다른 박스를 열었다. 표창장? 무슨 향우회의 감사패와 공로상, 단체 사진 같은 것들이 들어 있었다. 노인의 물건들인가 보다. 오래전 것도 있었고, 비교적 최근 것도 있었다.

그중에 유독 같은 해의 소식지 여러 장을 묶어 둔 꾸러미를 발견하고 살펴보았다. 12년 전 것이다.

당 협회의 발전을 위해 물심양면으로 애써 주신 정한수 회장님의 배우자인 강은숙 여사께서 불의의 사고로 하늘의 부르심을 받고 소천하셨습니다. 빈소는 주영 병원 장례식장, 발인은 3월 15일, 조의금 및 조화는 정중히 사양합니다.

'불의의 사고'라…….

박스를 대충 덮어 두고 뒤로 옮겨 갔다.

인수인계 표? 깔끔하게 코팅된 용지였다. 회장님 기상 시간, 식사 시간, 좋아하시는 반찬, 알레르기, 청소 주기 및 방법, 기타 주의 사항 등 여러 가지 정보가 세세하게 적혀 있었다.

아! 가정부들의 인수인계 표인 모양이다. 2년 주기로 바뀐다고 했으니 전임자가 나가고 난 뒤 일하는 데 꼭 필요하겠지. 뒷면에는 주방 어디에 무엇이 들어 있는지까지 꼼꼼하게 프린트되어 있다. 하단에는 주 여사, 신 여사 등 전임자들의 연락처까지 들어 있었다. 총 세 명의 연락처가 적혀 있었는데 그중 한 명의 연락처에는 매직으로 길게 줄이 그어져 있었다. 코팅 면 위에 그어진 매직이라 반쯤 지워져 있긴 했지만. 그 위에는 포스트잇에 적힌 다른 사람들의 연락처가 붙어 있었고 4년 전 날짜가 적혀 있었다. 단순한 것 같지만 묘하게 알쏭달쏭한 자료라 한참을 들여다봤다.

그러니까…….

코팅된 표에 적힌 연락처는 거의 최초 근무자들, 2년 주기로 바뀌기 전에 이 집에서 오래 일하던 사람들의 것인 모양이다. 그리고 이후에 2년 단위로 사람들이 바뀌면서 손에서 손으로 전해진 거고, 다음 전임자들의 연락처는 이렇게 메모 형태로 덧붙여서 전달된 것이다.

그렇다면…… 길게 줄이 그어진 이 사람, 김 여사라는 사람이 아마도 이 모든 소동의 원흉이려니 싶다. 손버릇 때문에 해고를 당한 뒤, 앙심을 품고 이 집 사모님을 죽였다는 의심을 받았다는 그 가정부 말이다.

나는 우선 거기 있는 연락처들을 몽땅 사진 찍고 한쪽으로 밀어 두었다. 이어서 근처에 있던 몇 개의 박스를 더 뒤져 보았으나 전부 잡동사니들뿐이었다. 대충 훑어보고 좀 더 안쪽으로 들어갔다. 오래된 책들이 가득한 박스 옆에 여러 가지 개인 물건들이 잔뜩 든 박스가 있었다. 낡은 남자 옷들, 오래된 게임기들, 어린아이가 그린 그림, 그리고 수현의 이름이 찍힌 중학교 상장들과 스케이트, 아이스하키 스틱까지. 형제의 물건을 하나의 박스에 몽땅 몰아넣어 둔 모양이었다.

남학생이라면 누구나 가지고 있을 법한 평범한 물건들을 하나씩 꺼내고 바닥까지 뒤져 봤지만 특별한 건 없어 보였다. 맨 밑바닥에는 요상하게 생긴 부품과 편지 봉투 같은 것이 깔려 있었다. 부품 같은 물건은 얼핏 어린애들이 리모트 컨트롤러로 조작하는 자동차 장난감처럼 네 개의 바퀴가 붙어 있었지만, 그보다 훨씬 조잡한 모양이었다. 전선이며 나사, 램프 같은 것들이 밖으로 삐죽 드러나 있었다. 뒤집어 보니 바닥에 '2학년 4반 정수현'이라는 이름표가 붙은 걸 보면 무슨 과제물 같은 것인지도 모른다. 이런 걸 아직도 보관하고 있다니. 남자답게 무심해서 까먹은 건지, 아니면 수현답게 섬세해서 그런 건지 모르겠다.

장난감의 바큇살에 끼어 있는 편지 봉투를 꺼내서 열어 보니 두 번 접은 종이가 들어 있었다.

소견서? 보험 청구 등에 사용되는 서류였다.

'계단 낙상 사고로 좌측 발목 외과 골절, 좌측 발목 외측 인대 파열, 좌측 발목 삼각 인대 파열, 어깨 탈골, 무릎 타박상 등의 상처를 입었으며 그로 인해 금속판과 나사못 등을 이용한 고정술을 받아 몇 주간 입원 치료를 받은 뒤 상당히 오래 안정을 취해야 한다'는 내용이 적혀 있었다.

'형 발목 말이에요. 좀 안 좋잖아요. 그거 그때 다친 거예요. 집 안 계단에서 넘어지면서 부러졌었거든요. 그래서 아이스하키고 뭐고 전부 없던 일이 된 거죠.'

어머니의 죽음으로 인한 충격과 어두운 과거를 뒤로하고 유학을 가려던 그를 주저앉혔던 그 사건이다. 이렇게 된 거였구나.

그저 금수저의 도피성 유학에 불과했겠지만, 그래도 꽤 심각한 부상이었던 것 같다.

이 집에서 도망치려던 청년은 그렇게 발목을 잡혀 버렸다. 침대에 누워 있던 노인네처럼 무기력하게 꼼짝 못 하고 누워만 있었을 그의 모습을 떠올리자 지하실 한기 때문에 떨리는 몸이 더욱 오싹해졌다.

'유학만 제대로 갔더라면 내가 요 모양 요 꼴은 안 됐을 텐데.'

어느 달 밝은 밤, 둘이 편의점 앞 테이블에 앉아서 팩 소주에 오징어를 뜯으며 도란도란 이야기를 나누던 기억이 났다.

'어디로?'

'캐나다.'

'와! 공부 잘했나 봐?'

'유학은 공부하려고 가는 데가 아니야. 진짜 잘하는 놈들은 여기서도 잘해.'

'칫! 그럼 뭐 하러 가는데?'

'도망치는 거지. 여기서 도저히 못 살 거 같은 놈들이 어떻게든 살아 보려고 가는 게 유학이야.'

그가 혼자 피식피식 웃었다.

'아아, 그러셔? 그럼 자긴 왜 도망 안 가고 여기 있어?'

'안 간 게 아니고 '못' 간 거야.'

'그러니까, 왜? 아! 영어 때문에? 아니면 입학 시험 같은 거 봐

서 떨어졌어?'

그는 대답하지 않고 고개를 뒤로 젖혀 팩에 남아 있던 소주를 한 번에 다 털어 넣었다.

'다쳐서.'

'다쳐서? 어디를? 아니, 어쩌다가?'

'방심해서 그랬다고 해 두자. 너무 뭘 몰라서. 설마 그렇게까지 할…….'

'뭐? 그게 무슨 소리야? 뭘 몰라?'

그는 대답하지 않았다. 대답 대신 그냥 내 머리를 헝클어트리며 웃었다.

그리고 후회는 없다고 말했다. 네 옆자리가 내 도피처니까 됐어. 그냥 그렇게만 말했다.

'방심해서.'

한눈을 팔다가 계단에서 굴러떨어지는 바람에 다쳤다는 뜻일까?

'설마 그렇게까지 할…….'

그건 도대체 무슨 말이었을까?

아니, 지금 중요한 건 그게 아니지.

나는 고개를 흔들며 남은 물건들을 몽땅 다시 박스 안에 집어넣었다.

물건들을 다시 넣다가 두꺼운 수첩에서 낯익은 이름을 발견했다.

'법무법인 세율.' 판촉용으로 뿌린 수첩 같다. 제법 두꺼운 수

첩은 거의 텅 빈 백지였지만 후루룩 넘기다 보니 뭔가 바닥에 툭 떨어졌다. 나는 그것을 집어 올렸다.

낡고 오래된 폴라로이드 사진이었다. OO년, 9월 7일이라고 펜으로 흘려 쓴 날짜가 살짝 번져 있었다. 12년 전이다.

거기에 그들이 있었다.

나란히 세 사람이.

어깨동무를 하고 활짝 웃는 풋풋한 남녀가, 그리고 반대쪽 어깨에 기대서 무표정하게 카메라를 응시하는 소년이.

그 여자의 방에서 봤던 것과 같은 사진이다. 연달아 찍은 두 장인지 표정도, 자세도 모두 크게 다른 것 없이 똑같다. 이건 잘려 나간 부분이 붙어 있는 온전한 사진이라는 점이 다를 뿐.

그가 어깨에 팔을 걸치고 있는 사람은 머리를 하나로 높이 올려 묶고 교복을 입은 소녀였다. 낯익은 얼굴. 그 여자였다. 지금보다 훨씬 순수한 눈빛을 한 그 여자가 앳된 얼굴로 이쪽을 보고 활짝 웃고 있었다.

그러니까 그와 그 여자는 아주 어렸을 때부터 알고 지냈다는 얘기다.

이들 셋의 인연은 한참 전부터 이어졌던 거다.

그런데 수현은 내게 아무 말도 하지 않았다.

48

'전에 아버지 간병을 해 주시던 분이거든요. 사정은 급한데 마땅히 적임자도 없고 난감할 때 마침 안부 전화를 주셨더라고요.'

싸늘한 냉기가 느껴지는 지하실 한복판에 서서 기억을 열심히 더듬어 봤다.

어려서부터 알고 지내던 사람이라고 언급한 적이 있던가? 지나가는 말처럼 슬쩍 흘렸는데 내가 못 들었나?

아니, 그냥 '전에 아버지 간병해 주셨던 분'이라고만 말했다. '효진 씨'라고 불렀다. '형하고 친하게 지내던 누나'라고는 말하지 않았다. 설마 못 알아본 건 아니겠지?

아니, 그럴 수는 없다. 나도 첫눈에 바로 알아봤는데! 그러니 말이 안 되는 거다.

어깨에 턱하니 걸친 손, 수줍은 듯 활짝 웃고 있는 표정. 사귀었는지 어떤지는 몰라도 사진 속 두 사람은 분명 아주 친한 사이인 것 같은데, 기억을 못 한다고?

이미 너덜너덜해진 손톱을 잘근잘근 씹으며 곱씹어 생각해 봤다.

성급하게 굴면 안 돼. 그런 의심이 사람을 죽일 수도 있어. 매번 억울하게 의심받는 입장이었으니 잘 알잖아.

알면서 내게 말을 안 한 거라면 수현이 왜 그렇게 행동했는지 그의 입장에서 생각해 봐야 한다. 어쩌면 괜한 오해를 사기 싫었는지도 몰라. 형이 어렸을 때 친하게 지냈던 여자를 다시 집에 들였다는 게 껄끄러웠나 보지. '예전에 알고 지내던 누나'라고 구구절절 설명하기가 눈치 보여서 말이다. 형의 여자인 내게, 그리고 지금은 그를 좋아하고 있는 내게 그런 설명은 하기 힘들었겠지.

그렇게 생각하자 귓전에서 윙윙대던 소리가 다시 잦아들기 시작했다.

그래, 문제는 이 여자지 수현이 아니야. 그러니 주의가 딴 데로 쏠리면 안 돼. 지금은 이 여자의 정체와 의도를 알아내는 게 목적이잖아.

뻐근한 허리를 쭉 펴고 핸드폰을 꺼내 봤다. 여기 갇힌 지 벌써 1시간이 넘었다. 이것저것 정신없이 들여다보느라 시간 가는 줄도 몰랐던 거다. 밖에서는 여전히 아무 소리도 들리지 않는다.

왜 이렇게 조용한 거야? 그제야 승준이 생각이 났다. 그 여자가 애를 훔쳐 달아나기라도 하면 어째? 얼른 여기서 나가야…….

널려 있는 박스 사이로 허둥대며 달려 나가다가 보기 흉하게 철퍼덕 앞으로 넘어지고 말았다. 툭 튀어나온 커다란 검은 상자에 발이 걸려 자빠진 것이다. 제대로 배를 콘크리트 바닥에 부딪치는 바람에 헉 소리가 절로 나왔다. 한동안 숨도 못 쉬다가 간신히 몸을 일으키고 바닥에 앉았다. 숨을 몰아쉬며 아픈 무릎을 주무르고 있는데 앞으로 쭉 뻗은 반대편 다리에 서늘한 냉기가 느껴졌다. 문이 열린 냉장고 앞에 앉아 있는 기분이었다. 두리번거리다가 내가 걸려 넘어졌던 시커먼 상자에 눈이 갔다. 다가가서 만져 보니 상자 표면이 차갑다 못해 얼얼할 만큼 싸늘했다. 물방울도 살짝 맺혀 있었다.

아이스박스?

뚜껑이 살짝 열려 있는 게 보였다. 엄청나게 커다란, 업소에서나 쓸 법한 크기였다. 이 정도 규모의 저택이라면 갖고 있을 법도 하지만, 이렇게 사시사철 켜 두는 건가? 일껏 작동시킨 아이스박스의 뚜껑은 왜 열어 뒀지? 내용물이 다 녹아 버릴 텐데.

나는 살짝 열린 틈새로 손을 넣어 아이스박스 뚜껑을 활짝 열어젖혔다.

처음엔 아무것도 눈에 들어오지 않았다. 안에서 흘러나오는 아찔한 냉기가 콧속으로 들어와 연달아 재채기를 했다. 보이는 건 표면에 엷게 서리가 낀 희뿌옇고 커다란 얼음덩어리였다. 뚜껑을 열어 둔 지 얼마 안 되었는지 가장자리부터 살짝 물방울이 맺히며 녹기 시작한 참이었다.

그리고 한쪽 옆에 떡하니 그게 들어 있었다.

비닐에 싸인 캠코더! 그 여자의 방에 있던 물건이다!

그걸 보는 순간 알 수 있었다. 이 모든 게 정교하게 잘 짜인 무대라는 걸 말이다.

여기에 갇힌 나, 사방에 가득 널린 이 집의 옛 물건들, 그 사진, 그리고 이것까지!

비닐을 천천히 벗겼다. 여기서 뭘 보게 될지 아는 게 두려웠다. 뭐가 됐든 내가 그걸 감당할 수 있을까? 그냥 이대로 닫아 버리고 119에 얼른 연락해서 여길 나가 버리는 게 좋지 않을까?

하지만 멈출 수 없었다. 그래서 나는 그 자리에 선 채 처음부터 몽땅 다 보았다.

말싸움을 한다, 손목을 잡힌다, 머리채를 잡힌다, 서로 실랑이를 벌인다, 프라이팬을 집어 든다, 후려친다, 주르르 미끄러진다, 뛰어 나간다.

이번에는 내가 뛰어 나간 후에도 영상을 빨리 돌려 보지 않았다. 그냥 시간이 흘러가는 화면을 멍하니 바라보고 있었다. 마침내 내가 나가고 5분 13초가 지난 뒤 그곳에서 벌어진 모든 일들을 눈 하나 깜빡하지 않고 모두 지켜보았다. 그럴 수밖에 없었다. 얼어붙은 것처럼 손가락 하나 까딱할 수 없었으니까.

그렇게 해서 알게 되었다.

그 사람에게 무슨 일이 일어났는지, 내게 무슨 일이 일어났는지, 나는 여기에 왜 와 있으며 내가 도대체 무슨 일을 저지른 건지.

그 모든 걸 다 알게 되었다. 사람의 인생이란 게 찰나의 선택으로도 얼마나 쉽게 바뀌어 버릴 수 있는 건지. 얼마나 덧없는 건지도.

그러는 사이, 아이스박스 속에서는 서리가 점점 물방울로 변해 가고 있었다. 뿌옇기만 하던 것이 녹으면서 점점 형체를 드러내고 있었다. 나는 허리를 굽혀서 그것을 자세히 들여다봤다. 그리고 싸늘하고 축축한 표면을 닦아 보다가 비명을 질러 댔다. 목이 터져라 소리를 지르고 또 질렀다. 머릿속 혈관이 터져 나갈 만큼 소리 질렀다.

방금 내가 본 것들과 지금 보고 있는 것 때문에 참을 수가 없었다.

이 꽉 막힌 공간에 나 혼자가 아니라는 사실 때문에 견딜 수가 없었다.

거기에, 그 속에 그가 있었으니까.

내가 후려쳤던 그 남자, 내내 어디로 사라졌던 건지 궁금해하던 사람, 어쩌면 살아서 내게 문자를 보냈을지도 모른다고 생각했던 사람.

이 집 장남이 돌고 돌아 자기 집 지하실에 돌아와 있었으니까. 얼음처럼 서늘한 얼굴로 눈을 감은 채 말이다.

나는 캠코더를 내던지고 미친 듯이 계단을 달려 올라가서 문을 두드렸다. 소리소리 지르며 두 손이 부서져라 문을 두드렸다. 한동안 아무 대답도 반응도 없었지만, 목이 쉬도록 소리 지르며 두들겨 댔다. 머리가 터져 나갈 것 같다고 생각하는 순간, 갑자기 문이 확 열리는 바람에 앞으로 고꾸라졌다.

환한 빛을 등진 희미한 형체가 날 내려다보는 순간, 모든 것이 암흑 속에 잠겨 들었다.

49

누군가 내 이마를 부드럽게 짚어 본다. 땀에 젖은 머리카락을 넘겨 주고, 손을 잡아 준다. 따뜻하고 부드러운 손이다. 여기가 지옥인지, 천국인지 모르겠다. 나는 눈을 뜨지 못한다. 뜨고 싶지 않다. 그냥 이게 꿈이라면 좋겠다. 지금까지 벌어진 일도, 앞으로 벌어질 일도.

아니, 정말 꿈이었는지도 몰라.

결코 끝날 것 같지 않던 기나긴 밤, 머리를 쥐어뜯으며 절규하던 일.

내게 조곤조곤 속삭이던 목소리가 들려주던 소름 끼치는 이야기들.

차라리 몰랐으면 좋았을 진실들.

긴긴밤, 꿈처럼 머릿속을 맴돌면서 나를 경악하게 하던 그 모든 놀라운 사실들.

덕분에 모든 게 생각나 버렸다. 고스란히 다 떠올라 버렸다.

"아아아아아악!"

나는 비명을 지르며 깨어난다. 굳이 애쓰지 않아도 귀청이 찢어지도록 커다란 비명이 계속 터져 나온다.

"쉬이! 괜찮아! 괜찮아요. 저예요. 형수님! 괜찮아요! 다 끝났어요."

"수……현 씨?"

그가 거기에, 내 침대 옆에 앉아서 다정하게 웃고 있었다. 모르는 사람처럼 낯설게 보였다. 그러고 보니 하룻밤 새 까칠하게 수염이 자라나 있다.

맞은편 창가 커튼 사이로 환한 빛이 스며들어 오고 있었다. 날이 밝은 모양이다. 그렇다면…….

"지하실! 지하실에! 내가!"

"네, 네. 알아요, 알아. 효진 씨한테 연락받자마자 달려왔어요. 자, 물 좀 드세요."

그가 협탁 위에 올려 둔 물컵과 약을 건넨다.

"하지만 내가 지하실에! 지금 당장 가 봐야 해요! 거기에! 거기에……."

말이 잘 나오지 않는 듯 더듬거린다. 목이 졸린 것처럼, 숨도 쉴 수 없는 것처럼 캑캑거린다.

"우선, 이것부터 드세요. 그러다 숨넘어가요."

나는 약을 받아서 입에 털어 넣고 물을 마신다.

"나 잠깐 화장실 좀……."

"부축해 드릴까요? 괜찮으세요?"

나는 말없이 손을 내젓는다.

그는 조심스럽게 내 팔을 잡아서 욕실 문 앞까지 데려다주고 예의 바르게 문을 닫아 준다.

잠시 후 욕실에서 나온 나는 한결 차분해져 있다. 하지만 여전히 불안하게 눈알을 굴리며 그의 팔을 잡아당긴다.

"지하실! 거기 있었어요! 거기에! 지금 얼른 가 봐야 해요! 그 여자! 그 여자가…… 역시 처음부터 그 여자가 수상했어!"

"사모님."

그때 방문이 열리면서 그 여자가 쟁반에 그릇을 받쳐 들고 들어온다.

"죽을 좀 가져왔는데……."

"아아악! 수현 씨! 제발! 저 여자! 전부 저 여자가 꾸민 일이야!"

"형수님! 진정하세요!"

수현이 내 허리를 꽉 끌어안아 진정시킨다.

여자가 놀란 듯 방문 앞에 우뚝 서 있다. 노련한 연극배우처럼 두 눈을 휘둥그레 뜨고 있다.

"저 여자가 날 거기 가뒀어요! 그리고 거기서 다 봤어!"

"뭘요? 뭘 봤는데요?"

"그 사람! 현욱 씨!"

"형이요?"

그가 한 방 얻어맞은 것 같은 표정으로 나를 본다.

"형이 거기 있었다고요?"

"사모님."

여자가 어이없다는 표정으로 날 보고 서 있다.

"그 사람…… 그 사람이 분명 거기에 있었어! 제발 같이 가 봐요! 저 여자 경찰에 신고해야 해요! 어서!"

"형수님, 그게 무슨 말씀이에요. 그럴 리가 없잖아요."

"수현 씨이이!"

나는 절규하듯 그의 이름을 부르며 발을 구른다.

산발이 된 머리를 쥐어뜯으며, 허공 가득 침이 튀도록 히스테릭하게 소리를 내지른다.

"형수님, 제발!"

그가 애원하듯 내 손을 잡는 것도 뿌리친다.

"이 미친년! 처음부터 내 인생을 엉망진창으로 만들려고 여기 나타난 거지! 그렇지! 그 사람을 죽인 것도 너지! 날 지하실에 가둔 것도 너지!"

나는 허리춤을 잡아당기는 그의 손에서 억지로 벗어나서 그 여자의 얼굴을 할퀼 듯이 앞으로 돌진한다. 여자가 재빨리 뒤로 물러난다.

"어제 지하실에서 나오신 뒤로도 밤새 헛소리하고 땀을 흘리셨어요. 제가 좀 더 빨리 가 봤어야 하는 건데. 병원에 가져갈 짐을 싸느라 소리를 못 들어서…….”

여자가 악어의 눈물을 흘리며 걱정스러운 표정을 짓는다.

“입 닥쳐! 전부 거짓말이야! 왜? 들킬까 봐 못 가겠니? 그럼 나 혼자라도 가서 보고 당장 신고할 거야! 이 나쁜 년!”

나는 소리소리 지르며 수현의 손을 뿌리치고 방을 뛰쳐나간다.

“형수님!”

뒤에서 소리쳐 부르며 수현이 따라온다.

맨발로 계단을 달음질쳐 내려간다. 주방에 있던 가정부들이 달려 나와서 유령을 보듯이 나를 쳐다본다. 나는 그들에게는 눈길도 주지 않는다. 구겨진 옷도, 산발한 머리도 신경 쓰지 않는다.

지하실 문 앞에 서서 손잡이를 잡아당겨 보지만 꿈쩍도 하지 않는다.

“열어! 이거 어서 열어! 구린 짓 하지 말고 당장 열어!”

“형수님!”

수현이 한숨을 쉬며 뒤에서 내 팔을 잡아당긴다.

“어서 열라고오오오!”

내 목은 이미 잠겨서 제대로 소리가 나오지 않는 지경이다.

“희선 씨! 수원댁 여사님! 여기 열쇠 좀…….”

“네네.”

수현의 손짓에 희선이 한달음에 열쇠를 갖고 달려왔다.

내가 무슨 역병 환자라도 되는 것처럼 멀찍이 떨어져서 선 채 수현의 손에 열쇠를 쥐어 두고 한 걸음 물러난다. 뒤따라온 여자는 우리 뒤에 서 있다. 이 모든 소동이 어이없다는 듯 얄밉도록 침착한 표정이다.

수현이 앞장서서 열쇠로 문을 열었다.

"지하실 문이 워낙 오래돼서 저절로 잠길 때가 있거든요. 그래서 저희는 들락거릴 때 문에 뭘 받쳐 두고 들어간단 말이에요. 형수님은 그걸 모르셨으니……. 그런데 그 밤중에 여긴 왜 내려오셨어요?"

나는 대답하지 않았다. 그저 그를 밀쳐 버리고 쿵쾅거리며 앞장서서 계단을 내려갔다. 오렌지색 전등 불빛이 지하실을 구석구석 비추고 있었다. 어젯밤처럼.

어제와 같은 건 그것 하나뿐이다.

나머지는 전부 달라졌다. 상자…… 그 많던 상자들.

내가 하나하나 다 열어 보고 뒤져 보느라 뒤죽박죽 엉망으로 널려 있던 상자가 모두 깔끔하게 봉해진 채 지하실 뒤편에 가지런히 늘어서 있었다.

그리고 아이스박스!

나는 뚜껑이 훤히 열려 있는 아이스박스로 달려갔다.

없다! 없어! 아무것도 없다. 안은 텅 비어 있었다. 얼음도, 성애도, 물방울조차 없었다. 안팎이 모두 바싹 말라 있고 깨끗하게 닦여 있다.

"형수님!"

수현이 따라와서 아이스박스를 내려다봤다.

"여기서 뭘 보신 거예요?"

"현욱 씨."

나는 힘없이 두 팔을 축 늘어뜨리고 바닥에 주저앉는다.

"형을? 형을 봤다고요? 여기서? 이 안에?"

"여기 있었어. 분명히! 분명히 여기 있었다고요. 저 여자가! 저 여자가……."

나는 계단 절반까지 내려와 서서 이쪽을 쳐다보고 있는 여자를 집게손가락으로 가리켰다. 지하실 입구에 몰려와 서 있는 가정부들이 미친 사람 보듯이 나를 쳐다보는 게 느껴졌다.

"여기 분명히 있었어! 그 사람이 싸늘하게 누워 있었단 말이야!"

나는 소리소리 지르며 아이스박스에 매달린다.

"다들 짜고 이러는 거지? 날 골탕 먹이는 거지? 그 사람을 죽여 놓고 나한테 말도 안 하는 거지?"

나는 소리를 지르며 울고, 울다가 소리 지르고, 그리고 까무룩 숨이 넘어갈 판이다.

"갑자기 놀라신 거예요. 놀라서 헛것을 보신 거라고요. 여긴 내내 비어 있었어요. 형이 여기 있을 리 없잖아요. 형은 안 죽었어요. 괜찮을 거예요. 제발 정신 차리세요."

수현이 내 겨드랑이 밑으로 손을 넣어서 나를 일으켜 세운다.

"아니야, 아니야, 죽었어. 죽어 있었어."

나는 말도 제대로 잇지 못한 채 그의 어깨에 기대어 울음을 터뜨린다. 그는 내 등을 토닥여 준다. 그러면서도 그가 계단 위에 서서 구경하고 있는 가정부들의 시선을 신경 쓰는 게 느껴진다.

그때 전화벨이 울린다.

수현이 한 손으로 내 등을 쓸어 주면서 다른 손으로 주머니에서 핸드폰을 꺼낸다.

"네."

그가 사무적인 어투로 대답한다. 이렇게까지 차갑게 누군가에게 대답하는 걸 본 적이 없는데. 나는 가정부들이 보든 말든 그의 목을 꽉 끌어안는다. 계단참에 서 있는 그 여자의 시선이 느껴진다. 우리의 눈이 마주친다. 온몸이 떨려 온다. 이 떨림을 멈출 수가 없다.

"네? 뭐라고요?"

갑자기 수현이 어깨에 기댄 나를 밀어 세우고, 심각한 표정으로 전화를 고쳐 잡는다.

"그게 무슨……. 뭐라고요? 네! 일단 알겠습니다. 지금 갑니다!"

한 손으로 입을 막고 몸을 떨며 계속 눈물을 흘리는 내게 수현이 굳은 표정으로 말한다.

"병원이에요. 아버지가…… 돌아가셨대요."

그 여자가 나를 쳐다본다. 우리의 눈이 다시 마주친다.

50

끝났어.

다 끝났다.

노인은 사라져 버렸다.

결국 그렇게도 오매불망 그리던 큰아들을 보지도 못한 채, 무수한 의문만 남기고 가 버렸다.

나는 아예 실신해 버렸기 때문에 맏며느리 역할 같은 건 제대로 해내지도 못했다. 상복을 입고 초췌한 얼굴로 손님을 맞는 일도 하지 못했다. 그저 손을 벌벌 떨다가 화장실로 달려가서 토하기 일쑤였다.

조문객 중에 가까운 친척은 하나도 없었다. 노인은 자수성가했다가 운 좋게 부잣집 외동딸과 결혼한 흙수저 출신이었고, 그 여자마저 오래전에 죽었으니 누군가 찾아와서 울어 줄 사람 따윈 없었다. 건물 관리용 법인에 등록된 몇몇 직원들과 건물 세입자들, 거래처 사람들, 로펌 직원들. 아직도 이 집에서 떨어질 콩고물이 필요한 사람들만 왔다 가곤 했다.

"시간 되면 클리닉에 한번 나오세요. 이 댁 식구들 정신 건강은 제가 책임지고 있었으니까 사모님도 봐 드릴 수 있으면 좋겠네요. 어려운 일, 힘든 일, 마냥 담아 두고 계시는 거 안 좋아요."

장례식장에서는 권 박사라는 사람을 만난 정도가 최대 수확이었다. 그는 내가 변기에 몽땅 흘려보내고 후회했던 그 약통을 다시 가득 채워 줄 수 있는 사람이었다. 시내에 있는 노인 소유의 건물에서 돈 많은 사람들을 상대하는 고급 클리닉을 운영 중이라고 했다. 아마 클리닉 초기 사업 비용도 대부분 노인 주머니에서 나왔을 것이다. 덕분에 죽은 그의 아내, 가출하기 전 정신이 오락가락하던 장남, 그리고 가끔은 수현까지 모든 가족이 그의 도움을 받았다고 했다.

"조만간 모든 일이 정리되면 형수님도 클리닉 한번 다녀오세요. 저희는 늘 권 박사님 재량으로 진료 없이도 필요한 약들을 받을 수 있었거든요."

형을 대신해서 상주 노릇 하느라 바쁜 와중에도 수현이 다정하게 말했다. 소년처럼 앳되게만 보였는데, 막상 정씨 가문의 운전대를 쥐고 나니 그는 제법 똘똘하게 모든 일을 처리해 내고 있었다. 이렇게까지 추진력이 있었던가 싶을 정도였다. 장례에 필요한 모든 과정도 내가 전혀 신경 쓸 필요가 없었다.

"제가 응당 해야 할 일인데요. 여긴 신경 쓰시지 말고 얼른 들어가서 쉬세요. 약 챙겨 먹는 거 잊지 마시고요."

그래서 나는 그냥 싸매고 누워 있었다.

첫날 오후에만 잠깐 장례식장에서 손님을 받고, 인사를 하고,

자리를 지켰을 뿐, 발인 날 전까지 내내 거길 떠나 집에 머물렀다. 상처 입은 정신을 달래기엔 부족한 시간이었지만, 필요한 것들을 알아보는 데는 아주 요긴한 시간이었다.

[어디요? 상현동? 아아, 정 회장님 댁…….]

상대는 내 연락을 받고 주저하는 빛이 뚜렷했다. 하지만 물러설 수는 없었다. 메모에 적힌 다른 한 명은 아예 번호가 바뀌었기 때문에 연락이 되는 쪽을 꼭 잡아야만 했다. 그래서 되는 대로 지껄이면서 상대를 무장 해제 시키려고 노력했다. 수현이 다시 가득 채워 준 약통을 들여다보면서 약에 취한 것처럼 그렇게 열심히 떠들어 댔다.

마침내 저쪽에서도 조금씩 이야기가 풀려 나왔다. 사실은 잊지 않았다고, 전부 다 기억하고 있다고, 무려 10년 전 일이지만 어제처럼 생생하다고 했다.

[아유! 어떻게 잊어. 우리 같은 사람들은요, 아무리 많은 집을 다녀도 하나하나 다 기억해요. 제아무리 대단한 집도 밑구멍까지 다 꿰는 일이다 보니까 별일을 다 보지. 거기다 그 집은 또 보통 일이 아니었잖아. 그러니까 너무 생생해요.]

보수는 좋았지만 거기서 일하는 동안 항상 살얼음판을 딛는 기분이었다고 했다.

[그 집 사모님 성질이 아주 불같았거든. 원래도 예민한 분이 나이 들고 의심병까지 더해지니까 진짜 감당이 안 되더라고. 우

리를 들들 볶는 거야 말할 것도 없고, 남편이며 애까지 아주 쥐 잡듯이 잡았지. 애가 기도 못 펴고 맨날 주눅 들어 있던 게 생각나네. 응? 아, 그 집 큰아들, 자기 친아들 말이야. 둘째는 그 집에 아홉 살인가 열 살에 왔던가? 사실 아버지가 밖에서 배다른 자식을 낳아 오면 보통은 애들이 싫어하잖아요? 그런데 그 집은 아니야. 엄마가 하도 성질이 지랄 맞으니까 애가 배다른 동생을 싸고돌더라고. 애들 둘이 똘똘 뭉쳐서 서로 위로해 주고 그러는 거야. 아무튼 참 짠했어.]

수화기 저편에서 땅이 꺼져라 한숨 짓는 소리가 들려왔다.

[둘째가 집에 들어오고 얼마 안 돼서 부부 싸움이 크게 난 적이 있었거든. 원인이야 뻔하지만 이런저런 다른 핑계로 꼬투리 잡아서 또 난리 친 거지. 그러고 나오다가 사모님이 애가 정원에 있는 걸 본 거야. 워낙 애늙은이처럼 조용하고 눈치만 보는 애라 뭐 별일 한 것도 아닌데, 갑자기 따귀를 때리더라고. 꽃가지를 엉망으로 만들었다면서 말이야. 손을 막 이렇게 휘두르니까 정말 무슨 채찍 같은 소리가 쩍 하고 났다니까? 그런데 볼이 시뻘게지고 머리가 휙 돌아가는데도 어린 게 울지도 않더라고. 그냥 빤히 쳐다만 보는 거야. 거기서 꼭지가 또 확 돈 거지.]

나는 말없이 듣기만 했다. 이야기에 너무 몰입해서 숨도 쉴 수가 없었다.

[근데 걔가 좀 그랬어요, 수현이가. 어린애지만 함부로 할 수

없는 그런 기운 같은 게 있었단 말야. 그게 거슬렸는지 애를 정말 무섭게 때리더라고. 눈에서 눈물 쏙 빼는 꼴을 보고 싶었던 게지. 그 조그만 애를 정말 사정없이 패는데 너무하다 싶더라니까. 그런데 그 독한 게 절대 울지를 않는 거야. 눈물 한 방울 안 흘리고 그냥 맞고만 있더라고. 그때 수현이를 구해 준 게 제 형이었어요.]

"구해 줘요?"

[현욱이도 제 엄마 눈치를 엄청 보며 죽어 살던 애였는데, 그땐 무슨 용기가 생겼던지 애 앞을 막아서더니 손을 잡고 집 밖으로 달아났었다니까? 그러다가 결국 밤이 다 돼서 돌아왔다가 저녁도 못 얻어먹었지만. 그게 그렇게 고마웠든지 그때부터 작은 애가 제 형을 껌딱지처럼 졸졸 따라다녔었지. 형이 유학 간다고 했을 때 눈이 퉁퉁 붓도록 몇 날 며칠을 울었다니까. 그러다 일이 잘 안 됐을 때도 저 때문에 다쳤다고 어찌나 풀이 죽어 있던지.]

"일이 잘 안 돼요?"

[그 집 큰아들이 생전 하지도 않던 운동으로 유학 간다고 준비하다가 크게 다쳐서 못 갔거든.]

"아, 아이스하키 말이죠?"

[그래, 그건가 봐. 계단에서 내려오다가 미끄러져서 발목이 부러졌는데…….]

"그게 왜 작은아들 때문이었나요?"

[음, 아마 무슨 과학 숙제인지 뭔지를 한다고 뭘 만들었는데 하필 층계참에 놔둔 걸 제 형이 밟고 자빠져 버렸거든. 아주 옴팡 다쳐서 유학은커녕 병원 신세를 오래 졌었지.]

"……."

상대는 그때 그 사건도 훤히 기억난다고 했다.

[나랑 신 여사랑 효진 엄마, 이렇게 셋이서 그 집에서 5년 넘게 일했거든. 거의 한 가족이나 다름없었지, 뭐. 그런데 뭘 훔쳐? 말도 안 되지. 티가 날 게 뻔한데 그런 짓을 왜 하겠어요? 그런데도 길길이 날뛰면서 소리소리 지르는 거야. 자기가 아끼던 것만 쏙쏙 빼 갔대. 진주 목걸이랑, 금반지랑, 또 무슨 팔찌랑 그런 것들. 그런데 말이 안 되잖아요? 사모님이 잘 차지도 않던 것들인데. 뭐, 너무 아껴서 그랬는지는 몰라도.]

한번 입을 열자 봇물 터진 듯이 지껄이면서도 조심스럽게 눈치를 보았다.

[저기, 근데 어디 기자님이라고 했더라? 이거 설마 내 이름까지 다 밝히는 거 아니죠?]

"네, 걱정 마세요. 그냥 옛날 사건들 조사하면서 참고할 게 있어서요. 이번에 회장님 돌아가셔서……."

[어머! 회장님 돌아가셨어요? 아이고! 진짜 돈이 다 무슨 소용이람. 결국 그 양반도 그렇게 가시네. 병환이 있으셨나? 풍 맞고

쓰러지셨단 말은 들었는데.]

"네, 주무시다가 심정지가 오셔서……."

참 운도 없었더랬죠. 1박에 100만 원이 넘는 특실에서 최고급 케어를 받는 양반이 새벽에 심정지가 온 걸 누구도 제때 발견 못 하다니. 하필 옆에 붙어 간병하던 아들이 내 안부가 걱정되어 잠깐 집에 다니러 온 사이에 말이에요. 그 비싼 기계가 오작동을 일으켜 꺼져 있었다는 말도 있지만, 누구 탓을 하겠어요. 병원을 고소하지 않기로 한 것만으로도 그쪽에선 감사할 일이겠죠.

[이런 말은 좀 그렇지만, 그래도 그 정도면 호상이지, 뭐. 누리고 살 만큼 사셨잖아. 참! 내가 어디까지 얘기했더라?]

"진주 목걸이랑, 금반지랑, 무슨 팔찌들…… 그게 어디서 나왔다고요?"

[아, 그래! 그게 효진 엄마 코트 안주머니에서 나온 거야. 하필 진주가 끊어져서 몇 알이 바닥에 떨어진 걸 밟고 사모님이 넘어졌거든. 그래서 진짜 오만 짜증 다 내면서 일어났다가 진주알을 발견하고 그 위에 걸어 둔 효진 엄마 코트를 털었는데 거기서 뭐가 우수수 쏟아져 나온 거지.]

"빼도 박도 못할 증거네요."

[그런데 참 우스운 거지. 생각해 보면 되게 어이없지 않아요? 누가 훔치려고 맘을 먹고서 그렇게 허술하게 넣어 둔담? 나 같으면 아주 꽁꽁 싸매서 팬티 속에라도 숨겨서 나갔을 텐데. 그런데

또 그때 효진 엄마 상황을 생각해 보면 그럴 정신이 아니긴 했어. 사실 그래서 의심들을 한 거죠.]

"어땠는데요?"

[효진 아빠가 주사가 심했거든. 평소에는 참 얌전한 양반이 술만 들어갔다 하면 아주 개가 돼서…… 말도 못 해요. 하나뿐인 딸도 두들겨 패고, 마누라도 두들겨 패고, 집에 불도 지르겠다고 날뛰고 난리가 나서…….]

상대는 수화기 저편에서도 고개를 절레절레 흔드는 것 같았다.

[그 술값이며 약값이며, 또 어디 가끔 치료소에 들어가고 그러면 그 비용 대느라 허리가 휘다 못해 부러질 지경이었지. 그러느라고 아마 버는 족족 다 나갔을 거야. 그런 사정을 그 댁에서도 다 알고 있었으니까 의심한 거죠. 사모님이 몇 번 가불도 해주고 그랬거든. 왜 사람이 또 그렇잖아. 멀쩡하다가도 돈 앞에서 눈이 확 돌기도 하잖아.]

그렇죠. 돈 앞에서는 정말 눈이 확 돌기도 하죠.

"그러면 경찰 불러 취조도 하고, 그 자리에서 당장 구속시키거나 뭐 그랬을 법도 한데요."

[에이, 그런 집들은 대놓고 안 그래요. 그만한 집들은 세금도 그렇고 구린 구석들이 하나씩은 있으니까 너무 대놓고 시끄러워지는 거 원치 않거든. 괜히 기자님 같은 분들이 냄새라도 맡아서 일 커지면 골치만 아프잖아. 또 마침 그 며칠 뒤가 명절이라 집

에 큰 행사가 있고 그랬어요. 그래서 바로 자르지는 못하고 엄청 면박 주고 협박도 했지. 막달 월급 받고 싶거든 그 행사까지는 치르고 나가라고 소리소리 지르고. 그래도 그런 일이 벌어질 줄은 몰랐을 거예요.]

"'그런 일'이요?"

[응.]

상대방은 한숨을 쉬었다. 여태 수다스럽게 떠들어 대다가 갑자기 한순간에 조용해진 걸 보면 그때가 다시 생각난 모양이었다.

[난 사람 죽은 걸 그때 처음 봤잖아.]

엷게 덮여 있던 성에.

가장자리부터 조금씩 녹아 가며 천천히 드러나던 희끄무레한 형체.

"아…… 사모님 사건?"

[그 사건이 참 기가 막힌 게, 우린 그런 거 진짜 철저하게 관리해요. 우리 같은 사람들은 그런 정보가 엄청 중요해. 그걸로 사람 생사가 왔다 갔다 하니까. 그런데 그 집에서 일한 세월이 자그마치 5년이야. 그럼 뭐 따로 신경 안 써도 아주 자동이지. 식재료 살 때도 빼야 할 건 아예 쳐다보지도 않는다고. 그런 거 없이 요리하는 게 일상이니까. 그래서 땅콩 대신 다른 견과류도 한 번 써 본 적이 없는데 도대체 뭐가 어떻게 된 건지 모르겠더라고. 그냥 전부 평범한 보통 반찬들이었는데 갑자기 사모님이 목

을 쥐어뜯고 뒹구는 거라. 아유, 그때를 생각하면 아직도 심장이 벌렁거리네.]

"집에 상비하고 있던 약도 없었나요? 보통 그 정도로 알레르기가 심한 분들은……."

[아이고, 왜 없어! 사모님 약이랑 주사는 항상 갖고 있었지. 외식할 일 있을 때도 꼭 챙겨서 가고. 아주 가끔이지만, 사모님이나 회장님이 직접 주사 놓는 거 본 적도 있는데. 그런데 일이 되느라고 그때 참…….]

상대는 한동안 말을 잇지 못하고 머뭇거렸다.

[그때 내가 주사기를 가지러 갔는데 정말 암만 찾아도 없는 거야. 분명히 안방 욕실 거울장 안에 있었거든? 약이랑 주사기랑 늘 거기 둔다고. 청소할 때도 항상 봤단 말이야! 그런데 진짜 아무리 찾아도 안 보이는 거야. 그사이 사람은 꺽꺽거리고 숨이 넘어가는데 정말 미치겠더라고. 얼굴이 다 퉁퉁 부어올라서 눈도 못 뜨고, 목은 막 쥐어뜯어서 시뻘겋게 피가 맺혔다니까. 눈에 실핏줄도 다 터져서는 그냥…… 아휴…….]

상대는 몸서리를 쳤다.

[결국 구급차 불러서 병원에 가긴 했는데, 그 전에 벌써…… 그렇게 되셨더라고. 내가 같이 타고 갔는데…… 태울 때 이미 심정지 상태였다더라고.]

"어머! 약은 끝내 못 찾았나요?"

[나중에 변기 뒤에 떨어져 있는 걸 신 여사가 찾았지. 그게 왜 거기 있었는지 정말 모를 일이었어.]

"그래서 그……분이 의심받으신 거군요. 그…… 효진 엄마라는 분요."

[그런 일 벌어지면 우리 같은 사람들이 제일 먼저 의심받지, 별수 있나? 하지만 생각해 봐요. 그 전에 도둑으로 의심받고 잘렸다고 아무리 억울하기로서니 앙심 품고서 '너 한번 죽어 봐라!' 그럴 수 있겠냐고. 내가 의심받을 거 뻔히 알면서 간 크게 누가 그럴 수 있겠냐고! 결국 증거도 못 찾고 범인도 못 찾았지만. 그냥 식재료 중에서 그런 견과류나 유제품 다루는 공장에서 나온 재료가 있었나 보다 뭐 그렇게 결론이 흘러갔죠. 사고라고 말이야. 그래도 사람들은 그렇게 순순히 넘어가질 않는다니까? 꼭 소문이 도는 거야.]

"소문이 났어요?"

[결국 그날 이후 우리 다 잘리다시피 관두고 그 집에서는 새 사람 들였거든. 우리는 얼마 있다가 또 다른 일자리 구하고 그랬지만 효진 엄마는…….]

상대가 한숨을 길게 내쉬었다. 땅이 꺼질 듯 진한 한숨이었다.

[그 일이 꼬리표처럼 따라다녔어. 소문도 소문이지만, 인력 사무소에 아예 누가 제보를 넣었다는 말도 돌고. 그냥 사고였다 쳐도 치명적인 거지. 도둑질하다 걸리고, 만든 음식 때문에 사람이

죽었다는데 그 가정부를 누가 쓰겠어. 그래서 일을 못 하게 된 거야. 우리 같은 사람들, 이 일 아니면 어디 빌딩 청소 같은 일밖에 없어요. 기술이 있길 하나, 갈 데가 있나. 특히나 그 집은 남편이 다 들어먹고 효진 엄마가 가장이었는데. 그래서 그렇게 가 버린 거야. 사람 살 구멍이 다 막혀 버렸으니까. 생때같은 자식도 두고 가 버린 거지. 애가 무슨 죄겠어.]

"가 버렸……다고요?"

[자기 집에서 목을 맸어요. 효진이가 발견했고.]

"그 일…… 때문에요?"

[그럼 뭐, 그 일 때문이겠지. 관두고 한 2주 뒤였나? 막막했을 거야. 남편은 술 때문에 요양 병원 들락거리지, 돈 나올 구멍은 없지. 애랑 둘이 먹고는 살아야 하는데 소문나서 아무도 안 써 주지.]

잠시 수화기 너머에서 훌쩍거리는 소리만 들려왔다.

[애는 무슨 죄야, 진짜. 그 집 큰아들이랑 세 살 차이였나? 애가 어려서부터 오빠, 오빠 하며 잘 따르고 은근히 현욱이 짝사랑하고 그랬거든. 언감생심 넘보지도 못할 꿈을 꾼다고 제 엄마가 야단을 쳐 대도 그저 히히 웃던 성격 좋은 앤데. 하루아침에 집이 엉망진창이 된 거지.]

"그 후로는 그 집 가족들, 어떻게 됐는지 소식 모르세요?"

[난 몰라요. 효진 아빠는 아마 알코올 중독이 심해져서 어디

요양소에서 죽었는지 어쩐지 그랬을 거고, 애는 대학교도 못 가고 마트 같은 데서 알바하다가 조무사 학원인지, 요양 보호사 학원인지 다니는 거 누가 봤다고 하던데. 얼굴이 아주 시커멓게 죽어 있더래.]

귀에 대고 있던 전화기가 뜨끈뜨끈했다. 약 기운에 취한 상태라면 이런 긴 통화는 무리다. 수현이 언제 전화할지도 모르고.

여기서 얻을 건 모두 얻었다. 막 전화를 끊으려는데 수화기 속에서 상대의 목소리가 다시 들려왔다.

[저기, 그런데 말이에요. 이건 그냥 내 생각이지만…… 난…… 그 집 좀 섬뜩하더라. 거기 사람들도 그렇고. 그냥 가까이하지 않는 게 좋을 것 같단 말이지.]

51

벤치에 앉아서 두 다리를 쭉 뻗었다.

아름답고 기분 좋은 여름밤이었다. 멀리 아른거리는 수영장의 푸른 물빛을 바라보며 희미하게 풍겨 오는 흙내음과 꽃향기를 가슴 깊이 들이마셨다.

처음 봤을 때부터 이 집과 사랑에 빠졌지만, 온전히 내 것이 되고 난 지금 느끼는 애정은 그때와 비할 바가 아니다. 수영장을 둘러싼 테라코타 타일 하나하나, 정원의 흙 한 톨, 나뭇가지와 풀 한 포기, 저택을 이루는 벽돌 한 장까지 모두 내 것이 되었으니까.

이 집과 재산의 30%를 며느리 윤재영에게 물려주라는 노인의 유언이 있었기 때문이다. 다른 사람도 아닌 바로 나에게.

5%는 장남의 이름으로 자선 단체에 기부, 5%는 수현의 몫, 그리고 나머지 60%는 이 벤치에서 올려다보이는 2층 창문 너머 방 안에 잠들어 있는 녀석, 내 아들 정승준의 것이 되었다.

결국 아기와 나, 우리 둘이, 어느 날 갑자기 덜컥 이 집에 나타나 뻔뻔하게 밀고 들어온 우리 둘이서 해낸 것이다. 이런 일을 예상이나 했나? 감히 상상이나 했던가? 그 비좁고 더러운 반지하방, 그것조차 온전히 내 것이 아니던 지난 삶에서는 꿈도 꿔보지 못했던 일이 이루어졌다.

“본래는 장남 정현욱 씨에게 전부 상속하실 예정이었습니다만…… 결국 아드님을 기다리는 데 지치신 모양이었어요.”

유언장을 수정한 건 바로 지난주의 일이라고 했다. 간병인 배석하에 영상 통화를 통해서 변호사와 서로 내용을 확인하는 절차를 주고받았다고.

“잘은 모르지만…… 뭔가 예감하신 게 아닐까요.”

변호사가 서류를 모두 챙겨서 일어나며 사족을 덧붙였다. 가끔 노인네들은 그렇게 자기가 갈 날을 예감하곤 한다고.

"어느 게 먼저였는지는 모르죠. 이상한 예감을 하고 수정하신 건지, 아니면 수정을 하고 나시니 삶의 의지가 사라지신 건지는요."

유언장을 수정하고 이틀 뒤, 새벽에 갑자기 심정지가 올 만큼?

"언제든 도와드릴 일이 있으면 전화 주세요, 사모님. 마음 추스르시고 나면 나들이 겸 해서 나중에 서울 한번 오셔도 좋고요."

"서울이요?"

"네, 저희 법인이 서울에 있으니까요."

그는 법무 법인 세율의 이름과 주소가 찍힌 명함을 건네주었다.

"수현 씨도 가끔 서울 올 일 있으면 들러서 차 한잔하고 가거든요. 지난주처럼요."

현관을 나서며 수현 쪽을 돌아보고 미소 짓기도 했다. 지난주라…….

우리는 나란히 서서 그를 배웅했다. 둘 다 발인 때도 입었던 까만 정장 차림이었다. 나는 새 옷으로 말끔히 갈아입힌 승준이를 한 팔에 안고 있었다. 우리 둘은 이런 근사한 저택에 딱 어울리는 젊고 매력적인 부부처럼 보였을 것이다.

"승준 군 몫은 정확히 스물다섯 살이 되면 본인 재량으로 관리할 수 있게 되는 거고요. 그 전까지는 신탁으로 운영됩니다. 보호자는 사모님으로 지정되어 있고요. 따라서 승준 군이 스물다섯 살이 되기 전까지는 매년 신탁에서 나오는 배당금 역시 사모님께서 받게 되십니다."

땅이며 건물이며, 별장, 유료 주차장, 현금, 채권, 주식 등 자잘하게 나누자면 끝도 없는 항목들이 있었지만 어쨌든 결론은 심플했다. 재산의 30%와 이 저택은 내 것, 나머지 60%는 내 아들의 것, 그리고 아들이 성인이 될 때까지는 내가 관리자가 되어 양육비 명목으로 매년 어마어마한 배당금을 받는다.

그야말로 달콤하고 아름다운 세상, 순도 100%의 세상이다. 지금까지 흐릿하게 보였던 것들이 온통 총천연색으로 빛나 보이는 것도 당연하다.

"아가씨, 잠깐 옆에 앉아도 되겠습니까?"

옆을 돌아보니 환한 미소가 보였다.

"언제든지요."

곁을 내주자 수현이 털썩 주저앉았다. 상큼한 애프터쉐이브 로션 향이 확 퍼졌다.

"하아. 다 끝났네요, 결국."

그가 몸을 쭉 펴며 밤하늘을 올려다봤다.

"나 생각해 봤는데요."

내가 말을 꺼내려는데 그가 재빨리 가로막았다.

"무슨 말 하실지 알아요."

"하지만……."

"전 정말 아무렇지도 않아요. 애초에 이렇게 될 줄 알고 있었는데요, 뭘."

"그래도……."

"정말이에요. 언제나 쭉, 아버지는 형뿐이었어요."

수현은 고개를 저으며 웃었다.

"그건 변함이 없었어요. 그러니까 그나마 돈이 자선 단체같이 엉뚱한 데로 몽땅 안 가게 돼서 다행이랄까."

"설마요."

"어쨌든 아버지 계획에 저는 없었던 거예요. 돈을 몽땅 버리는 한이 있어도 말이죠. 다행히 형 대신 형수와 승준이로 옮겨 갔으니 돈이 엉뚱한 데로 흘러가는 건 막은 셈이죠."

"그래도 너무하잖아요. 수현 씨도 엄연히 아들인데 도대체 왜 그렇게 차별을 하신 거죠?"

"뭐 그 속을 알 수가 있나요. 형은 체격도 번듯하고, 공부도 곧잘 하고, 딱 아버지가 원하는 아들이었을 거예요. 재력, 외모, 두뇌를 모두 갖춘, 딱 본인이 꿈꿨던 그런 남자요. 아버지는 부잣집 외동딸인 형네 어머니를 만나기 전까지는 그냥 의욕만 넘치는 시골 남자였으니까요. 맨손으로 어떻게 공장을 일구고 자수성가하셨지만 결국 혼자 힘만으로는 더 위로 올라가기 불가능했을 거예요. 그래서 형한테 많은 기대를 하신 거죠. 사업체도 물려주고, 당신이 꿈꾸시던 그런 근사한 재벌남으로 만들어 주고 싶으셨나 봐요. 그런데 저는 보시다시피……."

수현이 두 팔을 벌려 보이며 쓴웃음을 지었다.

"형처럼 남자답고 다부진 스타일이 아니잖아요. 딱 봐도 좀 계집애처럼 허여멀겋고……. 어렸을 땐 더 약골 같았거든요. 얻어맞고 다니고. 하하."

나는 폴라로이드 사진을 떠올렸다. 듬직한 어깨의 그에게 기대다시피 몸을 기울인 하얗고 마른 몸의 미소년.

"엄마가, 아, 우리 진짜 엄마 말이에요. 돌아가시지 않았더라면 아마 영영 이 집에 들이지도 않으셨을지 몰라요."

"수현 씨 어머님? 아, 그러고 보니…… 제대로 여쭤보지도 못했네요. 어떻게 돌아가신 거예요? 사고였다고 했죠?"

"네, 가스 사고."

"가스?"

그의 시선이 어딘가 먼 곳을 응시하며 생각에 잠겼다. 입가에는 희미하고 슬픈 미소가 떠올라 있었다.

"우리는 작은 아파트에 살았어요. 뭐, 잘 기억은 안 나지만 아버지가 사 준 아파트였겠죠? 엄마는 시내에 있는 아버지 소유 유료 주차장에서 파트 타임으로 잠깐 일하던 여직원이었거든요. 당연히 진지하게 생각하던 관계는 아니죠. 돈이며 뭐며 엄청난 것들을 다 형네 어머니 덕에 쌓아 올렸는데 조강지처 버릴 생각 같은 건 없으셨겠죠. 그런데 제가 덜컥 생겨 버린 거예요. 그래서 엄마는 일을 그만두고 들어앉아서 생활비를 받으며 저를 키웠고, 어쩌면 우리는 그대로 거기에 숨어 있어야 할 운명이었을

지도 몰라요. 그러다 사고가 났어요. 제가 학교에서 돌아와 보니까…….”

“어머!”

“집에 가스난로가 있었는데 가스가 샜던가 봐요. 엄마는 낮잠을 자고 있었고…… 제가…… 흔들어도 깨어나질 않더라고요.”

그는 고개를 흔들더니 다시 환한 미소를 지으며 나를 돌아봤다.

“뭐! 그렇게 된 거예요. 그래서 전 열 살에 이 집에 들어왔어요. 그런 사고가 아니었다면 아직도 엄마와 둘이서 비좁은 아파트에 살면서 엄마 성을 쓰고 있었을지 몰라요.”

“수현 씨…….”

“그러니까 전 믿어요. 인생에서 문이 하나 닫히면 또 다른 문이 열린다는 거 말이에요. 그러니까 어떤 일이 일어나도 놀라지 않게 되었죠. 그게 나쁜 일일지 아닐지는 모르는 거잖아요.”

그의 눈빛이 잠깐 꿈꾸는 것처럼 흐릿해졌다.

“아무리 그래도 수현 씨 몫은 정말…….”

“에이! 썩 나쁘지는 않아요. 허울뿐이라도 회사 직위는 유지하게 됐고, 급여도 계속 받게 됐잖아요. 지방이지만 부동산도 하나 받았고. 그거면 충분하죠, 뭐. 하하.”

“웃을 일 아니잖아요. 그리고 저기, 그 조항 말인데…….”

“아, 그거.”

그의 얼굴에서 미소가 사라졌다.

"아버지 특기예요. 계약서 같은 데 독소 조항 교묘하게 집어넣는 거. 항상 그런 방법으로 살아오셨죠. 남 행복한 꼴은 못 본다는 듯이 초 치면서."

"그걸 어떻게 받아들여야 할지 모르겠어요."

"그건 그냥…… 혹시 몰라 걸어 두셨을 거예요. 때가 되면 승준이 호적 문제랑 다 정리하긴 해야겠지만, 어쨌든 형수가 법적으로 형이랑 혼인 신고를 한 건 아니니까 다른 놈이랑 엮이는 게 싫으셨나 봐요. 그래도 '법적 재혼을 할 경우, 형수 몫의 재산은 포기해야 한다'니. 좀 잔인하긴 하죠. 아직 이렇게 젊으신데 평생 독수공방하라는 건가. 나 참, 하하. 어떤 놈팡이가 형수 재산만 보고 들러붙을까 봐 걱정하신 모양이에요."

"하지만 그럼 우리는……."

"모든 건 그냥 '가정'이고, '경우의 수'니까요. 형이……."

그가 잠깐 헛기침을 하며 목청을 가다듬었다.

"형이 어떻게 되었는지 아직 모르는 상황에서 굳이 그런 사족을 붙이신 걸 보면 혼자서 이런저런 생각을 하셨던 모양이죠."

매달리듯 절박하게 그의 팔을 잡았지만, 수현은 절대 이쪽을 돌아보지 않았다. 그저 멀리 아른거리는 수영장 물만 바라보고 있었다.

"혹시 아직도 그 생각 중이에요? 형이…… 우리 집 지하실에 형이 있었다는 그 생각? 그런 거 아니죠?"

그러다 그가 갑자기 나를 돌아보았다. 오른쪽 눈동자에 살짝 핏발이 서 있는 게 하얀 얼굴에서 유난히 도드라져 보였다.

"지하실에 아무것도 없는 거 다 같이 확인했잖아요. 그렇죠?"

고개를 끄덕여 보였다.

"약은 계속 드시고 있죠?"

또 끄덕끄덕.

"임의로 끊으시면 안 돼요. 그러면 무슨 일이 생길지 몰라요. 의사와 상의해 가며 차차 줄이는 건 괜찮지만, 제가 보기에 형수님은 지금 약의 도움이 필요해요. 승준이 생각도 하셔야죠."

그는 철부지 어린아이를 달래듯 한 손으로 내 팔을 살짝 부드럽게 토닥거렸다.

"저기, 그 조항 말이에요. 혹시 아버님께서…… 뭔가 눈치채셨을까요? 우리가…… 그러니까…… 수현 씨랑 나랑 우리 둘이……."

"글쎄요."

"우리를 벌주시려고 그런 조항을 넣은 건 아니겠죠? 우리가 영원히 이어지지 못하게. 그게 아니면……."

"설마요."

"암만 생각해도 이 모든 게 아버님의 어떤 이상한 그림 같은 생각이 들어요. 너무 이상한 점이 많다고요."

"자꾸만 깊이 파고들어 가지 마세요. 너무 생각이 많으면 힘들어져요."

그는 점점 이 대화가 피곤해지는 모양이었다. 살짝 하품까지 하는 걸 보니 지루해하는 것 같았다.

"다 좋다고 쳐요. 그럼 그 여자는요? 난데없이 그런 여자한테 10억씩이나 덜컥 남겨 주시다니! 그게 말이 되나요?"

"두 번이나 아버지를 간병했잖아요. 그런 점을 아마 높이 사셨겠죠."

"최 실장님이나 다른 간병인들은 챙겨 주지 않으셨잖아요!"

"아무래도 남다른 마음이셨겠죠. 일 잘한다고 마음에 들어 하셨던 분이라서 사례비를 좀 챙겨 주고 싶으셨을 거예요."

"아무리 그래도 무슨 10억씩이나? 로또도 아니고 그럴 필요가 있어요?"

"뭐 결국은 아버지 마지막 가시는 길을 함께한 간병인이기도 하니까요."

그는 그 여자의 이야기가 길어지는 게 영 내키지 않는 모양이었다.

"그래도 마지막이 될 거라는 사실을 미리 아신 건 아니잖아요!"

"모르죠, 진짜로 무슨 예감 같은 게 있으셨을 수도 있고."

수현이 어깨를 으쓱했다.

"효진 씨 이야기가 나와서 말인데요. 아버지가 돌아가셨으니 이대로 나가는 게 맞긴 하지만, 전…… 조금 더 이 집에 남겨서 살림을 맡겨 볼까 싶은데 어떠세요?"

"뭐라고요?"

내 목소리가 높아졌다.

"아버님 장례도 그렇고, 유산 문제까지 다 정리된 마당에 그 여자가 여기 남을 이유가 뭔데요?"

"글쎄요. 이제 2년이 다 되어서 일하시는 분들도 바꿔야 하고, 그러면 인수인계나 뭐 이것저것 신경 쓸 일이 많은데…… 형수님은 지금 좀 힘드시잖아요."

"내가? 아니야, 나 괜찮아요. 이제 몸도 괜찮고, 약도 꼬박꼬박 챙겨 먹고 있는데……."

"정말 괜찮으세요?"

수현이 내 양팔을 잡고 가까이 다가와 두 눈을 들여다보았다. 나는 멀쩡하다는 걸 보여 주려고 똑바로 서서 그와 눈을 맞췄다. 하지만 얼마 못 가서 불안하게 눈알을 굴리고 다리를 덜덜 떨며 시선을 피하고야 말았다.

"거보세요."

수현이 다정하게 내 팔을 토닥였다.

"아니야, 정말 괜찮다니까!"

투정 부리는 내 목소리가 불안하게 들린다.

"잠은 어때요?"

"잘 자요."

"악몽은?"

나는 고개를 저었다.

"여전히 지하실 꿈을 꾸세요?"

나는 다시 고개를 저었다.

"거기에 형이 있다는 건?"

"전부 내 상상이었어요."

"형수님?"

그가 고개를 숙인 내 턱 밑에 다가와서 내 눈을 들여다봤다.

"가끔…… 정말 아주 가끔…… 그런 꿈을 꾸기도 하지만…… 이젠 괜찮아졌어요. 약을 먹으니까 다 사라졌어요."

"혹시 권 박사님 클리닉에 상담받으러 가시거든 그런 이야기도 꼭 하세요."

"정말? 그런 거 말해도 될까? 지하실 이야기 같은 거."

"그럼요. 박사님은 전문가니까 솔직하게 전부 다 말하셔야죠."

수현이 다정한 표정으로 손을 들어 내 뺨을 쓸어 주었다. 집에서 이런 애정 표현이라니, 노인이 살아 있을 때는 꿈도 꾸지 못하던 일이다.

"지하실에서 형을 봤다는 환상이나 악몽 같은 거 전부 다요. 그러면 알아서 이런저런 처방을 내려 주실 거예요. 이제 정말 승준이 생각해서라도 형수님 몸 생각만 하셔야죠. 저도 옆에서 도와드릴게요."

"수현 씨, 우리는…… 이제 어떻게 되는 걸까? 어떻게 해야 할까요?"

그는 뺨을 쓸어 주던 손 위에 겹쳐 있는 내 손을 슬쩍 잡아 떼어 내며 내 집요한 시선을 피했다.

"이젠…… 상황이 달라졌잖아요."

"달라졌다고요?"

내 목소리가 커졌다.

"그거…… 혹시 변했다는 뜻이에요? 마음이?"

"그런 거 아니란 건 아시잖아요."

시선을 피하며 일어서려는 수현을 내가 꽉 붙잡았다.

"그럼 뭐예요? '재혼 금지'라는 그 독소 조항 때문에? 아니면 내 정신이 오락가락해서?"

"그런 거 아니에요."

그가 슬픈 미소를 지었다.

"아니라는 건 아시잖아요. 제 마음이야 한결같죠. 하지만 이젠 제 마음대로 할 수 없으니까요."

"그것 때문이구나. 맞네. 그 거지 같은 조항 때문이네."

"제가 욕심을 내는 것만으로 형수님은 모든 걸 날릴 수도 있어요."

"그럼 내가 지금껏 그깟 돈 때문에 수현 씨 좋아하는 줄 알았어요?"

내 목소리가 더욱 커졌다.

"형수님."

"그런 건 다 필요 없어! 상관없어요! 이 집과 재산 다 날려도 나 좋아해 주는 한 사람만 있으면 된다고요!"

"쉿! 제발……."

"형이 걱정돼서 그러는 거예요? 어느 날 갑자기 나타날까 봐?"

나는 나란히 앉아 있던 벤치에서 벌떡 일어났다.

요즘 나는 내내 이런 식이다. 감정이 종잡을 수 없이 널을 뛰고, 갑자기 식은땀을 흘리며 불안해하다가 우는가 하면, 갑자기 발끈해서 소리를 지르곤 한다.

"내 생각, 솔직하게 말해 줄까요? 그동안 입 밖으로 꺼내 보지도 못했던 진짜 내 생각?"

"형수님."

수현이 따라 일어나서 내 팔을 잡고 달래려고 했다.

"그 사람이…… 그 사람이 나타나면 이혼하자고 할 거야. 아니, 어차피 혼인 신고도 한 적 없으니까 남남이잖아. 헤어져 달라고 할 거야. 그깟 유산 몇 푼 받았다고 이러는 거 아니야. 수현 씨도 알고 있는 것처럼 나 그동안 내내 얼어터지고 살았어요. 또 다시 그렇게 살 자신은 없어. 난 다른 사람 택했다고 할 거예요."

"그렇게 성급하게 결정할 문제가……."

"하나도 안 성급해. 나랑 승준이 받아 주고, 우리 안심시켜 준 게 누군데? 나는 그 사랑이 필요해. 그렇게 안정적인 사랑. 그것만 있으면 돼요. 다 필요 없어. 승준이도 제대로 키우고 싶다고요. 엄마를 두들겨 패는 사람이 아니라 제대로 좋은 사람 밑에서, 삼촌을 아빠로 아는 한이 있어도 제대로 키우고 싶단 말이에요."

"나중에 제대로 찬찬히 생각해 보세요. 이런 식으로 말고."

나는 팔을 잡으려는 수현의 손을 뿌리쳤다. 소리를 지를수록 약 기운에 취한 듯 발음이 뭉개진다. 내가 생각해도 정말 굉장히 드라마틱하다.

"다 잃게 되어도 상관없어. 아니! 뭣하면 내가 유언장을 쓸게요! 나도 증명하면 되잖아?"

"왜 이러세요."

"아니! 내가 잘못될 경우도 생길 거 아니에요!"

"무슨 그런 말씀이 있어요!"

"아니, 정말로! 내가 혹시나 잘못된다면 승준이를 돌봐 줄 사람은 수현 씨뿐이잖아요."

"형수님!"

나는 목소리를 낮춰서 그의 두 팔을 잡았다. 어쩐지 피곤한 듯 핏발이 선 눈을 뚫어져라 쳐다보며 말했다.

"농담 아니야. 우리가 함께하는 조건으로 내 권리를 포기해야 한다면 기꺼이 그렇게 할 거야. 적어도 내 마음은 증명해 보이고 싶어. 그러니 혹시라도 나한테 무슨 일이 생기면 내 몫의 재산, 내 권리 모두 수현 씨가 가져요. 그게 맞아."

그는 말없이 나를 꽉 끌어안았다. 나는 그의 가슴에 뺨을 댄 채 나지막이 덧붙였다.

"대신 그 여자는 제발 내보내 줘요. 절대 보고 싶지 않으니까."

52

"사모님, 효진 씨가 인사드린다고……."

수원댁이 방문을 노크하고 밖에서 조심스럽게 말했다.

일하는 사람들은 누구에게 납작 엎드려야 하는지 귀신같이 잘 안다. 노인도 사라진 마당에 이제 누가 이 집 곳간 열쇠를 쥐고 있는지, 누가 진짜 대장인지 소문이 금방 퍼진 것이다.

"그래요, 곧 갈게요."

안에서 대답하는 내 목소리에도 적당한 위엄과 권위가 들어 있다.

나는 손가락을 입에 넣고 빨기 시작한 녀석을 안아 올렸다. 가기 전에 얼굴은 제대로 보여 줘야지. 10억이면 아들과의 생이별도 그리 힘든 일은 아닐 것이다. 그 돈이면 살인도 할 텐데, 뭘.

계단을 내려가니 현관 앞에 수현과 여자가 서 있었다. 낯익은 여행용 가방과 더플백이 발치에 놓여 있었다.

"별로 한 일도 없는데 과분한 선물만 받고 가네요. 제가 그럴 만한 자격이 있는 건지…….”

여자가 내 쪽은 보지도 않고 말했다. 그저 수현의 얼굴만 보고 있었다.

‘그렇게 셋이 어울려서 놀았었지. 둘째가 자기도 껴서 같이 놀겠다고 울고불고 찾으러 다니던 기억이 나요. 효진이는 한창 사춘긴데 지가 좋아하는 오빠랑 단둘이 있고 싶었겠지. 그런데 꼭 그 작은놈이 끼어드는 거라. 그래서 우리끼리는 쟤가 누나를 짝사랑하나 보다 그랬다니까.’

“어휴, 그만하면 충분합니다. 그렇죠, 형수님?”

그가 내 쪽을 돌아봤다.

“아버지가 얼마나 까다로운 분인지는 제가 잘 아는데요, 뭘. 가족들도 감당하기 힘든 일을 훌륭하게 해 주셨으니 저희야 아무리 감사해도 모자라죠.”

‘사모님도 그 꼴이 보기 싫었는지 셋이 모이기만 하면 괜히 트집 잡고 성질부려서 애들을 울려 놓곤 했어. 나날이 히스테리가 더 심해지셔서 난 그 집 큰아들이 그러다 자살이라도 할까 염려되더라니까. 하도 지 엄마한테 시달려서 말이야. 애가 시들시들 말라 갔다고. 우리끼리 얘기지만 그때 사모님이 안 돌아가셨다면, 그 집 아들이 먼저 죽었을 거야. 둘 중 누구 하나는 죽어야 끝이 났을 관계라니까.’

“네, 여기서 워낙 많은 일들을 하셨잖아요.”

내가 힘주어 말했다.

그제야 여자가 나를 똑바로 쳐다봤다. 처음엔 내 얼굴로, 다음엔 품에 안긴 아이에게로 시선이 옮겨 간다.

"그땐…… 감사했어요."

여자의 눈길이 다시 내게 돌아왔다.

"그날 지하실 문이 잠겼을 때……."

"아, 뭐, 별거 아닌데요. 제가 더 빨리 내려가 봤어야 하는 건데. 하마터면 큰일 나실 뻔했잖아요. 별일 없어 다행이에요."

여자가 생긋 웃어 보이고 가방을 집어 들었다.

"그럼, 정말 가 보겠습니다. 저 같은 일하는 사람은 다시 볼 일 없는 게 이 댁에 좋은 거겠죠? 그랬으면 좋겠네요."

그걸 농담이라고 던지며 어깨 너머로 수현을 슬쩍 돌아봤다.

우리는 현관 밖까지 여자를 따라 나갔다. 수현이 계단 아래까지 여행 가방을 들어서 옮겨 주었다. 수영장 옆 화단에서는 김씨가 호스로 물을 주고 있었다.

"회장님 돌아가시던 날이었나? 저 빈터에 새로 심은 국화 묘목, 참 예뻐요."

여자가 턱짓으로 가리켰다.

"우리 아빠도 좋아하시던 꽃이거든요. 날 선선해지고 활짝 피면 진짜 예쁠 텐데, 못 보고 가는 게 아쉽네요."

"뭐, 언제든 부담 없이 놀러 오세요."

수현이 미소 지으며 말했다.

'걔가 형이랑 효진이 누나 어디 갔냐고 그렇게 맨날 찾으며 울어 댔는데.'

나는 한 손으로 이마를 짚었다.

"어? 괜찮으세요? 형수님?"

"햇빛을 보니 머리가 좀 어지러워서. 아, 그러고 보니 오늘 약을……."

"건너뛰었어요?"

수현이 걱정스러운 듯 내 얼굴을 들여다봤다.

"아뇨, 아침에 먹었는데 별로 효과가 없네요. 아무래도 용량을 좀 늘려 볼까 봐요. 요 며칠 다시 불면증이 도져서……. 권 박사님 클리닉도 한번 가 볼까 싶네."

"그렇게 하세요."

수현이 반가운 듯 말했다.

"말 나온 김에 아예 다음 주쯤 예약 잡아 드릴까요?"

"네, 그렇게 해 주세요. 음…… 목요일?"

"그러죠! 거기 다녀오면 금방 나아지실 거예요."

수현이 위로하듯 내 손등을 토닥여 주었다.

여자는 인사를 꾸벅하고 돌아서서 화단을 가로질러 혼자 가방을 끌고 걸어갔다. 흙이 든 부대를 비우던 김씨가 여자를 한번 돌아본 뒤 다시 묵묵히 자기 일에 몰두했다.

나는 뒤돌아보지 않고 애를 안은 채 계단을 올라갔다. 이 정원도, 이 집도, 안에 있는 모든 것들도 다 내 것이니 거칠 것이 없었다.

이제부터 정말 내 시간인 것이다.

53

쇼핑이야말로 기분 전환에 가장 좋은 특효약이다.

나는 창문마다 드리워진 묵직한 커튼들을 죄다 떼어 버리고 밝은 색감의 가벼운 커튼으로 바꿔 달았다.

“벨벳은 너무 후지잖아. 요즘 누가 그런 걸 써요? 가죽도 너무 올드하고. 난 리넨 같은 게 좋더라.”

응접실의 소파는 전부 푹신한 하얀 천 소파로 갈아 치웠다.

“이런 케케묵은 가구도 너무 구식이야. 지하실에 넣어 둘까 봐. 아니면 전부 내다 팔든가.”

섬세한 나무 조각이 붙은 고풍스러운 테이블과 콘솔도 모두 심플한 현대식 디자이너 브랜드로 교체했다. 회사 일 때문에 저녁 늦게 돌아온 수현의 입이 떡 벌어졌다.

“이게…… 지금…….”

“어때요?”

나는 그에게 노골적으로 매달리며 물었다. 빨랫감을 안고 거실을 지나던 희선이 우리를 보고 움찔 놀라며 얼른 사라졌다. 그 시선을 의식했는지 수현이 내게서 몸을 슬쩍 떼어 냈다.

"아니, 이건…… 완전 딴 집…… 같은데요."

그가 굳어진 얼굴로 집을 둘러보았다.

"그게 내 목적인걸. 아예 다른 집으로 만들어 버리는 거."

"뭐라고요?"

"이제 우리가 이 집 주인이잖아요. 그동안 아버님 때문에 손대지 못하고 있던 낡은 것들, 전부 산뜻하게 싹 바꿔 보고 싶어요. 좀 젊은 분위기로 밝게. 이렇게 좋은 집이 너무 오랫동안 썩고 있었잖아."

"그래도 너무 갑자기 이렇게는……."

"아유! 나한테 맡겨 둬요! 근사하게 바꿔 줄 테니까! 오늘 백화점 다녀왔거든요. 아마 다음 주에 굵직한 것들 몇 개 더 올 거야."

"더 온다고요?"

"응, 간 김에 내 앞으로 백화점 카드도 하나 만들었고요. 그리고 참!"

나는 그의 눈앞에 손을 들어 보였다.

"짠! 이건 어때요?"

"이건……."

수현의 눈이 커졌다.

"에메랄드래요. 크기가 장난 아니죠? 반지로 끼기에는 알이 좀 큰가 싶지만 뭐 나한테 주는 선물이랄까."

"형수님 오늘 기분 좋으신가 보네요?"

"그래요?"

나는 활짝 웃으며 그의 팔짱을 꼈다. 가정부들의 시선이 신경 쓰이는지 슬쩍 잡아 빼려는 팔을 더 꽉 잡고 내 가슴 앞에 단단히 밀착시켰다.

"권 박사님한테 처방받은 약이 잘 듣나 봐. 수현 씨 말 듣기를 잘했어요. 가서 이것저것 다 털어놓고 나니까 잠도 잘 오고, 약 먹으면 맘도 편해지고."

"그래요? 잘됐네요."

그가 반가운 듯 말했다.

"그거 먹으면 좀 나른해지고 힘이 없지만, 그래도 확실히 잠은 잘 오거든요. 푹 쉬고 나면 한결 기분도 좋아지는 것 같고. 진작 잘 챙겨 먹을 걸 그랬어요."

"뭐 형수님이 좋으시다면야."

"그쵸? 가정의 평화는 다 주부의 행복에 달려 있다니까."

내가 킥킥거리자 수현도 안심한 듯 웃었다.

"어서 씻고 내려와서 저녁 먹어요. 수원댁 여사님이 간만에 장어 덮밥 해 주셨어. 늦여름엔 몸보신해야죠."

"이야! 좋은데요."

"응, 저녁 먹으면서 내 다음 계획 설명해 줄게요."

"다음 계획?"

"2층 방도 아주 싹 개조하려고요."

계단 쪽으로 걸어가던 수현이 우뚝 멈춰 섰다.

"2층 방, 어디요?"

"지금 나랑 승준이가 쓰는 방."

"그 방을…… 고친다고요?"

그의 표정이 변했다.

"응, 마루며 침대며 다 너무 낡았잖아. 바로 옆방이랑 합쳐서 더 큰 방을 만들면 어떨까 해서."

그는 대답하지 않았다.

나는 신이 나서 떠들어 댔다.

"완전히 호텔 스위트룸처럼 그렇게 근사하게 바꿀까 싶어요. 마루랑 창문이랑 싹 뜯어 버리고요. 양쪽으로 여는 그런 큰 문을 달아야지. 우선 저 침대부터 갖다 버려야 돼. 너무 낡아서 돌아누울 때마다 삐걱거리고 영 시끄러워서요. 김씨 줘 버릴까? 너무 커서 별채에는 안 들어가려나? 그렇다고 버리긴 좀 아까운데, 그럼 어디 기부라도……."

"시끄러워."

처음엔 잘못 들었나 싶었다. 너무 낯선 목소리였기 때문이다.

그를 쳐다보니 어두운 실내에 창백하게 질린 얼굴이 가면처럼 둥둥 떠 있었다.

"수현 씨?"

"그 방에 손가락 하나라도 까딱하기만 해 봐. 내 손으로……."

목소리가 너무 낮아서 제대로 알아들을 수 없었다.

"수현…… 씨!"

그는 자기 팔에 얽혀 있던 내 손가락을 더러운 물건이라도 떼어 버리듯 하나하나 풀어 냈다.

그리고 내미는 손에 닿지 않으려는 듯 몸을 움츠리더니 재빨리 달려서 2층으로 올라가 버렸다. 쾅 하고 방문 닫히는 소리가 어두침침한 거실에 공허하게 울려 퍼졌다. 계단 아래에 망연자실 서 있던 나는 천천히 몸을 돌렸다.

커튼이 걷힌 창문 너머로 누군가의 눈이 이쪽을 보고 있었다. 창문 바로 아래 화단에 호스로 물을 주고 있던 김씨의 음침하고 어두운 시선과 마주치는 순간, 나는 눈을 깜빡거렸다.

54

아침에 눈을 뜨고도 한참 침대 위에서 뒹굴거렸다. 느긋하게 누워 있다가 마지못해 잠옷 위에 가운을 걸치고 느릿느릿 식당으로 내려갔다. 노인네가 없으니 이제 집에서 뭘 하든, 어떻게 지내든 내 맘이다. 이 시간에 느지막이 일어나 흐트러진 차림새로 늦은 아침을 먹는 것도 시부모 없는 며느리의 특권이다.

깔끔하게 차려입은 수현이 막 한술 뜨려다가 나를 보고 멈칫했다. 나는 시선을 피하며 맞은편에 앉았다. 대충 묶은 머리카락에 퉁퉁 부은 눈을 한 채 연신 새어 나오는 하품을 손으로 막아보려고 애를 썼다.

“저기…… 어젠 제가 좀…… 죄송했어요.”

수현이 먼저 입을 열었다. 평소와 같이 다정하고 부드러운 목소리.

나는 대답하지 않았다. 희선이 내 몫의 오믈렛과 빵, 샐러드, 커피를 가져와서 세팅해 줄 때까지 아무 말도 하지 않고 있었다.

“제가 좀 흥분했어요. 갑자기 집이 너무 확 바뀌니까 감당하기가 힘들어서.”

수현이 다시 말했다.

“아버지 돌아가신 지도 얼마 안 돼서 뒤숭숭한데, 갑자기 또 이것저것 바꾸신다고 하니까.”

“난 수현 씨도 그걸 원하는 줄 알았단 말이에요.”

뾰로통하게 입을 내밀고 말했다.

“너무 오랫동안 아픈 아버님 모시고 칙칙한 집에서 힘들게 살았으니까. 너무 어린 나이에 여러 가지를 겪어서 애늙은이처럼 즐기지도 못하고 살아왔잖아요. 그래서 부잣집 아들답게 이것저것 누리게 해 주고 싶었다고요!"

"알아요, 알아."

수현이 달래듯이 말했다.

"하지만…… 이 집도 나름대로 추억이 깃든 곳이거든요. 물론 안 좋은 기억들도 있지만, 그래도 간직하고 싶은 추억들도 많단 말이에요. 특히 그 방은…… 형이 쓰던 곳이기도 하고."

"그게 무슨 소용 있어요? 이젠 안 돌아올 건데."

"형 그립지 않으세요?"

수현의 목소리에 힘이 들어갔다.

"미안하지만, 이젠 아니에요."

나도 힘주어 말했다.

그가 고개를 들어 나를 똑바로 쳐다봤다.

"수현 씨한테는 그리운 형인지 몰라도 난 별로. 솔직히 죽도록 얻어맞은 기억밖에 없어요. 좋았던 느낌이 뭐였는지도 가물가물해요."

그가 쥐고 있던 포크를 내려놓았다.

"우리 살던 집 봤잖아요? 그 좁고 더러운 곳에서 남친 먹여 살리느라고 죽도록 고생했는데 돌아온 게 뭔 줄 알아요? 매일 감시하고 떠보고, 사람 의심하고. 그러다가 애먼 일로 시비 걸어서 난데없이 패고, 그런 것뿐이었어. 뭐, 좋을 때도 있었죠. 패고 나서 싹싹 빌면서 쓸데없이 잘해 주고 뭐 그럴 때도 있었지만요. 사람이 진짜 갑자기 홱 돌면 다 소용없더라고요. 그거 다 그 사람 어머니 사고 때문이랬죠? 그거 핑계 아니에요? 그냥 원래 그렇게 폭력적인 사람이었던 거 아니고? 수현 씨는 맞은 적 없어요?"

내 언성이 높아졌다.

그가 입술을 깨무는 게 보였다. 너무 세게 깨물어서 처음엔 핏기가 사라지더니 나중에는 피가 빨갛게 맺히기 시작했다.

"형은 절대 그런 사람 아니에요."

어젯밤에 들었던 그 낯선 목소리였다. 낮고 작아서 잘 들리지 않는 굵은 목소리.

"형이 변했다면 그건 전적으로 그 여자, 아니, 형네 어머니 때문이에요. 형 인생에 조금도 쓸모가 없던 여자."

그의 눈은 내가 투명 인간이라도 된 듯, 나를 통과해 저 멀리 건너편 벽을 바라보고 있었다.

"툭하면 오만 화풀이를 다 했거든. 아버지한테 화나는 일이 있을 때마다, 가정부들 때문에 열받을 때마다 매번 형한테 화풀이하고 들들 볶더라고. 내가 이 집에 오고 나서 더 심해졌어요. 나한테 퍼부어 대는 거야 참을 수 있었지만, 형은…… 자기 친아들이잖아요? 내가 오기 전부터 형은 이미 그 사람 때문에 망가진 상태였을 거예요."

"그러니까 더더욱 믿기 힘들다는 거예요."

나는 다시 하품을 하면서 무심한 듯 포크로 오믈렛을 뒤적거렸다.

"사고든, 뭐든 자기를 그렇게 괴롭히던 여자가 죽어 버렸다면 차라리 잘된 거 아니에요? 속이 시원했어야 마땅한 거 아니냐고. 그런데 그런 여자도 엄마라고, 충격을 받아서 폭력남이 되었다? 그건 말이 안 되잖아요."

거침없이 말하면서 오믈렛을 맛있게 먹어 치웠다. 손을 멈추고 멍하니 이쪽만 바라보는 수현의 모습이 보였지만 개의치 않았다.

"백번 양보해서 그 여자 때문에 확 돌아 버려서 폭력남이 됐다고 쳐도 말이 안 되죠. 그 원흉이 사라졌으면 맘 잡고 잘 살아야지, 난데없이 여친은 왜 패냐고요? 내가 동네북이야?"

나는 혼잣말을 중얼거리며 커피를 훌훌 마셨다.

"그것도 너무 사랑해서 그렇다나. 믿어져요? 내가 너어무 좋아서 못 살겠다는 거예요. 그게 이유래요."

수현의 초점 잃은 눈이 내게 꽂혀 있었다. 입은 살짝 벌어져 있었다.

"인생에서 나만큼 사랑해 본 사람이 없다더라고. 그래서 그러는 거래요. 그러니까 혼자 둘 수 없다면서. 다른 놈들 보고 웃지도 말고, 말도 섞지 말라고. 나 하나면 가족도 돈도 다 필요 없다며 그만큼 지독하게 사랑한다길래 그 말을 믿었지."

나는 혀를 차며 커피를 한 모금 마시고 다시 말을 이었다.

"다 좋다 이거야. 하지만 그럴수록 더 의심하고 패고, 정말 못 살겠더라고요. 내가 수현 씨 왜 좋아하게 됐는지 알아요?"

혼잣말을 늘어놓다가 갑자기 고개를 들어 쳐다보니 수현의 손이 가늘게 떨리는 게 보였다.

"그 사람하고는 완전히 다르니까. 겉과 속이 같은 사람이라서. 사랑한다면서 사람 패고 괴롭히는 일, 안 하잖아요, 수현 씨는. 그래서 좋아졌어. 그게 진짜 남자지. 어머! 참!"

나는 신나게 지껄이다 말고 갑자기 말을 멈추고 수현을 쳐다봤다.

"그럼 혹시…… 그 사고…… 어머님 사고 말이에요. 형이 꾸민 일이었을 가능성은 없을까?"

수현은 말이 없었다. 눈 가장자리가 벌겋게 물들어 가기 시작했다.

"그렇게 자길 괴롭히는 사람이라면 확 죽여 버리고 싶었을 거 아니에요. 정말로 눈이 돌아서 말이야."

수현이 쥐고 있던 포크가 부르르 떨렸다.

"나도 한번 그럴 뻔한 적이 있어서 잘 알아."

나는 떨리는 수현의 손을 외면하고 빵에 버터를 바르며 무심하게 말했다.

"사람이 궁지에 몰리면요, 정말 생각지도 못한 또라이가 될 수 있거든요. 형이 무지막지하게 팰 때면 나도 진짜 저 인간 확 죽여 버리고 싶다 그런 생각 했던 게 한두 번이 아니었어요."

쨍그랑!

포크가 바닥에 떨어졌다.

"어머, 내가 무슨 말을……. 수현 씨!"

그는 말없이 의자를 밀어 버리고 일어나더니 식당을 성큼성큼 걸어 나갔다.

나는 먹던 빵을 내려놓고 이마를 짚었다. 바깥 공기가 좀 필요했다. 아니, 좀 많이 필요했다.

모든 게 버거워지기 시작했다.

55

수현은 그날 밤늦도록 집에 들어오지 않았다.

나는 텅 빈 식탁에서 혼자 저녁을 먹었다. 나만을 위해 차려진 호화로운 정찬이지만 별로 맛이 없었다. 식탁의 텅 빈 자리마다 이 집에서 죽어 나간 망령들이 꽉꽉 들어찬 것 같았다. 죽을힘을 다해서 새 가구를 들이고 이것저것 바꿔 봐도 망령들마저 털어 버릴 순 없었다.

저녁상을 물린 뒤 승준이를 안고 정원 한가운데로 걸어 나갔다. 김씨도 아직 깨어 있는지 멀리 별채에 불이 켜진 것이 보였다. 우리는 벤치에 나란히 앉아서 어른거리는 수영장 물을 바라보다가 동그랗게 뜬 환한 달을 쳐다보았다. 화단 가득 새로 심은 묘목이 뿜어내는 진한 향기도 맡았다.

이제 부쩍 커서 이유식을 먹게 된 아기는 가끔 낱말처럼 들리는 옹알이를 툭툭 뱉어 내곤 했다. 조금만 지나면 '엄마'라고 부르는 것도 가능하지 않을까? 얼굴을 들여다보고 시선을 맞추면 조그만 손바닥을 쫙 펴면서 활짝 웃는 게 못 견디게 귀여웠다.

널 이 집에 데리고 온 게 잘한 일인지는 모르겠다, 아가야.

하지만 걱정하지 마. 우린 결국 살아남을 테니까.

그때 키패드의 암호를 누르는 소리가 들리더니 끼익하며 대문이 열렸다.

잠시 후 저벅저벅 자갈이 깔린 진입로를 밟는 소리가 들려왔다. 곧 늘어진 덩굴 식물들을 헤치고 수현이 모습을 드러냈다. 제멋대로 헝클어진 앞머리에, 셔츠 소매는 대충 걷어 올린 상태였다. 저렇게 풀어진 모습은 처음 본다. 수영장과 정원, 새로 심은 묘목 화단을 지나 계단을 올라오는 데 아주 오랜 시간이 걸렸다. 중심을 제대로 잡지 못하고 비틀거렸기 때문이다.

나는 승준이를 안고 계단 위쪽으로 걸어가서 그를 기다렸다.

"어? 이 녀석!"

가까이 다가서자 술 냄새가 확 났다.

"안 자고 있었네?"

그가 집게 손가락으로 거칠게 아기 뺨을 쿡쿡 찔렀다.

"많이 마셨어요?"

내 목소리에는 날이 서 있었다.

"조금."

그는 나를 그대로 지나쳐 가려고 했다.

"수현 씨."

나는 옷소매를 잡아당겨 멈춰 세웠다.

"아침엔 내가 미안했어요. 너무…… 성급했던 것 같아. 나야 섭섭한 기억뿐이라고 해도 수현 씨한테는 형인데."

'형'이란 단어에 그가 움찔하는 게 느껴졌다.

"이제 조심할게요. 무리하게 집을 뜯어고치는 일은 없을 거야. 약속해요. 그리고 그 사람을 죽이고 싶다느니 함부로 말했던 거, 그거 진심 아니야. 그러니까……."

그는 말이 끝나기도 전에 내 손을 뿌리치더니 비틀거리며 저택 안으로 들어가 버렸다.

쾅 하고 현관문을 닫는 소리가 고요한 정원에 울려 퍼졌다. 별채의 불이 딱 꺼지더니 사방이 어두컴컴해졌다. 나는 애를 추슬러 안고 그의 뒤를 따라 저택으로 들어갔다.

막상 각오한 일이라도 정말 용기를 내는 데는 상당한 시간이 필요했다. 애를 잠재워 놓고도 한참 동안 방 안을 서성이며 망설이느라 시간이 꽤 흘러 버렸다. 그래도 여기까지 왔으니 앞으로 나아가야 한다. 여기서 멈추면 안 돼. 끝장은 봐야지.

나는 레이스가 달린 하얀 면 잠옷을 입고 있었다. 어둠 속에서 달빛을 받고 서 있으면 속이 훤히 비쳐 보일 만한 그런 잠옷이었다. 이 집에서 죽어 나간 망령들과 복도 반대편에 잠든 남자, 그리고 잠든 아기와 나뿐인 이 커다란 저택에 잘 어울리는 옷이다.

평온한 아기의 숨소리를 들으며 마침내 용기를 냈다.

살그머니 방문을 열고 복도로 나갔다. 맨발로 오래된 마룻바닥을 밟으며 한 걸음씩 앞으로 나아갔다. 나무 패널과 붙박이장이 붙은 벽을 따라 쭉 이어진 복도를 지나 모퉁이를 돌자 두 개의 문이 나왔다.

수현의 방은 왼쪽이다. 낮에는 늘 잠겨 있는 곳이었다.

'누가 들어가는 걸 엄청 싫어하세요.'

가정부들의 전언이었다. 대청소를 할 때도 늘 빼놓는 방이다.

잘 때는 어떨까?

나는 방문 앞에 서서 잠시 귀 기울이다가 조심스럽게 손잡이를 잡고 돌려 보았다. 다행히 문은 소리 없이 열렸다.

한동안 문간에 가만히 서 있었다. 벽에는 오래된 영화 포스터 몇 장이 붙어 있었고, 창가에 놓인 책상에는 잡다한 책과 종이들이 어지럽게 널려 있었다. 남자가 쓰는 방이라기보다는 어쩐지 시간이 멈춰 버린 '소년의 방' 같았다.

그는 침대 위에서 정신없이 잠에 빠져 있었다. 흰 티셔츠와 헐렁한 사각팬티만 입고 옆으로 누워서 다리 사이에 이불을 둘둘 말고 있었다. 베개 위에 뺨을 대고 입을 약간 벌린 모습이 내 방에 두고 온 녀석과 똑 닮아 보였다.

희미하게 코 고는 소리가 들렸다. 나는 안으로 들어가서 문을 살짝 반만 닫았다. 그리고 침대로 다가가서 잠든 얼굴을 들여다보다가 조용히 팔을 잡고 흔들었다. 처음엔 가늘게 코 고는 소리만 들릴 뿐 미동도 없었지만 좀 더 세게 흔들자 그가 눈을 번쩍 떴다.

"뭐야?"

그의 눈이 휘둥그레졌다. 한동안 멍하니 있다가 점점 표정이 나타났다. 허공을 맴돌던 눈이 점점 초점을 맞춰 갔다. 마침내 나라는 걸 알아챈 순간, 휘둥그렇게 커졌다.

아직 술 냄새가 풍기는 입에 내 입술을 포갰다. 몸을 일으키려는 그의 어깨를 밀어서 다시 눕히고 침대 위로 올라갔다. 풍성한 흰 잠옷 자락을 허벅지까지 걷어 올리고 다리를 벌려 그에게 올라탔다.

"이게 무슨……."

"쉿!"

나는 한 손으로 그의 볼을 다정하게 쓰다듬으며 더 힘주어 키스했다.

방에서 잠든 아기를 생각했다. 여기까지 왔으니 절대 멈추면 안 돼.

"내가 잘못했어. 그러니까 우리…… 괜찮을 거야. 변하지만 말아요, 응?"

나는 어둠 속에서 그에게 매달리듯 안기며 속삭였다.

"나 밀어내지 말아요, 제발. 수현 씨 사랑이 없으면 안 돼. 안 될 것 같아. 그러니까……."

나는 그의 목덜미에 입술을 묻고 주문처럼 그의 이름을 불렀다. 두 팔로 그의 머리를 끌어안고 마구 헤집으며 중얼댔다.

"이제 우리 둘만 남았잖아. 이 집에 방해꾼은 아무것도 없잖아. 그 돈이랑, 우리 젊음이면 뭐든 다 가질 수 있어. 세상도 가질 수 있어. 행복해질 수 있어. 언제 돌아올지 기약도 없는 형은 기다리지 말아요, 우리. 어디 가서 죽어 버렸는지 알 게 뭐야. 산 사람들은 살아야지. 그러니까 우리 그냥……."

내 손에 힘없이 축 늘어져 있던 수현의 몸이 순간 굳어지는 게 느껴졌다. 동력을 끊어 버린 로봇처럼 그렇게 모든 기능이 멈춘 것 같았다. 말하는 사이사이 퍼붓는 짧은 키스에 반응조차 안 하더니 갑자기 몸을 일으키고 나를 확 밀어냈다.

나는 보기 흉하게 침대 위로 벌렁 나자빠졌다. 창문 사이로 스며들어 온 달빛에 시뻘겋게 충혈된 그의 눈이 보였다. 그 빨간 눈이 나를 쏘아보았다. 영원처럼 긴 시간, 피가 얼어붙는 것 같았다.

수현은 침대 위에 나자빠진 나를 내버려 두고 벌떡 일어나서 의자 위에 걸린 옷을 집어 들고 방을 나가 버렸다. 잠시 후, 계단이 삐걱거리더니 현관문이 쾅 닫혔다. 그 기세에 놀란 액자 하나가 덜컹거리다가 쿵 하고 떨어지는 소리가 들렸다.

56

〈 사람 애태우지 말고 잘 지내는지 문자라도 하나 보내 줘요.

주차장을 나와 엘리베이터까지 걸어가며 한 번 더 문자를 보냈다. 화면 위로 그동안 내가 보냈던 문자들이 줄줄이 눈에 들어왔다.

〈 어디예요?

〈 밥 먹었어요?

〈 수현 씨?

〈 오늘도 안 들어와요?

〈 나 며칠째 잠도 못 자고 있는 거 알죠? 대답 좀 해요, 제발.

〈 수현 씨.

〈 살아는 있는 거죠?

〈 이러다 진짜 나 죽을 거 같아.

나중에는 아예 차단이라도 한 건지 읽지도 않는 모양이었다.

"닷새나 지났다고? 아직도 녀석은 답이 없나요?"

권 박사가 찻잔을 내려놓으며 다정하게 물었다.

일주일에 두 번씩 상담을 다닌 지도 벌써 3주가 되었다.

"네, 이젠 확인도 안 하네요. 회사에 연락해 보니 출근은 한다는데……. 그게 아니었으면 정말 경찰에 실종 신고라도 했을 거예요."

나는 한숨을 쉬며 말했다.

"뭐, 성인이니까 놔둡시다. 워낙 예민한 녀석인데 형이 집을 나가고 아버지까지 돌아가셨으니 후유증이 좀 클 거예요. 자기만의 시간이 필요한 거겠지."

"그렇……겠죠? 별일은 없겠죠?"

"수현이는 아직 덜 자란 소년 같은 면이 있어서요. 태생부터도 불안정했던 녀석이 한창 성장기에 환경이 바뀌며 크고 작은 사고를 겪었으니 그럴 만도 하죠. 가끔 얘기 나눠 보면 자기감정을 어떻게 다뤄야 할지 잘 모르더라고요. 머리는 좋은 녀석인데 의지가 부족하달까, 의욕이 없달까. 녀석 아이큐가 148이던가, 그렇다는 이야긴 들었죠?"

"그래요? 전혀 몰랐어요."

"초등학교 막 들어갔을 때 검사했는데 그렇게 나왔다고 회장님이 자랑하시던 기억이 나네요."

"와, 굉장하네요! 그럼 어렸을 땐 아버님도 수현 씨 예뻐하셨었나 봐요?"

"음, 그랬던 것 같긴 한데……."

권 박사의 얼굴이 살짝 흐려졌다.

"오히려 그 집에 들어가고 나서 서로 금이 갔던가 봐요. 머리 좋은 녀석이 제구실을 못 하니까 더 얄미워서 그러셨는지도 모르고, 아니면……."

"아니면……요?"

"글쎄."

권 박사는 난처한 듯 웃었다.

"뭐, 너무 머리 좋은 녀석들은 어른을 곤란하게 만들기도 하거든. 키우기가 좀 버겁달까? 약간 두렵기도 하고. 아이 키우니까 재영 씨도 그런 기분 알 거라 믿어요."

"네? 하하, 글쎄요."

나는 멍하니 고개를 갸웃거리다가 미소 지었다.

"부모 입장에서는 자식이 나보다 훨씬 머리 좋고 영악하다는 걸 알면 기분이 좋기도 하지만, 한편으로는 덜컥 겁도 나거든. 머리 꼭대기에서 나를 다 꿰뚫어 볼 것 같고 그렇잖아. 회장님도 그런 기분이 아니셨을까? 에이, 아니다. 암만 그래도 자식이니 설마 예뻐하셨을 거예요. 아닌 척해도 속정은 깊으셨겠지."

권 박사가 머리를 흔들었다.

"어쨌든 너무 걱정은 말아요. 녀석은 잘 있을 거야. 어쩌면 이 참에 독립한다고 할지도 모르겠네. 그것도 나쁘진 않지. 재영 씨도 괜히 다 큰 시동생 뒷바라지까지 하는 것보다야 그게 낫지 않겠어요?"

박사가 빙긋 웃었다. 유난히 살갑고 다정한 태도였다. 하긴 이 건물에 입점한 사업자들은 이미 건물주가 누구로 바뀌었는지 소식을 들어서 알고 있을 것이다.

"다 큰 녀석이니까 제 앞가림 알아서 하라고 내버려 두고 우리 문제에나 신경 씁시다. 불면증은 좀 어때요?"

나는 여전히 잠을 설친다고 대답했다.

약을 먹으면 잠깐 쥐 죽은 듯 자긴 하지만 몇 시간 만에 깨어나서 밤새 잠을 설친다고.

그러면 곧바로 악몽을 꾼다고.

"매일 똑같다는 그 악몽?"

"네."

"지하실에 현욱이가 누워 있는?"

"네, 얼음처럼 차갑게 굳어져서 누워 있어요."

"그러면 옆에는 캠코더가 놓여 있고?"

"네."

"내용도 매번 같고?"

"네, 같아요. 제가 그 사람을 죽이는 내용이 들어 있어요."

"그것도 매번 똑같은?"

"네, 항상 같아요. 둘이 엎치락뒤치락 몸싸움을 하죠. 그러다가 그이가 절 때리고, 저도 맞붙어서 싸워요. 그러다가 제가 그이를 밀쳐요. 그리고 칼로…… 찔러요. 피가…… 피가 사방에 가득해요."

"그리고?"

"그러다가 항상 그 대목에서 깨어나요. 두 손에 피가 가득한 채로요. 하지만 깨 보면 아무것도 없어요. 온몸은 식은땀에 젖어 있고요. 그래서 약을 하나 더 먹고 겨우 잠을 청하는 거예요."

"지하실도 내려가 봤다고 했잖아요?"

"네."

"아무것도 없었죠?"

"네, 가정부들과 수현 씨와 구석까지 다 확인했어요. 전부 깨끗했어요."

"예전에 살던 집에도 가 봤다고 했잖아요?"

"네, 수현 씨랑 가 봤어요. 아무것도 없었고요."

"이 집에 온 뒤로 현욱이로 의심되는 문자도 받았다면서요?"

"네. '잘 지내?'라는 세 글자뿐이었고 모르는 번호지만, 저한테 그렇게 물어볼 사람은 한 사람뿐이라서요."

"음, 그럼 녀석은 살아 있는 거야. 자유로워지고 싶어서 회피하고 있는 거지. 자꾸 그런 꿈을 꾸는 건, 현욱이에 대한 걱정이 너무 강하기 때문이에요."

"혹시 제가 정말 그 사람을 죽인 거면 어쩌죠? 그러고 기억을 못 하는 거라면요?"

권 박사가 난처한 표정을 지었다.

"그럴 리가 있나."

"그걸 어떻게 아세요?"

그가 하하 웃었다.

"재영 씨가 그런 사람 아니라는 건, 우선 내가 보증하고. 일단 상식적으로 현욱이 같은 그런 거구를 여자 혼자서 죽이고, 시신을 은닉한다는 건 사실상 불가능한 일이니까. 사람을 죽이는 악몽은 보통 사람들도 많이 꿔요. 특히 친한 사람, 사랑하는 사람, 가족이나 부모를 죽이는 악몽도 흔한 편이고. 그러니까 괜한 생각은 말아요. 자꾸 꼬리에 꼬리를 물고 이런저런 생각을 하는 건 좋지 않아."

"저도 알아요. 수현 씨도 그렇게 말했고요. 하지만 밤에 잠을 못 자고 뒤척일 때는 그런 생각들을 멈출 수가 없어요."

"그럴 땐 지난번에 가르쳐 준 호흡법을 써 봐요. 기억하지?"

"네."

"반신욕 같은 것도 좋고. 아니면 음악을 듣거나."

"네, 전부 시도해 봤어요. 어떤 때는 효과가 있는 것 같기도 하지만……."

"하지만?"

"계속……."

"계속?"

"이렇게 악몽이 계속되면 정말 제가 죽을 수도 있겠다는 생각이 들어요."

"저런! 그건 좀 위험한데. 지난번에 처방한 약은 어때요? 용량은 괜찮은 것 같고?"

"음…… 저기, 좀 더 확 잠이 들었으면 좋겠어요. 그냥 푹 쓰러져서 세상모르게 자 본 게 언제인지 기억에 없거든요. 깊이 잘 수 있으면 좋겠는데. 수면제 처방도 가능할까요?"

"음…… 사실 지금도 충분히 용량이 센 편이긴 한데……."

"남용은 절대 안 할게요. 정말 잠이 안 오는 날에만 살짝, 그건 괜찮겠죠?"

나는 망설이는 박사에게 웃어 보였다.

"참! 들어오면서 보니까 요 옆에 마사지 숍, 가게 내놨더라고요? 새로 누굴 들이느니 아예 공간 확장해서 박사님 클리닉이 거기까지 다 쓰시면 좋을 텐데. 어떠세요, 그건?"

"뭐, 우리야 지금도 충분한데."

"에이, 이 건물에 상점들이 너무 많이 들어와도 골치 아플 거 같아서요. 그냥 클리닉 확장해서 사용하세요. 자릿세는 걱정 마시고요. 워낙 저한테 잘해 주셨잖아요."

권 박사는 웃으며 '잠이 안 오는 날에만 꼭 사용하라'는 당부와 함께 처방전을 써 주었다.

구석에 얌전하게 세워진 은색 외제 차 앞으로 걸어가며 백 속에서 열쇠를 찾는 동안 핸드폰이 울렸다.

〉집에서 봐요.

나는 빙긋 웃었다.

성큼 다가온 가을 공기가 한결 시원하게 느껴졌다.

57

대문을 열고 들어가니 제일 먼저 김씨가 보였다.

수영장 위에 떨어진 나뭇잎들을 갈퀴로 걷어 내다가 나를 보고 희미하게 고개를 끄덕거렸다.

"차에 쇼핑백들 몇 개 있는데요."

"네, 제가 꺼내겠습니다."

나는 아찔한 9cm짜리 굽으로 조심조심 계단을 올라가다가 뒤를 돌아봤다.

"아, 혹시……."

"네, 방금 들어오셨어요."

김씨가 저택 쪽을 흘끗 쳐다봤다. 집 안에 훤히 불이 켜져 있었다.

현관 앞에서 신발을 벗으며 안쪽을 기웃거렸다.

"오셨어요?"

걸레를 들고 응접실에서 막 나오던 희선이 인사했다.

"수현 씨 왔다고요?"

"네, 식당에 계세요. 식사 준비 다 됐으니 얼른 씻고 오세요. 승준이는 배불리 먹고 방금 잠들었어요. 요람은 식당에 있고요."

"응, 알겠어요."

나는 곧바로 식당에 가지 않고 2층으로 올라갔다. 그리고 아주 오래도록 천천히 공들여 샤워하고 머리를 감았다. 식사가 거의 끝났을지도 모르겠다 싶을 때까지 정성 들여 준비한 뒤, 몸의 선이 살짝 드러나는 니트 원피스 차림에 반쯤 젖은 머리를 슬쩍 늘어뜨리고 내려갔다.

식탁 위에는 내 몫의 음식들만 차려져 있었다. 수현은 식사를 마쳤는지 그의 앞은 깔끔하게 치워져 있었지만 그대로 앉아서 옆에 놓인 요람을 들여다보고 있었다. 내가 맞은편에 앉는데 얼굴도 들지 않았다.

"잘…… 지냈어요?"

내 어색한 인사에도 1분쯤 더 요람만 쳐다보다가 겨우 마지못해 이쪽을 쳐다보는 눈빛이 낯설었다.

"저…… 그동안 어디서……."

"피곤해서…… 먼저 일어날게요."

드르륵 소리가 나도록 의자를 확 밀고 일어서더니 그대로 뚜벅뚜벅 식당을 나가 버렸다. 물병을 들고 들어오던 수원댁이 깜짝 놀라 뒤로 한 걸음 물러났다.

"저기 좀 전에 들어오셨는데……."

수원댁이 내 눈치를 살피며 말했다.

"네, 괜찮아요. 식사는 제대로 했죠, 수현 씨?"

"네, 밥은 다 드셨어요."

"그럼 됐네요."

나는 태연한 척 밥을 먹고 국을 맛보며 간이 딱 맞는다고 호들갑을 떨었다. 내 몫의 음식들을 천천히 조금씩 씹어 삼켰다. 가능한 만큼만 어떻게든 비우려고 노력했다.

"아유, 많이 남기셨네. 더 안 드세요?"

"배 안 고파요. 괜찮아요."

냅킨으로 입을 닦으며 그릇을 정리하러 온 수원댁에게 손을 흔들었다.

"낮에 고구마 좀 쪄 두었으니까 이따 밤에 출출하시면 잊지 말고 드세요."

"고마워요, 역시 수원댁 여사님이 최고라니까."

미소 지으며 빈 그릇들을 챙겨 들고 나가는 수원댁을 다시 불러 세웠다.

"참, 저기, 여사님이랑 희선 씨, 계약 기간이 언제까지죠? 제가 그걸 못 챙기고 있었네."

"아, 저희요."

수원댁의 얼굴에 난감한 표정이 스쳤다.

"이달 말이면 2년이 되거든요."

"어머 2주도 안 남았네요?"

"그런…… 셈이죠."

규정이야 내가 만드는 것이지만 말이다.

노인도 사라진 마당에 2년 단위로 고용인을 바꾼다는 조항을 꼭 지킬 필요가 있나? 이 집의 모든 것을 이제 온전히 내가 결정할 수 있다는 게 무척 신선하게 느껴졌다. 새롭게 규정을 만든다면 무엇을 최우선으로 고려해야 할까? 나와 아이의 안전? 그것보다 중요한 게 있을까?

나는 요람 속에 잠든 승준이를 잠깐 들여다보다 요람째로 들고 천천히 2층으로 올라갔다. 불편하고 힘들어도 부딪쳐야 하는 현실이 있으니 마냥 외면할 수는 없었다. 잠든 애를 침실에 데려다 두고 다시 복도를 건너갔다.

닷새 전, 새벽, 속이 훤히 비치는 잠옷을 입은 채 어둠 속에 혼자 남겨졌던 그 방 앞에 서서 귀 기울여 보았다. 안에서는 아무런 소리도 들리지 않았다. 미동조차 없는 것 같았다. 방문 틈으로 새어 나오는 불빛조차 없었다.

나는 조심스럽게 방문을 노크했다.

"나예요, 잠깐 얘기 좀 할 수 있어요?"

속삭일 필요는 없었다. 어차피 아래층에서 뒷정리하는 가정부들의 소리가 들려오는 마당이니 이 시간에 비밀은 있을 수 없다.

"수현 씨, 우리 잠깐 이야기 좀 해요."

내 목소리가 높아졌지만 안에서는 아무 말도 없었다.

"저기, 나 오늘 권 박사님께 다녀왔어요."

여전한 침묵.

"수현 씨 나간 후로 계속 잠을 못 자서…… 약도 용량을 좀 늘려서 더 받아 왔고, 좋은 말씀도 많이 들었어요. 이제 정말 약 잘 챙겨 먹고 푹 자 보려고요. 안 그러면 내가 점점 이상해지는 거 같아서."

이 대목에서는 목소리를 낮췄다.

"악몽을 자꾸 꾸는 것도 몸과 맘이 허해진 증거라고 하셔서…… 그렇게 생각하려고요."

마지막 말은 살짝 떨리는 목소리로 말했다.

"그냥 이 말 하고 싶었어요. 나한테…… 수현 씨가 얼마나 큰 위로가 되는지. 수현 씨를 생각하면, 어떤 악몽도, 어떤 나쁜 생각도 모두 이겨 낼 수 있다는 거. 그런 걸 알려 주고 싶었어요."

여전히 미동조차 없는 묵묵부답.

"그럼, 잘 자요."

나는 잠깐 기다렸다가 마지막 인사를 하고 조용히 몸을 돌려 복도를 지나왔다. 삐걱거리는 계단을 내려오는 동안 2층 그의 방 쪽에서는 어떤 미동도, 문소리도 나지 않았다.

"수현 씨…… 괜찮을까요?"

아래층 주방으로 들어가자 막 퇴근 준비를 하던 수원댁이 걱정스러운 표정으로 물었다. 그동안 내내 이 집에서 벌어지는 일들에 눈 가리고 귀 막고 고용인답게 침묵하던 사람인데, 그렇게 흘려보내기 힘들 만큼 내 목소리가 어지간히 절박하게 들렸던 모양이다.

"글쎄요, 아버님 돌아가시고서는 좀 많이 우울한가 봐요. 영 낯선 사람 같네요."

나는 씁쓸하게 웃었다.

"아직 시간이 좀 더 필요한 거겠죠. 오늘 들렀던 클리닉 박사님이 그러시는데, 수현 씨가 워낙 예민한 사람이래요. 좀 불안한 면이 있다고."

내 말에 희선이 이쪽을 돌아보며 뭔가 하고 싶은 말이 있는 듯 머뭇거렸다.

"네, 시간 지나면 좋아지시겠죠. 저희는 그만 들어가 보겠습니다."

수원댁이 희선의 입을 막으며 등을 떠밀었다. 연장자답게 확실히 신중한 태도였다.

돌아서는 수원댁의 등 뒤에서 내가 입을 열었다.

"아, 저기……."

막 주방 문턱을 나서던 두 사람이 다시 이쪽을 돌아봤다.

"이제 얼마 안 남았는데…… 그때까지 두 분, 잘 부탁드려요."

혹시나 하는 희망을 갖고 있었던지 둘의 입가가 눈에 띄게 축 처지는 게 보였다.

"저…… 그러면 새로 오시는 분들은 언제부터 출근을……."

수원댁이 어두운 목소리로 물었다.

"글쎄요, 시간이 좀 걸릴 것 같네요."

"잠깐이라고 해도 집이 워낙 커서요, 공백이 있으면 사모님 힘드실 텐데요. 저희도 처음 출근할 때는 하루 차이로 겹쳐서 출근했거든요. 그렇게 안 하면 워낙 일이 많아서 다 인계하기가……."

"괜찮을 거예요. 이전에 만들어 둔 인계 표에다가 따로 덧붙일 사항들 더 알려 주시면 제가 봐 뒀다가 알려 드리죠, 뭐."

"아유, 그래도……."

이번에는 수원댁이 영 꾸물거리며 발길을 떼지 못했다.

"잠깐이라도 이 커다란 집에 수현 씨랑 사모님, 아기만 덩그러니 있게 되면 여러모로 불편하실 텐데요. 뭣하면 저희가 며칠 더 연장해서라도……."

"아, 괜찮아요."

나는 웃으며 힘주어 말했다.

"우리끼리 있어도 괜찮을 거예요."

58

해가 중천에 뜰 때까지 침대 위에서 꾸물대다가 아침 식사에 또 늦어 버렸다. 부스스한 머리에 가운 차림으로 하품하며 애를 수원댁에게 넘겨주었다.

"뒤척이다 겨우 잠들어서 그런가, 아침에 영 못 일어나겠네. 죄송해요. 저 때문에 두 번 상차림 하시게 해서."

"뭘요."

말로는 괜찮다지만 얼굴에는 숨길 수 없는 짜증과 걱정이 배어 있다.

"수현 씨는요?"

"저 여기 있어요."

말이 끝나기가 무섭게 밝은 목소리가 들려왔다.

"형수님, 부쩍 게을러지셨네요?"

젖은 머리를 수건으로 문지르며 걸어 들어오는 수현은 어제와 달리 생기가 가득했다.

"수현 씨!"

반갑게 부르며 쳐다봤지만, 이쪽은 보지도 않고 무심하게 맞은편에 털썩 앉았다.

"한두 주일만 지나면 서늘해질 것 같아서 아침저녁으로 부지런히 수영장 좀 써 두려고요."

"식사는요?"

"새벽같이 일어나서 드셨어요."

내 몫의 음식을 놓아 주며 희선이 말했다.

"벌써? 오늘은 컨디션 괜찮은가 봐요? 그럼 이따가 우리 오랜만에 쇼핑이라도……."

"약속 있어요."

말이 채 끝나기도 전에 냉큼 대답이 돌아왔다.

"무슨 약속?"

"대학 동창 놈들하고 간만에 한잔하기로 해서. 아, 여사님! 저 커피 진하게 한 잔만요."

"동창들?"

"네, 아버지 장례식 때 와 줬던 놈들에게 아직 답례를 못 해서 한잔 사려고요."

"그럼 저녁 약속이겠네. 같이 쇼핑하다가 가요. 아니, 저기, 괜잖으면 나도 같이 갈까? 소개해 줘요, 친구들. 장례식 때 나도 인사를 못 했으니까 이참에…….”

“아, 죄송해요. 불편한 자리는 딱 질색인 놈들이라.”

“불편한 자리?”

내 목소리가 커지는 바람에 커피 잔을 막 내려놓던 희선이 움찔했다.

하지만 수현의 표정은 태연했다.

“어휴, 불편하죠. 연장자, 그것도 무려 ‘형수님’이 함께하시는 자리면 술이 넘어들 가겠어요?”

“내가…… 무려 ‘형수님’이 된 거예요, 이제?”

나는 앞에 차려진 밥상에는 손도 대지 않고 그를 똑바로 쳐다본다.

“형수님은 언제든 형수님이죠. 제 ‘친구’는 아니니까요. 제대로 대접해 드려야죠.”

이제는 그도 나를 똑바로 쳐다봤다. 눈빛에서는 아무것도, 비웃음이든 증오든 분노든 어떤 감정도 엿볼 수가 없다. 그저 말갛고 동그랗고 새까만 눈동자가 무심하게 이쪽을 바라보고 있을 뿐이다.

“나한테…… 왜 이러는 거야? 아직도 화났어요?”

나는 목소리를 낮춰서 물었다.

“그런 거 없어요. 제가 왜 화를 내겠어요.”

수현은 침착하게 잔을 들어 커피를 마셨다.

"아니, 화났잖아. 솔직하게 말해요. 수현 씨 원래 이런 사람 아니잖아."

"제가 원래 어떤 사람인데요?"

그가 빙글 웃으며 나를 똑바로 바라봤다.

"내가 처음 이 집에 오던 날, 다정하고 친절하게 안심시켜 주던 그 사람 어디 갔어요? 이 집에서 유일하게 믿고 기댈 수 있는 사람이라고 생각했는데."

"전 예나 지금이나 같은 사람입니다. 변한 거 없어요."

"그럼 이게 원래 모습이에요?"

"어떤 모습요?"

"이렇게 차갑고 냉정하고 솔직하지 못한 모습!"

주방에서 달그락거리는 소리를 의식하면서 목소리를 높였다.

"글쎄, 그렇게 보이신다면 유감이지만 전 별로 변한 게 없거든요."

"형이 쓰던 방을 뜯어고치려고 한 다음부터 나한테 차갑게 굴고 있잖아요! 그거 맞잖아!"

내 목소리가 천장이 높은 식당 안에서 날카롭게 울렸다.

"상황 이상하게 몰고 가지 마세요."

그는 태연했다. 너무 태연해서 잘 훈련된 로봇을 보는 것만 같았다. 눈썹 한 올, 젖은 머리카락 한 가닥마저 완벽하게 계산된 각도로 이마 위에 내려온 것처럼 보인다.

"그럼 뭐야, 왜 이래요? 유산 때문이야? 아버님이 나랑 승준이한테만 몰아 주셔서?"

"변한 건 형수님 같은데요."

"뭐?"

"형수님이야말로 부쩍 불안해 보이세요. 별거 아닌 일에도 언성 자주 높이시고, 멍하니 정신 줄 놓고 다니시는 것 같고. 제가 알던 분이 아닌 것 같은데. 형수님이야말로 그 유산이 독이 된 느낌인데요. 정신 좀 차리셔야겠어요."

"뭐야?"

나는 소리를 지르며 벌떡 일어났다.

의자가 바닥에 확 끌리면서 비명처럼 날카로운 소리를 냈다. 주방 저편에서 달그락거리던 소리가 딱 멈췄다.

"도대체 왜 이러시는지 모르겠네요. 얼마 남진 않았지만, 자꾸 이러시면 일하는 분들도 불안하실 거예요. 조금 자중하세요. 약 기운 떨어지신 거 아니에요? 오늘 유독 날카로우시네."

수현은 부들부들 떨고 있는 나를 놔두고 태연하게 남은 커피를 마저 마셨다.

"늦게 들어올 테니까 기다리지 말고 먼저 드세요. 여사님! 저 나갑니다! 저녁, 집에서 안 먹어요!"

마지막 말은 주방 쪽으로 던진 뒤 일어나서 느긋하게 걸어 나갔다. 젖은 머리에서 떨어진 물이 목에 건 연회색 타월에 진한 무늬를 만들고 있었다.

주방에서 몰래 이쪽을 훔쳐보는 시선을 느끼며 나는 천천히 식탁에 다시 앉았다. 밥알을 입에 욱여넣고 천천히 꼭꼭 씹어 가며 먹었다. 현관문이 쾅 닫히는 소리가 들릴 때까지 그렇게 계속 자리에 앉아서 입을 우물거리고만 있었다.

59

열린 창문 너머로 스며들어 오는 달빛을 받으며 침대에 기대 앉아 잠든 승준이를 토닥거렸다.

협탁에 놓인 시계가 새벽 1시를 가리켰을 때 아래층 현관문이 덜그럭거리는 소리가 들렸다. 낡고 오래된 저택은 작은 움직임에도 쉽게 삐걱거린다. 가만히 귀 기울이면 살아서 움직이는 것만 같다.

잠깐의 침묵이 흐른 뒤 2층 계단을 오르는 발소리가 들렸다. 이제는 소리만 듣고도 지금 몇 번째 계단을 지나고 있는지 훤히 알 수 있다. 오래된 마루를 울리는 그 소리가 내 방문 앞에 와서 멈출까 봐 잠시 숨죽이고 가만히 있었다. 달빛에 비친 내 팔의 솜털이 바짝 일어선 게 보였다. 어쩌면 방문 앞에서 귀를 대고 소리를 엿듣고 있을지도 몰라. 문이 조용히 열리고 그 틈으로 하얀 얼굴이 나타날 것만 같아서 얼음처럼 가만히 앉아서 기다렸다.

하지만 얼마 뒤, 복도 반대편 저쪽에서 조용히 문 닫히는 소리가 들렸다.

그것뿐이었다.

다시 사방이 고요해졌다.

하나, 둘, 셋…….

정확히 100까지 세며 기다렸다.

너무 많은 것들이 변했지만, 아직도 내겐 해야 할 일이 잔뜩 남아 있다. 갈 길이 너무 멀어.

그러니까 멈출 수가 없다.

나는 핸드폰을 내려놓고 침대 옆 협탁에서 약통을 꺼냈다.

60

"사모님? 아유! 사모님! 사모님!"

누군가가 나를 흔들어 대고 있었다. 내 머리가 낡은 봉제 인형처럼 마구 흔들리는 게 느껴진다.

시커먼 구름 위를 밟는 기분이다. 아니, 밟기보다 둥둥 떠가는 기분?

이제는 누군가 뺨을 마구 때리고 있다. 그런데 하나도 아프지 않았다.

"어떡해! 사모님!"

"형수님!"

갑자기 번쩍 큰 소리가 들렸다.

누군가 침대 위에 올라왔는지 매트리스가 푹 꺼지는 게 느껴진다. 애 우는 소리가 들렸다.

"형수님! 정신 차려 봐요! 눈 떠 봐요!"

"어떡해! 승준이 데리러 왔더니 여기 옆에…… 약이! 아유, 어떡해!"

수원댁이 울먹이는 소리가 들렸다.

나는 눈을 떴다 감았다 하면서 무거운 머리를 가누려고 애를 썼다.

"애 데리고 나가세요."

"구급차 부를까요?"

"나…… 나…… 괜찮……. 수현 씨?"

내가 꼬이는 혀로 간신히 입을 열었다.

"아유!! 정신 드셨나 봐요! 구급차 부를게요!"

"하지 마. 하지 마요. 나……."

"형수님! 정신 드세요? 여사님! 우유 좀 갖다주세요! 우선 응급 처치부터 해야겠어요! 119에도 연락하시고요!"

"네, 네, 희선아! 희선아!"

수원댁이 급히 방을 나가며 벼락처럼 지르는 소리가 들렸다.

"나, 머리……."

내가 멍한 머리를 두 손으로 부여잡고 침대 위에서 굴렀다.

"형수님! 이거 얼마나 드신 거예요? 네?"

나는 두 손으로 그를 더듬어서 찾았다. 그의 목을 꽉 끌어안았다. 그가 움찔하며 몸을 빼려는 것도 아랑곳하지 않고 가슴에 꽉 당겨 안았다.

"나한테…… 그러지 마요. 나한테 남은 게 하나도 없어. 제발."

눈앞은 여전히 흐릿했고 머릿속에 자갈이 가득 찬 것 같았으며 발음은 형편없이 뭉개졌지만 두 손은 놓지 않았다.

"자, 자, 우선 쉬셔야 해요, 네?"

수현이 억지로 떼어 놓으려고 했지만 나는 눈을 꼭 감고 구명줄이라도 되는 것처럼 그의 목을, 뒷머리를, 옷자락을 잡고 계속 매달렸다.

수원댁과 희선이 달려와서 수현을 떼어 놓고 내게 억지로 우유를 먹였다. 나는 질질 흘려 가며 반쯤 마시다가 몸을 일으키고 캑캑거렸다.

두 사람의 부축을 받아 비틀거리며 화장실까지 걸어가서 변기를 붙잡고 토하는 걸 보고 수현이 119 구급대와 다시 통화를 했다. 괜찮다고 고집부려 봤지만 결국 민망하게 구급차를 타고 응급실 신세를 져야 했고, 다행히 위세척까지는 필요 없다는 진단이 내려졌다.

"드신 양이 많지는 않아서 다행이지만, 다음번에 또 이러시면 위험할 수 있어요. 옆에서 계속 지켜보셔야 합니다."

수액을 맞고 누워 있는 동안 의사가 수현에게 당부하는 소리가 들려왔다.

나는 눈을 감고 누워 있었다. 그가 침대로 걸어와서 내려다보는 것을 느끼면서도 내내 눈을 감고 있었다. 무모하고 위험한 일이었다는 건 알지만 후회하지는 않는다. 여기까지 어떻게 왔는데. 내 것이 아닌 것들을 내 것으로 만들기 위해 어떤 일들을 겪었는데.

그러니까 앞으로 나아가는 데 망설임 같은 건 없다.

멈출 생각은 없다.

그만한 각오가 없었다면 시작도 안 했지.

61

하루 동안 입원했다가 집에 돌아오기 전, 귀가 따갑도록 주의를 들었다.

정신과 진료를 따로 받는 대신 권 박사 클리닉 쪽에 연락해 줬고, 몸이 좋아지는 대로 그와 상담 날짜를 잡기로 약속했다. 하지만 집에 돌아온 뒤에는 내내 환자 취급을 받아야 했다.

세 사람은 나를 2층 침실에 꼼짝 못 하게 넣어 두고 침대 밖으로 한 발짝만 나와도 호들갑을 떨어 댔다. 승준이는 아예 아기 침대를 아래층에 옮겨서 낮 동안 수원댁이 전담으로 봐 주었고, 식사는 침대까지 갖다주었다. 수현은 집에 머물면서 몇 시간에 한 번씩 방문을 열어 보긴 했지만 침대까지 다가오지도, 살가운 말을 걸어 주지도 않았다.

그저 머리를 들이밀고 '뭐 필요한 건 없으세요?' 하고 물어보는 정도였다. 얘기 좀 하자고 손을 내밀면 '지금은 안정이 제일이라는 거 아시죠?' 하고 휘리릭 나가 버렸다.

그래서 며칠간 꽤 느긋하게 보냈다. 가끔 정원 벤치에 앉아 바람을 쐬기도 했지만 수현과 단둘이 이야기를 나눌 수는 없었다.

"지금 기분은 좀 어때요?"

권 박사가 물었다.

"음, 모르겠어요."

"그때 왜 그랬는지 기억은 나고?"

"음, 약간? 그냥……."

"그냥?"

"슬펐어요."

나는 쓴웃음을 지었다.

"관심이 고파서요."

"관심? 누구의?"

"수현 씨의."

대놓고 분명하게 말해서 놀란 것 같았다.

"아시는지 모르겠지만."

"응?"

"제가 이 집에 와서 수현 씨한테 도움을 정말 많이 받았거든요."

"그렇군요."

"남편도 없이 애 하나 달랑 데리고 왔는데 막막하잖아요. 전부 낯선 환경인데 수현 씨가 친절하게 이것저것 가르쳐 줘서 잘 버틸 수 있었단 말이에요. 그런데……."

"괜찮아, 계속해 봐요."

박사가 다정하게 말했다.

"수현 씨가 변했어요."

"어떻게?"

"글쎄요."

나는 고개를 갸웃거렸다.

"좀…… 차가워졌다고 할까. 냉담해졌거든요. 예전처럼 서로 속을 터놓는 이야기도 하지 않고 데면데면하거든요. 전 그게 너무 견디기 힘들어요."

"아마 오해일 거야. 녀석도 재영 씨 걱정 많이 해요. 그냥 재영 씨가 이런저런 일로 예민해져서 그렇게 느끼는 것일 뿐, 수현이는 변함없을 거예요."

"아니에요. 제 생각엔…… 아버님 유산 때문인 것 같아요."

"유산?"

"소문 들으셨죠? 제가……."

"아아."

박사는 그런 문제에 관심 없다는 듯 새삼스러운 표정을 지었지만, 연기가 썩 매끄럽진 못했다.

"이 건물도 제 명의로 바뀌었잖아요."

내 말에 그가 괜히 책상 위의 서류를 이리저리 만지작거리며 무심한 듯 웃어 보였다.

"아버님이 도대체 무슨 생각이셨는지는 모르겠지만…… 수현 씨는 받은 게 별로 없거든요. 물론 다른 사람들 기준에서야 그 정도도 엄청난 거죠. 하지만 전체를 놓고 보면…… 수현 씨를 거의 빼놓은 거나 다름없는 수준이라서……."

박사의 표정이 심각해졌다.

"그런 것 때문인가 싶어요."

"음."

"그 이후로 계속 뾰족하게 굴고, 너무 냉정하고 어떨 땐 굉장히 예민하고요. 가끔은 승준이를 보는 눈이 너무 차가워서…… 그것도 걱정되고요."

"그래요."

"전에 없이 집을 오래 비우기도 하고, 친구들과 술을 자주 마시고 들어오기도 하고요."

권 박사가 생각에 잠긴 표정으로 고개를 끄덕였다.

"잘은 모르지만, 돈이라는 게…… 사람 정말 이상하게 만들기도 하잖아요. 전 사실…… 가족이 훨씬 중요하거든요. 저도 보육원 출신이라, 돈보다 그런 거에 더 목마른 사람이란 말이에요. 그깟 유산 같은 거, 전 필요하다면 수현 씨한테 나눠 줄 의향도 충분히 있거든요. 문제는 이런 맘을 전하고 싶어도 제 말을 잘 안 들어 준다는 거예요."

울컥해서 말하다가 눈물을 보이는 나를 박사가 다독여 주었다. 요즘은 우는 게 세상 쉬운 일이 되었다.

"자, 자, 진정하고. 너무 걱정 말아요. 나도 수현이한테 이야기는 해 둘 테니 재영 씨도 너무 조급하게 생각하지 말고 하나씩 차근하게 해결해 나갑시다. 아직 회장님 작고하신 지도 얼마 안 됐고, 현욱이도 여태 소식이 없으니 저도 마음이 복잡한 게지. 사람마다 슬픔을 극복하는 방식이 다 다르거든. 수현이도 어쩌면 가족들에 대한 애정 때문에 그러는지도 모르니까요. 재영 씨도 다시는 어리석은 생각 하지 말고, 승준이 생각해서 힘내야지."

나는 눈물을 닦고 고개를 끄덕였다.

"우선 무리하지 말고 조용히 쉬면서 몸 상태를 먼저 돌아보도록 해요. 그게 제일이야."

"그럴게요."

"약은 절대 남용하면 안 되지만, 한 번에 갑자기 끊어도 안 된다는 건 잘 알죠?"

"네, 정량만 복용할게요."

"좋아, 일단 집에 가서 푹 쉬어요. 다음 세션 때 봅시다."

나는 다시 고개를 끄덕였다.

확실히 이것저것 지껄이고 나니 후련한 맘이 들었다. 줄곧 생각만 하던 일을 실행에 옮겨 볼 만한 의욕도 생겼다.

62

"어? 저 자리에 저 묘목 심은 지 얼마 안 되셨잖아요. 뭐 다른 거 심으시게요?"

퇴근하는 수원댁과 희선이 정원으로 나오다가 잔뜩 파헤쳐진 흙을 보고 물었다.

"예쁘긴 한데 자리가 좀 생뚱맞은 거 같아서 저기 벤치 옆으로 옮길까 하고요. 김씨도 햇빛이 좀 더 잘 드는 자리면 좋을 것 같다고 해서."

"하긴 그렇겠네요."

둘은 서로 얼굴을 마주 보았다.

"회장님 퇴원하시면 보여 드리겠다고 수현 씨가 하룻밤 새 뚝딱 저걸 심어 놨다고 했을 때 맘이 참 짠했었는데. 보고 가셨으면 좋았을 텐데요."

희선이 서글픈 목소리로 말했다.

"사모님 아직 안정도 안 되셨을 텐데, 나중에 하시지. 클리닉 다녀오시자마자 괜찮으세요?"

수원댁도 걱정스럽게 물었다.

두 사람 다 이 일도 내 변덕의 일부라고 생각하는 것 같았다. 요즘은 울다가 웃다가 갑자기 마구 소리를 지르는 등 이래저래 종잡을 수 없는 상태였으니 말이다. 이 여자가 또 갑자기 정신이 나가서 쓸데없는 짓을 벌이나 보다 싶은 눈빛이었다.

'요즘 돌아가는 꼴을 보니 저는 그냥 차라리 다 잘됐다 싶어요. 계약 연장 안 된 거 말이에요.'

오늘 아침만 해도 희선이 그렇게 말했다.

또다시 느지막이 일어나 아래층으로 내려가다가 이 소리를 듣고 층계참에 멈춰 섰다. 둘이서 그렇게 큰 소리로 이야기하는 걸 보면 수현은 아침부터 집에 없는 모양이었다.

'나도 그렇긴 해. 처음엔 회장님도 돌아가셨으니 혹시나 하고 기대도 했는데, 요즘 같아선 진짜 그냥 얼른 끝났으면 좋겠다니까.'

수원댁이 맞장구쳤다.

'매일이 아주 살얼음판이잖아요. 어느 장단에 맞춰야 할지 정

신을 못 차리겠다니까요.'

'엊그제는 진짜 심장이 벌렁거려서…….'

'저 진짜 이러다가 누구 하나 죽어 나가는 꼴 보는구나 싶었잖아요.'

'처음에 이 집에 왔을 때는 바싹 마른 살쾡이처럼 독하고 강단있게 생겨서는 보통내기 아니겠구나 했는데.'

'근데 보기보다 멘탈이 두부인가 봐요.'

희선이 목소리를 낮춰서 말했다.

'두부?'

'아주 물렁하다고요! 약하다고!'

'아아, 그런 거.'

수원댁이 뒤늦게 알아들었는지 킥킥거렸다.

'그래도 돈이 참 무섭다고, 금방 한두 달 만에 사람이 싹 달라지대? 통통하니 살도 오르고 표정도 확 밝아지고. 아주 살 판 났다 싶었는데 참 또 저렇게 금방 온실 속 화초처럼 비리비리해질 수도 있나 보네.'

'남자 없이 못 사는 타입인가 보죠.'

'뭐?'

'아니, 그렇잖아요. 떡하니 애 낳아서 뻔뻔하게 밀고 들어오더니, 이제는 또 시동생한테 매달리고…….'

'정말 수현 씨 때문인가?'

'그럼요! 딱 보면 각이 나오잖아요. 회장님 돌아가시기 전에 둘이 분위기가 요상하더라고요. 돈 있겠다, 젊겠다, 아직 한창나이인데 남편은 집 나갔지, 시아버지는 자리보전하고 누워 있지, 일이야 우리랑 간병인이 다 하지, 뭐 정분나기 딱 좋은 상황 아니에요? 이제 회장님 가셨으니 둘이 대놓고 놀아날 수 있겠구나 싶었을 텐데, 수현 씨가 갑자기 정신 차렸는지 데면데면하게 구니까 확 돌아 버린 거죠.'

'쉿! 말 함부로 하는 거 아니야!'

'뭐 어때요? 좀 있으면 관둘 건데.'

'에이! 진짜! 그럴수록 조심해야 돼! 우리 같은 사람들은 암만 일 끝나는 집이라도 절대 입 함부로 놀리는 거 아니야! 딴 데 가서도 일하려면!'

'아이고, 네네.'

그리고 둘은 다시 킥킥 웃었다.

나는 일부러 조금 기다렸다가 쿵쿵 발소리를 내면서 내려와야 했다.

"그럼 저희는 들어가 보겠습니다. 내일 되면 정원이 이쁘게……."

"이게 뭐야, 지금?"

날카로운 목소리에 놀란 희선 씨가 발을 삐끗했다.

"왔어요?"

내 해맑은 인사에는 대꾸도 없이 한달음에 달려온 수현이 삽을 든 김씨의 팔을 잡았다.

"지금 뭐 하는 거야?"

김씨가 당황하며 나와 수현을 번갈아 쳐다보았다.

희선을 부축하고 선 수원댁도 입을 벌리고 이쪽을 보고 있었다.

"이거 지금 뭐 하는 거야? 뭣들 하는 거냐고!"

수현의 얼굴이 허옇게 질려 있었다.

"묘목을 저 위에 벤치 쪽으로 옮기고 저쪽 회양목을 여기 옮겨 심어 보려고……."

"미쳤어?"

수현이 소리 질렀다. 높고 거칠고 낯선 목소리에 모두 깜짝 놀랐다.

"다들 미쳤어? 그만둬! 당장 그만두라고!"

수현이 김씨의 손에서 억지로 삽을 빼앗았다.

"수현 씨, 왜 그래요? 난 그냥 좀 새로운 기분으로 다시 집 안을 손보려고……."

"돌았어? 당신 돌았냐고!"

삽을 든 수현이 소리 지르며 내 앞으로 바짝 다가왔다. 눈에 시뻘겋게 핏발이 서 있었다.

"어머! 어머!"

삽을 흔들며 소리 지르는 수현의 모습에 놀란 희선이 소리쳤다. 그 소리에 수현이 주위를 돌아보았다. 그제야 자기가 어디에서 있는지, 주위에 누가 있는지 깨달은 것 같았다.

"그만…… 당장 그만둬요! 이거 심은 지 얼마나 됐다고 여길 함부로……."

"이제 내 집인데 내 맘대로 고쳐도 되잖아요."

희선과 수원댁이 내 대답을 듣고 다시 헉하며 숨을 몰아쉬는 소리가 들렸다.

"그래 봤자 꽃인데, 수현 씨."

나는 그를 달래듯이 팔을 위아래로 살살 쓸어 주면서 최대한 달콤한 목소리로 말했다.

"그거 뭐 대단한 꽃도 아니잖아요. 그냥 수현 씨 수영장 자주 이용하니까, 더 좋게, 예쁘게 해 주고 싶어서 그런 거예요. 그러니까……."

씩씩거리고 서 있던 수현이 내 손길을 홱 뿌리쳤다.

입술을 깨물며 핏발 선 눈으로 내려다보는 그 눈빛이 너무 익숙했다. 한 대 치고 싶어 죽겠다는 눈빛, 누가 진짜 주인인지 알게 해 주겠다는 눈빛, 제대로 맛을 좀 보여 주고 싶다는 눈빛. 제 형과 똑같은 눈빛.

나는 멍하니 서 있는 김씨 옆으로 얼른 피했다.

"이제 아버님은 돌아가셨어! 그이도 나가 버렸어! 이 집 주인은 나야! 그러니까 다 새롭게 시작하자고요!"

나는 구덩이를 가리키며 울음 섞인 목소리로 외쳤다.

"이거 봐! 무슨 보물이라도 묻혀 있을까 봐 그래요? 여기 아무것도 없어! 그냥 전부 흙이야. 텅 비었어! 그러니까 괜찮아! 여기 다 우리 땅이야! 그러니까 마음껏 심고, 마음껏 가꾸고 그렇게 살아요, 우리!"

"뭐?"

수현의 얼굴이 새하얗게 변했다. 안 그래도 뽀얗고 말간 얼굴이 정말로 핏기 하나 없이 허옇게 질려 버렸다.

"봐봐, 수현 씨. 난 여기에 회양목을……."

말을 다 끝맺기도 전에 수현이 달려와서 확 밀치는 바람에 하마터면 구덩이로 넘어질 뻔했다. 그는 휘청거리는 나를 내버려 두고 곧바로 흙바닥에 뛰어 들어가 무릎을 꿇더니 마구 휘젓기 시작했다. 깊이 묻혀 있던 뭔가를 찾으려는 사람처럼 그렇게 두 손으로 흙구덩이 속을 마구 파기 시작했다.

제법 깊은 구덩이 속을 열심히 휘젓던 수현의 두 손이 마침내 멈췄다. 얼굴에는 무섭도록 허망한 표정이 떠올라 있었다. 1등 당첨인 줄 알고 쥐고 있던 복권이 꽝이라는 사실을 방금 알아 버린 사람처럼 믿어지지 않는다는 표정이었다.

놀라서 얼어붙은 수원댁과 희선, 땀투성이가 된 김씨, 울먹이는 나, 망연자실한 수현까지.

우리들은 마치 연극 무대 위의 배우들처럼 공허하게 뻥 뚫린 구덩이를 둘러싸고 멍하니 서 있었다.

63

저녁 식탁에는 나 혼자 덩그러니 앉아 있었다.

처음 여기 왔을 때처럼 두툼한 스테이크가 놓인 접시에는 육즙과 핏물이 섞여 소용돌이치고 있었다.

"다시…… 데워 드릴까요?"

희선이 안절부절못하며 물었다.

"괜찮아요, 벌써 두 번이나 데운 건데. 그냥 먹을게요. 이제 그만 기다리고 진짜 먹으려고요."

나는 웃으며 포크와 나이프를 집어 들었다. 한입 크기로 자른 고기와 으깬 감자, 샐러드까지 차려진 음식을 모두 남김없이 먹었다. 잔에 담긴 와인까지 제대로 음미해 가며 마셨다.

위층에서는 아무런 기척도 느껴지지 않았다.

어제 그런 소동 이후 기진맥진했는지 오늘은 종일 그의 얼굴을 볼 수 없었다. 그사이 나는 모처럼 제대로 샤워하고 멀쩡한 옷을 골라 입었다. 새로 파낸 구덩이에 심은 회양목을 확인한 뒤, 콧노래를 부르며 승준이를 데리고 정원에서 일광욕도 했다.

내가 저녁 식사 시간에 딱 맞춰서 멀끔한 모양새로 나타나자 수원댁과 희선은 몹시 안심한 눈치였다. 이 집에서 적어도 한 명은 제정신을 차렸다는 게 꽤나 반가웠을 것이다.

식사를 마치고 나자 배를 깎아 들고 수원댁이 직접 나타났다.

“저녁 맛있게 잘 먹었어요. 솜씨가 정말 좋으세요.”

내 앞에 접시를 놔주고도 우물쭈물하며 서 있기에 다정하게 한마디 건네자 안심한 듯 운을 뗐다.

“저어…….”

“잠깐 같이 앉아서 커피 한잔하실래요? 아니면 배 좀 같이 드실래요?”

“아, 저는 괜찮아요.”

그러면서도 수원댁은 옆에 놓인 의자를 빼서 어색하게 걸터앉았다.

“저희…… 내일이 마지막 날이에요.”

“네, 알고 있어요.”

나는 침착하게 말하고 미소 지었다.

“그러셨구나. 아유, 워낙 일들이 많았어서 혹시 기억 못 하실까 하고…….”

“그런 걸 잊으면 쓰나요. 막달 월급도 차질 없이 들어갈 거고요. 퇴직금에 제가 약간 더 얹어서 넣어 드릴 거예요.”

“아유! 안 그러셔도 되는데요.”

“아니에요. 2년마다 계약 새로 하면서 여기 많은 분들이 왔다가셨겠지만, 아마 희선 씨랑 여사님 두 분이 제일 고생하셨을 것 같아서요. 진짜 여러 가지 일들이 많았잖아요. 저 같은 객식구가 갑자기 나타나서 놀라기도 하셨을 거고요."

"아휴! 아닙니다."

수원댁이 손을 마구 내저었다.

그동안 머리를 산발하고 미친 여자처럼 돌아다니는 꼴만 보다가 오랜만에 제법 멀쩡한 모습을 대하니 놀랍기도 하고 반갑기도 한 것 같았다. 거기다 돈까지 더 얹어 준다니 바랄 나위가 없겠지.

"그런데 저기……."

하지만 수원댁은 여전히 불안한 표정으로 앉아 있었다.

"네."

"괜찮으시겠어요?"

"네?"

"이제 저희도 없이 이렇게 커다란 집에서 두 분만 덩그러니……. 아무래도 진짜 마음이 안 놓여서요."

나는 말없이 고개를 숙이고 웃었다.

"사모님 걱정돼서 드리는 말씀이에요, 정말로."

"저, 약 이제 줄이려고요. 너무 걱정 마세요."

"네, 꼭 그러세요. 약 그거 하지 마세요."

수원댁이 진지한 얼굴로 말했다.

"아기 생각도 하셔야죠. 시집간 제 딸이 딱 사모님 나이예요. 다음 달이면 둘째를 낳아요. 그래서 남 같지가 않아서 하는 말이에요. 이런 말 주제 넘다고 생각하실지 몰라도……."

수원댁이 내 얼굴을 똑바로 바라보며 계속 말을 이었다.

"이렇게 좀 사시는 분들 집에 일 다니다 보면 진짜 별의별 일을 다 보거든요. 첨에 사모님 오셨을 때…… 오해도 좀 했지만 그래도 쉽지 않은 집에 들어와서 제법 적응하고 사시는구나 싶었는데…… 요즘은 진짜 많이 위태로워 보이세요. 수현 씨도 예전 같지 않아서 걱정되고요. 돈도 있겠다, 젊은 두 분이 충분히 행복하게 잘 살 수 있잖아요. 그러니까 이제부터라도 중심 단단히 잡으세요."

"네, 그럴게요. 감사해요."

난생처음 들어 보는 쓸 만한 충고라는 말은 삼켜 버렸다. 이런저런 부침을 겪으며 사는 동안 쓴소리 많이 들었지만, 개중 가장 와 닿는 충고라고, 지금은 이렇게 애정을 갖고 해 주는 채찍질이 딱 필요했는데 너무 고맙다고, 속에서부터 뜨끈한 게 올라와서 울컥했다는 말도 하지 않았다.

그냥 고개만 끄덕거렸다.

"웬만하면 그러려니 하겠는데…… 이 집은 하도…… 심상치가 않아서 드리는 말씀이에요."

"이 집이요?"

"네에."

수원댁이 난처한 듯 손을 비틀면서 웃었다.

"집이 워낙 커서 그런가, 좀 무섭기도 하고…… 여기서 일어난 사건 사고도 많고…… 그전에 일어난 일들이야 제가 못 봤으니 입 댈 건 아니지만요. 그 얼마 전에 나간 그분, 간병하던 분도 좀 그렇고."

"효진 씨요?"

"네."

"그 사람이야…… 아버님 돌아가셨으니 자기 임무는 다 하고 간 셈이잖아요."

"그거야 그렇지만요."

수원댁이 잠깐 망설이다 말을 이었다.

"듣자 하니 회장님께 꽤 큰돈을 받았다던데."

"아아, 그거요."

"뭐, 가장 가까운 데서 어르신 보살피면서 고생도 많이 했을 거고, 예전에 일하던 사람이었다고도 하지만요, 제가 보기엔……."

"네?"

"어르신 심부름으로 뭔가 이런저런 구린 짓을 하러 다니는 느낌이었어요."

"구린 짓?"

"저야 잘은 모르지만요. 희선이가 그러는데……."

"네?"

"이 집 사람들을 감시하는 느낌이라고 하더라고요."

"음, 어떻게요?"

"사모님 안 계실 때 2층 승준이를 기웃거리기도 하고요. 가끔은 김씨 있는 별채에도 가 보고요."

"그래요?"

"저희 퇴근하고 나서 사모님이 지하실에 갇히셨었다는 이야기 들었을 때 느낌이 왔어요. 뭔가 좀 이상하다고요."

"그래도 그 사람 덕분에 나올 수 있었으니까요. 저도 썩 맘에 들지는 않았지만 이미 나간 사람이니까요. 다 끝난 일이죠, 뭐."

나는 가볍게 말하려고 애썼다.

"그래도요. 예전에 무슨 일이 있었는지 몰라도 뭔가 나쁜 맘을 품고 있을지도 모르잖아요. 견물생심이라고 더 큰 돈을 원할 수도 있고요. 밖에서 수현 씨한테 접근해서 어떻게 해 보려고 할 수도 있잖아요. 요즘 수현 씨가 부쩍 예민하고 좀 이상해진 것도 어쩌면……."

나는 이야기가 더 길어지기 전에 빈 그릇을 슬쩍 밀어 놓고 일어났다.

"아이고, 내 정신 좀 봐. 말이 너무 길어졌네. 죄송해요. 이렇게 주제넘은 소릴 하려던 게 아닌데."

수원댁이 눈치를 채고 벌떡 일어섰다.

"아니에요, 걱정해 주셔서 정말 감사해요. 저도 이제 진짜 정신 차리고 잘해 볼게요. 수현 씨도 다독이고요."

수원댁은 괜한 소리를 했다 싶었는지 연신 머리를 조아리며 주방으로 돌아갔다.

나는 식당을 나와서 희미한 황금색 불이 켜진 홀을 지나 계단 앞에 섰다. 이제는 텅 빈 노인의 병실과 간병인 방을 지나치며 이 집에 비어 있는 다른 방들을 생각했다. 어둠 속에 웅크리고 앉아 있는 거대한 괴물처럼 조용히 숨 쉬고 있는 이 집을 생각했다.

초라한 반지하방 대신에 이제는 내 것이 된 집.

그러니까 괜찮아, 모든 게 다 잘될 거야.

나는 오래된 흠집투성이 난간을 손으로 쓸면서 아주 천천히 계단을 올라갔다.

64

투둑거리는 소리에 눈을 떴다.

눈을 뜨고 얼마 뒤에야 그게 유리창을 두드리는 빗소리라는 걸 깨달았다. 어둑한 방 안 벽에 유리창을 타고 흘러내리는 빗물의 그림자가 기묘하게 움직이는 형상을 만들고 있었다.

다시 눈을 감았다가 번쩍 떴다. 빗소리에 섞여서 뭔가 다른 소리가 들린다는 걸 깨달았기 때문이다.

이건…….

애가 깨지 않도록 조심스럽게 침대에서 빠져나와 창가로 달려갔다. 정원의 금빛 조명이 수영장 옆, 빈터에 서 있는 수현을 비추고 있었다. 우산도 없이 비를 흠뻑 맞으며 땅을 내려다보고 있었다. 나는 잠든 아이를 다시 한번 확인하고 잠옷 바람으로 그대로 달려 내려갔다. 현관문을 열어젖히자 서늘한 바람이 젖은 나뭇잎을 몰고 휘몰아쳐 들어왔다. 한두 걸음 만에 얇은 잠옷이 흠뻑 젖어 버렸다.

나는 현관 앞 계단을 달려 내려가서 수현의 팔을 잡았다. 얼음장처럼 차가운 팔이 부들부들 떨리고 있었다. 언제부터였는지는 몰라도 혼자서 계속 이렇게 서 있었던 게 분명했다. 김씨가 있는 별채 쪽 불은 꺼져 있었다.

"미쳤어요?"

수현은 내 팔을 뿌리쳤다. 나는 중심을 잃고 잠깐 휘청했지만 다시 달려가서 수현의 허리를 끌어안았다.

"수현 씨! 왜 이래! 정신 차려요! 저게 뭔데? 저기에 뭐가 들었는데!"

그는 대답하지 않았다.

나는 눈과 입으로 흘러들어 오는 빗물 때문에 제대로 눈을 뜰 수도, 말을 할 수도 없었다.

“거기 아무것도 없어! 다 봤잖아!”

“그럴 리가 없어! 분명히…….”

“뭐가? 분명히 뭐?”

우리는 불어오는 돌풍과 점점 거세지는 비를 고스란히 맞으면서 어둠 속에서 서로 소리를 질러 댔다.

수현이 나를 쳐다봤다. 온통 젖어 버린 얼굴이 절망적으로 보였다.

“뭣 때문에 이러는 건데? 거기 뭐가 있었는데? 응? 나한테 말해 봐!”

그때 별채에서 불이 딱 켜졌다. 소리를 들은 모양이었다. 별채에서 허둥지둥 우비를 걸쳐 입으며 김씨가 달려 나오는 게 보였다.

“어이쿠! 사모님!”

“수현 씨 좀 잡아 주세요!”

수현의 몸에서 힘이 서서히 빠지는 게 보였다. 김씨가 겨드랑이 밑에 팔을 넣어 부축하자 모든 것을 포기한 듯 온몸을 축 늘어뜨리고 순순히 기댔다.

“어서 들어가요.”

우리는 그를 데리고 얼른 집 안으로 들어갔다.

급히 닫는 현관문 뒤에서 미친 듯이 울부짖으며 따라오는 바람과 빗소리가 들렸다.

길고 피곤한 밤이었다. 나는 가끔 깜빡 졸다가 깨면서 그의 곁을 지켰다. 수현은 내 어깨에 기대어 가끔은 울다가, 또 가끔은 멍하니 생각에 잠기곤 했다. 나는 그를 토닥여 주다가 침대에 눕히고 서서히 잠드는 걸 지켜보았다. 무방비 상태에서 잠든 수현은 어린 소년처럼 보였다. 내 결심을 흔들어 놓을 만큼 무해하게 보였다.

밤새 내리는 비가 유리창을 때리는 소리를 들으며 멍하게 보냈던 것 같다. 비가 그치고 조용해진 새벽, 깜빡 졸다가 현관문 열리는 소리에 깨어났기 때문이다. 현관을 들어서던 수원댁과 희선이 간밤의 흔적을 보고 놀라는 소리가 들려왔다. 현관 앞이 나뭇잎이며 흙과 빗물로 엉망진창이 되었을 테니까.

"어머, 사모님! 이게 다 무슨 일이에요!"

내가 아래층으로 내려가자 두 사람이 나를 보고 소리를 질렀다.

"쉿!"

나는 손가락을 입술에 갖다 대며 목소리를 낮췄다.

"어젯밤에 일이 좀 있었어요."

"일이요?"

수원댁의 표정이 심각해졌다.

"수현 씨가 좀…… 여러 가지 일들에 대한 후폭풍이 늦게 몰려왔나 봐요. 그냥 감정이 좀 격해져서 한바탕 난리가 나긴 했는데, 이젠 진정됐어요."

"괜찮으세요?"

나는 고개를 끄덕였다.

"아마 괜찮을 거예요. 그렇게 다 쏟아 내고 나면 속이 후련해지잖아요."

"미음 좀 준비할까요?"

수원댁이 조심스럽게 말했다.

"그거 좋겠네요. 나는 권 박사님 클리닉에 다녀와야겠어요. 수현 씨가 계속 저런 상태라면 약이 좀 더 필요할 거 같아서."

내 말에 수원댁이 살짝 미간을 찌푸리며 돌아서는 게 보였다.

65

대문을 열고 안으로 들어서는 순간 집이 희한하게 아름다워 보인다는 생각을 했다.

간밤의 소동이 믿기지 않을 만큼 맑고 온화한 늦여름 밤이었다. 향기로운 꽃내음이 코를 찔렀다. 수영장에 설치된 스피커에서 가벼운 재즈가 흘러나오고 있었다. 철벅거리는 물소리도 들려왔다. 지금부터 막 로맨틱한 일들이 벌어지려는 영화 속 한 장면 같았다.

나는 천천히 걸어서 안으로 들어갔다. 별채와 저택에는 모두 불이 꺼져 있었다. 오직 수영장 주변의 불만 은은하게 켜져 있었다.

수현이 수영장 물 위에 한가로이 떠서 천천히 여유롭게 움직이고 있었다. 입고 있는 연푸른색 수영복이 수영장의 청록색 테라코타 타일과 어우러져 무척 싱그럽게 보였다.

다가가서 내려다보자 그가 살짝 웃었다. 몇 주 만에 보는 화사한 미소였다.

"안녕."

그가 물 위에 두둥실 뜬 채로 웃으며 말했다.

"안녕."

나도 웃으며 대답했다.

이제 정말 괜찮아진 거냐고 묻고 싶었다.

다 털어 버리고 새로운 기분이 된 거냐고. 어쩌다 그렇게 의욕을 되찾게 된 거냐고.

수현이 물살을 헤치고 이쪽으로 다가왔다.

"혼자 있는 거예요?"

나는 불이 꺼진 별채 쪽을 돌아보았다.

"네, 마지막 날이니까 다들 일찍 가시라고 보냈어요. 못 보고 가서 아쉽다고, 인사 전해 달라던데요. 승준이는 배불리 먹고 푹 자고 있어요. 김씨는 오늘 안 들어오지 싶네요."

"어디 나갔어요?"

"글쎄. 그 양반이라고 사생활이 없는 건 아니겠죠. 묘목이랑 이런저런 부품이랑 필요한 걸 사러 근교에 나갔는데, 그 김에 하루 쉬시라고 했어요."

"관대하시네요."

내가 피식 웃자 그가 마주 웃으며 대답했다.

"모처럼 오붓하게 있고 싶어서."

수현이 내 눈을 똑바로 바라보며 한쪽 손을 내밀었다.

가방을 수영장 가장자리에 내려놓고 웃으며 걸어가서 그가 내민 손을 잡았다.

끌어 올려 주려고 두 손에 힘을 주고 잡아당기는 순간, 반쯤 올라오던 수현이 갑자기 잡은 손을 뒤로 홱 잡아당겼다. 그 바람에 나는 속수무책으로 질질 끌려가서 중심을 잃고 물에 확 빠져 버렸다.

"하하하하!"

"아우! 수현 씨! 뭐야! 귀에 물 들어갔잖아!"

나는 예전처럼 두 손으로 물을 떠서 그에게 장난스럽게 날려 보냈다.

그리고 한쪽 발로 중심을 잡고 서서 귓속에 들어간 물을 털어 내려고 고개를 기울였을 때였다. 갑자기 손이 뻗어 나와 내 머리를 눌렀다. 나는 물속으로 꼬르륵 가라앉았다.

너무 갑작스러워서 미처 숨을 들이마실 틈도 없었다. 그대로 물속에 잠겨 발버둥 쳤다. 숨을 쉴 수가 없었다. 입을 벌리는 순간 물이 한가득 쏟아져 들어왔기 때문이다. 폐가 터져 나갈 것 같았다.

두 손을 필사적으로 휘저어 봤지만 그저 수현의 매끈한 맨몸이 손끝을 스쳐 갈 뿐이었다. 폐에 불이 붙은 듯 숨이 막혀 오는 순간, 갑자기 머리채를 당기는 손에 끌려 위로 올라갔다.

"수…… 수현 씨!"

두 손이 허공을 마구 헤집었다. 다음 순간, 머리채를 쥔 손이 그대로 다시 물속에 나를 처박았다.

꼬르륵.

물속에서 눈을 뜨고 두 팔을 허우적거렸지만 보이는 건 온통 물방울과 물보라뿐이었다.

그는 온몸의 체중을 실어서 그대로 나를 찍어 눌렀다. 머리를 들 수 없었다. 이대로 죽을 것만 같다. 이대로 폐 속에 공기를 넣지 못하면…… 끝이다. 눈앞에 별이 번쩍거렸다.

이대로…… 안 돼…….

그때 다시 머리채가 위로 당겨지며 얼굴이 물 위로 떠올랐다.

"헉헉!"

입에서 물을 잔뜩 토하며 숨을 몰아쉬는데 그의 입술이 다가와서 달콤하게 속삭였다.

"언제까지 속일 참이었어, 미친년아?"

66

잔뜩 물먹은 옷자락이 축 늘어져서 점점 무거워지고 있었다.

위에서 찍어 누르는 힘이 너무 강해서 머리를 들어 올릴 수가 없다. 두 손으로 그의 맨 가슴을 할퀴려고 휘저어 봤지만 손이 닿지 않았다. 정신이 아득해지고 있다.

안 돼! 도저히…….

허우적거리던 손을 바지 주머니로 가져가서 더듬거렸다. 핸드폰은 일찌감치 빠져 버린 모양이다. 어차피 물을 잔뜩 먹었을 테니 쓸모가 없을 것이다. 연락할 방법은 전혀 없다. 이젠 나 혼자 움직일 수밖에 없다.

이제 더 강하게 찍어 누르는 바람에 머리를 움직일 수도 없었다.

나는 반대쪽 주머니를 더듬었다. 아무것도 없어. 날 구해 줄 수 있을 만한 건 아무것도 없다. 아무것도…….

주머니를 더듬던 손을 잡아 빼는 순간, 뭔가 걸리는 느낌이 났다. 눈을 뜰 수도, 숨을 쉴 수도 없는 상황에서 내가 믿을 건 이것뿐이다. 나는 저항하던 몸의 힘을 빼고 머리를 찍어 누르는 손에 끌려가듯 앞으로 바짝 다가갔다. 물속에 처박힌 채 그에게 최대한 몸을 붙인 다음 오른손만 물 밖으로 꺼내 힘차게 휘둘렀다.

"아아아아아악!"

됐다! 제대로 긁히는 느낌이 났다!

머리를 찍어 누르는 손이 떨어져 나가는 순간 물 밖으로 고개를 내밀고 헉헉 숨을 들이마셨다. 아득하게 뿌옇던 눈앞이 조금씩 밝아졌다. 온몸의 피가 아우성치며 끓어오르는 것 같았다.

“이 쌍년이!”

수현은 두 손으로 자기 얼굴을 감싸 쥐고 있었다. 그의 얼굴에서 떨어진 피가 수영장 물 위에 잉크처럼 점점이 번져 나가고 있었다. 나는 뒤돌아서 재빨리 헤엄쳤다. 폐가 불에 타는 것 같았고, 코에서 단내가 났지만 지체할 수 없었다. 어서 빨리 여기서 나가야…….

수영장 가에 도착해서 손을 짚고 몸을 끌어 올리려는 찰나, 뒤에서 튀어나온 손이 다리를 잡아당겼다.

“이 개 같은 년…….”

몸이 다시 주르르 미끄러지면서 수영장 벽에 두 팔이 긁혔지만 아픔을 느낄 새도 없었다. 다시 끌려 들어가면 내가 불리하다.

나는 미끈거리는 수영장 벽을 붙잡고 버텼다. 한쪽 다리는 잡혀 있었지만 반대쪽 다리는 자유로웠다. 필사적으로 물속에서 발버둥 치는 사이 신고 있던 드라이빙 슈즈는 벗겨지고 맨발이었다. 나는 허우적대던 뒷다리에 뭔가 닿는 느낌이 드는 순간 그대로 세게 걷어차 버렸다.

“으아아악!”

'빠직' 하며 마른 장작 부러지는 것 같은 소리가 났다. 그게 뭔지 돌아볼 필요도 없었다. 수현의 비명 소리가 재즈 선율을 뚫고 울려 퍼지는 순간, 나는 수영장 가에 팔을 걸치고 몸을 힘껏 끌어 올렸다.

그다음은 앞뒤 잴 것도 없었다. 비틀거리며 돌아서서 무작정 달렸다. 무릎이 꺾이는 바람에 풀썩 넘어졌지만 다시 벌떡 일어났다.

나 혼자야! 아무도 없어! 그러니까 전부 혼자서 해내야 돼!

폐가 화끈거려 숨을 쉴 수가 없었다. 돌계단은 거의 기다시피 올라갔다. 물에 젖은 바지가 질척하게 발목에 엉겨 붙었지만 안간힘을 쓰며 몸을 끌어 올렸다. 집 앞에서 키패드를 누르는 손이 덜덜 떨렸다. 금방이라도 젖은 손이 뒤에서 머리채를 확 잡아당길까 봐 오금이 저렸다. 두 번 만에 성공하여 삐빅거리는 소리가 나며 문이 열렸다. 얼른 안으로 뛰어 들어가서 문을 잠갔다. 소용없는 짓이란 건 알지만 얼마간 시간을 벌 수는 있을 거다.

곧바로 전기 스위치로 손을 뻗었다. 달칵달칵.

하지만 아무 일도 일어나지 않았다.

헐떡거리며 다시 한번 스위치를 켜 봤지만 집 안은 여전히 캄캄했다. 창문마다 커튼이 내려지고 불이 꺼진 저택은 그야말로 악마의 배 속처럼 어두웠다. 하지만 딱 한 군데에서 희미한 오렌지색 불빛이 흘러나오고 있었다. 그리고 희미한 소리도.

"승준아?"

지하실이었다.

온통 컴컴한 집에서 오직 그쪽만 환한 빛이 새어 나오고 있었다. 그 소리만 아니었더라면 당연히 지나쳤을 것이다. 당장 주방으로 달려가서 칼이라도 빼 들고 문간에 서 있었을 것이다.

하지만 그 울음소리! 애가 숨넘어가게 울어 대는 그 소리에 다른 생각을 할 수가 없었다. 미친 새끼가 돌아 버려서 애를 어떻게 했을지도 모른다.

나는 헐떡거리며 그리로 달려갔다.

열린 지하실 계단을 정신없이 내려갔다.

그놈이 정신 차리기 전에 애를 데리고 얼른 어디든 숨어야 한다.

애초에 우리가 세웠던 계획은 전부 물거품이 됐으니까. 이제 정말 본능에 따라 움직여야 하니까.

계단을 뛰어 내려가 애부터 찾았다.

"승준아! 어디야! 승준아? 아가, 어딨어?"

말끔하게 치워진 지하실에 서서 사방을 두리번거리며 애를 찾는 사이, 뒤에서 철컥하고 문이 잠기는 소리가 들렸다.

망했다.

다 끝났다.

67

기름통이며 쌀 포대가 잔뜩 쌓여 있는 구석에서 작은 스피커를 찾아냈다.

거기서 애가 옹알거리는 소리, 우는 소리, 칭얼대는 소리가 번갈아 가며 흘러나오고 있었다. 나는 스피커를 바닥에 팽개쳤다. 산산이 부서진 파편이 사방에 흩어지는 걸 쳐다보다가 계단을 달려 올라갔다.

"문 열어! 어서 문 열어, 이 개새끼야! 애한테 손대기만 해 봐! 설마 네 친자식인데 어떻게 할 건 아니지? 애초에 네 머리카락으로 친자 확인 넣은 거 다 알고 있어! 설마 네 새끼까지 어쩔 건 아니지? 그럼 진짜 가만 안 둘 거야! 문 열어, 이 미친놈아! 어서!"

밖에서는 아무 대답이 없었다.

몸이 덜덜 떨리기 시작했다. 여기가 한여름에도 얼마나 냉골이었는지 잊고 있었다. 흠뻑 젖어 버린 옷이나마 입고 있는 게 나을까, 아니면 얼른 벗어 버려야 할까? 나는 두 팔로 몸을 감싸고 지하실을 둘러봤다. 이대로 가면 무슨 일이 벌어지기도 전에 얼어 죽어 버릴 것 같다.

텅 빈 아이스박스를 지나 깔끔하게 쌓인 상자들을 뒤졌지만 아무것도 없다. 전부 쓸모없는 것들뿐이다. 문을 억지로 비틀어서 열 수 있을 만한 공구조차 눈에 띄지 않았다. 급한 대로 눈에 띄는 물건을 하나 주워 주머니에 대충 쑤셔 넣어 봤지만 너무 하찮아서 큰 기대를 걸긴 힘들 것 같다. 미리 챙겨 뒀던 밧줄 한 묶음도 옆으로 치워 버렸다. 그건 이제 쓸모가 없어졌다. 처음에 세웠던 계획은 물 건너가 버렸으니까. 놈에게 너무 일찍 들켜 버렸으니까.

맨발로 차가운 콘크리트 바닥에 서 있자니 허연 입김이 나오고 이가 딱딱 맞부딪치기 시작했다. 나는 팔을 세게 문지르고, 제자리에서 콩콩 뛰면서 어떻게든 체온을 높여 보려고 노력했다.

그러다가 문득 생각이 났다. 전에 여기 왔을 때 뒤쪽에 있는 상자에서 분명히…….

찾았다!

마침내 제일 뒤쪽에 있는 상자 더미에서 누군가 입던 옷을 찾아냈다. 나는 허겁지겁 젖은 블라우스를 벗어 던지고 터무니없이 커다란 스웨트 셔츠를 꺼내 입었다. 해묵은 곰팡내와 먼지 냄새에 섞여서 익숙한 향기가 희미하게 배어났다. 꿈에서도 코끝에 느껴질 것 같은 향기.

'난 이것만 써. 이래저래 밑바닥 인생으로 떨어졌어도 이건 도저히 포기 못 하겠더라.'

그의 보디로션 냄새.

돌고 돌아서 결국 또다시 여기구나. 자기 손바닥 안이구나.

'니가 날 떠나서 별수 있어? 나만큼 널 사랑해 주는 사람이 또 누가 있다고?'

자신만만하던 목소리가 떠오른다.

그게 진실이라 믿었던 바보 같은 내가 떠오른다.

아니, 두 번은 안 돼! 날 진짜 사랑하는 건 나뿐이라고!

그러자 다시 정신이 번쩍 들었다.

맨발로 계단을 뛰어 올라가서 문을 두드렸다.

"문 열어! 정수현! 이 개새끼야! 네가 무슨 짓을 했는지 다 알아! 그러니까 수작 부리지 말고 어서 문 열어!"

주먹이 깨지도록 문을 두드렸지만 대답이 없었다.

기어이 여기서 날 죽일 작정인가? 핸드폰이 수영장 바닥에 가라앉아 버렸으니 도움을 청할 수도 없다. 내게 연락이 닿지 않으면 수상하게 여기고 달려와 줄 사람들이 있다고 해도 이 집에 발을 들이는 순간 위험에 처하게 될 것이다.

지금의 수현은 가면을 전부 걷어 버렸으니까.

내가 그를 상대로 벌이고 있던 게임을 전부 눈치채 버렸으니까.

그 무엇도 그를 막을 수 없을 것이다.

저 밖에 있는 개자식은 원래도 사이코였지만 지금은 완전히 돌아 버렸으니까.

68

상자 속에 있던 낡은 티셔츠 두 개를 더 찾아서 스웨트 셔츠 아래에 겹쳐 입었지만 뼛속까지 스며드는 한기를 막기엔 역부족이었다. 몸을 가능한 한 동그랗게 말고 계단 중간쯤에 앉아서 꾸벅꾸벅 졸았다. 얼마나 지났는지도 모르겠다. 반쯤 졸다가 소스라치게 놀라며 일어나서 팔을 문질렀고 그러다가 다시 또 꾸벅꾸벅 졸았다.

머리에 뿌옇게 안개가 낀 것 같은 상태로 반쯤 몽롱하게 있을 때 갑자기 엄청난 힘이 등을 떠밀었다. 무방비 상태에서 갑자기 날아온 발길질에 밀려 데굴데굴 계단에서 굴러떨어졌다. 콘크리트 바닥에 머리를 세게 찧고 나서 비틀비틀 일어서니 한동안 눈앞이 뿌옇게 보였다.

앞에…… 그 자식이 서 있었다. 아닌가? 그놈이 아니라면…….

순간 주먹이 날아왔다. 그리고 쾅!

모든 것이 새까맣게 변해 버렸다.

69

"쥐새끼 같은 년! 역겨운 미친년! 그게 바로 너야."

경쾌한 목소리가 들려왔다.

운율이 딱딱 맞는데? 어질어질한 머리로도 그런 생각을 했다.

정신이 들었지만 몸은 움직일 수 없었다. 내 손으로 지하실에 숨겨 뒀던 바로 그 밧줄이 내 손목과 발목을 단단히 묶고 있었기 때문이다. 수현이 발치께에서 매듭을 짓고 있었다.

"그래 봤자…… 전부 자국이 남아……. 다들…… 알아……."

혀가 잘 돌아가지 않는 걸 보니 바닥에 머리를 부딪치며 뇌진탕이라도 일으킨 모양이다. 속이 울렁거리고 뒷머리가 너무 아팠다.

어? 그러고 보니…….

언뜻 내려다보니 입고 있는 스웨트 셔츠 목 부분이 벌겋게 물들어 있었다. 얼굴을 따라 흘러내리는 이 축축한 액체가 물이 아니라 피인가 보다.

"걱정 마, 금방 끝날 테니까."

놈이 명랑하게 대답했다.

"매일 약에 취해 해롱거리던 년이 나한테 버림받아서 결국 애도 팽개치고 지하실에서 목을 매는 결말이야말로 깔끔한 거 아니야? 이미 한번 시도했던 전적도 있고 말이야. 아 참! 그것도 연기였지?"

그가 힘주어 밧줄을 잡아당기며 말했다.

"참 대단했어. 응? 아주 여우 주연상감이던데? 뭐, 덕분에 잘 됐지. 가정부들이 다 증언해 줄 거야. 니가 약에 절어서 돌아 버린 년이라고 말야. 권 박사도 악몽이니 뭐니 하는 니 헛소리를 증명해 줄 거고. 안 그래? 나도 그걸 노리고 보낸 거였지만. 설마 약도 안 먹고 돌아 버린 척 연기까지 할 줄은 몰랐지."

나는 대답하지 않았다. 대신 띵하게 아픈 머리를 어떻게든 굴려 보려고 애썼다.

"언제까지 속일 수 있을 거라고 생각했냐? 응? 사람 갖고 노니까 재미 좋았어?"

수현이 발목을 단단히 묶고 난 뒤 이쪽으로 다가왔다.

눈앞에 가까이 다가온 얼굴을 보는 순간, 헉 소리가 절로 나왔다.

내가 한때 혹했던 그 예쁘장한 얼굴은 이제 사라지고 없었다.

알이 굵은 내 에메랄드 반지가 그의 얼굴에 제대로 흔적을 남겨 놓았던 것이다. 오른쪽 눈썹부터 눈꼬리를 지나 반대편 입가까지 시뻘겋고 길쭉한 선이 비스듬히 얼굴을 찢어 놓고 있었다. 수영장에서 내가 걷어찼던 코도 제대로 부러졌는지 퉁퉁 부어오르기 시작했다. 그의 얼굴은 이제 사람이라기보다 밀가루 반죽을 주물러 놓은 것처럼 끔찍하고 낯설게 보였다. 익숙한 것은 변함없이 경쾌한 목소리뿐이었다.

"연기가 정말 수준급이었어!"

피가 섞인 침을 뱉어 내며 그가 말했다.

“정말 약쟁이 다 된 것처럼 해롱해롱대며 질척하게 매달리는 걸 보고 아주 깜빡 속아 넘어갔지, 뭐야.”

퉁퉁 부은 얼굴이 피식 웃는 것처럼 일그러졌다.

“어떻게 들켰는지 궁금하지? 내가 언제부터 알았는지?”

수현이 커다란 전지가위로 밧줄 끄트머리를 잘라 내며 말했다.

“네년이 안 처먹고 변기에 내려 버린 약을 발견했거든. 보통은 물에 풀려서 흔적도 없이 사라졌겠지만 지난주에는 그렇게 되기 전에 내가 발견했지. 그때부터 계속 지켜봤단 말이야. 알겠어? 안 먹고도 먹은 척, 또라이같이 연기하는 모습을 말이야!”

그가 일어서서 잠시 나를 내려다보더니 갑자기 배를 세게 걷어찼다.

“흡!”

지독한 고통에 숨이 막혔다. 몸속 공기가 한꺼번에 다 빠져나가는 것 같았다.

“또…… 옆방에서 몰래…… 훔쳐봤니? 네…… 형한테…… 그랬던 것처럼?”

너무 아파서 말이 토막토막 끊어졌지만 확실히 효과는 있었다. 남은 밧줄 뭉치를 들고 걸어오던 수현이 우뚝 멈춰 섰기 때문이다. 퉁퉁 부어오른 한쪽 눈이 반쯤 감겨서 쳐다보기에도 끔찍한 몰골이었다.

“이 미친년이…….”

"왜? 내가…… 아픈 곳을 건드렸어?"

다시 발길질.

이번에는 냅다 지른 발이 치골을 제대로 걷어차서 진짜 숨도 쉴 수 없었다. 나는 입술을 깨물고 끙끙대며 고통을 씹어 삼켰다. 안 돼! 여기서 멈추면 안 돼!

"계속 그런…… 식이었지? 지금 내 방 벽에 뚫린 구멍, 액자 뒤에 있는 그거…… 옛날 네 방에서 거기로 계속…… 형 훔쳐봤잖아, 개변태 새끼야."

이번에는 무자비한 발길질이 갈비뼈에 날아와 꽂혔다. 물이 가득 들어찬 배를 제대로 얻어맞으니 구역질이 났다. 그래도 멈출 수는 없다. 멈추면 안 된다.

"부잣집에…… 들어오고 싶어서…… 네 친엄마까지 손봤지? 가스 사고? 훗! 참 손쉬운 방법이지. 어린애가…… 참 대단해. 근데 그러고도…… 남을 새끼잖아, 너. 그렇게 들어왔는데…… 형이 잘해 주니까…… 홀랑 넘어가 버렸지? 어린놈의 새끼가…… 형을 짝사랑하느라 확 돌아 버렸지?"

"닥쳐, 미친년아!"

배를 한 번 더 걷어차더니 얼굴에 피가 섞인 침을 뱉었다. 숨도 못 쉬고 끙끙대는 동안 역겨운 액체가 목을 타고 흐르는 게 느껴졌다.

수현은 남은 밧줄 뭉치를 들고 내 뒤로 돌아갔다. 이제 정말 시간이 없다.

"그래서 죽였지? 형네 엄마도 말이야. 그러면…… 형이 좋아할 줄 알았어? 천만에!"

나는 없는 힘을 짜내서 큰 소리로 웃어 주었다.

"니네 형도 너한테 겁먹었잖아. 안 그래? 하도 괴상하게 집착하니까 사람이 이상해진 거잖아. 너 피하려고 집 나간 거잖아! 여기서 도망치려면…… 그 방법뿐이었겠지. 유학조차 못 가게…… 아예 발목을 아작 냈으니까. 영원히 안 놔줄 것처럼 굴었으니까. 미치지 않고 배겨? 네가 결국 니네 형 정신병자 만든 거 아니야? 죽은 노인네도 유산만 아니었으면…… 진작 네 손에 죽었겠지! 결국은…… 그렇게 됐지만. 노인네도 네 실체를 알고 나서는 벌벌 떨면서…… 큰아들만 기다렸던 거잖아!"

"닥쳐, 미친년아! 닥치라고!"

이번에는 뒤에서 허리며 엉덩이로 발길질이 마구 꽂혔다. 미친 듯이 걷어차면서 사이사이 이를 악물고 소리쳤다.

"내가 형을 구해 준 거야! 니년이 뭘 알아? 니가 뭘 아냐고! 그 늙은 년이 형을 어떻게 괴롭혔는지 알아? 사사건건 닦달하고 잡아채고 잔소리에 잔소리에 또 잔소리! 멀쩡한 사람도 귓구멍이 터져 나가고 머리가 돌아 버리도록 계속 들들 볶았다고! 숨도 못 쉬고 항상 벌벌 기게 만들었단 말이야! 그래서 내가 형을 구해 준 거라고! 저 방에서 죽어 가던 반신불수 노인네도 나한테 고마웠을걸? 그딴 년은 이 집구석에서 사라지는 게 도와주는 길이었다니까!"

마지막에는 머리를 걷어채이는 바람에 눈앞이 아찔하고 어지러웠다.

"그래서 그 가정부도 그렇게 만든 거지? 네 형이 그 여자 딸이랑 눈 맞을 것 같으니까 쫓아내려고!"

눈앞이 흐릿하고 사물이 두 개로 보였지만 멈추지 않았다.

"둘 사이에 바득바득 끼어들어서…… 네가 짝사랑하는 건 누나라고 꼬셨니? 나한테 하던 것처럼? 니네 형이랑 눈 맞을까 봐 네가 끼어들어서 꼬셔 보다가 안 될 것 같으니까…… 그런 일을 벌였니? 아예 싹을 잘라 버리려고? 결국 가정부한테 누명도 씌우고, 사람도 죽이고, 그렇게 일석이조로 한 번에 장애물들을 싹 다 치워 버리니 속이 시원하디? 그러면 형이 너만 믿고 너만 봐 줄 줄 알았어? 멍청한 새끼!"

컥!

갑자기 뒤에서 손이 튀어나와 내 목에 밧줄을 걸었다.

안 돼!

"그런데 미안해서 어쩌나, 내가 나타났으니."

뒤에서 매듭을 조이던 손이 움찔하는 게 느껴졌다.

"안됐지만 니 형은 날 진짜 사랑했어. 그거 알아?"

"개소리하고 있네."

"그렇게 믿고 싶은 거겠지. 그런데 어쩌니? 사실인데. 가족들은 아주 지긋지긋하다더라? 정이 뚝 떨어졌댔어. 이런 궁궐 같은 집 놔두고 더러운 반지하방에서 좋다고 꼭 붙어 있던 이유가 뭐겠어? 그거 다 너 때문이야. 네가 지긋지긋하고 소름 끼쳐서!"

뒤에서 끈이 확 조여들어 숨이 턱 막혔다.

"그래, 이제 곧 뒈질 테니 개소리 실컷 지껄여라."

태연한 척하지만 목소리가 떨리는 게 느껴졌다. 손이 자꾸만 미끄러지는지 뒤에서 끙끙대며 안간힘을 쓰는 소리도 들려왔다.

"그 새끼가 사람을 개 패듯이 패서 정말 정이 뚝 떨어졌는데도 불쌍해서 데리고 살아 준 거야. 내가 좋다고 사정하고 매달려서!"

밧줄이 단단히 조여들어 숨이 막혔다. 이제 시간이 얼마 남지 않았다.

"전부 너 때문이야! 네 끈적한 눈빛, 네 변태 같은 생각들! 자기 집에서, 방에서 남동생이라는 놈한테 끊임없이 감시받는 기분, 유학도 못 가게 훼방 놓고, 걸리는 인간들은 전부 죽여 버리거나 쫓아 버리고! 그런 것 때문에 돌아 버려서 네 형도 그런 괴물이 된 거야, 이 새끼야!"

"우리 형이 괴물이라고? 갖다 붙이지 마, 망할 년아! 너나 효진이 같은 년들만 아니었으면 그렇게 안 됐어! 우리는 멀쩡히 괜찮아써. 잘 살았다고! 우리 둘이 충뿐했어! 잘 사라왔다고! 니가…… 감히 형한테 손……대기 전까지는 다 멀쩡했다고!"

놈은 당황했는지 발음이 이상하게 꼬이기 시작했다. 혼자 중얼거리면서 뒤에서 뭔가 힘겹게 질질 끌고 오는 소리가 들렸다. 걷어차인 배와 머리, 치골이 욱신거렸다. 뒤를 돌아볼 수는 없지만 무슨 일이 벌어지고 있는지는 알 만했다.

저 미친놈은 내가 세웠던 계획을 자기가 실행하려 하고 있다. 내가 저놈의 목에 걸려고 했던 밧줄로 내 목을 매달고, 이 지하실에서 내가 자살했다고 꾸미려는 것이다. 그의 변심에 상처받은 나머지 약을 먹고 자포자기해서 말이다.

그건 내가 저놈을 위해 세웠던 계획인데. 그동안 그가 원하는 대로 약에 취해 해롱거리는 척하면서 공들여 짜낸 스토리였다. 계속 저놈의 신경을 자극해서 예민하게 만들고, 가정부들도 변했다고 느낄 만큼 불안정한 모습을 실컷 보여 주게 한 뒤, 결국 형을 그리워하다 자살했다고 믿게 만드는 시나리오 말이다. 그동안 귀찮도록 매달리고, 쓸데없는 물건을 사들이고, 정원을 파헤치고, 형의 방을 뜯어고치려고 했던 것도 그 때문이었다. 놈의 얼굴을 가린 가면을 걷어 내고 내면에 숨은 미친 사이코의 본모습을 드러내기 위해서. 너무 일찍 들켜 버리는 바람에 다 소용없게 됐지만 말이다.

퉁퉁 부은 얼굴의 괴물은 바닥에 쓰러져 누운 내 겨드랑이 밑으로 손을 넣어서 영차 하고 끌어 올렸다. 나는 몸을 비틀며 발버둥을 쳤다. 몇 번 안간힘을 쓰다가 힘이 빠졌는지 결국 그는 나를 안은 채로 바닥에 넘어져 나뒹굴었다. 덕분에 콘크리트 바닥에 다시 턱과 머리를 제대로 부딪치는 바람에 지독한 통증이 몰려왔다.

그때 열린 지하실 문 너머로 어디선가 희미하게 애 울음소리가 들려왔다. 애가 울고 있었다. 진짜 울음소리. 승준이 소리다! 처음엔 고양이처럼 낑낑거리던 소리가 점점 더 커지기 시작했다. 이 새끼가 1층 거실 어디쯤에 애를 놔두고 온 모양이었다. 점점 더 자지러지게 울기 시작한다. 저러다 애가 숨이 막히기라도 할까 봐 겁이 났다.

나는 손발이 묶인 채로 애벌레처럼 몸을 움찔거리며 바닥을 기었지만 금세 다시 붙잡혔다.

내 목에 걸린 올가미에 밧줄을 걸어서 지하실 들보에 매달아 올리려는 것이다. 뒤에서 꼼지락거리며 밧줄을 끼우는 손길이 느껴졌다.

"그래서 네 손으로…… 형을 죽였니?"

그 말을 뱉으려고 마지막 힘을 다 끌어모았다.

꼼지락대던 손가락이 잠깐 멈췄다가 다시 움직였다. 밧줄이 내 목을 조이기 시작했다. 놈이 내 겨드랑이 밑에 손을 넣어 일으키는 순간, 내 발로 바닥을 단단히 딛고 설 수밖에 없었다. 안 그러면 위에 걸어 둔 밧줄이 팽팽하게 조여들었기 때문이다.

놈은 뒤에서 가져온 발판 위에 나를 들어 올려 세웠다. 이런 상황만 아니었다면 무척 로맨틱한 자세였을 것이다. 마주 본 채 그의 품에 안겨서 발판 위에 아슬아슬하게 서 있었으니까.

하지만 이제는 퉁퉁 부어오른 그 얼굴을 쳐다보는 것마저 소름 끼쳤다. 그러니까 나는 상을 받아야 마땅하다. 지난 몇 주간 살아남기 위해서 놈을 유혹하는 척, 매달리는 척, 낯 간지러운 연기를 하느라 용을 썼던 내가 이렇게 허무하게 죽을 수는 없다. 그건 너무 억울하다.

그는 발판을 딛고 올라가서 내 목에 연결된 올가미의 끝을 들보에 걸었다. 이로써 모든 게 끝났다. 이 발판을 걷어차기만 하면 나는 끝이다. 그러니까 목소리를 낼 수 있는 것도 지금뿐이다.

"그래서 형을 죽인 거냐고? 너무 소중해서?"

"뭐?"

수현의 밀가루 반죽 같은 얼굴에 멍한 표정이 떠올랐다.

"동영상 다 봤어. 모르고 있었니? 거기에 다 들어 있었는데."

"뭐라는 거야, 이년아?"

그는 진심으로 어리둥절한 표정이었다.

"내가 몰랐으니 너도 몰랐겠지. 네 빌어먹을 소중한 형은 나를 감시하려고 현관에 몰카를 설치해 뒀어! 알아? 그놈의 지긋지긋한 의처증! 그게 너까지 엿 먹인 거야. 거기에 네가 한 짓이 고스란히 다 찍혀 있었어!"

"시끄러워! 개소리하지 마!"

수현이 한 걸음 뒤로 물러섰다.

"네가 무슨 소리 하는지 하나도 모르겠으니까."

변명이 아니었다. 그나마 온전하게 떠지는 반대쪽 눈에 진짜 의아하다는 빛이 떠올라 있었다.

"설마 기억 안 나는 거야? 너무 끔찍해서 머릿속에서 아예 지워 버렸니? 이 새끼야?"

나는 목을 파고드는 밧줄 때문에 숨이 막혀 컥컥거리면서도 소리 질렀다.

"그날 밤 내가 네 형의 머리를 후려치고 나간 뒤, 몇 분 후에 네가 뛰어 들어왔잖아! 다 봤어. 다 봤다고!"

"거짓말하지 마, 미친년아. 형은 네가 죽였잖아! 너 때문에 머리가 터져서 죽었잖아!"

수현이 고개를 흔들었다. 퉁퉁 부어오른 코 때문에 일그러진 입매가 삐딱하게 미소 지었다. 밀가루 반죽으로 만든 끔찍하게 소름 돋는 핼러윈 가면 같았다.

"형은 네가 죽였어, 덮어씌우지 마. 네가 우리 형을 죽였어! 너만 아니었으면 형은……."

"정신 차려, 개자식아! 내가 나가고 몇 분 후에 네가 뛰어 들어왔잖아!"

"아니야, 절대 아니야. 그럴 리가 없어."

수현이 필사적으로 고개를 흔들었다. 그의 얼굴에서 흘러내린 피가 사방으로 튀었다.

"아직 살아 있었는데! 정신 못 차리고 나자빠져 있는데 네 손으로 직접 코와 입을 막아서 숨통을 끊어 놨잖아! 그러고서 내내 아이스박스에 끼고 있다가 정원에 묻고 묘목까지 심어 버린 거잖아! 기억 안 나니? 날 죽여도 소용없어! 그 동영상은 안전한 곳에 잘 보관되어 있거든? 나한테 무슨 일이 생기면 경찰에 보내 버릴 거야! 왜 그랬니? 그렇게도 사랑하던 형을 왜 네 손으로 죽여 버렸어? 나랑 눈 맞은 걸 벌주려고? 영원히 너 혼자 차지하려고?"

나는 밧줄이 목을 조여들어 마지막 숨이 빠져나갈 때까지 고래고래 소리 질렀다.

"그래서 아주 영영 저세상으로 보내 버렸냐고, 이 개자식아!"

"닥쳐!"

수현이 소리치며 발판을 발로 걷어찼다.

컥!

순식간에 디디고 설 곳이 사라져 버렸다.

얼굴로 피가 쏠려서 눈앞이 아득해지기 전, 내가 마지막으로 본 것은 그 밀가루 반죽처럼 퉁퉁 부어오른 얼굴이었다.

그는 내게 다가와서 발돋움을 하고 귓가에 다정하게 속삭였다.

"제발 닥치라고."

70

허공에 밧줄 하나만으로 매달려 있는 건 끔찍한 일이다.

잡을 것도, 디딜 것도 없이 딱 밧줄 하나가 내 몸을 온전히 잡고 있는 것이다.

내 무게가 나를 아래로 끌어당겨서, 내가 나를 죽이는 그 느낌.

나는 버둥거리며 정신을 잃어 가고 있었다. 소금 뿌린 지렁이처럼 온몸을 비틀며 고개를 쳐들고 헉헉거렸지만 한 조각의 공기도 들어오지 않았다.

“이건 형을 위한 거야.”

그가 빛을 잃어 가는 내 눈을 들여다보며 속삭였다.

“니년 때매 세상 빛을 볼 수 없게 된 가엾은 우리 형. 내 전부였던 사람. 그러니까 돈 몇 푼 때매 이러는 거라고 생각은 하지 마. 애초부터, 네 더러운 몸뚱이를 이 집에 들일 때부터 이렇게 니년이 죽어 나자빠지는 꼴을 보고 싶어서 아주 좀이 쑤셨거든.”

“승……주……니…….”

내게는 이제 더 토해 낼 수 있는 숨도 없었다.

“아, 걱정하지 마. 엄마가 자살하고 나면 삼촌이 다음 차례 후견인이잖아? 그 돈으로 우린 잘 먹고 잘 살 거야.”

그가 퉁퉁 부어오른 얼굴로 삐딱하게 웃으며 지껄여 댔다.

"사람들이 줄줄이 죽어 나간 이런 재수 없는 집구석에서는 애새끼가 언제든 갑자기 사고를 당해 죽어 버려도 이상하지 않을 테고 말이야. 그럼 돈은 전부……."

그 말에 꿈틀거릴 힘조차 남아 있지 않았다.

"니…… 형…… 시체…… 어디 있는지 모르잖아?"

"뭐?"

비틀린 미소를 짓고 있던 놈의 표정이 확 변했다. 뿌옇게 흐려지기 시작한 눈에도 그게 보였다.

"영영…… 못 찾을……."

나도 웃어 보이고 싶었지만 그럴 힘은 없었다.

"뭐라고?"

"없……."

"망할 년!"

잠깐이지만 숨쉬기가 편해졌다. 뒤늦게 다급해진 그가 두 팔로 내 몸을 꽉 끌어안고 지탱했기 때문이다.

"말해! 형 어디 있어? 어디로 옮겼어! 땅 파고 네가 옮겼지? 어디로 옮겼어! 어서 말해! 말하라고!"

나는 입을 꽉 다물었다.

"어디 있어! 형 어디 있느냐고!"

우리는 아까처럼 열정적인 자세로 마주 보고 있었다. 놈이 두 팔로 나를 꽉 끌어안고 있었다.

그게 내 목적이었다.

온전히 내게 집중하게 하는 것.

나만 바라보게 하는 것.

열린 문으로 몰래 들어와 뒤에서 살금살금 다가오는 그림자를 그가 못 보게 하는 것.

손에 들고 있던 칼을 조용히 바닥에 내려놓고 대신 밧줄을 집어 드는 움직임도 눈치채지 못하게 하는 것.

"당장 말해, 이 망할 년아!"

그가 피와 침방울이 섞인 고함을 토해 내는 순간, 뒤에서 다가온 밧줄이 그의 목을 단단히 감고 조여들었다.

"으으으으으윽."

놈이 발버둥 치기 시작했다. 더불어 내 목을 조인 밧줄도 다시 팽팽해졌다.

"아빠! 아빠아! 여기! 여기야!"

효진이 밧줄을 더 꽉 조이며 소리 질렀다.

계단 위에서 김씨가 나타났다.

내 눈앞이 새까매졌다. 몸속의 공기가 다 빠져나간 것이다.

71

제아무리 코가 부러지고 얼굴이 찢긴 채 퉁퉁 부어오른 놈이라도 여자 힘만으로 제압하기는 역부족이었다. 그것도 제정신을 잃어버린 미친놈이라면 초인적인 힘이 솟구치는 모양이다.

놈이 버둥거리다 팔꿈치로 옆구리를 치는 바람에 효진은 밧줄을 놓치고 컥컥거렸다. 그사이 놈은 돌아서서 발로 효진의 배를 찼다.

김씨가 내게 다가오려다 주춤하며 효진에게 돌아선 순간, 내 손목을 묶고 있던 밧줄이 드디어 끊어졌다. 아까 상자에서 발견하고 숨겨 뒀던 조그만 칼로 열심히 몰래 작업했던 덕분이었다. 나는 칼을 김씨에게 얼른 던져 주고, 목에 걸린 밧줄 사이로 손가락을 집어넣어 숨 쉴 공간을 만들었다.

"발판! 발판 좀!"

꺽꺽대며 소리치자 김씨가 재빨리 발판을 내게 밀어 주고 한달음에 달려 올라와 밧줄을 끊어 버렸다.

"전 이제 괜찮으니 저쪽을! 얼른요!"

끈이 끊어지는 순간, 갑자기 공기가 확 밀려 들어오며 숨통이 트였다. 밖에서는 애가 숨넘어가게 우는 소리가 계속 들려왔다.

수현과 효진은 같이 바닥에 뒹굴고 있었다. 놈이 머리채를 잡고 흔드는 바람에 효진은 머리를 들지도 못하고 무릎을 꿇은 채 바닥에 반쯤 엎어져 있었다.

김씨가 바닥에서 엔진 오일 통을 집어 들고 놈의 뒷머리를 가

격했다. 텅! 하는 어쩐지 귀에 익은 소리가 지하실에 경쾌하게 울려 퍼졌다. 뒤돌아본 놈의 얼굴에 김씨가 다시 한 방 먹였다.

"으으윽."

처절한 비명 소리가 들렸다. 부러진 코에 제대로 꽂아 넣은 모양이었다.

"여기! 여기!"

효진이 밧줄을 던지며 소리쳤다.

나는 그걸 잡아채서 놈의 목에 걸었다. 놈이 미친 듯이 몸부림쳤다.

효진이 헉헉대며 달려왔다. 우리 둘이 놈의 목에 건 밧줄을 힘껏 졸라 댔지만 역부족이었다. 놈이 심하게 몸부림치며 두 팔을 허우적댔고 나는 힘이란 게 하나도 남아 있지 않았기 때문이다.

"아빠! 아빠! 아빠!"

효진이 김씨를 불렀다.

김씨가 엔진 오일 통을 던져 버리고 이리로 달려왔을 때였다. 놈의 몸부림이 갑자기 멈췄다. 김씨가 손을 대기도 전에 그의 몸에서 스르륵 힘이 빠지는 게 느껴졌다.

나와 효진은 서로 마주 보았다. 우리 둘은 더 세게, 좀 더 세게 남은 힘을 짜내서 밧줄을 잡아당겼다.

그리고 마침내 반쯤 뜨인 그의 한쪽 눈에 마지막 남아 있던 빛이 사라졌다.

72

사람들은 너무 많은 불행을 한꺼번에 겪은 이들에게 관대하다.

졸지에 많은 유산을 받게 된 여자가, 실은 가정 폭력에 시달리고 있었다는 사실도, 시아버지가 돌아가신 지 얼마 되지도 않아 가출하고 소식도 없던 남편이 내 집 앞마당에서 시신으로 발견되었다는 것만 해도 호사가들의 입방아에 오르내릴 일이었다.

'그 많은 돈이 다 무슨 소용이겠냐고.'

'그냥 평범한 삶이 제일이지.'

'혹시 그 여자가 남편 죽이고 유산 먹은 건 아니야?'

하지만 그러기엔 모든 정황 증거가 너무 뚜렷했다. 한집에 살던 시동생이, 믿고 좋게 생각했던 시동생이 남편을 직접 죽이는 정황이 고스란히 담긴 동영상이 있었으니까.

'지하실을 청소하다가 발견했어요. 너무 충격받아서 수영하고 있는 시동생에게 가서 들이밀며 따졌더니…….'

남편의 동생은 진작부터 아버지 눈 밖에 나서 미움을 받고 있던 터라 늘 형에게 자격지심이 있었다. 형이 엄격한 아버지에게 진저리를 치고 가출한 덕분에 잠깐 희망을 가졌지만 아버지의 관심은 늘 형에게 쏠려 있었다. 그래서 그는 형이 잘 사는지

지켜보다가 데려오라는 아버지의 지시를 받고 형과 형수가 사는 반지하방을 내내 감시해 왔다. 형이 형수에게 손찌검하는 걸 보면서도 구해 줄 생각 같은 건 하지 않았다. 그리고 어느 날, 두 사람이 말다툼하다가 또다시 폭력이 시작되면서 형수가 정당방위로 형의 머리를 내리치고 도망치던 날, 뒤따라 들어간 정수현은 기절해 있던 형을 충동적으로 죽이고 만다.

모든 혐의를 형수에게 뒤집어씌울 수 있을 거라 생각했지만…… 아이를 안은 형수가 자기 집으로 도망쳐 오자 일단 가면을 쓰고 살아가기로 마음먹었던 것이다.

'애를 맡겨 놨던 집에서 찾아 안고 얼른 시댁으로 갔어요. 제가 고아라서…… 도움 청할 곳이 달리 없었거든요. 다행히 아버님께서 따뜻하게 맞아 주셨어요.'

가정부들도 여러 가지 증언을 해 준다. 어느 날 갑자기 나타난 이 집 며느리와 손자에 대해.

다정하지만 항상 어딘가 좀 예민하고 위험해 보이는 구석이 있던 이 집 막내아들에 대해.

형수와 친해지는 것 같았지만 아버지가 돌아가신 뒤로 갑자기 태도가 조금씩 이상해졌다고.

이 집 며느리가 변해 버린 시동생 때문에 상처받고 힘들어하다 매달리자 더욱 진저리를 치며 사람이 이상해졌다고. 집을 리모델링하겠다는 형수에게 심하게 화를 내고, 어느 비 오던 날 갑자기 미친 듯이 땅을 파헤치는 등 이상한 행동들을 했다고. 어쩌면 유산 때문에 형수를 질투했는지도 모르겠다고 말이다.

'제겐 너무 고마운 댁이에요. 두 번이나 간병인으로 불러 주셨고, 알코올 중독 요양 병원을 나와서 새로운 삶을 찾으려던 아빠에게 일자리도 주신 곳이니까요. 두고 간 물건들을 가지러 오라고 사모님께서 연락 주셔서 마침 찾아갔다가…… 하마터면 정말 큰일 날 뻔했잖아요. 저하고 아빠가 도착했을 때는 사모님이 바닥에 쓰러져서 숨도 제대로 못 쉬고 계셨어요. 그 작자는 옆에 죽어 있었고요. 두 사람이 육탄전을 심하게 벌였대요. 그 작자가 사모님 목을 조르다가 발이 미끄러져서 넘어지지 않았더라면 정말 꼼짝없이 당하셨을 거예요. 여자 혼자서 남자를 어떻게 이기겠어요. 집에 아무도 없는 시간을 노리고 사모님을 죽이려고 했나 봐요. 사모님이 드시던 약을 억지로 먹이고 자살했다고 꾸며서요. 지하실에 약이 다 흩어져 있더라고요. 아…… 정말 생각만 해도 끔찍하네요. 그래서 생전에 회장님도 그렇게 작은 아드님 겁을 내셨나 봐요. 내내 무섭다고 저한테……. 그래서 유산도 모두 사모님과 아기 앞으로 돌리신 거예요. 그런데 그 사람이 서울로펌에 가서 유언장 수정된 걸 확인하고서 못된 맘을 먹었던 거 같아요. 회장님 돌아가신 정황도 영 수상하고……. 흑흑.'

남편의 시신은 수영장 옆 빈터 뒤쪽, 새로 옮겨 심은 화단 아래에서 발견되었다. 경찰들은 수현이 죄책감 때문에 시신 묻은 자리를 헷갈렸고, 그래서 묘목 화단을 파헤칠 때 패닉이 온 모양이라고 했다.

한동안 크고 작은 조사들이 이어졌지만 내 뒤를 엄호해 주는 비싼 변호사는 제법 솜씨가 좋았다. 덕분에 의심스러운 다른 이야기들은 모두 허공에 흩어져 버렸다.

죽은 자들은 말이 없고, 자세한 이야기를 들려줄 사람들은 이 집에 더 이상 남아 있지 않다.

온전히 우리 셋뿐이다.

이 집 사람들에게 당하고 시달려서 자그마한 보상이라도 받을 자격이 있는, 덕분에 인생을 완전히 새롭게 바꾸게 된 우리 세 사람 말이다.

그 후에

"애는……."

여자가 입을 열었다.

많은 일들을 겪었지만, 여전히 이 여자의 이름을 입에 올리기는 힘들다. 쉽게 잘 나오지 않는다.

"글쎄, 이제 나보다야 당신이 더 진짜 엄마 같지 않나? 돈 때문에 이러는 게 아니야. 애정 문제지. '키운 정'이라는 게 정말 있긴 한가 봐."

나는 여자의 말을 가로막으며 피식 웃었다.

우리는 정원의 벤치에 앉아서 한가롭게 흔들리는 꽃들을 바라본다. 수영장은 물을 말끔히 비워 내고 청소를 한 뒤에 덮개로 덮어 버렸다. 날이 추워지면 어차피 한동안 쓰지 못할 테고, 그게 아니어도 당분간은 거기 어른거리는 물을 맨정신으로 볼 기분이 나지 않을 테니까.

"정말이야. 애가 성인이 됐을 때 갑자기 나타나서 '내가 니 에미다' 이런 말이나 늘어놓는 나쁜 년은 될 생각 없어."

내 말에 여자가 미묘한 표정으로 쳐다봤다.

"그럴 자격이 있는지도 잘 모르겠고. 애는 죄가 없다는 거 알아. 그래도 정을 주기가 힘들더라. 오빠한테 거절당하고 홧김에 그놈이랑 뒹굴었던 그 정신 나간 밤이 계속 생각나서 결국 누구 자식인지를 잊을 수가 없는 거야. 그래서 그랬나 봐. 그날 기차에서 당신을 만났을 때, 다른 방법 대신에 하필 그런 수법을 생각해 낸 거 말이야. 애가 내내 버겁게 느껴져서 그랬나 봐. 그땐 누구라도 줘서 보내 버리고 싶은 맘이라서."

"난 이상하게 얘가 누구 애인지는 전혀 떠오르지가 않는데."

이번에는 여자가 피식 웃었다.

"처음 봤을 때부터 당신 품에 있어서 그런가 봐. 그냥 어디 하늘에서 뚝 떨어진 것처럼 내 품에 들어온 내 새끼 같아. 그저 우리 둘이 통하는 것만 같고. 이상하지? 나 살면서 누구한테 이렇게 이유 없이 정 줘 본 적 없어, 그 사람 말고는."

"정씨 남자들한테 약한가 보지."

내 말에 우리 둘 다 웃었다.

"따지고 보면 우리 둘 다 그렇지, 뭐. 그렇게 정신 못 차리다가 결국 인생 말렸지, 뭐."

"그래도 고마웠어."

여자가 날 쳐다보며 솔직하게 말했다.

"그날, 병원에서 돌아와 나 혼자 지하실에 갇혔을 때, 나한테 그렇게…… 다 말해 줘서 고마워. 그날 밤 둘이 제대로 이야기

나누지 않았더라면…… 계속 당신을 의심하다가 결국 놈에게 당했을 거야."

"충격 요법을 쓰려다가 좀 많이 가긴 했지. 아이스박스 보여준 거 말이야. 그때 정말 당신 숨넘어가는 줄 알았어. 시체랑 지하실에 함께 가두다니 좀 심하긴 했지. 솔직히 당신을 괴롭히고 싶기도 했거든. 당신하고 손잡고 이 집에 복수하기로 마음은 먹었지만 여전히 심술이 나서 말이야. 오빠하고의 추억, 그 시간들, 내가 간절히 원하던 걸 다 가졌다는 게 쉽게 용서되지가 않아서."

"글쎄, 추억도 있지만……."

"알아, 당신한테는 상처뿐인 추억이라는 거. 그래도 손에 넣어보지 못한 행복이라…… 아쉬웠나 봐. 나한테도 비슷한 경험이 있어서 그게 어떤 건지 잘 알면서도 이러네."

여자가 나를 다시 돌아봤다. 우리의 눈이 마주쳤다.

"그래도 그놈이 아니라 날 선택해 줘서 고마워. 그놈과 계속 손잡고 끝까지 날 적으로 만들 수도 있었잖아. 난 전혀 눈치도 못 채고 당신을 나쁘게만 봤는데."

여자의 인사에 나는 어깨를 으쓱했다.

"첨엔 나도 당신처럼 속았더랬지. 얘가 날 짝사랑하나 보다 하고. 그 말간 얼굴이랑 살가운 태도를 보면 안 넘어갈 수가 없잖아. 그래서 자꾸만 오빠랑 나 사이에 끼어드는 게 좀 원망스러웠지만 밀어내지는 못했어. 그게 설마 내가 아니라 자기 형 때문이라는 건 생각도 못 하고 말이야. 그 새끼가 우리 엄마한테…… 음…… 그런 누명을 씌웠다는 것도 처음엔 전혀 몰랐지."

"그럼 도대체 언제 그걸……."

"그 새끼랑 자던 날. 우습지?"

나는 혼자 킥킥거렸다. 여자는 하나도 우습지 않은지 그저 멍하니 날 쳐다보기만 했다.

"처음엔 이중 첩자 노릇도 꽤 할 만했어. 그 새끼랑 노인이랑 각자 따로 나한테 돈을 주면서 니네를 감시하라고 사주했거든. 그땐 그런 놈이라는 걸 전혀 몰랐으니 의심 안 했지. 뭐, 나야 좋았어. 돈은 이중으로 챙기면서 내 사심도 채울 수 있었으니까. 그러다가 후회나 없도록 오빠한테 한번 말이나 꺼내 보자 싶었어. 마지막 기회를 줘 보고 싶었던 거야."

"마지막 기회?"

"난 우리 엄마한테 도둑 누명을 씌운 사람이 오빠였다고 알고 있었거든. 수현이 그 개자식이 그러더라고. 오빠가 자기 친엄마한테 시달리다가 너무 힘들어서 죽일 맘을 먹었을 거라고 말이야. 그래서 우리 엄마한테 덮어씌우려고 계획을 세웠을 거라고."

"그 미친놈이 자기 형한테도 누명을 씌운 거였네."

"그런 셈이지. 그런 말을 들으니 눈은 돌아가는데, 그래도 한편으로는 옛날 감정이 포기가 안 되더라. 그래서 막 미치겠는 거야. 그 인간 때문에 우리 집이 다 무너져서 내 인생이 엉망이 됐다는 건 알겠는데, 그래도 오빠 보니까 여전히 두근거려서. 그래서 마지막 기회를 주고 싶었던 거야. 혹시 나한테 넘어오면, 용서해 줄까 하고."

내가 피식 웃는 소리가 내 귀에도 어쩐지 서글프게 들렸다.

"당신이 매일 처맞는 걸 보면서도, 그게 어쩐지 주정뱅이 아빠한테 맞고 살던 내 모습 같아서 안됐다고 생각하면서도, 그때는 오빠를 빼앗아서 가지고 싶었어. 그래서 그날 편의점 앞에서 우연히 마주친 척하면서 엄청 들이대 봤지. 그런데 안 넘어오더라고. 당신을 좋아한다고 했어. 같이 있으면 마음이 편해진다고. 당신이랑 결혼하고 싶다고. 와! 그런 말 들으니 속에서 천불이 나더라. 그래서 술을 진탕 마시고 울면서 집에 돌아와서 수현이랑 둘이 몇 잔 더 했어. 오빠 만난 얘기를 하며 울었는데, 그때 그 새끼도 천불이 났던가 보지. 그날 밤 둘이서 죽도록 처마시다가 완전히 흥분해서 돌아 버린 거야. 난 될 대로 되라는 마음이었고, 그 새끼도 아마 그랬겠지. 그런데 말이야…… 하다가 얘가 자기 형 이름을 부르더라고? 정말 계속, 계속 미친놈처럼. 겁이 날 정도로 계속 중얼거렸어. 보니까 눈이 완전 까무룩 돌아 있는 거야. 내가 알던 수현이가 아니었어. 그래서 진실을 알게 된 거야. 아, 어쩌면 지금까지 얘를 통해 들었던 이야기들이 진실이 아닐 수도 있겠구나 하고 말이야. 그때부터 이 집과 놈에 관련된 모든 걸 다 파 봤어. 그놈 주변에서 일어났던 일들 전부 다 세세하게.”

슬쩍 내려다보니 내 손이 가늘게 떨리고 있었다. 모든 게 다 끝난 지금에도 여전히 이 이야기는 나를 떨게 한다.

“결국 내가 잘못 알고 있던 모든 일들이 전부 그놈 소행이란 걸 알게 된 거야.”

“처음에 간병인 제안을 받았을 땐 하나도 몰랐던 거지?”

나는 고개를 끄덕였다.

“그땐 그냥 날 짝사랑하는 해맑은 동생이라고만 생각했었지. 엄마는 자살하고, 아빠는 요양 병원에 들어가고, 나 혼자 남아서 조무사 학원이란 걸 다니고 있을 때 몇 년 만에 길에서 우연히 만났는데…… 태연하게 뻔뻔한 얼굴로 나한테 간병인으로 일해 볼 생각 없냐는 거야. 형이 집을 나가고 나서 아버지가 쓰러지셨다며. 처음엔 얘가 아직 나한테 맘이 남아서 이런 일자리를 주려나 보다 싶었어. 솔직히 이 집이라면 치가 떨렸지만 돈도 궁했고, 여기 다시 와 보고 싶기도 했지. 오빠에 대한 마음이 남아 있었으니까. 그런데 다시 들어와서 일하는 동안 수현이가 말해 주더라고. 옛날 우리 엄마 도둑 사건, 그거 오빠가 우리 엄마한테 누명을 씌운 거라고. 오빠네 엄마, 사모님한테 하도 시달려서 정신이 이상해져서 그랬던 거라면서. 그러면서 당신네 주소를 알려 줬어. 집 나간 형이 웬 여자랑 동거를 하고 있는데 둘이 어쩌고 있는지 좀 감시해 달라고. 내가 여전히 마음이 남아 있다는 걸 알고 그걸 홀랑 이용해 먹은 거지. 그즈음 노인도 나한테 당신네를 염탐해 달라고 따로 부탁했으니 참 타이밍 한번 기막히지."

"그래, 아주 기가 막히네."

우리는 둘 다 피식 웃었다.

"그 새끼는 처음부터 날 가지고 논 거야. 날 이용해서 당신한테 복수할 생각이었겠지."

"그래도 내가 승준이만 전해 주고 그냥 갔더라면……."

여자가 한숨을 내쉬었다.

"아니, 그날 그 사건이 아니었어도 걘 어떻게든 당신을 이 집에 불러들였을 거야. 절대 놔주지 않았을 거라고. 당신한테 계속 수상한 문자를 보내서 불안하게 만들자는 게 우리 계획이었어. 당신을 약에 취하게 만들어서 정신 병원에 보내든가 자살하게 만들고, 애 몫의 유산을 나눠 갖자는 게 우리 계획이었지. 노인네는 수현이한테 유산을 줄 생각은 절대 없었으니까. 걔 정체를 일찌감치 눈치채고 완전히 겁먹고 있었거든."

"어쩐지……."

"응. 어쩌다 그랬는지는 몰라도 우리 중에서 가장 먼저 알고 있었어. 걔가 유산 때문에 노인까지 건드리지는 못했지만 아마 사모님의 죽음이나 걔 친모의 죽음, 오빠의 사고 등 여러 가지 정황이 수상하다는 걸 알고 있었나 봐. 그래서 이 집에 수현이랑 둘만 남겨지는 걸 엄청 두려워했던 거야. 오빠한테 자꾸 집착하면서 집에 데려오고 싶어 했던 것도 그래서였고.”

“결국 아들이 둘 다 괴물이었던 셈이네.”

우리 둘은 잠깐 입을 다물고 노인을 생각했다.

이 모든 비극이 일어나는 동안 손 놓고 있었던 책임을 회피할 수는 없지만, 어쩌면 제일 불쌍한 인간인지도 모르겠다. 결국 그렇게 두려워하던 괴물의 핏줄이 모든 것을 갖게 되었으니. 그게 아마도 노인에게 내려진 형벌일 것이다.

“걔가 그런 괴물인 줄 몰랐다면 나도 그 계획을 밀고 나갔겠지. 나는 밖에서 당신을 계속 오싹하게 만들다가 간병인으로 느닷없이 등장해서 엄청 불안하게 만들고, 걔는 사람 좋은 시동생인 척하면서 당신 등에 칼을 꽂고. 하지만 그날 밤 걔의 실체를 알고 난 뒤부터 나는 내내 다른 생각이었던 거야. 계속 같은 편인 척 연기하면서 시간을 벌다가 결국은 당신과 손잡고 그 새끼 뒤통수를 치겠다고 말이지. ‘원수로 원수를 치겠다’니 진짜 좀 웃기고 기발하네.”

하지만 키득거리는 나와 달리 여자의 얼굴은 여전히 심각했다.

“그럼 김씨는, 아니, 당신 아버지는…….”

“요양 병원에서 죽기 직전까지 개고생하다가 겨우 살아났어. 그래서 나도 털어 버리기로 했지.”

나는 어깨를 으쓱했다.

"물론 밑바닥 저 깊은 곳에 있는 앙금은 영원히 남아 있겠지만 그 인간도 나름 죗값을 치른 셈이니까. 그래서 엄마의 복수를 위해 전략적으로 손잡았던 거야. 내가 도와 달라고 했어. 다른 사람의 신원으로 '김씨'라고 속이고 이 집에 취직할 수 있게 내가 알선해 줬던 거야. 어쨌거나 이쪽도 원수를 치겠다고 원수와 손잡은 꼴이었네."

"나야말로 큰 도움 받았지. 당신 아버지 아니었더라면……."

여자가 목에 맨 스카프를 더듬으며 진저리 쳤다.

거기에는 아직도 밧줄이 만든 핏빛 멍 자국이 선명하게 남아 있었다.

"덕분에 그 인간도 집이랑 차랑 돈이랑 받았잖아. 그쪽까지 챙겨 줘서 고마워. 그래 봤자 내가 유심히 지켜보다가 또 술 처마실 거 같으면 홀랑 다 뺏어 버릴 거지만."

우리는 고개를 숙이고 쿡쿡 웃었다.

"그래서 이 집은 어쩔 거야? 팔아 버릴 거야? 뭐, 소문 다 난 마당에 누가 사기나 하겠냐마는."

내 말에 여자가 고개를 저었다.

"아깝잖아. 난 이 집 꽤 마음에 들었거든. 그냥 새로 리모델링하려고. 싹 밀어 버리고 다시 지으면 어떨까 싶어. 말 나온 김에 당신 아버지께서 감독 좀 해 주시면 좋을 텐데. 사례는 심심찮게 해 드릴 테니까. 돈이 문제가 아니라, 내 주변에 믿을 수 있는 사람이 없어서 그래. 내가 정말…… 아무도 없거든.”

그래, 나처럼.

그래서 여기까지 온 거다.

눈 딱 감고, 다른 편에 붙어 버릴 수도 있었다.

내 첫사랑을 가로챈 여자, 그 첫사랑을 부숴 버린 남자.

나로서는 둘 중 누가 고통받는 걸 보는 게 즐거운가 하는 문제였다.

하지만 그 여자한테서 내가 보였다. 나를 봤다.

강해지고 싶은 나, 달라지고 싶은 나, 인생을 새롭게 다시 살아 보고 싶은 나.

혼자라면 어림도 없는 일이지만, 우리가 손을 잡는다면 가능할 것도 같았다.

우리 둘 다 새롭게 살아 볼 수 있을 것도 같았다.

“좋아. 감독한답시고 인부들이랑 붙어서 한잔하지만 않는다면 나도 완전 찬성이지.”

“완전히 현대식으로 깔끔하고 예쁘게 지으려고.”

“엘리베이터 같은 것도 넣고?”

“그거 좋겠네. 전부 탁 터서 주방도 대면형으로 넓게 빼고.”

“나무 계단은 이제 지긋지긋한데.”

“철제로 근사하게 공중에 떠 있는 것 같은 계단 어때?”

“가구도 전부 새것으로?”

"당연하지. 고리짝 루이 16세 같은 가구 질색이야. 깔끔하게 모던으로 가되 빈티지 같은 것도 살짝 섞어서."

"나하고 취향 맞네. 부잣집 마나님 되시더니 그새 제법 고급스러워지셨어?"

"내가 원래 좀 센스 있었어. 환경이 받쳐 주지 않아서 그렇지."

"잘났어, 정말."

우리는 다시 웃었다.

둘 다 그놈에게 걷어채인 뱃가죽이 아프지 않게 조심해 가면서 웃어 댔다.

여기 햇살을 받고 이렇게 앉아서 웃을 수 있다는 게 반가웠다.

이런 날도 있는 거다.

"승준이……."

"응?"

"괜찮겠어, 정말? 나한테 맡겨도?"

"그럼, 걔 앞으로 된 재산이 얼만데. 잘만 키워 준다면야 땡큐지."

나는 태연한 척 미소 지었다. 가슴 한쪽을 울리는 찌르르한 느낌은 접어 두었다.

그럼, 괜찮지.

애초에 반기지도 않던 녀석인데. 이 정도 씁쓸함을 느낄 자격조차 없는 에미일 텐데.

괜찮아. 괜찮을 거야. 멀리서 그냥 지켜보기만 해도 괜찮아.

"알겠지만, 나 애 보기엔 젬병이야."

여자가 머리를 흔들었다.

"선불리 아는 척하느라 혼났다고."

"시터 쓰면 되잖아. 가정부도 새로 들이고. 돈 뒀다 뭐 하시게?"

나는 살짝 떨리는 목소리를 감추고 일부러 쿨한 척 가볍게 말했다.

"시터도 뭘 알아야 쓰지."

여자가 눈을 굴렸다.

"누구 전문가가 같이 살면서 옆에서 감독해 주면 진짜 든든할 거 같은데 말이야."

"전문가?"

"응, 육아 경험도 좀 있고, 간병인같이 실용적인 자격도 갖추고 그런 사람. 자기 애처럼 애정을 갖고 돌봐 줄 수 있는 엄마 같은 사람."

한참 내 눈을 들여다보는 여자의 시선을 얼른 피했다. 눈앞이 흐려졌기 때문이다.

"돈은? 그런 사람 제법 비싸다?"

"아우, 당연히 그런 분이라면 업계 최고 대우해 드려야지. 말이라고 해?"

"말이나 못 하면."

둘 다 또 피식 웃었다.

서늘하던 가슴속에 천천히 따스한 기운이 퍼져 나가는 게 느껴졌다.

어쩌면…….

그래, 어쩌면 지금껏 증오만 담고 살아왔던 가슴속에 새로운 감정을 담을 수 있을지도 모르겠다. 품에 안겨 나를 올려다보던 그 까만 눈망울을 담아 볼 수 있을지도 모르지.

녀석과 나, 어쩌면 우리는 다시 시작할 수 있을지도 모른다.

한참 만에 여자가 다시 입을 열었다.

"저기…… 언제부터 그랬을까?"

"뭐?"

"그 인간 말이야. 어쩌다 그런 괴물이 됐을까?"

"글쎄…… 처음부터 그런 건 아니었을 거야. 처음엔 그냥…… 동경 같은 거였겠지. 친엄마까지 희생해 가며 부잣집이라고 들어와서 가족 사이에 파고들었지만 아무리 머리 좋은 소시오패스라도 어린앤데, 적응이 쉽진 않았을 거 아냐. 그러다가 여섯 살이나 많은 형이 듬직하게 나서서 이것저것 신경 써 주니까 좋았겠지. 기댈 곳 없는 사람한테, 그거 보통 유혹이 아니잖아. 우리 다 알잖아."

여자가 고개를 끄덕거렸다.

"그런데 그게 보통 사랑이 아니었던 거지. 사랑인지, 헌신인지, 집착인지, 욕망인지, 아니면 변태적인 뭐였는지는 모르겠어.

요즘은 하도 같잖은 감정들을 '사랑'이라고 포장하는 사람들이 많아서 말야. 그러니까 형을 괴롭히는 나이 많은 여자도 대신 없애 주고 싶었을 거고, 졸졸 쫓아다니는 나 같은 애도 떼어 버리고 싶었을 거고. 당신이야 말해 뭐 하겠어. 둘이 살림 차리고 좋아 죽는 걸 지켜보면서 내내 질투심이 부글부글 끓었을 거야. 결국 피 흘리고 나자빠진 형의 숨통을 제 손으로 끊게 만든 것도 그 빌어먹을 놈의 사랑과 질투였을 거야. 순간적으로 홱 돌아 버린 거겠지. 하지만 결국 걔는 그 순간에, 사랑하던 형을 자기 손으로 죽이던 그 순간에 이미 자기도 죽은 거나 다름없었을 거야. 난 그렇게 생각해."

"혹시 그거…… 알았어? 그…… 마지막 순간에…… 말이야."

"아, 그때?"

나는 기억난다고 했다.

온전히 우리 두 사람의 힘만으로 녀석의 목을 조르던 순간, 그 중 한 명은 지쳐 쓰러지기 직전이라 아무짝에도 도움이 안 되던 그 순간, 아무리 궁지에 몰렸어도 젖 먹던 힘까지 짜내서 털어 버렸다면 여자 둘쯤은 어떻게 뿌리칠 수 있었을지도 모르던 그때, 이상하게도 그냥 모든 것을 포기한 듯 조용히 축 늘어지던 두 손을 기억한다고.

아빠가 달려와서 가세하기도 전에, 어쩐 일인지 몰라도 갑자기 순한 양처럼, 모든 걸 체념하고 자기 목을 우리 손에 그냥 순순히 내맡기던 그 눈빛이 기억난다고 말이다.

어쩌면 그 순간, 수현은 인생을 리셋하고 싶었던 게 아닐까?

모든 것을 처음으로 되돌리고 싶었던 게 아닐까?

재영과 나는 벤치에서 일어났다.

우리 둘 다 뒤돌아보지 않고 집 쪽으로 나란히 걸어갔다.

여전히 서로를 온전히 믿지도 않고, 아직 털어 버려야 할 기억들도 많이 남아 있지만, 둘 다 예전과는 전혀 다른 삶을 살게 된 것만은 분명하다.

어떤 인생은 새롭게 바뀌기도 하는 법이다.

※ 작품의 결말을 포함한 스포일러가 들어 있으므로 본문을 다 읽고 난 뒤 읽으시길 추천해 드립니다.

작가의 말

'어스름한 새벽 열차 안, 화장실 거울에 얼굴을 비춰 보는 초췌한 여자의 모습'.

모든 것은 그 이미지 하나에서 출발했습니다.

잠 못 들고 뒤척이는 밤, 머릿속을 이리저리 떠가는 생각들 가운데 갑자기 유독 선명하게 떠오른 이미지였습니다. 여자는 겁에 질려 있었으며, 손을 씻다가 거울에 비친 자기 얼굴을 한참 들여다본 뒤 떨리는 손으로 물을 끼얹었습니다. 그녀는 누군가에게 쫓기던 참이었고, 어서 벗어나고 싶어 안달하고 있었지요.

하지만 제가 침대에서 뒤척이며 잠 못 이룰수록 연약하고 창백하던 여자는 점점 강해졌고, 첫인상과 달리 마냥 당하고 있지만은 않은 당찬 모습이 되어 갔습니다. 그리고 아이러니하게도 그런 성격, 결코 굴하지 않고 어떻게든 위기를 모면하고 살아남기 위해 안간힘을 쓰는 그 성향 탓에 기묘한 상황에 빠지고 맙니다.

생각을 거듭할수록 여자의 그런 점이 마음에 들었습니다. 마냥 착하지만은 않은 점이, 그리고 살기 위해 발버둥 칠수록 깊은 수렁 속으로 빠져들어 가는 현실적인 면이.

저처럼 많은 분들이, 힘든 상황에서 살아남기 위해 열심히 노력할수록 일이 더 안 풀려서 절망하던 경험을 갖고 계실 테니까요. 그래서 마냥 착하고 도덕적인 방법이 아니라 지극히 사악하고 현실적으로 문제를 헤쳐 나가는 사람들의 모습을 통해 카타르시스를 만들어 내고 싶었습니다.

거기에 평소 제가 열광해 마지않던 고전 고딕 소설의 요소들 - 어둡고 음산한 저택, 비밀을 간직한 가족들, 낯선 환경 속에 내던져진 평범한 여성 - 등이 더해져 『런어웨이』가 탄생했습니다.

재영과 효진, 두 여자의 이야기에 초점이 맞춰져 있긴 하지만, 사실 이 작품에 등장하는 모든 인물들은 전부 가해자인 동시에 피해자입니다. 마냥 착하기만 한 사람도, 마냥 나쁘기만 한 사람도 없다는 게 평소 저의 지론이기에 인간 내면에 들어 있는 악마성, '누구나 밟으면 꿈틀하는' 그 본성에 대해 쓰고 싶었거든요. 그래서 우리는 모두 '다른 사람의 트라우마'가 되지 않도록 조심하며 살아야 하는 것일 테고요.

그런 면에서 어쩌면 이 소설은 '욕망'에 관한 것인지도 모르겠습니다. 재영도, 효진도, 현욱과 수현 형제도, 형제의 아버지인 회장마저도 모두 손에 닿지 않는 것들을 열망했고, 그것을 갖기 위해 저마다 '나름의 방식'으로 애를 쓰다가 결국 다른 사람들에게 상처를 주게 된 것을 생각해 보면 말이지요.

깨물어서 안 아픈 손가락이 없지만, 그래도 개인적으로 가장 애착이 갔던 인물은 의외로(?) 수현이었습니다.

하얗고 창백한 얼굴의 여리여리한 미청년.

이유 없는 사이코패스가 아니라, 뿌리 깊은 애정 결핍 때문에 누군가에게 비틀린 방식으로 집착하는 짠한 인간(어떤 이유도 그의 행동에 결코 면죄부를 줄 수는 없겠습니다만.).

막상 글을 쓰는 동안은 크게 의식하지 못했지만, 마지막 파트, 수현이 비참한 최후를 맞는 그 장면을 쓰던 밤은 잊을 수가 없습니다. 그 장면을 끝낸 뒤 왠지 울컥하는 바람에 깊은 밤 오랫동안 혼자 방 안을 서성이며 이 아련한 서글픔의 실체가 무엇인지 가만히 되짚어 봤거든요.

지금껏 제가 창조한 가상의 등장인물에게 그 정도로 감정 이입을 했던 적은 처음이라 그런 경험은 꽤 오래도록 기억에 남을 것 같습니다. 그래서 재영에 대한 수현의 감정도 끝까지 증오였을지, 아니면 잠깐이나마 형을 대신한 사랑이었을지는 제 안에서도 미지수로 남게 될 것 같고요.

이제는 정말 등장인물들을 보내 주고, 이야기를 끝맺어야 할 때가 왔네요.

그전에 이 작은 책 한 권을 내기까지 부족한 제게 힘이 되어 준 분들께 감사드리지 않을 수 없습니다.

이 원고의 가능성에 주목해 주신 것은 물론, 적절한 당근과 채찍으로 완성도를 높일 수 있게 도와주신 교보문고 IP 기획팀의 권정은 피디님(우리의 스릴러 작품 취향이 비슷해서 얼마나 반가운지요…….) ,

자칫 건조하게 이어질 뻔했던 작품을 따스한 관점에서 살펴볼 수 있게 조언해주시고, 더없이 멋진 표지도 선물해 주신 아프로스미디어 주자덕 대표님,

길고 답답한 집필 기간, 격려와 조언을 아끼지 않고 도와주신 양문희 대표님,

끝으로 항상 든든한 힘이 되어 준 가족들, 특히 딸의 반항적인 머릿속에서 무슨 일이 벌어지는지 늘 궁금해하셨던 어머님, 무한히 감사합니다.

부족한 글이지만 쓰면서 즐거웠던 만큼, 많은 분들께서 즐겨 읽어 주신다면 그보다 더 좋은 격려와 채찍이 없겠습니다. 다시 한번 이 책을 읽어 주신 모든 분들께 깊이 감사드립니다.

2023년 3월
장세아 드림

런어웨이

초판 1쇄 인쇄 2023년 3월 22일
초판 2쇄 인쇄 2023년 4월 18일

지은이 장세아
기획 권정은 (교보문고 IP기획팀 PD)
편집 주자덕
윤문 및 교정 김미숙
발행인 주자덕
인쇄 미래피엔피
펴낸 곳 아프로스미디어
출판등록 제 2016-000073호
주소 서울특별시 성동구 금호로 173, 101동 904호
전화 02-6352-5133
팩스 02-6455-5891
홈페이지 www.aphrosmedia.com
전자우편 spitz70@aphrosmedia.com
ISBN 979-11-89770-35-8 (03810)

* 저작권법에 의해 보호를 받는 저작물이므로 무단전재와 무단복제를 금합니다.
* 투고는 언제든지 환영이니 이메일로 보내 주세요.
* 잘못 만들어진 책은 구입하신 곳에서 바꾸어 드립니다.